漫娱图书

林助理有话要说

I have something to say

苹果树树树 ◎ 著

长江出版社　漫娱图书

I HAVE
SOMETHING TO SAY

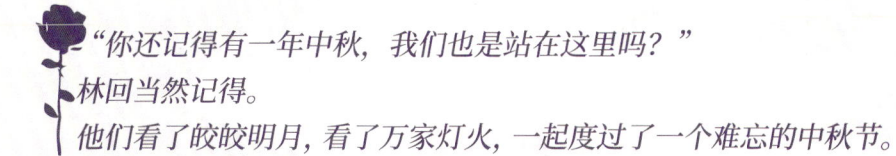

"你还记得有一年中秋,我们也是站在这里吗?"

林回当然记得。

他们看了皎皎明月,看了万家灯火,一起度过了一个难忘的中秋节。

目录

I have Something to say

Chapter 01 "早，贺总。" 009

Chapter 02 "好，我很期待。" 031

Chapter 03 "贺总，我们对一下工作。" 049

Chapter 04 "我不想打。" 065

Chapter 05 "……花醒了。" 083

Chapter 06 "热。" 094

Chapter 07 "你,是真的吗？" 114

Chapter 08 "我可以吗？" 137

Chapter 09 "我……等你……很久很久了。" 153

Chapter 10 "嗯，我知道。" 166

Chapter 11 "是一个……能让你忙到三天三夜停不下来的梦。" 181

Chapter 12 "不，你不知道。" 197

Chapter 13 "贺见山，我们要一起过年了。" 226

Chapter 14 "早啊，贺总。" 212

番 外 一 初见 265
番 外 二 一个有趣的梦 269
番 外 三 声音 289
独 家 番 外 月光碎片 296

I HAVE
SOMETHING TO SAY

"贺见山,我们要一起过年了。"

谢谢你来到我的身边，
我从未像这一刻一样如此热爱这个世界。

第一章 早，贺总。

Chapter 01

I have Something to say

• 01 •

作为万筑集团的第一助理，林回的一天，是从签字开始。

万筑集团的总部大楼在京华市的西边，紧挨着文峰路——这是一条贯穿整个城市东西向的主干道。他早上八点开车出门，从小区出来右拐便驶入文峰东路，普普通通的黑色轿车就像一滴水，无声无息地汇入繁忙的车流大军，一起争分夺秒涌向各自的目的地。

八点四十五分，林回到达位于公司十二楼的办公室。事实上，整个十二楼除了会议室就只有这一间办公室——他和总经理贺见山共用。

一旁的保洁见他开了门，连忙打招呼："林助理，早。"

林回笑着点点头："早。"

保洁走进办公室，一边擦桌子一边问："林助理，今天大老板那边要不要打扫？"

林回和贺见山的办公室是个很大的套间，一个门进出，他在外间，贺见山在里间。办公室文件多，贺见山经常乱放，有时候看个图纸都能铺一地，保洁不敢乱动，所以一般是等林回安排好了才会进去。

林回这会儿已经坐在了自己的位置上，他看了眼手表：九点整。按照惯例，总经办的安妮会在三十分钟后过来核对这两天的工作安排，顺便带走签过字和退回去的文件。"

林回捏了捏手中的纸，在最上面的报销审批上落下一天中的第一笔，摇摇头道："暂时不用。"

保洁点点头，继续埋头干活，没一会儿便结束工作离开了，办公室从吸尘器的嗡嗡声中解放出来，重新恢复了安静。

九点三十五分，走廊逐渐传来了高跟鞋的声音，从远到近，最后在门口停下。

敲门声响起的时候，林回正好签完最后一个字，他扬起声音应道："请进。"

安妮左手抱着一叠材料，右手拎着一个纸袋款款走了进来。她一看见林回便笑道："林助早啊，你要的海盐焦糖拿铁和三明治。"

"谢了。"林回接过纸袋，拿起一叠叠放得整整齐齐的票据递给安妮，"都签过字了，你看下有没有遗漏。"

"不用看，肯定没问题。"安妮说着悄悄看了一眼右侧紧闭的门，放低声音问，"贺总今天还没到吗？"

林回把衬衫袖子往上卷了一道，起身开了贺见山办公室的门。

办公室内空无一人，桌上文件堆成一摞，文件夹东一个西一个；会客茶几上原本放着的一套水杯被转移到地上，换成了一份完全展开的设计图纸，连沙发上都躺满了厚重的资料书。

林回随手拿起图纸折好放在桌角，然后走到办公桌后熟练地收拾起来。他一边整理一边说："贺总昨晚上加了一夜的班，十点的会议推迟到下午两点。"

安妮有些头疼："两点半银行的人会过来。"

"不要紧，到时候我跟他们先聊。通知各部门把会议内容压缩，挑重点讲，三点前要结束。"

"好的，林助。"

林回很快将文件整齐地分成了两堆，又补充道："你让保洁在中午的时候把里面休息室打扫下，窗子打开通通风，有段时间没用了，他这人挑剔，要不然也不会那么晚了还开车回去。"

安妮惊讶道："中午打扫不影响他休息吗？"

林回把手上的废弃合同喂给碎纸机，伴随着"咔嚓咔嚓"的响声，他轻声道："从不睡午觉。"

安妮竖起大拇指："不愧是老板。"

"习惯了应该也还好。还有——"林回捡起不小心掉落在地毯上的纸屑，问道，"贺昭总安排的那个人今天入职了吗？"

林回口中的"贺昭总"是贺见山的爸爸贺昭,为了和贺见山区别开来,公司上下都连名带姓地喊他"贺昭总"。

万筑最早是贺见山爷爷白手起家打下的江山,可惜作为接班人的儿子能力平庸,反倒是孙子贺见山是实打实的优秀——从小性格稳重,不管是外貌、品性,还是能力都是一等一的突出。因此贺老爷子晚年身体欠佳之后,干脆直接跳过儿子,把万筑交给了孙子。

贺见山的妈妈过世得早,贺昭过了几年娶了他的秘书,生了孩子组成新的家庭。对于接班人这事,贺昭倒是无所谓,反正是自己儿子,他就在集团挂个职,有钱拿少操心也挺好。

"今天入职了,看简历是名牌大学毕业,专业对口。虽说是走了关系进来,但本身能力应该不差。"

林回听了点点头:"那就好。"

安妮对完工作,又想起一件事:"地产那边说云泰电气的刘总打了好几次电话催款了。"

"压着,再催让他来找我。交货时拖拖拉拉,这会儿倒是急着要钱,如果不是看在王局的面子上也不会用他的货,这开关都差成什么样了,只能压仓库,窟窿也还没完全补够,李风海跟我抱怨过好几次了。"

说话间林回已经把文件夹都收好了,沙发上的书也都整齐地放回书柜,桌子擦了一遍,连水都烧上了。

安妮见他手就没停过,说道:"要不还是给你配个秘书吧,只要你跟贺总提,他会同意的。"

林回垂着眼眸,把手中的笔套上笔套放回笔筒:"一点小事,不想做我会喊保洁的。"

安妮不满:"贺总真是难伺候,说什么不喜欢人多,嫌吵,但这一层楼就你们两个人,什么都是你来,公司大大小小的事又要过你手,你比他忙多了。"

安妮这话听起来虽然夸张,倒也不算虚。

林回大学毕业后就进入万筑担任贺见山的助理,他经手的事情比贺见山要多得多,也细碎得多——小到报销审批,大到项目推进。林回能力很强,能精准把控每一件事,所有工作时间节点都安排得明明白白,几乎是全公司唯一能跟得上贺见山工作节奏的人,关键是脾气还好,堪称完美助理。

早年公司有高层觉得贺见山大材小用,提议让林回去子公司做负责人,贺见山觉得有道理,把林回调去项目上锻炼。结果还没半个月,贺见山先受不了了,最后只能又把人给调回来。

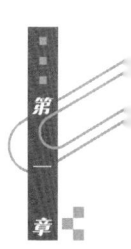

到如今整整八年，林回一直没换过岗位，干的工作早就远超助理职责范围，贺见山也不亏待他，给的是接近集团副总的薪资待遇。万筑上下乐见于此，除非特殊情况，谁都不想面对贺见山，反正有事找林助就对了。

这事安妮之前就提过几次，林回知道她是为自己好，笑着没说话。安妮见状也不再劝："随便你吧，要我说贺总还是厉害，早早给你提了薪水，要不然怎么留得住你。"

林回想，即使没那么高的薪水，他大概还是会留在贺见山身边。事实上，并不是贺见山不愿意给他配人，而是林回自己动了私心，只想一个人和贺见山专享这一层楼。

十点十五分，贺见山到了。

林回在电脑上看合同的时候便听见了脚步声：步伐有力，不疾不徐，像他本人一样稳重可靠。

他停止胡思乱想，将目光凝聚在电脑屏幕上，甚至在贺见山进门的时候，连头都没有抬，只是用余光轻轻地点了一下："早，贺总。"

今天贺见山穿了一件深色衬衫，袖口卷至小臂，露出线条分明的肌肉；他的胳膊上随意地搭着一件西装，路过林回面前的时候，也顺带捎来了一小片若有似无的风。贺见山应了一声，然后走进了自己的办公室。

十点二十分，偌大的办公室里隐隐漂浮着一层咖啡的香味。

林回站起身，像过去的每一天一样，拿着他的记事本，端正地走到贺见山面前开始汇报工作。贺见山认真听完，没有异议。毫无疑问，林回就是最适合这个位置的人，贺见山信任林回的所有决定和安排，八年时间，足够他们培养出惊人的默契。

"啊，对了——"临近尾声，林回再度开了口，"安妮给我带了一份早餐，但我吃过了，贺总您需要吗？不要的话我就送给行政的那些小姑娘了。"

这是一件微不足道的小事，本可以立刻做出决定，但贺见山犹豫了。

林回知道他在想些什么：太麻烦，这个时间点不如直接吃午饭。甚至林回敢百分百肯定他是绝对没有吃早饭的。贺见山的确是这么想的，反正会议改下午了，他准备过半小时直接去楼下吃个早午饭，这么计划着，拒绝的话已经到了嘴边："我——"

他一抬头就看见林回清俊的脸绷得紧紧的，眉头蹙起，神色颇为严肃，仿佛讨论的不是早饭，而是国家大事。贺见山顿了一下，卡壳了。

对待工作他好像都没这么困扰过，贺见山忍不住想。

贺见山又想：他应该是希望我吃掉吧。

想到这里，贺见山几乎是立刻就转变了心意，他曲起手指敲了一下桌子："正好没来得及吃早饭。"

这是一件再正常不过的事情，贺见山愿意接纳来自林回的合理建议——工作上，或者生活上。他并没有觉得有什么问题。

在万筑，没有人能拒绝林助理，连总经理也不能。

▪ 02 ▪

林回最近上班时常走神。

上次安妮随口一句"要不然怎么留得住你"，让他想起很多事情。比如他一个国内顶尖农业大学园艺专业的优秀毕业生，为什么会来到跟农业一点边都不沾的万筑；又比如他是如何从众多优秀求职者中脱颖而出，成为贺见山的助理；甚至还有公司所有部门最关心的问题，林助理到底是怎么才能在贺总手底下干八年的？

想到最后林回自己都笑了。

他也不知道为什么万筑的人都特别怕贺见山，那些需要经常跟他汇报工作的人也就罢了，连新入职的年轻小姑娘都开玩笑说不敢跟这样的人谈恋爱，照理来说这种帅气又多金的霸总不是很受欢迎吗？

他曾经认真问过安妮这个问题，安妮和他同期进入公司，如今也算是万筑老人，她听了直摇头："你不觉得贺总严肃的时候真的很吓人吗？"

林回想了半天："有吗？他不是一直那样吗？"

"你知道之前和贞丰的那个合作案吗？我的天，企划部刘经理四十岁的人了，都快哭了。"

林回更困惑了："那次我在啊，贺总也没骂人，就说了一句'你自己看看你写的东西，是准备提前退休了吗？'讲道理，刘经理那份企划案改了七稿都定不下来，贺总也很无奈。"

"主要是气场太强……不对！"安妮故作愤怒，"林助，你怎么叛变了，你居然一心向着资本家？"

林回哭笑不得："我是就事论事啊，其实万筑的薪资和福利也算行业独一档了，加班也是根据项目进度自由调控。最重要的是，公司虽然成立时间长，规模大，但是管理不僵化，氛围好。"

安妮点点头附和："那倒确实，企业文化不错。"

说到这里，她又感叹道："说起来，当初我们一起进的万筑，现在我孩子都两岁了，你怎么还不恋爱？你到底喜欢什么样的啊？"

你喜欢什么样的？很多人都问过林回这个问题，每次他都是笑着含糊带过，于是

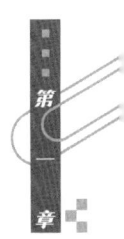

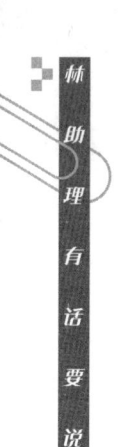

大家纷纷猜测他是不是要求很高。

　　只有林回自己心里清楚，这个问题是真的不知道该怎么回答，喜欢也好，恋爱也罢，他从来没想过这些事。非要说的话，他心底只有一个仰慕的人，他向往成为那样的人，并为此而努力，根本无暇顾及其他。

　　那个人，便是贺见山。

　　周末的时候，林回约了好友洛庭一起吃饭。饭桌上，他随口提起自己最近有点累，考虑要不要放个假休息几天，洛庭听了揶揄道："你这是为伊消得人憔悴。"

　　洛庭是林回的大学舍友，一间宿舍四个人，毕业的时候另外两人回了家乡，剩他和洛庭留在京华，他进了万筑，洛庭则考了教师资格证书，在一所私立小学里教自然科学。林回刷朋友圈的时候，经常看到他带着一群小朋友养花捕虫，一会儿观察大自然，一会儿做趣味实验，相比林回每天忙得不歇脚，洛庭的生活可以说是多姿多彩。

　　洛庭一直知道林回很崇拜自己的上司，这事还是他自己说出来的。作为朋友，洛庭第一次听说的时候虽然意外，但随后又松了口气。大学那会儿林回就是学校的风云人物，追他的女生很多，光是奶茶洛庭就帮忙递过好几回，但是林回对恋爱一直兴趣乏乏，宿舍的哥几个都以为他眼光高，看不上。结果毕业好几年，林回还是一直单身，洛庭老婆要给他介绍对象也不要，搞得他怀疑这人是不是身体有问题。

　　后来林回坦言自己一个人自在惯了，对恋爱不感兴趣，只喜欢跟着优秀的人学东西，洛庭这才放了心：还好，没病，就是爱追星。

　　洛庭喝了口啤酒继续说："对了，昨天在西街那边看见罗老师了，跟他聊了两句，他还问到你。你说说你，那会儿你都保研了，跟着罗老师不好吗？非要为了贺见山放弃深造，进什么万筑。"

　　林回无奈地纠正他："首先我没有为了贺见山放弃深造，我是进万筑才认识的他；其次，本来就是为了我奶奶学的园艺，她不在了，我根本没有动力，还不如把名额让给真正需要的人；最后，万筑给得挺多的。"

　　一听到林回提到他奶奶，洛庭便不再说话了。

　　林回是留守儿童，很小的时候他爸妈出去打工，结果出了意外去世了，他是他奶奶一手带大的。洛庭直到现在都记得有次专业课上，老师让他们轮流讲为什么来学"园艺"这个专业，林回朗声说道："从小我爸妈就去世了，我奶奶靠种田种菜养鸡养鸭供我上学。六年级的时候，老师布置作文让我们写《长大后的一天》，我当时就想，长大后的我，一定要让奶奶吃遍我种的各种各样的蔬菜和水果。"

　　全班人都被林回震动了。

二十来岁的大学生，年龄虽然已经是成人，但是心性并不成熟，争强好胜有，虚荣攀比有，敏感多疑有。不管是同学之间还是在老师面前，大家总是小心翼翼地极力回避自己不体面的一面。

只有林回，坦坦荡荡地表达自己经历过的窘迫与困顿，不卑不亢——没有刻意卖惨，也不故作乐观，他眉眼间涌动的，只有灼人的骄傲和如同晚霞一般温柔的笑意。

"那你就这么下去吗？你说想跟贺见山并肩奋斗，想成为他最好的伙伴、朋友，可实际上到头来你连自己的生活都快没有了。已经八年了，人生有多少个八年，就这么耗着？你这么能干，耗到他结婚指不定婚礼都要你来操办呢。"

洛庭这话不中听，但是林回仔细想想，还真有可能。

"受不了的时候我会离开的。"

"兄弟，你这两年一直说自己状态不好，我觉得主要原因就是你混淆了公和私的界线。工作，或者说对贺见山的盲目跟从，已经过度侵占你的生活，你需要改变，走出这一步，不管它是好是坏，你要给自己一个机会。"

其实林回也曾在无数个失眠的夜晚，躺在床上睁大了眼睛想：要不要明明白白地告诉贺见山，自己到底想要什么？可是他太了解贺见山了，他是个公私十分分明的人，一旦沟通失败，就算他不离开万筑，也会被调往其他地方——一切避免矛盾产生的地方。

他舍不得冒这样的险。

"他不喜欢这样。"林回低头喝了一口酒，满嘴都是酸涩。

"你上次不是还说他虽然严肃但不刻板吗？而且我觉得你作为他的贴身助理，应该算是他最亲近的人了，不明白你在担心什么。"

"我上次说的是他真的很严格，而且非常忙，他白天所有的行程都排得很满，有一段时间忙到每天只睡三个小时，没时间也不擅长处理这些事情。"

洛庭咂舌："我感觉你说的不是人，是 AI，是无情的工作机器。"

林回一下笑了："他就是这样的，我们公司同事私下八卦，都觉得他这样的人估计连恋爱都不会谈，女孩子应该受不了这样的男朋友。而且——"

林回的笑容淡了下来："我曾经亲眼看到，他毫不留情地拒绝别人。"

吃完午饭林回去了公司，虽然是周末，但是他约了云泰电气的刘弘瑞下午谈事情。刘弘瑞打了好几个电话想约他吃饭，林回之前推了两次，这次索性借口工作忙，就约在公司聊聊。

他中午喝了点啤酒，醉意没有，脸上倒是有点红。林回这人一直这样，喝酒上脸，哪怕喝一滴也上脸，真是无计可施。

林回去洗手间洗了把脸，随后站在会客室窗户边上环着胳膊一边吹风一边等人。

他有心事，思绪飘很远，也就没有留意门外响起熟悉的脚步声，于是贺见山到办公室的时候，看到的便是这样一幅画面：一向挺拔的林助理懒懒地靠在窗边，身体隐没在窗帘的阴影里，零星的日光偶尔停驻在他低垂的眼睑，整个人看上去孤单又疲惫——

像是睡着了。

当贺见山的脑海里一瞬间闪过这个念头的时候，他的脚立刻向后退了一步。然而就在他还没来得及深思为什么会有这样的本能反应时，林回已经听到了动静。

他转过头，目光穿过尘埃，与贺见山不期而遇。

林回似乎愣了一下，随后唇角弯起。他还保持那个姿势，稍稍歪了一下头算是打招呼："约了人谈事。"可能是喝了点酒的缘故，他懒得开启正儿八经的工作模式，整个人显得有些散漫。

贺见山感觉到一点意外。

在过去的几年里，他们曾为了一个又一个的项目并肩战斗，在他面前，林回永远都是端方有礼、认真谦逊的。贺见山看着林回从初出茅庐的职场菜鸟变成如今能干可靠的万金油高管，却从未见过他如此疲惫的一面。

他想起无数个灯火通明的夜晚，林回问他："贺总，您累吗？"

他忽然也想开口问一句："林回，你是不是累了？"

· 03 ·

林回没想到会在公司遇见贺见山，明明这个周末的他难得空闲，可以在家好好休息。

如果是往常，林回必定要站直了跟贺见山打招呼，再问问他有什么需要。但是今天被洛庭说了一通，他也确实有点累了：装作精神饱满很累，装作游刃有余很累，装作什么都不在意也很累。于是他就随意地冲贺见山点了下头，简单说了自己的安排。

贺见山没说什么，看上去只是顺便路过公司。林回以为他过一会儿就会离开，结果他却在办公室里坐下了。

林回看着虚掩的门有点无语：这人到底是有多爱工作？

还没来得及腹诽更多，云泰的刘弘瑞到了。

林回一瞧见他便堆起笑容："刘总，真是不好意思，这两天一直在忙，今天只能辛苦你跑一趟了。"

刘弘瑞年龄不大，语气很老练："哎呀，林总你太客气了，等过段时间不忙了，你可一定要赏脸吃饭，我喊上我舅舅，咱们好好聚一聚。"

刘弘瑞是做工程开关的，他舅舅是市规划局的局长，之前跟贺见山打了招呼，希望万筑有机会能照拂一下外甥。万筑旗下的地产公司在国内很多城市勾地做开发，声名在外，谁都想跟着喝口汤，不过贺见山应归应，其实懒得放在心上，他直接交给林回去处理了。

刘弘瑞这次来也不为别的，主要是万筑下面的地产公司压了云泰的款。半年了，他三番两次催问付款进度，结果行政部的回复永远都是"您好刘总，流程已经在走了"，刘弘瑞不好意思让自己舅舅为这点事打电话给贺见山，只得自己来找林回了。他跟林回只接触过一回，没觉得这人有什么特别的，不过到底是贺见山的人，面子总是要给的。

林回知道他是来干什么的，慢条斯理给刘弘瑞倒了杯茶，尽说些闲聊的话。没喝两口，刘弘瑞忍不住开了口："林总，是这样的，云泰的款，地产那边走了好长时间了，不知道什么时候能下来啊？"

林回点点头："实在不好意思，刘总，之前一直在处理外地一个项目上的问题，可能耽误了，我会帮你加快流程。"说罢他又叹了口气，"唉，你不知道，就一个供货方出了纰漏，搞得我们很多规划都得重新调整，工作量多了几倍。"

刘弘瑞一看林回还挺好说话，顿时松了口气，脸上的笑容也真诚了几分："理解理解，做工程就是这样，哪怕一颗螺丝钉飞了，进度都要耽误，牵一发动全身。我懂的，工作不好做。"

"是的，我们也头疼，说是有个材料原本应该在上个月2号交货，结果推迟了整整一个月，产品又良莠不齐，补货拖拖拉拉，我们贺总脾气不好，火上来了当场就联系法务要解约，最后还是劝下来了，不过那家公司肯定要进黑名单，不会再有合作了。"

刘弘瑞的神色忽然变得有些尴尬："这……这的确不太好，不过这点小事贺总也要管吗？"

林回不动声色："刘总，你不知道，万筑最早是实业起家，到了如今，集团虽然多个领域全面开花，但是贺总对地产这块一直抓得很严格，事无巨细。别看有的项目不大，但贺总很上心，碰到了他的底线，他真是什么面子都不给的。像前年和云洲市政府一起开发的一个旅游地产，就因为里面有人不守规矩瞎掺和，非要换供货商，东西又不行，最后闹到市委书记出来协调，想不到吧？"

林回长得好看，声音也清正，说起话来斯斯文文，一听就让人忍不住信服。刘弘瑞心虚，这会儿见林回神色真诚不似作伪，原本只有六七分真的话到了耳朵里也自动升级为十分。只见他头上隐隐冒汗，嘴巴张了又张，最后小声道："那贺总这工作量大了。"

林回状似无奈："是呀，我们也只能配合他，项目上的大小事，总归都要过一遍他耳朵的。"

刘弘瑞连喝了两大口的茶，没吭声。

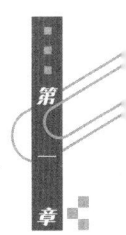

林回心里暗自发笑，给刘弘瑞续上茶："款的事，你别急，我们跟王局也好多年的交情了，等我明天跟地产那边核实清楚，没什么问题我就尽快催人办。"

刘弘瑞连忙摇手："没事没事，这点小事不劳烦林总，不急的。"

"贺总这人严格，他什么都要做到最好，程序上自然也烦琐点。别说我们了，连一些老合作伙伴都说他太吹毛求疵，恨不得不要合作了，所以请你理解一下。"

刘弘瑞连连点头："不敢不敢，就是因为贺总高标准，才有了万筑的高品质嘛。我这点小事也别单独拿出来麻烦贺总了，正好跟地产李总那边还有点收尾的工作要做，咱们该怎么样就怎么样。"

"要是都像刘总你这么好说话就好了，万筑这边大小项目也多，合作得好，以后多多益善，我们也放心。"

"那是肯定。说实话，我来其实就是想约林总你吃个饭，其他都是次要的，大公司手续多点很正常，我们全力配合，不着急。"说完刘弘瑞看看手表，站起身，"正好我这边还约了别人谈点事，那就不耽误林总了。"

林回赶紧站起来，一边伸手示意送他一边说道："是我耽误刘总了，你忙，你忙。那这样的话，我这边就按你说的，先这么着？"

刘弘瑞恳切点头："一切按万筑的流程来。"

林回笑了："合作愉快。"

送走刘弘瑞，林回长长地呼出一口气。他不太想动，干脆坐在沙发上看起了手机，连贺见山走进来都不知道。等到他注意到对面有人坐下，贺见山已经开了口："吹毛求疵？"

林回一愣，随即明白他是听到刚才的对话了。

贺见山语气沉稳，林回一时间不知道他是开玩笑还是正经发问，只觉得尴尬极了：讲老板坏话被老板抓现行，这算什么程度的社会性死亡？

"只是一种话术。"林回佯装镇定。

贺见山还想说什么，却看见对面人的耳尖红得实在有些显眼。他忽然想起第一次带着林回出去应酬的时候，林回也是这样，红着耳朵挨个儿敬酒。

那时候的林回真是太青涩了，什么也不懂，去饭店的路上见他吃了感冒药便忧心忡忡劝他不要喝酒，然后他从洗手间出来，看见林回站在安全通道口跟人打电话，紧急培训酒桌礼仪。从贺见山站的位置，恰好能看到林回严肃的面庞，对面说一句他就重复一句："……噢，噢，敬酒时酒杯要比对面低一些……"

对面说了什么，他又笑了起来："我这不是怕丢学校的脸吗？我好歹也是名校出来的，现在又是在这么大一公司，可不能因为一点小失误让人给小瞧了。"

饭桌上都是有头有脸的人物，不劝酒也不闹酒，贺见山不喝酒不会有人说什么，偏偏林回也不知道从哪里看了什么酒桌文化科普，怕自己一个小兵卒子也不喝的话会显得很没礼貌，于是电话培训完毕就上岗，谦虚地敬了个遍。

一杯下肚，林回的脸立刻烧了起来。贺见山看得分明，想让他回来，但是这敬酒一旦开了头，就没法中途结束。等到一圈下来，林回的意识还算清醒，脸上却是不能看了。他自己倒是没当一回事，饭局结束回去的路上还安慰贺见山："没事，贺总，我在学校和同学喝过，我这人就这样，一喝就上脸。"

贺见山看了他几眼，没吭声，只交待司机放慢了速度，而林回就在不断摇曳的城市灯光里，慢慢睡着了。

从回忆中醒来，贺见山意识到他最近对林回的关注度有些高了，可能是因为林回确实跟了他太久，又或许是最近清闲了些，他才有空想些乱七八糟的。他看了一眼手机，忽略刚才的话题，转而问道："下周五晚上我有安排吗？"

林回瞬间正襟危坐："下周三要去麓城出差，周五早上十点四十的飞机回来，晚上暂时没安排。"

"周五晚上六点，约闵总吃饭。"

贺见山口中的闵总是艺嘉影视的 CEO 闵佳，才貌双全的女强人。成功的事业女性向来都是焦点，闵佳长得漂亮，还是在娱乐圈打拼的，更是聚集了众多目光，常有人开玩笑说拍闵佳的狗仔比拍她手下艺人的还多。

万筑经常和艺嘉的艺人合作，一来二往，贺见山和闵佳也就熟悉了，关系一直不错。有传言闵佳倾心贺见山，她确实也曾多次在公开场合表示欣赏认真工作的男人，曾有好事记者就此事采访过贺见山，贺见山不置可否。

林回一顿，随手拿出笔记在一张纸上："好的，还是在小南轩吗？一共几位？"

"花园餐厅，就我们两个。"贺见山迟疑了一下，又补充道，"再帮我订两张电影票。"

林回的手停住了，他花了好几秒才反应过来贺见山说了什么。

花园餐厅是京华市最出名的情侣约会餐厅，电影是吃完饭要一起去看的，贺见山请闵佳吃饭，然后一起看电影。

这不是一次商务宴请，这是一场约会。

在担任贺见山助理的这些年里，林回帮他安排过很多私人行程，其中不乏和女性单独吃饭。他也曾偷偷猜想过其中的某一个会不会成为贺见山的女朋友，或者他是不是也像自己听到的某些名人八卦那样，有不对外公开的女友，可是这些似乎都没有发生。

就像他跟洛庭说的那样，贺见山的时间很少，心里只有工作。

林回有时候其实是乐见于此的。工作像一个肥皂泡，把他和贺见山圈在里面，让他一个普普通通的小助理，也可以短暂却光明正大地拉近两人的距离，让自己显得不那么孤单。偶尔，林回也会惶惶不安，仿佛午夜等待楼上另一只鞋子落下的人，不知道何时响起"啪"的一声，让这个肥皂泡瞬间消失。

现在，这只鞋子终于要落下了吗？

林回有些无措，他想到洛庭那句"耗到他结婚，指不定婚礼都要你来操办呢"，忍不住脱口而出："您……婚礼上喜欢什么花？"

"什么？"贺见山一时没反应过来，怀疑自己听错了。

林回像是忽然傻了，他的脑子提醒他应该立刻闭嘴，但是嘴巴却不受控制，结结巴巴道："前、前两天去八楼，在茶水间听到一群女孩讨论婚礼用花，就好奇，问一下——"

贺见山觉得这个情况有点诡异。

在这个接待室里，他和林回讨论过集团的运营和管理，讨论过几十上百亿的项目，而就在几分钟前，他们讨论了接下来的工作安排。他们可以在这个接待室讨论任何一件事，唯独不该是婚礼上的花。

这是一个私人且不合时宜的问题。

可是他的助理看上去很想知道答案。

"白玫瑰。"长久的沉默之后，贺见山低声道。

林回攥紧了手中的笔，忍不住想：真好，我也喜欢白玫瑰。而后，他深吸一口气，露出一个只属于林助理的无懈可击的完美笑容：

"贺总，下周五我会帮您都安排好的。"

· 04 ·

林回躺在家里的沙发上，给洛庭打电话——

"我可能等不到那一天了。"

洛庭有点蒙："啥玩意儿？"

"我说我高估自己了，我根本等不到给他筹备婚礼的那一天。"林回看着客厅的吊灯，"洛庭，我想辞职了。"

这是林回第三次生出辞职的念头，第一次是他发现自己渴望追随贺见山的时候。

林回从小生活简单，初高中的时候他忙着学习和帮奶奶干活，如明珠蒙尘；等上了大学，他就像雨后的天空，浑身洋溢着干净又明亮的光彩，不但吸引很多女孩的注意，男孩子也很喜欢跟他做朋友。可以说，从小到大，他一直是身边人的榜样，包括他自己也比所有人都清楚自己身上的优点和强项。

　　直到他大学毕业进入万筑遇见了贺见山，他第一次发现自己还远远不够。他开始不满足于当一个普通的助理，而是拼命学习，努力追赶走在自己前面的那个人。他想要变得更加优秀，然后有一天稳稳地站在他的身边，和他一起去打造最好最强大的万筑。只要想到这一切，林回的身体里就好像涌上无穷的干劲。

　　从来没有一个人能让他产生如此热切和向往的情绪，只有贺见山，他是第一个，也是唯一一个。

　　就像是枯草中间的一粒火星，林回就这样灼热地燃烧起来，来势汹汹。或许这就是榜样的力量，他忽然发现，他从工作中获得的快乐，比不上贺见山的一句称赞、一个笑容，又或者是一点微不足道的指点。他小心翼翼，却又无法克制地注意贺见山的每一个表情、动作和话语，真诚又热烈。

　　林回有些昏头了。

　　他变成了青春期沉迷游戏的学生，把所有心思都放在关注的人身上，甚至没有意识到工作也受到了影响。贺见山带着他去给政府领导做新项目的汇报，他准备得很不充分，全程磕磕巴巴，有几个提问也没答得上来，最后贺见山只能自己上。

　　林回羞愧得满脸通红。

　　会议结束后，他站在贺见山的办公桌前，低着头，一声不吭。

　　贺见山没有骂他，只是盯着他看了一会儿，问："你觉得你刚刚讲得怎么样？"

　　林回抿了抿嘴唇，惭愧道："很差。"

　　贺见山又问了一个不相干的问题："林回，你觉得万筑这个公司怎么样？"

　　林回抬起头，眉目坚定："很强，行业佼佼者。"

　　"可是，即使强大如万筑，大部分时候，它的机会也只有一次。"贺见山转身从书架上挑出了几本书，放在林回面前，"今天会上提到的几个点你不太熟悉，可以看看。"

　　万筑这些年涉猎了很多行业，都是林回不了解的，所以他经常看书充电。作为一个助理，为了跟上贺见山的脚步，从进入万筑那一刻开始，他就从未停止过学习。这些，贺见山都看在眼里。

　　"我不知道为什么这段时间你一直心不在焉，但是我愿意再给你一次机会。"

　　从那天起，林回沉静了许多，安妮偶尔开玩笑说他有时候看着像贺总。她没说错，林回学习了贺见山的自律，将酸涩的情绪埋在了心底。他悲哀地发现，当他表现得越专业、越能干、越有分寸感，贺见山就越发地认可他。

你要是想离贺见山近一点，那你首先要远离他。林回想。

他在万筑的大部分时间都和贺见山在一起。一方面，极近的工作距离使得林回总会无端生出一些快乐；另一方面，他又要不断逼自己克制和回避，把自己伪装成一个努力又上进的工作狂。

这种矛盾令林回痛苦，他冒出了想要离开的念头。

之后到了中秋节。那一年的中秋与国庆重叠，足足八天的假期让公司上下都充满了愉快的气氛。不过这种快乐跟林回无缘，假期第一天，他就加班直到天黑。眼看时间已经不早，林回和朋友还有约，他便跟贺见山打了招呼下班了。临走时，他又帮贺见山买好了晚饭，两菜一汤一饭整齐地放在茶几上，贺见山冲他摇摇手，让他赶紧走。

中秋是家庭团圆的日子，林回在电梯里想，估计贺见山以为他是赶着回去见家人，才催促他快走。

可惜，他早就没有家人了。

吃完晚饭和好友告别，林回发现自己把钥匙落在办公室了，他只好又打车回公司。那时候万筑还在南边的老办公楼，一栋二十二层的建筑，贺见山的办公室就在十八楼。出租车在万筑门口停下，林回下了车抬起头——夜幕低垂，灯光下的高楼就像一个巨人，沉默地注视着大地。

林回到达办公室，不出他的意料，贺见山还没有走。不但没走，连晚饭也没吃，那些饭盒林回走的时候什么样，现在还是什么样，一点动过的痕迹都没有。贺见山并没有在工作，而是站在落地窗前看着外面，不知道在想些什么。

这个城市的灯光斑驳繁杂，偶尔透过玻璃映在他的脸上，明明灭灭。

林回的心脏缩了一下。

他仿佛回到了接到奶奶病危电话的那一天：他坐在学校操场旁的长凳上，身边不断传来足球场上踢球时的呐喊声，明明耳朵里很吵，可是他的心却像是被单独关了起来，很静，又很空。

林回想：他为什么也是一个人呢？

林回又想：我不能走。

于是他走了进去，大声说道："贺总您还没下班吗？"

贺见山回过头。

林回继续问道："月亮出来了吗？"

贺见山迟疑了一下，过了半天才回答："……好像还没有。"

"那正好。"

林回拖了一张椅子放到落地窗前，然后到自己的办公桌上找到了昨天行政送过来的柿子和月饼。他拿了一个果盘把它们整齐摆好，又泡了一杯茶，最后把这几样东西放在了椅子上，果盘在里面，杯子朝外面。

贺见山看他忙来忙去，问道："你在干什么？"

"敬一下月亮公公。"林回轻轻笑了起来，"我怕等我到家月亮都出来了，就借一下公司完成仪式吧。这是我家乡的风俗，中秋要请月亮公公喝茶，这样才算过完中秋节。"

贺见山完全愣住了。

林回声调轻快，听起来像是在哄小孩，可是他的表情却说不出的认真。

"这样……才算过节吗？"贺见山凝望着夜空，仿佛在寻找月亮的踪迹。

林回则看向窗外的万家灯火，认真道："对，这才是在过中秋节。"

他们不再说话了。

林回和贺见山一个站在椅子左边，一个站在右边，灯光流淌在他们静默的背影上。没过一会儿，月亮出来了，就这样，两个毫无亲缘关系的人，他们一起度过了中秋节。

▪ 05 ▪

自从上次和洛庭电话之后，林回一直在思考离职的事情。洛庭劝他不要冲动，撇开贺见山不说，万筑的这份工作还是适合林回的，而且他现在还有房贷在身，也该考虑考虑现实问题。

可是和闵佳的这场约会安排提醒了林回，他 30 岁了，贺见山也 35 岁了。

就算贺见山对恋爱和婚姻没有兴趣，他身边的人也都一直盯着这个优质的钻石王老五。这两年，明里暗里要给他介绍女孩的人明显变多，贺见山能推则推，推不掉的他就去见一见。林回第一次和洛庭说起这事的时候，洛庭都惊呆了，吐槽说"没想到这身家也逃不过相亲"，林回笑说："这身家还跟我一起吃便利店泡面呢，虽然只吃了一口。"

在这份追逐里，林回是一个独行侠，他就像一个赌徒，疯狂透支自己的热情，燃烧自己。

快要下班的时候，贺见山让林回跟着他一起去"续"。

"续"是一家酒吧，贺见山的好友薛沛开的，为了支持好友事业他还参了股。它的位置是在京华市很出名的西峰路上，贺见山选的。

西峰路是老街，原本两边都是旧楼和老小区，后来政府拆了一部分，改造一部分，在保留原本特色的同时重新规划调整，变成了现在的艺术感浓厚的文创街区。

在西峰路的街尾，穿过郁郁葱葱的林荫道，便能看见装修得很有格调的一栋二层

小楼，那就是"续"了。每当贺见山需要放松的时候，就会来这边喝喝酒、聊聊天。林回和贺见山一起去过几次，虽然是私人场合，但是贺见山觉得带着林回会好一点，至于到底哪里好，他自己也说不清楚。

贺见山的私人行程一般是自己开车比较多，林回拿了驾照后，就换成林回开了。说起来，林回能顺利考上驾照这事还得感谢贺见山。

那是很早之前的事情了，有次贺见山的司机赵建华请假了，公司其他司机也都各有安排，贺见山问林回有没有驾照，林回坦言已经交了钱，但还没有时间去学。

贺见山难得笑了一下："等老赵回来，让他教教你。"

就这样，等赵建华销假回来，接到的第一个任务就是每天抽一个小时教林助理开车，还是用的总经理价值百万的私车进行练习。

这起点太高了。

他们练习的场地是一个废弃厂区，里面随处可见钉子、铁皮，堆了不少乱七八糟的材料，林回开得战战兢兢，生怕剐蹭到车。

赵建华见状说道："林助你手放松，不要把方向盘抓这么紧，我在你旁边呢，不会有事的。"

林回苦着脸："不行啊，老板这车太贵了，我害怕。"

"有保险呢，蹭了也不会让你赔的，你放松。"

"我感觉我不应该用这么好的车练，就跟找个博士来辅导一年级小孩的数学题一样，效果可能还不如学校门口的培训班。"

赵建华被他逗笑了："开车原理都是一样的，你这边练熟了，到驾校那边能省不少事。"

林回拿到驾照那一天，第一件事是给赵建华发了个红包，第二件事就是坐在车里问贺见山今天去政府开会能不能让他来开车。

赵建华笑道："林助理，你这才拿了驾照就想着让我下岗啊？"

原本赵建华是不敢当着贺见山的面开玩笑的，但是他跟林回实在太熟了，而且车内气氛很好，使得他也忍不住放松了。

林回听了嘿嘿直笑。

贺见山看了一眼林回跃跃欲试的表情，有些无可奈何，但还是点了头："老赵你坐旁边看着点。"

到现在，林回已经非常习惯开贺见山的车了，甚至他一坐进去，手机就自动连上了车载蓝牙，林回随意地点了几下，车内便开始播放音乐。

林回开车的时候，贺见山很少与他说话。他有时候看手机，有时候闭目养神，林回偶尔会通过后视镜悄悄看他一眼。然而今天贺见山什么也没做，他静静看着林回端正的背影，不知道在想些什么。

林回感觉到了。

但是他什么都没问，只是在温柔的音乐声中，穿过像雾气一样的灯光和一片生意盎然的翠绿，沉默地驶向目的地。

到达"续"的时候是晚上九点，时间正好。他们一进去便直奔二楼的唯一一间VIP包厢，这里常年留给贺见山。薛沛早就在里面醒好了酒等着，一见人终于来了，他笑道："林回，好长时间没见你来了。"

薛沛为人热情爽朗，因为贺见山，林回也跟他熟悉了。他在京华开了好几间酒吧，其中不乏气氛火热吵到需要戴耳塞的夜场，也有像"续"这样，有驻唱乐队Live，环境和氛围平和舒适的清吧。前些年林回常常和洛庭约在这里聚会，后来又加上了洛庭的老婆，三人谈天说地，到如今小两口有了孩子，聚会逐渐减少，林回一个人也懒，便很少过来。

"主要是这边生意太好，每次路过里面都坐满了人，我排不上队。"林回笑着和薛沛寒暄了几句，然后下楼自己随便找了位置坐下，等着乐队开唱。

林回其实挺喜欢来"续"的。贺见山在包厢跟薛沛聊天，他则喜欢坐在角落看别人喝酒，听乐队唱歌，轻松惬意。

"续"的调酒师阿Ken认识林回，见他坐定就给他送了一杯新推出的饮料，叫"冰色夏夜"，深蓝色饮料混合着冰块，据说是目前来"续"的顾客的必点品，深受女士青睐。林回哭笑不得，尝了一口，也说不上是什么味道，反正冰是挺冰的。

这会儿二楼包厢的贺见山也举起了酒杯，他和薛沛随意地碰了碰，喝了一口便又放下，然后看向了外面。包厢是单向玻璃镜面，贺见山坐的位置可以纵览整个酒吧，薛沛顺着他的目光看过去，发现他在看林回。

薛沛忍不住笑道："你说说你这个黑心老板，上了一天班了，下班来喝酒还要人家林助理跟着，烦不烦？"

贺见山怔了一下，似乎没想过这个问题。

"我看他连搞对象的时间都没有。"

贺见山刚想反驳万筑工作时间朝九晚五，没那么夸张，但是又想到林回是跟着他的，比其他人要忙很多，也经常加班，便又悻悻闭了嘴。

薛沛摇摇头："老贺，不是我说，你不能看林回能干就逮着一只羊薅吧，你也要让人休息。"

贺见山冷着脸："万筑制度健全，林回每年年假至少半个月。"

"有什么用，我虽然没上过班但是我也知道，你们这种大公司，就算放假了，电话肯定还是一通通地打过来。"

贺见山沉默了。

薛沛知道自己说中了，又加了把火："以后你来我这儿就别差使人家林回了，上一天班挺累的，就算是来酒吧又怎么样，看着放松，连杯香槟都不能喝。"

从贺见山的角度可以看到林回的手放在透着蓝色的玻璃杯上，他的眼睛注视着乐队，似乎在认真听歌，但是脸上没有表情，嘴角微微下垂，周围一派轻松愉悦，林回在里面显得格格不入。

其实自从上次接待室聊过天之后，贺见山就明显感觉到林回的情绪不是很好，他也反思过自己是不是太严苛，忽略了他的感受。或许，他应该给林回放一个假，或者把他的工作分一些出去。

"……他其实可以拒绝的。"

"谁敢拒绝自己的老板？"

贺见山觉得薛沛还是不了解林回，林回是敢拒绝的，而且他拒绝过自己很多次。

有一年他们去国外考察，东道主热情邀请他们体验当地文化特色，竹林温泉。贺见山本身没什么兴趣，但是他觉得林回和随行人员可能会想去便应下了，结果最后，只有林回拒绝了。

"贺总，我想睡觉。"林回表情认真。

贺见山其实有点意外，他以为林回会喜欢这类活动。不过不去就不去吧，最后贺见山和其他人去赴约，林回则躺在酒店睡大觉——睡得还挺香的，集团副总给他带了份消夜愣是没把他喊起来。

而且林回不仅仅是拒绝贺见山，还常常敷衍他。

因为工作，贺见山和林回经常在一起吃饭，他注意到林回总喜欢素汤泡饭，便随口提了一句"汤泡饭对肠胃不好"。面对来自老板的关心，林回自然是连连点头说"您说得对，是不好，下次不这样了"，听着挺诚恳，事实上林回完全没放在心上，还是我行我素。贺见山也不明白工作特别认真细致的一个人，生活上怎么这么随意。

贺见山没有和薛沛多解释，只是又看向了林回。

楼下渐渐热闹起来，音乐填满了"续"的每一个角落。全酒吧的人都在听同一首歌，只有林回游离在音符之外，心事重重。

06

"续"的驻唱乐队名字叫作"海马体",林回第一次听到的时候很喜欢。

海马体是大脑的一个组成部分,主要负责记忆的存储,音乐也是海马体,它们储存人类的情感。林回看着乐队忍不住想,关于贺见山的所有记忆也在他的海马体里。它们占了多大的地方,它们以怎样的形式存在,是不是就像一帧帧电影画面,安静地排列着,随时等待自己调取其中某一幕?

此刻,在这个名为"续"的酒吧里,林回从自己的海马体中调取了贺见山第一次相亲时的情景。

可能说相亲也不太适合,毕竟从贺见山的角度来看,和领导的女儿吃饭也是工作的一部分。

饭局时间早早就定了,大领导的女儿不能怠慢,但是贺见山也很忙,有些事情要提前安排确认,因此林回在和贺见山汇报工作的时候,特意提了出来:"贺总,下个月跟冯小姐的饭局,您要提早空出时间。"

贺见山连头都没抬:"哪个冯小姐?"

林回一阵尴尬:"冯总的千金。"

贺见山继续看文件:"噢,那你帮我预约一下餐厅。"

林回想也不想地拒绝了:"这不适合吧,您亲自安排比较好。"

贺见山抬起头,奇怪道:"哪里不合适?"

林回无言以对,想了半天只好说:"我不懂这些,怕出纰漏。"

贺见山一动不动地看着他,目光如炬,看得林回一阵心慌,但他还是不愿改变主意。

贺见山看了他一会儿,最后低下头,淡淡道:"行吧,你让安妮安排。"

安妮最后订了一家法式米其林餐厅。听说女方是留学回来的,安妮觉得法餐时间长,两人可以聊聊天,而且面对熟悉的事物,女方也会有话题,不容易冷场。

贺见山吃着法式大餐的时候,林回在公司楼下便利店让营业员热了一份泡面。他今天不太想吃饭,去其他部门的时候正好闻见泡面的味道,有点犯馋,就来便利店挑了一个没吃过的口味。他一边吃一边拿出手机查了查,原来一顿法餐至少要吃两到三个小时,如果是他和贺见山一起吃法餐,那么他俩可以顺便在饭桌上改完一份合同。想到这里,林回忍不住笑出了声,随后又慢慢隐了笑容。

他应该不会有和贺见山一起花费三个小时去品尝一顿精致晚餐的机会,那太漫长了。

林回最擅长的,只有如何快速吃完一顿饭,这是他小的时候养成的习惯。

林回爸妈刚出事的那几年,家里全靠奶奶一个人,过得有些辛苦。林回就是在那

时候学会用汤泡着饭吃，这样既能很快吃完饭又可以少做菜省点钱，甚至遇上他特别喜欢的汤，只要一个菜也够了。

奶奶心疼得不行，说他长得好人又聪明，不应该生在他们家，让林回好好学习以后一定要去大城市，他就笑嘻嘻说不去，他要回来帮奶奶种菜。

从小到大，林回虽受生活磋磨，却很少产生愤懑和自卑的情绪。可是在这一刻，林回忽然意识到，他和贺见山之间的差距真的是太大了，这一道鸿沟，甚至超越了年龄和地位。

跟在贺见山身边久了，令他产生一种错觉，仿佛他们是同一个世界的人。而事实上，他只是一朵微不足道的浪花，侥幸攀上了头浪，才能见识到更广阔的天地，乘着风，追逐朝阳。

楼上，贺见山和薛沛的红酒已经下去了一半。

薛沛和贺见山说笑着，又想起一件事："话说回来，林回这人还真的挺惹眼的。前两天小六还跟我说呢，常来我们酒吧玩的一个客人跟林回有过一面之缘，对他念念不忘，在酒吧蹲了好长时间没蹲到他，忍不住跟小六打听，小六一听描述就知道是林助理。"

贺见山闻言看向薛沛，怀疑自己是不是听错了："啊？"

"对，真的蹲他好久。"

贺见山不置可否："只是见过一面，就喜欢上了？"

薛沛见他语气微妙，笑道："对啊，这不稀奇吧，林回不管长相还是气质，都很出众。"

贺见山眉头皱了起来："那人配吗？"

薛沛对保媒拉纤的事不感兴趣，他本来就是随便八卦一下，但是贺见山这语气把他给逗乐了："你这是哪里来的恶婆婆？咱们其他不说，小六说的那位客人我也认识，姓李，爸爸是很有名的外科医生，妈妈是大学教授，这身份背景不差吧，还配不上你家林助理？"

"好的家庭看的是氛围，不是家世，主要还是看本人。"

"本人海归，现在是外企高管。"

"自己说的？酒吧里的聊天能当真吗？大家都是陌生人，随口说说而已。"

"我跟对方聊过几次，挺真诚随和的，不像那种虚头巴脑的人。"

"知人知面不知心。"

薛沛头一次发现贺见山这么阴阳怪气，他简直要气笑了："那你觉得什么样的人配得上林助理？"

贺见山不说话了。

他没想过这个问题，薛沛这么一问，倒真把他问住了。不过比起这个，贺见山更关心另外一件事："你觉得，在这里做什么会觉得开心？"

薛沛奇怪地看他一眼："你为什么来'续'呢？"

贺见山若有所思。

薛沛举起了酒杯："这里是酒吧，想要开心，就要喝酒。"

孤身一人的帅哥总是有些惹人注意，林回坐着想了会儿事情，就已经有两个女孩过来想请他喝酒，他笑着摇摇头拒绝了。林回不知道还要待多久，他正考虑是不是要换个更角落的地方时，"续"的灯光忽然变得暗了一些，像是为了配合夜色，气氛也更加温柔缠绵。

音乐停了。

林回看见"续"的经理小六向着海马体的主唱招了招手，然后给他看了一眼手机屏幕，他们似乎说了什么，主唱比了一个"OK"的姿势，又回到了台上。主唱摆弄了一下麦克风，转身跟身后的乐队示意了一下，开口道：

"刚刚，我们'续'的经理让我跟大家说一件事——"他停了下来，等大厅慢慢安静把目光聚集在他身上后，举起一只手，语气开始高昂，"有人请你们喝酒，今晚所有的酒水免单！"

整个酒吧一阵欢呼，所有人举杯欢笑。

"接下来这首歌，是那位请大家喝酒的先生点的，嗯，歌名我很喜欢，叫《喜悦》。那位先生还想跟大家说一句——"灯光再度暗下，台上响起吉他的声音，主唱在前奏中慢慢闭上眼睛，

"干杯。"

林回还没有从熟悉的歌名中反应过来，阿 Ken 已经端着一个很大的托盘来到他的面前，他在林回的面前放下一杯、两杯、三杯、四杯……林回睁大了眼睛——十二杯酒！

红的白的黄的绿的，鸡尾酒香槟伏特加朗姆，高的矮的叫得上名字叫不出名字的……

林回面前整整放了十二杯酒！

阿 Ken 笑着放下最后一杯酒后，又递给他一张薄薄的卡片，上面写着一行外语：

"Taste it, enjoy it.（尝尝，喜欢吗？）"

很漂亮的字，是贺见山的笔迹。

林回的心脏不可抑制地扑通扑通跳得飞快，他仿佛是转了半天还没加载成功的网

页，周围已经进入下个页面，他却仍然只有一片空白。林回看向面前的酒，五颜六色的酒水混合着头顶的灯光，就像这个城市的夜晚，令人目眩神迷。

林回给自己挑了一杯橙红色的鸡尾酒。

今晚过后，这个夜晚将会被分割成无数帧画面存在他的记忆里。他会在某一天想起，想起开车路过的那些树荫，想起贺见山上楼时带起的衣角，想起蓝色，想起《喜悦》，想起今晚喝的第一口酒，有点苦，有点甜，就像此刻的心情。

他忍耐着，又迫不及待地，要跟这个夜晚干杯。

贺见山和林回两个人都喝酒的后果，就是结束后一起站在车旁等司机来接。夜晚的风不冷也不热，吹得两人身上的酒味混在一起，带来一丝奇异的香味。

林回脸上的红色借着夜色掩去了大半，他犹豫了半天，还是忍不住开口道："您干吗给我送那么多酒啊？"

"薛沛说，来酒吧想要开心就要喝酒，所以，"贺见山歪头看了林回一眼，"你开心了吗？"

林回半天没说话，过了会儿他又低低地问："那您又为什么要点这首歌啊？"

"这首歌有什么特别吗？"

林回看向远方："它让我想起我奶奶。"

"之前听你放过，我觉得它很应景。"

"应景？"

贺见山转过脸看向他："今天是三十号。"

林回愣了一下，反应过来他说的是今天的日期：九月三十号。

是九月。

林回的耳边仿佛响起酒吧里歌手低沉沙哑的嗓音：

难忘的九月，

一只蝴蝶在飞舞，

翩然起舞你左右，

落在我手上。

……

是难忘的九月。

林回想，不知道贺见山的海马体里，能不能留下这九月的最后一天，能不能，留下这只蝴蝶。

第二章 Chapter 02

> 好，我很期待。
> I have Something to say

• 01 •

贺见山跟闵佳的约会延期了，原因是闵佳的公司那边有新电影要上，要先跑宣传，等这阵子忙完再约。林回接到通知的时候，心里说不上是轻松还是煎熬。

他这两天在处理万筑下面的投资公司的一些事情。这个公司是贺昭在负责，按理说一个子公司的工作，也不必事事都拿到集团来讨论。但是贺见山在这个公司设立了一个一人部门，由林回担任部门负责人——风险控制部经理，让他看着点。

其实林回也不明白所谓的"看着"到底是怎么"看着"，投资公司由一批相当专业的人运作，他只要定期跟贺见山汇报项目情况，有疑虑单独提出来交由他去定夺就行了。

今天手上同时出现了两份来自投资公司的文件，一份是正常的投资申请许可，需要他这个风险控制部负责人签字确认；另外一份是评估组的周晓飞经理单独发给他的，说是贺昭总最近看中了一个项目，前景良好，团队厉害，市场广阔，总之吹得天花乱坠。但是他们详细做了评估，不是很认可。

周晓飞在报告里说得很直白：就是来骗钱的。偏偏这项目是贺昭总的朋友介绍的，贺昭总目前是铁了心要投。

分歧由此而生。

林回明白周晓飞把这个球踢过来的原因，公司到底是姓贺的，真要投也没办法，但是团队不想担责，倒不如一是一二是二说清楚，别出了问题又来怪他们。

　　林回从心底其实是相信团队的，他们经验丰富，但凡这个项目哪怕只是收益低点，也能闭着眼过了，就怕有隐患暴雷，最后影响的还是万筑的声誉。

　　林回思前想后，暂时搁置了申请。他跟贺见山详细汇报了这件事，贺见山没什么反应，随口问道："你怎么看？"

　　林回委婉回答道："周经理的评估报告有详细的数据支撑，有一定道理。"

　　"晚上我去秋山苑吃饭，明天来跟你敲定这件事。"

　　"好的，贺总。"

　　秋山苑就是贺昭一家居住的别墅区，贺见山基本上每个月都会回一趟秋山别墅吃一顿家宴。根据林回的观察，贺见山和他爷爷关系不错，但是和贺昭关系微妙。爱似乎没有，恨也谈不上，比起父子，更像是偶尔走动的远房亲戚。

　　说句不太礼貌的话，如果不是这一月一次的家宴，林回都要怀疑贺见山跟他一样双亲早就不在了。

　　林回不知道的是，就这一个月一次的饭局，也是贺见山的爷爷强行要求的。人老了，总是希望能见到一家人和和美美团团圆圆的场面，东一个西一个，赚再多钱也不过徒增寂寥。

　　那会儿贺老爷子还在世，去国外疗养前，握紧了贺见山的手，言辞切切："你爸爸这人，一辈子就这样，人是笨点，但没坏心，你担待点。"

　　他又说："多回家吃饭，我也是做爸爸的，我知道，他想看见你的。"

　　贺见山觉得他爸爸的家庭很完整，并不一定需要他，但是他看着老人脸上的皱纹和殷切的眼神，到底没有反驳。

　　贺见山到达秋山苑的时候，别墅的阿姨已经在布菜了。贺昭坐在沙发上看手机，继母姜晴和同父异母的弟弟贺见川一边看电视一边说话，画面看起来其乐融融。

　　然而等到贺见山出现后，空气微妙地安静了。贺见山习以为常，只等着赶紧吃完回去，他九点钟还有一个视频会议。

　　席间响起零碎的筷子碰触碗盘和咀嚼的声音。

　　贺昭吃了两口菜，看着贺见山，犹豫了半天，还是先开了口："最近怎么样？"

　　"挺好的。"

　　"公司还顺利吧？"

　　"顺利。"

　　贺昭停顿了一下，吃了口饭，又问道："老赵的女儿在公司做得怎么样？"

"哪个老赵？"

"赵韬，我上次跟你提过的，他女儿进了万筑，前两天老赵还说要请你吃饭呢。"

"噢，你问林回，我不太清楚。"

贺昭换了个话题："你弟弟明年大学要毕业了，我看先让他跟着你，学点东西。"

贺见山看了一眼贺见川，见对方头快要埋到碗里，淡淡道："我建议可以每个部门都待一段时间，一来熟悉一下公司运作机制，二来可以看看有没有自己喜欢的。具体你可以让林回安排。"

贺昭噎了一下，没吭声。

姜晴看了一眼贺昭，赶紧把菜往贺见山面前推了推，笑道："小山，你多吃一点，红姐今天做的竹笋烧肉特别好吃。"

贺见山礼貌回应："谢谢。"

他夹了一块竹笋放进碗里，想起一件事："对了，零唯那个项目还是再等等，风险评估过不了。"贺见山口中的"零唯"就是贺昭一直想要投的那个项目。

"什么风险？应该不会吧，那是老杨、杨坤茂的项目。老杨跟我十几年交情了，不会坑我的。再说了，这年头谁也不敢说自己是零风险吧。"

"这是两回事。如果这是你个人投资我不会说什么，但是既然涉及公司，我肯定要根据评估报告来看。"

贺昭有些急了："但是这个项目我也认真调研过，现场也去看过，我觉得没有问题的。"

"我跟林回看了一下，投资模型……"

贺昭按捺不住火气："到底你是我儿子，还是林回是我儿子？怎么事事都是林回？"

一片静默。

贺见川绷直了身体，大气也不敢出。他偷偷看了他妈一眼，无声问道："林回是谁？"

姜晴瞪了一眼贺见川，示意他闭嘴。

贺见山很平静："公事公办，你提到的每一件事都跟公司有关，而林回是总助，我不提他提谁？"

贺昭眉头紧皱："在你眼里，让你弟弟跟着你学东西也是公事吗？"

"如果你觉得这是私事，那你问过他的意思吗？"

所有人都看向了贺见川。

贺见川看看他爸妈，又看了一眼贺见山，对方目光冷淡，看上去跟以前没什么区别。他忍不住扒了一口饭，嚼了两口，然后在所有人的目光中，他缩了一下喉咙："我……我想做乐队。"

贺昭"啪"地摔了筷子。

一顿饭不欢而散。

贺见山开车回了自己住的地方。他的房子装修风格偏冷硬，整体看上去极为整肃，唯独客厅的米白色沙发，因为是薛沛送的，柔软得让人想要陷进去。贺见山坐在沙发上松了下领带，随后便一动也不动了。

熟悉的环境并没有让他放松下来，面对空荡荡的屋子，他只觉得疲惫。也不知道过了多久，手机发出"嘀——嘀——"的声音，提醒他还有十五分钟开始视频会议。可是贺见山有些累，他不想开会了。

他给林回打了电话——

"您好，贺总？"

"我……临时有事，晚上的会就不开了吧。"

"好的贺总，我待会儿通知下去，改到明天可以吗？"

"再说吧。"

林回感到奇怪，贺见山很少有这样模棱两可的时候，他的要求永远都是清晰明确的。而且一般来说，就算有事情，贺见山至少会提前半小时通知他会议改期，而不是都快开始了才说不开，像是临时找借口放鸽子一样。

"你在做什么？"贺见山的声音再次响起。

林回回过神，看了一眼面前的外卖袋子，说道："刚拿了外卖，准备吃晚饭。"

"这么晚才吃晚饭？"

"下午吃了其他部门送的下午茶，不是很饿，所以晚饭迟一点。"

"点了什么？"

"牛肉面。"林回飞快地把手机切出去通知取消会议，然后开了免提放桌上，解开塑料袋取出晚餐。

贺见山听到窸窸窣窣的声音，又问道："点面条的话，送过来会不会面都不太好吃了？"

林回无奈道："现在还没有，但是如果再聊下去的话，面就要坨了。"

电话那头很轻地笑了一下，说："那你好好吃饭吧，再见。"然后便挂断了电话，留下林回看着手机，若有所思。

林回一边吃面一边猜测贺见山在秋山别墅吃饭到底遇上了什么，要不然他不会一边说着有事取消会议，一边浪费时间跟他聊些有的没的。

他们在一起工作那么长时间，林回虽不像其他人一样怕他，但是贺见山也不是那种会特地打电话跟人闲聊的人。不少人都私下说过，贺见山就像一个机器人，但是，他并不是机器人。

虽然他总是表现得无坚不摧，但林回知道，他也会累。

林回三下五除二吃完了面，盯着手机看了一会儿，然后给贺见山打了过去。

电话很快接通："喂——"

林回紧张地吞了一下口水："贺总，是我，是这样的，您……宁海那边的项目——"

贺见山打断了他："林回，现在是下班时间，工作可以等明天汇报。"

林回哑然。

两人在电话里一起沉默了，只有轻微的呼吸声，通过电波传入彼此的耳中。过了一会儿，林回干巴巴地开口："您晚上吃的什么？"

"竹笋烧肉。"

"听上去很不错。"

贺见山换了个姿势躺在沙发上，回忆了一下味道："的确还可以。"

"噢，我的牛肉面也挺好吃的。"

贺见山忽然想起以前好像见过他吃面，便问："你是不是很喜欢吃面？"

"啊？还好。"

电话中安静了。

"我——"

"你——"

"您先——"

"你说——"

再度安静。

林回心头涌上一丝怪异的感觉，他们两个忽然变得好笨拙，但是这种笨拙不应该出现在贺见山身上。林回的心脏莫名跳得有些快，他深吸了一口气，觉得自己吃得有点多。

他打这个电话的原因是贺见山可能需要人陪伴，这听起来有点不可思议，但是哪怕是想错了，林回还是愿意去做这样的事。

他沉下心来，电话那头的贺见山再度开口："你经常吃外卖吗？不做饭？"

"一个人还要做饭太麻烦了，我懒。"

"懒？"贺见山的声音听起来有点惊讶，"你懒吗？"

林回想起自己在办公室总是一丝不苟的，摊牌道："在家挺懒的，贺总您呢？是每天有阿姨做好饭吗？"像贺见山这么忙的人，肯定是需要专人来负责卫生和三餐的。

贺见山说："没有，我不喜欢外人在自己家里。"

这真的出乎林回的意料了，他追问道："那是自己做饭？卫生呢？自己搞？"

"我活动范围不大，平时顺手就收拾了，当然定期会有专人来进行保洁。吃饭的话，超市会一周送一次生鲜，只要有时间都会自己做，没时间就让饭店送上门。"

林回真的惊呆了："您会做饭？"

贺见山沉默了一下："这不稀奇吧。"

林回酸溜溜地想：这什么人啊，商场上运筹帷幄，生活中家务好手，过于完美了！

他一时词穷，贺见山却又补充了一句："有机会请你尝一尝我做的菜。"

虽然只是客套话，但如果半个月之前贺见山这样邀请他，他可能会开心得睡不着觉，可是现在……

这是一场注定遥远的仰望。

林回握紧了手机："好，我很期待。"

如饮鸩止渴。

· 02 ·

周三，贺见山要去麓城考察。

以往出差，如果没有特殊情况，林回是肯定会跟着一起去的，结果这次，贺见山提出让他留在公司。

林回听到的时候有些疑惑："贺总，您确定吗？"

贺见山犹豫了一下，还是点点头："你留下来。"

林回没有再追问，贺见山这么安排必然有他的原因，他作为下属服从就行了。不过不知道是不是贺见山忘记了，直到出差，他也并没有给林回安排什么非他不可的重要工作。

临时取消出差比较突然，林回一个人在办公室的时候总觉得不习惯。快速解决完需要处理的工作之后，他东摸摸，西看看，最后忍不住去各个部门转了一圈，结果每个人看到他都惊讶极了："林助，你怎么没跟着贺总出差？"

看起来公司同事比他还不习惯。

不过不适应的显然不止林回一人。

麓城的酒店里，安妮和另外两名随行人员在套间的客厅里整理材料，贺见山坐在里间的沙发上。他面沉如水，眼眸低垂，手机在掌心翻来翻去，屏幕一会儿亮起一会儿变黑，灯光把他的不耐烦切割成一块块阴影。

过了一会儿，贺见山站起身开口道："我出去一下。"

套房里忙碌的员工停了下来，大家面面相觑。安妮硬着头皮应道："好的，贺总，等好了我打电话给您。"

贺见山来到了位于酒店顶楼的咖啡厅，这会儿没什么人，咖啡厅播放的轻音乐慢慢缓解了他的不耐烦。贺见山随便点了一杯咖啡，然后坐在沙发里点开了聊天软件。

他想给林回发消息，但是又不知道说些什么。

因为是临时决定不带林回，贺见山自己也没做好准备，他这一天都觉得很不适应。按照以往，这会儿他应该会在酒店房间里跟林回梳理一遍白天考察的内容，但是此刻面对其他人，他没有讨论的欲望。当然，他也可以跟林回打电话，但是他没带林回出差本就是希望他这两天能稍微放松些——

他需要克制一下对林回的"压榨"。

林回此刻躺在家里在给安妮回消息。

十分钟前安妮发消息直呼求救，说感觉贺总心情不是很愉快，让林回给看看工作流程有没有哪里存在问题。

林回有些无语，说她一不是新员工，二不是第一次跟着出差，能出什么错，让她别瞎想。

安妮：因为这次你不在，我老觉得不稳妥！

林回：冷静一点好吗？他一直那样。

安妮：没有，他对你就很和颜悦色。

林回：……行吧，我去问问，你们在室内手机要记得静音，贺总不喜欢电话铃声吵。

安妮：OK，收到！

林回点开贺见山的对话框，一时不知道怎么开口。

贺见山的聊天头像是金色夕阳下的城市天际线，这张图片是林回拍的。当时他站在三十二层的总统套房内，欣赏到这美丽壮阔的景色，因为手机在另外一个房间充电，他懒得回去取，就向贺见山借了手机记录下了这一幕。

"落日熔金。"贺见山当时这样说道。

虽然夕阳很美，但是林回知道，贺见山更喜欢的肯定是那张照片上的城市建筑群。他很早就发现，贺见山喜欢拍各种各样的建筑，在贺见山的镜头下，它们脱去冷肃，在天空、阳光和树影间，露出温和的弧度。

林回发了消息：贺总，今天考察还顺利吗？

贺见山似乎不忙，很快回了过来：还可以。

林回：好的，回来您给我讲讲，我还没去过麓城呢。

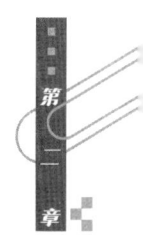

过了好一会儿，林回才收到贺见山的回复，是一张照片，贺见山站在窗前拍的麓城夜景。

如果说人是一个城市的心脏与灵魂，那么建筑就是城市的骨骼，而夜晚亮起的灯火，则是整个城市开始了一场盛大又无与伦比的梦境。

感谢科技，让林回一个没有去过麓城的人，也能在千里之外，与贺见山共享麓城如烟云般美丽的梦。

林回静静地欣赏了一会儿，回复道：麓城真美。时间不早了，您早点休息，让安妮他们也早点休息。

贺见山：好的。

贺见山很快回到自己的房间。

安妮明显感觉到老板的情绪不再像之前那样冰冷，还温和地让他们早点回去休息。她感慨林助不愧是林助，万筑少了谁都不能少了林助。

考察的第二天，接待方邀请他们去体验麓城的特色美食——麓城香面。

光说面倒也没什么稀奇，主要是这香面的调料有一味叫作乌菜，这是只有本地才有的一种植物，磨碎加进去，再浇上一点热油拌匀，香气完全被激发出来，吃起来的确和其他地方的面不太一样。

万筑一行人赞不绝口，连一向对这些不感兴趣的贺见山都忍不住询问哪里能买到正宗的麓城香面带回去。

接待方老总名叫夏晖，是个膀大腰圆的宽脸汉子，他一听犯了难："实不相瞒，贺总，面条咱们麓城到处都有，主要是调料难搞。乌菜的香气留存时间特别短，所以店里都是现磨现放，市面卖的香面特产礼盒，用的都是真空包装的脱水乌菜，基本没有香气。"

他思索片刻，又补充道："这样，等您离开酒店前，我让人带一份面条和现磨的乌菜给你捎回去，到了京华当天就吃掉应该还是那个味儿。"

贺见山没有推辞："那真是太感谢夏总了。"

周五，贺见山把几乎从不离身的电脑交给安妮，自己拎着夏晖准备的麓城香面上了飞机。等到几人到达京华，已经是下午两点，他让陪同出差的员工都回家去，自己则马不停蹄地赶回了万筑。

贺见山到达办公室的时候，林回正坐在自己位置上看文件，他看见贺见山推门进来，眼睛一亮："贺总，您回来了。"

贺见山点点头，将拎了一路的袋子递给林回："麓城夏总那边送了些特产，给你带了一份。"

以往也有合作伙伴送纪念礼，但大多是包装精美的礼盒。贺见山这次递过来的袋子看上去有些朴素，林回不免有些好奇："麓城的特产是什么？"

　　"面条。麓城香面，挺好吃的，你最好今天就吃掉。"

　　贺见山的语气听起来有些急切，林回笑了："不用这么着急吧？"

　　"说是特色调料香气保留时间短，要早点吃。而且你不是喜欢吃面条吗？"

　　"我上次就想问了，贺总您为什么觉得我喜欢吃面条啊？"

　　贺见山眉头皱起："你不喜欢吗？我见过好几次你吃面，像上次打电话你说你吃牛肉面，还有一次在便利店也见到你在吃面条。"

　　那次贺见山约了一位女士吃饭，可吃到一半对方提前先走了，他索性就回了公司。结果上了电梯才发现钥匙没带，还好遇见了其他部门的人，说是看见林回在楼下便利店里。

　　贺见山还记得当他突然出现在林回面前的时候，林回筷子上挂着面，嘴角沾着一点红色辣椒油，一脸震惊："贺总，您怎么在这儿？！"

　　贺见山耐心解释："冯小姐临时有事就先走了，我也不喜欢吃法餐就回来了。"

　　"啊？"林回眉头蹙起，似乎无法理解。

　　"显然，冯小姐不像冯总那样对我感兴趣。"贺见山看见林回吃了一半的面和关东煮，感觉有点饿，"好吃吗？"

　　林回却不依不饶："您是贺见山欸！"

　　贺见山觉得有些好笑："那她也是跨国公司老总的女儿嘛。"

　　他不再理睬林回，自己去货架上拿了一份一模一样的面递给营业员："我也来一份吧。"

　　不过到最后，贺见山还是只吃了一口就放下了，原因很简单，太辣了，他受不了。同时他也觉得很不可思议，林回这人看起来斯斯文文的，竟然这么能吃辣吗？

　　一听到贺见山提到"便利店"三个字，林回也想起来了。他不明白总共就撞见两次，为什么贺见山就认定他喜欢吃面条。不过，既然面条是对方亲自给他带回来的，林回还是认下了这美丽的误会。

　　他打开袋子，看见里面是用饭盒装好的生面条和一份粉末状的调料，便说："我先放冰箱，等下班的时候带回去当晚饭。"

　　贺见山看了一眼手表："你今天可以早点下班。"

　　林回："……"

　　倒也不用这么急。

　　下班到了家的林回，第一件事就是把这份麓城香面做了出来。他精心装盘，拍了

好几张照片后才开始动筷子，味道果然像贺见山说得那样美味。

吃完面，他仔细看着手机里的照片，挑了一张给贺见山发了过去：谢谢贺总，这面真是太香了，很好吃。

随后又发了个仅自己可见的朋友圈。

他很小气，和贺见山的很多记忆，他都是要偷偷藏起来的。

林回锁上手机，走到了阳台上。他家在三楼，一眼看去只有对面楼住户的灯光，夜色渐深，树影绰绰。

这里没有像麓城那样美丽的夜景，可他还是忍不住拍了一张照片。他切到和贺见山的聊天页面，犹豫了许久，最后还是将分享的心情和夜色一起，关在了手机里。

▪ 03 ▪

新的一周，地产公司的总经理李风海从项目上回来汇报工作，顺便约林回一起吃晚饭。

李风海是个空中飞人，常年在各地到处跑，他比贺见山还要大十来岁，但是心态年轻，和林回很谈得来，每次来集团都要喊他聚聚。

正好贺见山上午一开完会，司机就把他直接送去隔壁市出席一场活动，林回不用跟着，他看晚上也没什么事，便欣然应下。

一起吃饭的还有安妮，她一听说李风海要请客，便嚷着要蹭饭。李风海最近在戒酒，安妮说想喝汤，三人便去了附近的一家粤菜馆。

饭桌是李风海的主场，他素来健谈，加上在这行干了有二十几年，常年天南地北地走，见识过不少有趣和匪夷所思的事情，所以从坐下来就开始海吹，林回和安妮两人菜没吃多少，光顾着乐了。

林回一边听，一边喝着凉茶笑道："你这人生体验也是独一家了，挺有意思的。"

李风海看他一眼："怎么，羡慕？要不我跟贺总说说，把你调到我们地产上去？"

安妮一听赶紧跳出来："别别别，李总，你要是把林助弄走，我第一个不答应。"

李风海不明白："贺总离不开林助就算了，跟你有什么关系？"

"你不懂，我们更离不了林助！你想想，林助要是走了，万一出什么事情，谁能直面贺总？"

李风海瞬间倒戈："你说得太有道理了。"

林回静静看两人表演，十分无语："你们也别太夸张了好吗？"

安妮指向李总："你看看李总，咱们万筑的老油条了，但是在贺总面前，还是怵怵的。"

李风海听了哈哈大笑表示赞同："你们都来得晚，贺总刚接手万筑那会儿，不服他的可太多了，大家私底下都说小贺总不知道能不能撑过一年，你再看看现在？见识过贺总手腕的，谁不心有余悸呢？"

眼看这两人越说越离谱，林回忍不住开口替上司挽回一下声誉："我觉得贺总只是看上去严肃，真人其实挺温……温和的。"

李风海是真的好奇了："你大学刚毕业就跟着他做事了，那个时候也一点不怕他吗？"

林回笑着摇摇头。

一个没经验的新人要去担任从前只在新闻中见到的大公司老总的助理，说不紧张那是不可能的，尤其还跨着专业，他自己也没有把握能不能胜任这份工作。但是，怕是不会怕的，林回想，永远也不可能怕的。

林回其实是在入职一周后才见到贺见山的。

当时他正在办公室里整理文件，他需要快速对万筑近三年的合同做一个梳理。这只是一个基础工作，但是因为之前对这个行业不了解，很多专有名词看得他脑袋疼，即使早早就买了相关书籍进行学习，有时候也还是会卡住。

林回一边做笔记，一边口中念念有词："……20%……2851 万……"

"是 2857 万。前年和嘉荣的合同，后面还有一份补充协议。"

林回抬起了头。

那天天气不好，哗啦啦的大雨像是要把整个城市淹没。每一个从万筑大楼正门进出的人或多或少都沾了一些雨水。林回看见面前的男人穿了一件深色风衣，耳后的发丝滑落几滴水珠在肩膀上，洇出一点潮湿。他有些高大，挡了一点门外走廊的灯光，林回坐在位置上看他，觉得面前的人像一座山。

林回很快意识到这是贺见山。他慌忙站起身，开口道："您好，贺总，我是新来的林回，公司安排我担任您的助理。"

贺见山点点头，走向了最里面的办公室。

林回的办公室紧挨着贺见山的办公室。这一层楼还有其他部门在，原本是没有多余房间的，但是他的职位不适合和其他部门待在一起，公司便把原本的小接待室改成了办公室给他用。贺见山走了以后，林回想了一会儿，带着他新买的记事本去了贺见山的办公室。

"贺总，我的内线电话是 822，您有事情交代可以直接打电话喊我过来。另外，以后您的所有行程安排由我来进行确认，有做得不好的地方，请您指正，包括如果您现在有什么要求，都可以告诉我。"入职培训的时候同事说贺见山是个要求严格的人，

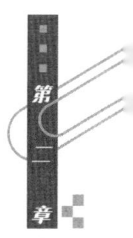

林回在脑海里把刚说完的话又过了一遍，觉得应该没什么问题。

贺见山正在批阅文件，他手上还握着笔，从林回说话开始，他就停在那儿，似乎有些意外。等到林回说完，他没有立刻回复，不知道在想些什么。

林回的心里其实十分忐忑。他总觉得贺见山看起来有点无奈，林回不明白他为什么会有这样的反应，但是他没有退缩，仍然认真地注视着贺见山，耐心等待回应。

外面还在下雨，糟糕的天气衬得办公室的气氛越发凝重。

贺见山终于放下了手上的东西。林回看见他站起身，向着自己伸出了右手。他目光沉静，如一片汪洋：

"你好，林回。"

林回迟疑了一下，随后在狂风骤雨声中，握住了贺见山的手。

就这样，林回顺利开启了在万筑的助理之路。

他原本以为他和贺见山之间需要磨合一段时间，但没想到自己比预计的要更快上手，这主要归功于贺见山意外的是一个很好说话的人。贺见山虽然在工作上精益求精，十分严格，但是林回本身就对自己要求很高，加上做事认真细致又努力，所以他能跟得上贺见山的要求。

而且除了一些专业性特别强的事情，在涉及公司管理这方面，比如行程调整、人员安排、制度优化等，贺见山更多地会倾听他的意见。

林回在询问过几次后发现总是被贺见山反问"你怎么看""是不是有更好的选择""你可以先出一个优化方案给我看看"的时候就发现了，贺见山并不需要一个言听计从的下属，他需要的是一个真正可以帮他分担工作的同事。

贺见山选择了他。

从他向自己伸出手的那一刻，林回就该明白，他是被信任着的。

当林回意识到这一点的时候，心里涌动着一种莫名的热切——就好像回到了学生时代，大家总是会为了得到老师的一朵小红花而拼尽全力，林回无疑是其中最优秀的。

少年时期艰苦的生活成了一块磨砺他的试金石，十六年的学生生涯不过是个开始，恐怕连他自己也没有想到，从决定应聘万筑的那一刻起，他的生活从此会发生巨大改变。

他不会辜负贺见山的信任。

他不会辜负贺见山。

饭过三巡，三人一路从贺见山聊到明星八卦，最后兜了一圈又回到万筑自己人身上。安妮问李风海怎么突然决定戒酒，李风海无奈叹气："老了呀。人不服老不行啊，现在生活各方面压力大，哪还能跟你们小年轻一样胡吃海塞的。"

安妮撇撇嘴："肯定是喝多了被嫂子骂过。"

李风海丝毫没有被戳穿的心虚，反而承认道："这就叫甜蜜的烦恼，你看像林回这种孤家寡人肯定就体会不到。"

林回一脸无所谓："我哪怕应酬也很少喝酒。"

"你应酬一般都跟贺总一起，他必定会喝，你肯定要送他回家吧。"安妮突然想到，"话说，贺总有喝醉过吗？感觉想象不出来。"

林回回想了一下自己参加过的饭局，发觉贺见山的确很少喝醉，确切地说，连喝多都鲜有。也不知道是不是他酒量太好，大部分时候，他都能保持神色清明，喝多少都看不太出来。

林回有时候觉得挺奇妙的，平日里贺见山不苟言笑，让人觉得严肃，但是酒桌上的他却是与人推杯换盏，相谈甚欢。万筑那些怕他的员工是没见过饭桌上贺见山谈笑风生的样子，仿佛世界上最顶尖的演员，当他全情投入一场表演，你是无法把目光从他身上移开的。

林回摇摇头："好像没有。"

李风海并不意外："贺总酒量一直可以的，倒是贺昭总不太能喝。"

安妮笑道："看来贺总酒量很有可能遗传自他妈。"

李风海放下了筷子："你们知道贺总妈妈是谁吗？"

安妮一愣："不是姚倩仪吗？著名的舞蹈家，可惜车祸去世。外人不知道就算了，万筑的员工都知道吧，公司那个'蜜糖罐计划'就是贺总为了她设立的。"

林回眉心微动，没吭声。

安妮又补充道："以前网上还有帖子扒过呢，说贺总妈妈姚倩仪当年是艺术系系花，舞蹈天赋很好，后来因为怀孕——就是怀了贺总，差点放弃舞蹈。生完孩子之后，是贺昭总鼓励她才又重新跳舞，之后你们就知道了，贺总妈妈的舞蹈事业非常成功的，只可惜……"

"你说的那些我也看过，还算不错了，至少有几分靠谱。你们是不知道贺总刚接手公司那会儿，隔两天就有人发帖爆料，一会儿说贺总不是贺家亲生的，一会说姚倩仪不是车祸，噢，还有人纯碰瓷的，说贺家害死他儿子，别管多离谱，只要发了就有一堆人看得津津有味！"李风海一提起来都觉得无语。

林回听了眉头直皱："都什么乱七八糟的，贺总要不是贺家的，老贺总能把万筑交给他吗？"

"只能说，大家都爱看名人八卦，也就图一乐，真假没那么重要。"

林回却越听越不是滋味。

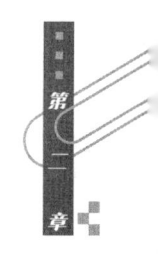

这些年网络上关于万筑的各种新闻八卦一直都有,豪门秘闻更是其中浓重的一笔。然而不管真相如何,遥远记忆里的一对璧人,如今一个香消玉殒,一个早有了新的家庭,只有贺见山,孤零零地站在那里,任由旁人从他身上臆测这一段佳话最后的模样。

直到吃完晚饭离开,林回还在想着贺见山身上那些剪不断理还乱的流言,再联系到贺见山和贺昭微妙的父子关系,心中不免惶惶。结果车开到中途的时候,他突然接到了一个电话——

"喂,您好——"

电话那头的声音有些犹豫:"请问,是……林回吗?"

林回看了一眼屏幕,陌生号码,应该是不认识的人。他回答道:"是的,请问您是哪位?"

伴随着一点嘈杂,电话那头的声音再次响起:"你能来接我一下吗?我在曲水湖派出所……"

林回放缓车速,又看了一遍手机号码,确定自己并不认识号码的主人。

"你是谁?"林回皱着眉头问道。

"我叫贺见川,是贺见山的弟弟。"

林回一下踩住了刹车。

林回上一次听到"贺见川"这三个字还是在几年前的万筑年会上。

那年的年会恰逢万筑成立整数周年,公司为此特地做了一场活动,邀请万筑的员工和家属一起参加,林回就是在那场年会上第一次见到贺昭的现任妻子姜晴和小儿子贺见川。

当时的贺见川好像还是高中生,面容带着少年人特有的稚气。他站在一众衣香鬓影中,似乎很不自在,一看就是被贺昭夫妇俩硬逼着过来的。

那天贺见山临时有点事,来得晚,他进门的时候所有人都看向他,从林回角度正好看见贺见川眼睛亮了一下,嘴角也弯起了一个小小的弧度。林回还挺意外,他从没有听贺见山提起过这个同父异母的弟弟,原以为关系一般,但是看起来贺见川倒是挺喜欢这个哥哥的。

这之后他就再也没见过贺见川。结果时隔几年后,在这样一个平平无奇的晚上,他突然接到了贺见川的电话?还喊他去派出所接人?

林回坐在车里冷静了一下,手指放在贺见山的电话页面,思考要不要告诉对方。

这会儿贺见山应该在回来的路上,林回想了半天,还是切出了页面,然后找到"方明淮律师",拨了出去。

04

曲水湖派出所。

林回在停车场握着方明淮的手，满脸笑容："真的太过意不去了方律师，大晚上还麻烦您特地跑一趟，今天多亏你了。"

方明淮连忙摇手："不碍事，正好在附近吃饭，都是些小事情，林总这么能干，我来不来都不影响的。"

"您说笑了，今天这事我会跟贺总汇报，下次请您一起出来吃饭。"

"好的好的，小事一桩。"说完他又把目光转向站在一旁耷拉着脑袋的贺见川，"那林总，小贺总，没什么事我就先走了啊。"

林回招招手："您慢走，方律师。"

等到车子开走，林回看向贺见川。

和记忆中的高中生相比，如今的贺见川长高不少，整个人也长开了，高高大大，乍一看倒是和贺见山有几分像了。不过性格感觉还是跟孩子一样，一看就是糖水里泡大的。林回看他一脸沮丧，缩在一旁委委屈屈，忍不住笑道："走吧，小贺总，我送你回家。"

贺见川看了一眼林回，反驳道："我不是小贺总，林回哥，我叫贺见川，你叫我小川。"

林回一哂，心想：这人倒是一点不认生，喊他来捞人就算了，怎么还叫上哥了？

贺见川又说："林回哥，今天的事你能不能别告诉我爸和我哥？"

"你爸我可以不说。"林回看着贺见川亮起的眼睛补充道，"但是贺总我肯定要告诉的。"

贺见川一下萎靡了，拉开副驾驶的车门坐了进去。

林回开车送贺见川回秋山别墅。一路上他见贺见川闷闷不乐，便宽慰道："不过是打架而已，没什么事的，你别担心，早知道是这点事我就不把律师喊来了。说老实话，像你们这个职业的人，人家派出所工作人员每天估计要见好多个。"

曲水湖派出所属于景区，这里有个曲水湖水街，是京华的酒吧一条街，热闹得很。

贺见川愤愤不平："哥，你不知道那个王八蛋踹我一脚我现在还疼呢。我当时怎么就停手了呢，我应该砸过去的！"

林回："……"

敢情是为了打架没发挥好而黯然神伤。

林回："没听见方律师说吗？还好都是轻伤，你要真把那花盆砸过去还得了？不过到底怎么回事，我在派出所光听你和那人吵了，云里雾里的。"

贺见川打开了话匣子："林回哥，你不知道，他们乐队抄我们的歌，从词到曲都抄了，

真的，太恶心了，以为改几个字我就看不出来了吗？！哥，你知道吗，特别搞笑，这首歌的歌词是改编的一首诗，这孙子不知道，当着孙灵的面说是自己写的，被揭穿就恼羞成怒，混蛋！"

贺见川絮絮叨叨骂了个痛快，林回也听明白了。贺见川自己组了个乐队，有时候会有一些演出，然后他们的原创作品被另外一个乐队给抄了，今天去讨说法，一言不合两拨人就打起来了。

林回听完觉得贺见川的行事风格不像传统意义上的富二代，他斟酌了一下才开口道："我觉得你可以找你爸妈帮忙，至少他们可以找到专业人士来帮你处理版权问题。"

贺见川闻言一下蔫了："我爸不准我搞乐队。"

"为什么啊？"

"不知道，反正他一直都很反对我搞这些，不管是唱歌还是写歌，他都反感。他说比起我早上四点爬起来去排练，他宁愿我是四点爬起来打游戏。"

林回沉默了。他忽然想起安妮说姚倩仪是跳舞的，如今贺昭这么反对贺见川从事艺术相关的活动，是不是跟姚倩仪有关？

还没等林回琢磨出什么，贺见川像是想到什么，神秘兮兮地说："哥，你知道吗？你在我们家'出道'了。"

"什么意思？"

"我哥上次回来吃饭嘛，因为你，我爸跟他吵架了。"

林回惊讶极了，他想不出自己身上能有什么值得贺家父子争吵的地方。不过贺见川倒是提醒了他另外一件事："我还没问你呢，你怎么知道我的号码，又想起来给我打电话的？"

"我找我妈要的。因为他们在饭桌上谈到你了，我好奇就问我妈你是谁，她说你是集团总助，是我哥的人。然后今天出了点事嘛，派出所看我是学生，一定要家长或者学校老师来接，我不想让他们来，就想到你了。"

林回的确曾在年会上和姜晴交换过号码，那不过是例行公事的客套，可从没想到过有一天会用在这里。

他算是看出来了，贺见川和贺见山是截然不同的两种人——贺见山的心思有多深，贺见川的脑袋瓜就有多浅。他就是个没心没肺的傻小子，面对尚且算是陌生人的林回，都能竹筒倒豆子，哗啦啦什么都往外冒。

"那你怎么不打电话给你哥？"

"那我哪儿敢啊。"贺见川嘟囔道。

林回无奈了："我还是会告诉他的。"

"噢。"

过了一会儿，秋山别墅到了。林回本打算悄悄把人送到了门口就离开，结果车子刚停下，贺昭就打开门出来了。

林回没办法，只得熄了火，开门跟贺昭打招呼。贺昭看到林回先是一惊，随后四处看了看，结果看见贺见川从副驾上下来了。

林回笑道："今天正好约了朋友吃饭，走的时候看见小贺总在路边打车，我看车不好打，就顺路送他回来了。"

贺昭看了贺见川一眼，皱起了眉头。贺见川佯装镇定："谢谢林回哥，哥你也早点回去休息吧。"

林回点点头，目光重新转向贺昭。贺昭开口道："林回，进来喝杯茶吧。"

贺见川一听瞪大了眼睛，赶紧溜走了。

林回也有些意外，他看出贺昭可能是有些话想说，只得应下："那就打扰了，贺昭总。"

秋山别墅内部装修不算奢华，以米黄和灰白为主色调搭配，显得低调温馨。林回眼角匆匆掠过墙角柜面上鲜嫩欲滴的花朵，以及沙发上几个造型可爱毛绒摆件，能感觉到房屋的主人在这个家花了很多心思。

贺昭引着林回去了书房，给他倒了一杯茶，很快，香气浮起，萦绕在四周。

"小山最近怎么样？"贺昭率先打破了安静。

"挺好的，在谈的新项目推进比较顺利。"

"劳你多看着他点，要按时吃饭，身体重要，不要为了工作太拼。"

林回受宠若惊："您言重了，这本来就是我的工作。"

"零唯那个项目，我听他说了，那就先这样吧。"

"好的，贺昭总。"

"老赵女儿不是进了万筑嘛，他跟我说了好几次了，想喊小山一起吃个饭，你看下他什么时候方便，再告诉我吧，反正就算我跟他说了，最后还是要找你排时间。"

林回有些尴尬地回道："他太忙了，我会转达给他的，等确定好时间告诉您。"

贺昭似乎有点疲惫："上次我跟他提过，等小川明年毕业，让他去万筑练练，他也说让我找你。"

林回估摸贺见川口中的"吵架"可能就是因为这个，仿佛上下级一样的家人相处模式难免让人心生不快。他略微思索，回复道："贺总管不到这么细节的事情，您直接跟我说一声就行，到时候我找有经验的同事带带他。"

贺昭摇摇头："小川不是这块料，我知道的。我就是想着——"想着什么，到最后

他也没有说出来。

林回一时间心情复杂。

他不知道贺昭和贺见山之间发生过什么，但这确实不是正常健康的家庭关系：明明应该是最熟悉的亲人，却彼此都陌生得很，谨慎又僵硬的相处，无法宣之于口的关心，小心翼翼的试探……

这真的太累了。

告别了贺昭一家，林回给贺见山打电话说了整件事，他隐去了贺昭留他喝茶那段，只是简要说了贺见川因为乐队的事跟人打架进了派出所。

贺见山匪夷所思："他打电话给你？"

他知道林回和贺见川并无私交，理论上，贺见川打电话给别墅的阿姨都比打给林回靠谱。

林回隔着电话都能想象到贺见山眉头皱起，一脸困惑的样子，他忍住笑意，回答道："是的，贺总。我想这是因为他知道我是您的下属，显然，小贺总很信任您。"

贺见山过了好久才开口："我们并不熟悉。"

"这不重要。"

"不重要吗？我以为信任的基础是了解，我和他彼此之间并不了解。"

林回没有回答，反而转入了另外一个话题："如果小贺总来公司，您觉得他适合哪个部门？"

"比起在万筑上班，我觉得他可能更希望在万筑的年会上演出。"

林回笑出了声："您这不是挺了解他嘛。"

贺见山顿了一下："这是合理推测。"

"那您推测推测我？"

贺见山不说话了。

林回有时候也很无奈。

不知道是不是因为贺见山太理智了，他总是习惯性地把所有事情都当成工作去对待，追求合理性和逻辑性，并在此基础上推导出结论，所以当林回说贺见川信任他的时候，他怀疑，不解，甚至回避。

怎么会有毫无理由的信任？

可他忘了人的感情是很复杂的，不管是亲情、友情还是爱情，它都没有模型，无法计算，不能衡量，它只与一样东西息息相关——

林回轻声说道："我也很信任您——在我，还没有了解您的时候。"

——是心。

第三章

贺总，我们对一下工作。

I have Something to say

Chapter 03

▪ 01 ▪

每月一度的例行会议上，贺见山难得地走神了。

汇报人正在复盘这一个月的工作情况，接下来他还会详细阐述下个月的工作计划和预期目标，但是贺见山已经没有耐心听了。

他在想一些关于林回的事情。

早上在办公室的时候，他因为一份投资案找了一本参考资料翻阅，结果刚打开便发现里面夹了一张 A4 纸。

那是一份离职申请书，洋洋洒洒一页纸写满了公式化的申请离职的原因，看上去一切准备就绪，就差最后签名了。

这本书他只借给林回看过，很显然，这是林回的离职申请书。

那一瞬间，贺见山的心脏像是忽然从空中急速落下，随后他看见落款处打印好的日期，是四年前。他这才轻轻呼出一口气，将离职申请书原样折好放在那一页，合上了书。

其实每一家公司，不管大小，人员流动是再正常不过的事情。除了普通员工，万筑也不乏中高管理层跳槽或者跑去创业，贺见山从没在意过。但是刚刚看到那份离职申请，在意识到林回也有过想要离开万筑的念头时，他感到了一丝不知所措。

他似乎从没有想过林回有一天会离开万筑，离开自己。

值得庆幸的是，这是四年前的了。四年前的某一天林回或许动过离开的念头，但是最后，他还是留了下来。

贺见山花了几分钟回忆了一下这个日期，隐约猜到了林回当时想要离职的原因。事实上，他敲下申请书的那一天平平无奇，但是往前推一礼拜，万筑发生了一件大事——一名员工在上班时间突然去世了。

这名员工叫周东辉，是企划部门的职员，在万筑出了名的老实，整天就是埋头写方案，做事勤勤恳恳。就在出事的前一天，他还跟同事开玩笑，说晚上睡觉梦见几个数字，准备买个彩票中个500万，谁曾想一天以后，他会突然倒在自己的办公工位上。

出事之后，万筑在第一时间把人送去了医院，可惜还是回天乏术。医院开具的死亡通知上确认是心源性猝死，按照万筑的规章制度和相关法律政策，公司会赔偿给家属一笔抚恤金，再协助处理一些后续事情。

那段时间贺见山去了国外，很多事情都是林回出面。林回其实心情很复杂，一来他也是失去过亲人的人，很能感同身受；二来从公司层面说，这事也要尽快妥善处理，降低影响。他一边督促行政部门积极跟进，一边联系周东辉的家人，想要商讨后续的补偿款事宜。

结果谁都没有想到，在周东辉去世的第三天，双方面还没见着，事情却忽然在网上发酵了。

起因是周东辉的妻子魏璇在论坛上发了一篇文章，光看标题就挺耐人寻味的——"《三问万筑：我的丈夫周东辉，囡囡的爸爸周东辉，周建国的儿子周东辉，你为什么离我们而去？！》。"

文章里说，呕心沥血的万筑老员工周东辉，遭遇职场霸凌，长期加班，去世前一个月还被无故降职降薪，心中一直郁郁不得解，而过度压榨最终也使得他倒在了自己奋斗过的岗位上。这篇文章以魏璇的口吻讲述，细节真实，情感真挚，里面每一个字都在控诉万筑压榨老实人，可以说是字字泣血，凡是点开看的人无不动容。

一石激起千层浪。

万筑在网络上的关注度向来很高，加上魏璇的文章也引起了很多人的共鸣，虽然也有人表示一家之言说明不了什么，没有真凭实据难以服众，但是当天晚上，在一些网民的群情激愤和各路大V的助推下，"万筑逼死员工"这个词条还是上了热搜，舆论一下子沸腾起来。

如果说网络上批评的声音还算在可容忍范围内，可紧接着魏璇又接受了知名媒体《南华时报》的采访。

报道的配图是一张仰拍的万筑办公大楼，阴暗冰冷的色调显得整个画面压迫感十足，下面有一行醒目的小字：游走在钢筋水泥间的他们，是否想过被压垮的那一天？

整个报道采访断案，春秋笔法煽动意味很强，各种充满主观性的文字看了令人血压直升，几乎是将万筑推到了所有人的对立面。

这是一篇檄文，箭头直指万筑。

林回自然也看到了这两篇文章，说实话他是非常震惊和生气的。先不说里面提到的很多问题都不实，就魏璇说的"有L姓高管职场霸凌，故意降职降薪"那一条，里面提到的"L姓高管"应该指的就是他，林回。

林回仔细回想了一下他和周东辉的几次接触，基本都是围绕工作，交流顺畅，气氛平和，没有一点不快。魏璇说的降薪确实有这事，但那是因为周东辉最近一年来工作状态特别糟糕，几次出的方案不是有低级错误，就是敷衍了事，还接了很多私活，精力严重分散，导致本职工作也受到影响，为此部门领导找他谈过好几次话。包括这次降职降薪也是因为他的领导忍无可忍了，希望公司将他调离岗位，实在不行就劝退。

周东辉从进万筑开始就是做企划相关，只会写东西，人到中年，转岗是转不了的，但是这种工作状态也不适合再在原岗位上担任要职了。

人力资源部写了一份报告递了上去，提了几个解决方案，整体倾向劝退。林回查看了周东辉以往的工作报告，发现他做事一直都很认真负责，还获评过"公司优秀员工"，不像是一个混日子的人。他深思了一下，便先约周东辉聊一聊。

周东辉可能自己也感觉到什么，一见到林回就连声道歉。他坦白自己这两年都在愁钱的事，孩子要上小学了，想买个学区房，但是学区房的价格实在太昂贵了，不是他能承受的。他本身是个闷葫芦，每天回家就是听老婆念叨，精神压力实在太大，有时候宁可在公司待着，也不想早点回去。现在两家父母又是卖房又是借钱多少支持了一些，自己在工作之余也做了点兼职，再加上这些年攒的，准备买个老破小落一下户口，算是了了心愿。

周东辉满脸疲态，说话的时候眼眶也红了，几度哽咽，他承诺会尽快调整好状态，希望公司能再给他一次机会。林回也忍不住叹了口气，他虽然没有成家，但是也知道"学区房"三个字是现代人身上的一道枷锁。

最终林回同意了降职降薪的处理办法，既然事情解决得差不多了，也没有必要再劝退一个经验丰富而且还算优秀的老员工，他跟贺见山说了这件事，贺见山也同意了。

万万没想到，就是这样一件事会被曲解为职场霸凌。

而且从魏璇放出的她和周东辉的聊天记录来看，周东辉几乎天天很晚才回家，说是加班。可能是次数太频繁了，魏璇就很不满地问他为什么公司天天让他加班，以前

也没这么夸张，周东辉就解释说是领导安排的，他没办法拒绝。

实际上，周东辉的工作量没有多到需要天天加班的地步，他的直属领导也从未有这种要求。而在魏璇询问周东辉为什么工资变少之后，周东辉说被公司强制降薪，提到原因，只说是高层领导不喜欢他，含糊带过。

他不明白周东辉为什么要撒这样的谎，或许一开始只是为不想回家找个借口，可是一个谎需要十个谎去圆，到了后来，他的妻子已经完全相信了他的说辞。甚至在周东辉去世之后，她反复看着他生前的言论，脑补了一出职场斗争大戏。她坚持认为是恶劣的职场生态害得她丈夫失去了生命，万筑作为大公司理应肃清内部的不正之风，承担责任，给他们全家甚至所有万筑员工一个交待。

这太荒谬了。

更荒谬的是，即使魏璇也拿不出更具有说服力的证据，网络上舆论仍然倾向她那一边。

眼看事情越来越离谱，甚至在万筑官方发了律师声明，并针对文章提出的不实之处进行解释之后，热度仍然得不到消解。说到底，有些东西，比如周东辉加班与否，万筑可以放出加班申请记录和考勤记录进行佐证，但是公司内部是否存在霸凌这种事就很难证实——你说你没有，我说我不信。

林回和魏璇当面谈过一次，想好好沟通一下，但是她情绪非常激动，听不进去任何话，还抄起手机砸伤了林回的额头。

与此同时，公司内部也开始出现质疑的声音：有人认为现在舆论对万筑不利，不管这事与林回有没有关系，至少他应该先暂停工作，一来避免激化矛盾，二来也算万筑有个态度；也有人觉得不实的负面舆论影响恶劣，而公司的公关手段却过于软弱，该告还是得告，不能因为魏璇遭遇了不幸就放弃维权……

一时间，林回心力交瘁，来自网络和公司的压力逼得他绷成了一根弦——他忍受着莫名其妙的指责和谩骂，反复检阅自己在处理问题时说过的每一句话、做出的每一个决定，确保没有任何缺失和不妥。

他每天都要和公关、法务，以及其他高层领导开会，一遍遍地讨论和分析接下来的安排；他还要梳理好所有事情，包括公司内部的其他工作，在一个人静下来的时候，整理好发给贺见山。

他太焦虑了，甚至都没有注意到，已经说过的话，发过的文件，经常跟忘了一样一遍遍地传送给电脑那边的人。他生平第一次对自己产生了怀疑，贺见山才离开几天，他就把万筑弄得一团糟。

虽然所有的决定都获得了他的同意，但是林回很清楚，贺见山的判断依据都来源于自己的报告，因为隔着半个地球，他无法全面地了解整个情况，他只是信赖自己。可是，林回却觉得自己好像辜负了贺见山的期待。他甚至自暴自弃地连离职报告也写好了，如果离开万筑能平息所有的事情，那么他是不会犹豫的。

第八天的时候，贺见山回来了。

他比原计划提早一天回来，谁都没有接到消息，包括林回。当他风尘仆仆地走进会议室的时候，林回甚至都没反应过来。等到周围其他人都围了过去，两人才隔着人群遥遥地对视了一眼。

贺见山的目光在林回的额头停了一下，随后掠过面前的人，开口道："会议继续吧。"

毫无疑问，贺见山是万筑的定心骨。

从他进入会议室的那一刻开始，整个气氛就完全不一样了，包括林回自己，也稍稍放松了一些。

贺见山认真听完了公关团队的分析和解决方案，手指轻点桌面，开口道："先按你们说的办吧，诉讼材料准备好。

"所有和周东辉相关的聊天记录都整理好，不管是网上还是现实生活中，尤其是接触较多的同事，包括平时的群聊之类的，我想看一下。

"他的电脑找人打开，收集一下工作痕迹。

"约一下魏女士，就说我想跟她聊聊。

"所有人该干什么就干什么去吧——"贺见山看向林回，"你，跟我去办公室。"

林回深深地呼出一口气。

这会儿已经是晚上十点钟，公司里的人该下班的都下班了，没下班的也已经很累了，大楼终于安静了下来。林回跟着贺见山去了他的办公室，他有些疲惫，从会议开始到结束都没怎么说话，贺见山看了他一眼，随手扔给他一本书："坐沙发那边看去。"

林回这会儿哪里看得进书，但他也不想问为什么要看书，既然贺见山这样说了，他就照做。两个人谁也没有说话，一个坐在办公桌前时不时地看手机、看电脑，另外一个坐在沙发上，看着手里的书发呆。

在有限的空间里，他们各做各的互不干扰，异常和谐。

也不知道到底过了多久，贺见山一直没有开口的意思，林回却有些坐不住了。他放下书刚准备说话，就听见耳边窜过轻微的电流声，随后"嗞"的一声，办公室陷入一片黑暗。

停电了？

突如其来的断电让两人都有些蒙，林回忽然想起什么："噢，物业好像说晚上高压配电房线路检测保养，要停十分钟电。"说着他站起身，"我去把窗帘拉开。"

贺见山这段时间不在，保洁把他办公室的窗帘都拉了下来，现在办公室里一点亮都没有，让人觉得有些闷。

"等一下。"

林回在落地窗前停住脚，疑惑地看向贺见山。他其实看不清楚，手机也不在身边，只能模模糊糊感觉到贺见山走了过来，然后在他面前停下。

贺见山似乎在看他。

过了一会儿，他问："还疼吗？"

贺见山的声音有些低，像湖水一般缓缓涌进黑暗。林回愣了一下，随即反应过来他问的是额头上的伤口——那是被魏璇的手机砸破的，不重，现在只剩下一道细长的疤。

林回张了张嘴，他其实特别想云淡风轻地说一句"没事了"，可是却怎么也说不出口，最后轻轻摇了摇头。

"你还记得有一年中秋，我们也是站在这里吗？"贺见山没有介意他的沉默，再度开了口。

林回当然记得，那是他毕生难忘的一天。

他们看了皎皎明月，看了万家灯火，一起度过了一个难忘的中秋节。林回不明白贺见山为什么突然提起这个，但是他乱得如毛线团一样的心情像是被捋了捋，变得和顺了一些。

贺见山伸出了手，放在窗帘上，似乎在自言自语："不知道今天外面有月亮吗？"

林回莫名有些紧张。他使劲看向贺见山，试图从他的脸上揣测他到底在想些什么，然而始终只能看到一层淡淡的轮廓，他忍不住开口道："我——"

哗啦——

窗外，月色溶溶。

如果说这世间有什么东西是亘古不变的，那一定是月光。不管是千百年前，还是几十年前几年前，又或者是此刻，天黑的时候，落入人们眼中的，永远都是同样柔软的光芒。

林回的眼睛被贺见山亲手揭开的月光充盈着，他怔在那里，忘了所有的事情，只觉得心头忽然涌上很多情绪，复杂难辨，堵得他鼻子发酸。

"林回，"贺见山转过头，"辛苦了。"

这句话最终瓦解了林回强撑的豁达。

他想说他并不辛苦，他还是做得不够好。这些年得益于贺见山的指导，他一直自信于自己的成长，可是这一次贺见山不在身边，他才发现自己还是能力不足，不知深浅。他也不想休息，手机一直在闪，手上还有很多事情要处理，他甚至都不应该听话，在那儿乖乖看书，他们应该好好讨论接下来——

可是，月光太美了。

林回的眼泪毫无预兆地掉了下来，一发不可收拾。

一开始无声无息，后来变成了小声抽泣，最后他低着头，手捂住眼睛，将所有的委屈、焦虑和煎熬都哭出了声。

贺见山不再说话了，只是静静注视着月亮，如一尊沉默的雕塑。

在这突如其来的停电的十分钟里，在这一片短暂又漫长的黑暗里，林回获得了这些天、第一次真正意义上的放松。

等到灯光再度亮起，除了微红的双眼，林回的脸上已经看不出一点哭过的痕迹。他看向贺见山，露出一个认真而又明亮的笑容：

"贺总，我们对一下工作。"

• 02 •

两天后，贺见山和魏璇约在了在一家律师事务所见面。

地点是魏璇定的，她不想去万筑，而且要求在有监控、可以全程录像的地方谈判，贺见山同意了。本来法务和公关准备和他一起进去，被贺见山拒绝了："没必要，我想单独和她谈一下。"

和网络上给人咄咄逼人的印象不同，会议室里的魏璇面容憔悴，表情有些茫然。看得出来，周东辉的离世带给她很大的打击。

贺见山放下手中的资料，主动开口道："你好，我是万筑的负责人贺见山。"

魏璇似乎吓了一跳，可能她也没想到平时只在新闻中见过的人面对她会这么平淡，毕竟彼此之间都没什么好印象。只是贺见山这人太有压迫感，即使他很有礼貌，魏璇还是不由自主地感到紧张。

贺见山开门见山地说："那么，先来谈谈魏女士你的诉求。"

魏璇回过神来，她冷笑道："好多人骂我，说我就是想讹钱。今天当着你的面，我说清楚，赔偿该多少是多少，我不瞎要，但是你们万筑要道歉，要把欺负我老公的那些人，都公布出来，全都辞退，我只要一个公道！"

贺见山点点头："首先我们要明确的一点是，在周东辉身体出现状况之后，公司第一时间联系救护车和报警，有监控和出警记录，我相信关于这点你也没有疑问。而

关于你说的事，事实上，不存在职场霸凌，也没有这样的人。你可能并不知道，公司有完善的举报机制，任何一个员工都可以直接越过所有人，投诉到我这里。"

"不可能！我老公那么老实一个人，在万筑那么多年了！他早上出门还好端端的……"说着说着，魏璇哽咽起来，"……你们就是欺负老实人……上次那个姓林的，就是给他降薪的那个……呜呜……"

贺见山耐心地等待了一会儿，又开口道："魏女士，你一直笃定公司内部有人欺负他，凭证不过是你和你先生的聊天记录，然后加以推测，那你有没有考虑过你先生可能在撒谎骗你？"

魏璇红着眼睛看向贺见山："那你说说他骗我什么？为什么要骗我？这种事有什么骗的意义？"

贺见山抽出一份文件递给魏璇："周东辉每天都在公司加班没错，但是他做的都是私活，这是他电脑里的文件，有最后一次修改时间记录，你可以看一下，全部都是私单，有广告文案、视频脚本。我们联系了部分涉及的公司，确认了情况，也拿到了一些对接记录。

"他被降职降薪也并不是因为被针对，而是他这一年来的工作绩效考核不过关，接私活严重影响了他的工作状态。公司本想要开除他，是你口中的姓林的保了他。"

魏璇一下站起来："不可能！"

"你连看都没看就说不可能，是因为他隐瞒兼职，而且赚到的钱也从来没告诉过你吗？"

魏璇死死地瞪着贺见山。

贺见山又拿出一叠纸："这是各种软件里的聊天记录，都是和周东辉相关，有他闲聊过的话，可以看出很多东西——比如你一直管着他的工资，这两年你们在攒钱准备买房，还有他向身边人借钱的记录，等等。"

魏璇一把推开材料："你是想说，因为我逼他买房，他才拼命赚钱，然后劳累过度死了？你觉得是我逼死了他，是吗？！"

贺见山沉默一下，问了一个不相干的问题："魏女士，你当初为什么收了他的工资卡？看他的说法，好像是两年前你才开始管他的钱。"

魏璇眼神有些闪躲，没有回答。

"是因为彩票吗？同部门的人说他喜欢买彩票，基本每天都会买，平时木讷的人，说起彩票选号两眼放光，头头是道。我们在他的电脑里发现一个文档，记录了他每天的选号和开支，老实说，开支比想象的大。"

"他说要买学区房，然后和身边的人借钱你知道吗？"

魏璇的呼吸一下子急促起来。

周东辉是个只会写东西，其他一问三不知的人，不喝酒不抽烟不出去玩，最大的爱好就是买彩票，家里所有事都是魏璇做主，说什么就是什么。也是因为放心，婚后魏璇从来没管过周东辉的工资，但是她没想到，一个小小的彩票，也能买到倾家荡产，周东辉的工资除了一些家里的开支，其余全都用来买彩票，一分钱不剩。

两年前他们差点为这事离婚，后来周东辉做了保证，又上缴了工资卡才作罢。魏璇也并不是一定要买学区房，只是希望周东辉不要再乱花钱，想让他上进一点，却没想到他还是不死心，甚至顶着买学区房的名义跟人借钱买彩票。

贺见山看魏璇的表情就知道她肯定被蒙在鼓里："我猜，他瞒着你，是因为他借钱不是买房，而是去买彩票。可惜奖没中到，只能通过接私活偷偷还钱，他不敢告诉你，他很懦弱。"

"所以呢，万筑终于可以推掉责任，你这么一位大老板终于找到机会指点江山了是吗？是，我们没你那么好的运气，我们人穷志短，只能买买彩票梦想着天上掉馅饼，活该被你这样的有钱人鄙视……我们……我……啊……啊……"意识到贺见山说的可能都是真的，魏璇的情绪瞬间崩溃了，号啕大哭。

"万筑不会推卸责任，也不会接受无缘无故的指控。万筑感激这些年周东辉为公司的付出，你该清楚，我们虽然对你发了律师函，但并没有动真格。

"包括我之前说的那些，我的同事应该都有跟你解释过，但是你一直拒绝承认拒绝沟通。魏女士，说实话，如果不是后来有媒体推波助澜，这件事早该过去了，而现在，我的同事为了一件与他没有任何关系的事，忍受着铺天盖地的谣言和辱骂。

"这个世界已经很辛苦了，你又为什么要为难跟你一样，认认真真生活的普通人呢？"

整个会议室里弥散着魏璇痛苦的哭泣声。

在这之后，万筑这边和魏璇又进行了两次谈判，基本了结这件事。

周东辉在工作期间猝死，万筑还是按照相关规定进行赔偿；魏璇删除微博，并且通过各大网媒、纸媒向万筑道歉；而所有煽风点火的媒体和造谣的营销号也都收到了万筑的律师函……这一场声势浩大的纠纷就这样慢慢落幕了。

只有林回，事情解决固然令他整个人都松了一口气，但更多的，是说不出的复杂心情。

"明明有很深的感情，有什么事不能好好说，为什么会变成这样呢？"

贺见山觉得林回肯定是那种生活在幸福和睦家庭的孩子，他不知道这世界多的是貌合神离的夫妻——他们躺在一张床上，他看着天，她想着地。

这世间最经不住时间消磨的，便是人与人之间的感情。

▪ 03 ▪

会议结束的时候，林回一边收拾文件一边偷偷看向贺见山，他总觉得贺见山今天有些心不在焉，好几次一屋子的人停下来等他也没察觉到。像此刻，明明会议已经结束，人都走光了，贺见山还是坐在位置上，不知道在想些什么。

林回忍不住出声打断了他的思绪："贺总，之前贺昭总是不是跟您提过吃饭的事？我跟人力资源部还有安妮确认了赵晓晓的工作情况，各方面还是可以的，另外她父亲赵韬原来是市人社局退休下来的。您可以考虑一下，如果没问题，我就安排时间了。"

贺见山这才回过神。

吃不吃这顿饭贺见山其实无所谓，他关心的是另外一个问题："你有想过离开万筑吗？"

林回手上的动作停住了。有那么一瞬间，他以为自己这段时间的想法被贺见山看了出来，脑海里顿时闪过无数个念头，最后挤出一个颇为勉强的笑容："贺总——"

"如果要走，不要写离职申请。"贺见山认真地看着他，"一定要直截了当地告诉我。"

林回被贺见山过于严肃的口气弄得有些无措："贺总……"

贺见山摇摇头，似乎不想多说什么。他起身离开了座位，只留下林回站在那里，望着他的背影，渐渐变得遥远。

贺见山和贺昭、赵韬的饭局很快便敲定了时间。

林回和贺见山确认的时候，他提了个要求："到时候你跟我一起去。"

"啊？"林回面露难色，"这是私人聚会，不太合适吧。"

"那个女孩不是你帮他们安排的吗？按理说你去才是最应该的。"

话是这样没错，但是说到底，林回也是听贺见山的吩咐。他看对方已经低下头继续看文件，知道不会再改变主意，便作罢了。

吃饭的地方定在京华一家很有名的饭馆。林回和贺见山到的时候，包厢里贺昭和赵韬正相谈甚欢，赵韬身旁坐了一个短发姑娘低头看手机，便是赵晓晓了。赵晓晓率先发现两人走了进来，她吓了一跳，一下站了起来："贺总好，林总好。"

这一声惹得旁边说话的两人一齐看了过来，贺昭似乎对林回跟着过来没有太多意外，点点头道："来了啊，快坐吧。"

席间气氛还是挺融洽的。贺见山虽然全程话不多，基本都是贺昭、赵韬和林回在聊，但是表情轻松，可见心情还是不错的。

赵韬是体制内退下来的，素来长袖善舞，这次安排宴请的主要原因还是想帮女儿打点打点，毕竟大学才毕业，没什么社会经验，进入万筑这样的大公司之后，还是希望她能更进一步。他就像这个世界上最普通不过的为儿女操碎心的父亲，一边感谢贺见山和林回对赵晓晓的照顾，一边憋不住地偷偷夸女儿优秀，臊得赵晓晓全程不好意思开口，一直低头吃菜。

晚饭结束之后，几人站在路边告别。赵韬礼貌地询问林回需不需要送，林回笑着摇头："我和贺总一辆车，我们直接回公司，九点有个视频会议。"

赵韬顿了顿，随即"哎哟"了一声，把身旁的赵晓晓往前推了推："正好，晓晓，你跟着林总去帮帮忙。"

赵晓晓顿时觉得无语，她一点不想去，就装傻看向她爸："啊？"

赵韬恨铁不成钢，咬着牙低声道："去跟着好好学习，好好表现。"

林回把这父女俩的表情看在眼里，心里有些好笑，于是主动开口帮赵晓晓解围："不用，我这边——"

"好。"站在一旁的贺见山忽然出声，"那就一起过来。"

林回的笑容僵了一下，立马转过头用眼神询问贺见山，贺见山平静地看着林回，岿然不动。

两人就这么对视了一会儿，林回败下阵来，无奈点点头："……那就请晓晓来帮忙了，给你算加班。"

返回公司的路上，林回开车，赵晓晓在副驾上玩手机，贺见山则在后座坐定。林回不知道贺见山在想些什么，他并不觉得贺见山吃了一顿饭就会对赵晓晓另眼相看，而且开了无数次的视频会议也真的不需要额外的人来帮忙。

林回忍不住看了一眼后视镜，发现贺见山不知何时抬起了头，两人的目光在镜中相遇。

他轻咳一声，收回了目光。

林回总觉得贺见山最近的心思越来越难猜了，似乎有什么事情在悄悄发生变化，这让他感到不安。

回到公司，差不多还有四十分钟会议便要开始。林回一边帮贺见山整理会议用的材料，一边跟赵晓晓梳理工作内容和流程——对于临时把人拉过来加班林回感到抱歉，但他还是尽职地希望能教到她一些东西。不过林回发现，其实赵晓晓很聪明，反应快，理解能力强，虽然缺少点经验，但是个值得培养的人。

两个人很快准备好一切。林回作为总助要一起参会，他看时间差不多了，便吩咐

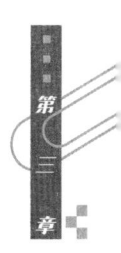

赵晓晓："我待会儿要开会，你下去帮贺总买一杯咖啡，拿上来后短信告诉我一下，然后赶紧回家，明天补个加班申请。"

赵晓晓连连点头："林助您喝什么？"短短一会儿工夫，赵晓晓已经和林回熟悉起来，不再拘谨地喊他"林总"，而是和公司其他人一样叫他"林助"。

林回摇头："我不喝咖啡，你给他买就行。"

赵晓晓一走，办公室就安静了下来。

林回带着记事本去了会议室，一个半小时的视频会议，贺见山全程用外语交流沟通，林回则在一旁做简单的速记。不知道为什么，在电子信息高度发达的时代，他还是喜欢用纸和笔去记录一些重要的东西。

他外语水平不如贺见山，第一次开跨国会议的时候，全程一共写了五句话和六个单词，心态直接崩了，感觉这辈子都没这么丢人过。贺见山倒是没说什么，给他找了一些会议资料做补充，之后再开会便会刻意减缓说话的速度，甚至只要注意到林回皱眉，都会稍微放慢节奏。

可能连贺见山自己也没有注意到，他对林回总是有很多耐心。

会议结束，贺见山一边帮着林回收拾材料，一边问道："她怎么样？"

"谁？"

"赵晓晓。"

"噢，还不错，挺机灵的。"

"那就这么定吧，"贺见山把手头的纸叠好在桌上敲了敲，"让她担任你的秘书。"

林回一时没反应过来："什么？"

"明天通知人力资源部，从下周开始，把她调来担任你的秘书。"

林回的脑袋嗡嗡作响："贺总，我并没有提过要人。"

"是我临时决定的。"

林回冷静反驳："我有自己的工作规划，也清楚自己的能力极限，贺总，我认为从目前的工作量来看，我并不需要配一名秘书。"

贺见山似乎有些不解："帮你分担一部分工作不好吗？"

林回急了："您为什么不能问一下我的意见呢？"

林回的唇线绷得很直，眼睛很亮，整个人处在一种紧张的状态——他在压制怒气。

贺见山想，他又一次拒绝了自己。但是这一次，他并不打算妥协。

"你还记得你之前跟我说过什么吗？"

林回又生气又困惑地看向他。

"你说，你信任我。"贺见山轻声道。

林回一下语塞了。

他仿佛变成了被人捏住后颈的猫咪，即便心有不甘也撒不出气了。林回慢慢平静下来，发觉自己确实有点太激动。贺见山不是个会心血来潮胡乱安排的人，他并不清楚自己心里的那些弯弯绕，只是单纯从工作角度觉得他需要增加一名助手。

林回在心里反复斟酌，虽然贺见山今天一整天都奇奇怪怪的，不过他还是希望能说服他改变主意。他想清楚后，便开口道："贺总，我觉得……"

"相信我。"

贺见山打断了他，在对方错愕的眼神中，十分认真地提出了要求：

"林回，像你说过的那样相信我。"

▪ 04 ▪

一直以来，万筑的人都知道贺见山向来言出必行，他决定了的事很难更改，非要说的话，通常只有林助理才能说服他改变主意。

然而这几天他们却发现，贺总这次却是把林助理都拒之门外了。一周之内，赵晓晓调到了十二楼担任林回的秘书，她坐在了原来林回坐的位置，林回则终于拥有了属于自己的独立办公室——贺见山将旁边空着的房间配好办公家具给了他。

公司上下都被贺见山的举动弄得一头雾水。早在几年前搬入新办公楼的时候，行政部门就提出来单独给林回配办公室，结果两人都说不用，还说这样工作更方便。

就在大家都以为两人要捆绑到底的时候，贺见山又是调人，又是单独把林回分出去，很难不让人多想。连安妮见到林回都是一副欲言又止的样子，这让当事人十分烦躁。

林回和贺见山开始陷入一种微妙的气氛中，好像什么事都没有——正常的上班下班、汇报和讨论工作，又好像发生了什么说不清楚的事——林回的态度过于平淡了，除了讨论工作，他几乎不和贺见山多说一句话，而且全程避开他的目光，说完立刻回自己的办公室。

相比这边对贺见山的冷淡，那边林回对赵晓晓可以说得上是宛如春风，每次和赵晓晓交接工作，他总是面带微笑，语调轻快上扬，在教她东西的时候也是经常鼓励她，十分有耐心。没两天赵晓晓就被林回征服了，逢人便说林助是她的偶像。

林回仿佛在一夜间学会了变脸，他在贺见山和赵晓晓之间无缝切换，十分自如。他想，来万筑这么多年，本以为早就练出了波澜不惊的本事，结果这次原形毕露——原来自己也是个十分幼稚的人。

林回站在窗边向外看去，这个角度和从贺见山办公室看到的景色差不多，但是隔

了两堵墙，就已经是两个世界。

他转头看向办公桌上的电话，电话右上角贴着一张贴纸，上面写着"822"三个数字。822，这是他的内线电话号码，从他进入万筑那一天起，他就被分配到这个号码，一直陪伴他到现在。

这个电话时常响起，那么多人找他，里面却很少有贺见山。以前在老办公楼，贺见山喜欢出去或者回来路过他的时候顺便喊他去聊工作，后来搬了新办公楼，两人共用办公室，因为只隔着一道门，贺见山总喜欢扬声就喊："林回——"

林回经常想，如果就这样，一直这样下去，也是很好的。

可是，即便就是这样微不足道的愿望，现在也难以实现。

林回一直以为自己很了解贺见山，在很多事情尤其是工作上，他们之间是有默契的。可那天贺见山明明已经看出自己的抗拒，却还是连沟通都没有便擅自做了决定，这让他感到委屈。

说来有些可笑，这些年许多人都在他面前或多或少感叹过这位万筑最高掌权人对他的偏心，只有当事人自己，因为那点难以言说的心思，一直战战兢兢不敢相信。

空欢喜也是会伤人的，他把所有想法都藏在心底，便能永远游刃有余。

他想得出神，冷不丁被推门而入的李风海吓了一跳。

正好李风海今天来集团有事，没想到碰上这么大一个八卦，他谈完工作就兴冲冲地跑到林回办公室说要参观，一边看一边拱拱他的胳膊，揶揄道："万筑都在传你'失宠'了，我看这配置不像啊？"

林回十分无语："他是皇帝吗？还失宠，离谱。"

"谁让那年老潘喝多了，说什么'林助，你可是一人之下，万人之上'，哈哈哈哈哈，这不就流传开了嘛。"

老潘叫潘新年，是另外一个项目上的负责人。平时看着不爱吭声，一喝酒就满嘴跑火车。有一年年会过来敬酒，拍着林回的肩膀说他是"一人之下，万人之上"，旁边就坐着贺见山，臊得林回满脸通红，恨不得当场失忆。

林回给李风海倒了杯茶，李风海接过去，又开口道："不过我搞不懂啊，安妮说那女孩是你的秘书，怎么坐那里？到底是你的秘书还是老板的秘书啊？"

从位置上来说，赵晓晓的位置算是在林回和贺见山的中间，但那又是套间，别说李风海，就是林回自己也弄不清楚贺见山在搞什么，现在李风海一提起来，他又开始觉得烦，忍不住也给自己倒了杯水，喝了一大口："我的秘书，这几天带着呢，之后有些事情我就不管了，忙不过来。"

话是这么说，但是林回看着自己习以为常的一些事逐渐由赵晓晓接手，心里还是忍不住涌起一阵酸涩。拼命追赶一个人真的太累了，累到有时候他帮贺见山整理桌子都仿佛嘴里含着糖，品尝着那一丁点快乐的味道。可是现在，这块糖没有了。

还是贺见山亲手给收走的。

"不说笑了。安妮她们不懂，老觉得你是不是跟贺总闹不愉快，我倒是觉得你可能很快要升职了。"李风海打趣完林回正色道。

林回没有吭声。

"你现在职阶比孙庆低半阶吧……嗯……我估计贺总要提你了……"

李风海看林回还是提不起劲的样子，乐了："怎么升职还不高兴，你还真打算当一辈子助理啊？"

林回心想：是的，我想给贺见山当一辈子助理。

如果李风海知道他这么想，可能第一反应就是笑话他"没出息"。然而，他是林回，一个小镇上出来的普通人，没有那么多雄心壮志，他那么努力，只是希望能够有资格站在贺见山的身边。

"再说吧，八字都没有一撇，指不定就是看厌我了，嫌我烦呢。"林回自嘲道。

李风海一听就笑了，刚想说什么，却又脸色突变，赶紧站直了身体："贺总……"

林回转过头去，贺见山果然站在门口，也不知道他听到多少。

林回无所谓了，破罐子破摔，厚着脸皮主动问道："贺总，您找我？"

贺见山点点头："过来，我有事跟你说。"

林回向李风海示意了一下，跟着贺见山去了他的办公室。

一进门，贺见山便开口道："下周二跟我去长宁出差，估计两三天吧。"

林回愣了一下："就我们两个人吗？"

"嗯，瑞涛的冯总约我聚聚。"

林回也不知道这个"聚聚"到底是怎么个聚法："机票安排人订了吗？其实您让晓晓通知我就可以了。"

贺见山顿了一下："林回，我的助理是你。"

像是怕他没有听清楚，贺见山又强调了一遍："只有你。"

说这话的时候他很郑重地看着林回，林回也难得没有回避他的眼神。两人的距离很近，近到林回仿佛能看见贺见山深邃的眼睛中那个傻站着的自己。

一时间谁都没有说话，空气有些安静。

最后还是林回败下阵来，他后退了一步，不着痕迹地错开了目光。他猜测贺见山应该是听到了刚才他和李风海说的话，所以，他在向自己解释。

只是因为自己私下里一句怨气冲天的话。

这让林回忽然清醒了过来。

他根本没有立场去要求贺见山什么，也不应该将私人情绪带入到工作中，这是非常不专业的行为。而贺见山看在眼里，竟然没有批评他。林回感到了泄气——为这些天所有的不痛快，为自己的故作冷淡，又或者其他什么。

他投降了。

林回抬起头，重新看向贺见山："是，我是万筑的总经理助理。"

第四章

我不想打。

Chapter 04

• 01 •

贺见山和林回是在下午四点到的长宁，瑞涛的老总冯俊涛派了专车接他们去酒店，两人约好第二天去打高尔夫。

严格来说，冯俊涛其实和贺昭一个辈分，他比贺昭小几岁，独生子冯英和林回差不多年纪。冯俊涛这人精明圆滑，跟谁都称兄道弟，爱钱，什么赚钱就掺和什么。瑞涛和万筑合作过几次，处得还算愉快，正好冯俊涛新投资了一个高尔夫球场，便一定要约贺见山来指点指点。

林回一听这行程安排顿时丧失了兴趣，这会儿他跟贺见山在酒店的餐厅吃晚饭，一边吃一边嘀咕："早知道我就不来了，您特地飞这一趟就是来打高尔夫吗？"

距离两人上次单独出差已经是半年前的事了，这次出来，林回心里还挺期待，因为他一直很喜欢跟着贺见山到处跑，一边长长见识一边看大名鼎鼎的贺总各种进退自如的表演，结果来了还真就只是"聚聚"啊？

贺见山切了一块牛排，慢条斯理地送入口中："他对宁海的项目感兴趣。"

"瑞涛参不参与对我们来说无所谓吧？"

贺见山笑了一下："这取决于他愿意拿多少筹码。"

林回吃东西的速度忽然慢了下来，他直直地盯着贺见山，有些移不开眼睛，他想：

没有人不会被这样的贺见山吸引——永远波澜不惊却又永远尽在掌握。这跟平时待在万筑办公大楼里的贺见山不一样，在那一瞬间，他周身充斥着属于雄性动物掠夺的压迫感，让人不由自主地想要臣服。

"你以前来过长宁吗？"短暂的安静之后，贺见山开了口。

林回点点头："大学时候跟着老师来过一次，不过当时是为了一个课题，在长宁的农科所待了一礼拜，也没来得及到处转转。"

贺见山有些疑惑："农科所？"

"贺总您是不是不知道，我大学学的是园艺，就是培育改良瓜果蔬菜之类的。"

贺见山愣住了，他确实不知道。

当时他跟人力资源部说需要一名助理，两周后负责人徐怀清就给他挑了两个人，最后他选了林回，不过确实也没有详细看简历。林回才开始跟着他的时候，他隐隐猜到林回可能并不是相关专业，但是他也没想到跨界跨得这么远。

大概是林回实在太优秀，优秀到他所有的不专业、所有犯的错，在贺见山眼里，都如偶然落在花瓣上的一只小虫，吹吹就没了，不值一提。

林回看到贺见山难得地露出迟疑的神色，得意地笑了："想不到吧，堂堂万筑总经理的助理，竟然是学农业的。"

贺见山不明白他高兴个什么劲，但还是顺着他的话说道："唔……的确稀奇。"

林回随手夹起餐盘里的西蓝花，煞有介事地感叹："如果不是进了万筑，那么今天贺总您吃的菜，很可能就是我培育的品种。"

贺见山忍不住笑出了声。他见林回忽然瞪大了眼睛，赶紧用手抵着嘴唇，轻咳一声，做了一次无效遮掩。

笑罢，他对林回的发言表示了肯定："没吃到你培育的菜，是这里所有人的损失。"

贺见山的心情肉眼可见的好，好到甚至主动开起玩笑。林回不知道到底是什么取悦了他，把菜放进嘴里嚼了两下，觉得这长宁之行可能也没那么无聊。

等到两人吃完晚饭，贺见山喊来服务生，小声说了什么，林回正巧在发消息，也没在意。过了一会儿，服务生送来了两杯酒：一杯递给了贺见山，一杯放在林回面前。微微晃动的琥珀色液体在灯光的照射下，闪烁着诱人的光泽，林回疑惑地抬起头。

"是所有人的损失——"贺见山停顿了一下，然后举起细长的酒杯轻轻碰了一下林回的杯子。

叮——

"却是我的福气。"

第二天早上九点三十分，冯俊涛的车准时把贺见山和林回接到了这个名为"雅歌"的高尔夫球场。冯俊涛老早就在门口等着，贺见山刚一下车，他便笑着迎上来："贺总，别来无恙啊。"

　　两人说笑着走进场内的私人茶室，冯俊涛招呼了一下里面正在摆弄茶叶的年轻人："小英，过来，认识一下我们贺总。"

　　来人身形比林回略高，面容不算俊朗，倒也端正，尤其一双桃花眼，笑起来显得含情脉脉。林回略微思索，便想起这是冯俊涛儿子冯英。早就听说这两年冯俊涛的身体不太好，急着把冯英给培养出来，所以不管是工作还是私人活动，都带着他一起参加。

　　"贺总，这是我家小子冯英，这么大了什么也不会，还是要跟贺总多学学啊。"

　　贺见山也是第一次见到冯英，和对方握了握手，冯英主动开口道："老是听我爸说起贺总，今天总算有幸见识到了。"

　　贺见山笑了笑，没说什么。冯英又把目光移向站在贺见山身侧的林回："不知道这位是……"

　　林回赶紧伸出手："您好冯总，我是贺总的助理，您叫我林回就行了。"

　　"噢……"冯英眉眼弯起，握紧了林回的手，"幸会，林助理。"

　　冯俊涛请来的贵客，待遇自然不一般。说是来打高尔夫，但是贺见山和林回什么都不用准备，冯俊涛已经为他们备好了衣服和球杆，林回也跟着沾光。

　　贺见山换好衣服后，随手拿起一支杆看了起来，林回见状立刻小市民心态上身："是不是很贵？"

　　"还行。"

　　林回"哇"了一声："比起您之前在西山那边用的那套杆呢，我怎么觉得那个颜色好像更好看点？"

　　贺见山看了他一眼。

　　不知道为什么，他一直很喜欢听林回说话，尤其是跟他说些不着边际、鸡零狗碎的话：比如昨天晚上聊大学专业，比如此刻讨论球杆颜色。这样的林回少了几分工作时的认真和严肃，多了一丝生动，显得有些……有些什么，贺见山说不上来，但是他知道，他很喜欢看见这种样子的林回。

　　他放下球杆，开口道："长宁是个很有名的旅游城市，既然上次来的时候没有好好玩，那今天晚上，要不要去长宁的夜市逛逛？"

　　"晚上没其他安排了吗？"林回有些怀疑，以冯俊涛好面子的作风，贺见山难得来一趟，他肯定是要把行程安排得满满的。

　　"可以没有。"

有夜市游玩这么个大萝卜在面前钓着，一直对打高尔夫兴趣乏乏的林回总算提起了精神。

• 02 •

蓝天白云，绿草如茵，高尔夫球场的环境让人觉得放松，四个人分了两辆球车，贺见山和冯俊涛一辆，后面跟着林回和冯英。冯俊涛一直拉着贺见山，一边打一边聊，林回不太喜欢打高尔夫，便站着没怎么动，时不时地看向隔着一段距离的贺见山，然后有一搭没一搭地跟冯英聊天。

没说几句，冯英便感觉到了林回的心不在焉。他顺着林回的视线看过去，又看看林回，眼里不禁浮起一丝意味不明的神色，随后又敛了下去。

冯英打完一杆，走到林回面前笑道："林助理，你好像一直没怎么玩，是不是我哪里做得不好？"

林回闻言有些尴尬，赶紧摇头："冯总误会了，我这不是技术不好，怕丢人嘛，我看您打，也好学习学习。"

冯英觉得有趣，又问："我看我爸和贺总聊得开心，林助理却一直没跟我说话，本来还怕自己招待不周，你这么一说我就放心。对了，冒昧问下林助理您今年多大？"

"三十了，不及冯总年轻有为。"

"我二十八，那我就喊你林哥吧，你喊我冯英就行，咱们别那么生分，可以吗，林哥？"

冯英这人热络得很，一直客客气气，林回有些招架不住。他作为贺见山的跟班，也不好拂了主人的面子，只得笑道："那真是太不好意思了。"

两人正聊着，前面贺见山和冯俊涛一起转头看向这边，贺见山喊道："林回——"

林回走了过去，贺见山笑道："这杆你来。"

林回点点头："噢。"他走上前去，身侧的球童为他换了一支球杆。

冯英见状笑道："总算能见到林哥玩了。"

林回的注意力放在了高尔夫上面。说实话，这些年他陪贺见山打过很多次高尔夫，也去过不少球场。但是因为第一次打高尔夫的记忆有些糟糕，导致他对这项运动一直没有太多兴趣。

那是他进万筑的第二年。

那次公司有个很重要的接待，贺见山和贵客谈事情，他则负责带领其他随行人员和客人的一双儿女去高尔夫球场玩。林回像伺候祖宗一样把事情安排得妥妥当当，结果却栽在了那一对兄妹身上。

兄妹俩自小在国外长大，十几岁的年纪，正值躁动的青春期，性子有些反复无常。本来说要打高尔夫的是他们，结果两人玩了一会儿又觉得无聊，把注意力放在林回身上，问他为什么不和他们一起打。

林回解释说自己不会打高尔夫，兄妹俩便自告奋勇说要教他。林回本想拒绝，但是又觉得不过两个小孩子，也不是什么过分的要求，就当陪他们玩一下，便应下了。

那是林回第一次打高尔夫，他怎么都没想到自己会度过如此煎熬的一个小时。

当他拿起球杆的时候，兄妹中的哥哥的确像模像样地教他怎么调整姿势、怎么发力，然后他的第一杆却挥空了。妹妹"扑哧"一声笑了出来，她做了个鬼脸，跟哥哥说了一句："I can't believe he was such an idiot.（难以置信，他这么蠢。）"

林回听到了。

老实说他并没有把少女的无心之语放在心上，但是接下来，兄妹俩像是忽然打开了开关，开始用外语旁若无人地聊起来，吐槽林回不懂规矩没穿正规的衣服，嘲笑他的动作像企鹅十分好笑，还说起了来京华的一路上的见闻……

整个聊天充满了令人不愉快的偏见，夹杂着攻击和羞辱。他们可能并没有意识到林回听得懂，所有的交谈竟然都没有避开他，两个陌生人肆无忌惮地释放着恶意，甚至一旁的随行人员在听到后，也只是淡淡看了林回一眼，小声说了几句便不再管了。

烈阳如潮水一般在绿色的草坪上翻涌。

林回出了一身的汗，身上又黏又腻。他其实可以开口制止他们，比如让他们小声点，他都能想到那该是多么令人窒息又可笑的画面。但是他握着高尔夫球杆的手紧了又紧，最后还是什么都没有说，而是拼尽全力，完美扮演一个第一次学习打高尔夫、不懂外语却又满脸笑容的蠢货。

高尔夫活动结束后，林回把他们送去了酒店稍做休息，等贺见山那边谈得差不多了，再一起去饭店用餐。

晚宴的规格标准很高，堪堪一桌人，能上桌的位置都不低。当林回自如地在桌上坐下时，一直跟着兄妹的随行人员微微变了脸色。林回倒是没有在意，依然笑容满面地做好服务，偶尔在贺见山看过来的时候，穿插着聊几句，全程进退得当。

忙碌的一天就这样结束了。

司机送贺见山回去的时候，顺路捎上了林回。两人都有些累了，车里谁都没有说话。过了一会儿，贺见山开口道："下午怎么样？"

"还行，玩得挺开心的。您这边顺利吗？"

"不错。"贺见山脸上露出了笑容，"有了童老师的技术支持，进度总算可以能再往前跑一跑了。"

"那就好。"

车内重归安静。

贺见山看了一眼林回,又看看手机,开口道:"明天上午你休息半天,下午老赵去接你。"

话音刚落,林回就转过头,不确定地问道:"贺总,明天下午我记得没有安排啊?"

"临时加的新工作。"

林回有些茫然:"那我能问下是什么吗?去哪儿?"

"明天你就知道了。"说完,贺见山锁上手机。

第二天下午,司机把林回接到了西山高尔夫俱乐部——就是他接待童老师的儿女,那一对兄妹的那个高尔夫球场。

林回到的时候,贺见山已经站在那边,他身边除了一个球童,没有其他人了。林回压了压帽檐,磨磨蹭蹭地走了过去:"贺总。"

贺见山把手中的球杆递给他:"要试试吗?"

林回估计贺见山已经知道昨天发生的事情,觉得有些别扭:"我不想打。"

"让教练教你呢?也不愿意吗?"

林回没有吭声。

"昨天晚上童老师给我发信息,说随行秘书跟他汇报说家里小孩在打高尔夫的时候说了一些冒犯的话,小孩子不懂事,他教训过了,顺便托我给你道个歉。"

收到消息的时候他们在车上,虽然对方没有具体说到底说了些什么,但是想想肯定不太好听。贺见山坐在后排,看见副驾上的林回盯着窗外发呆,他忙了一天,一直保持很饱满的状态,直到这会儿,才像一个泄了气的皮球,安安静静地缩在角落里。

童显声的原话是向贺见山道歉。事实上,贺见山算什么道歉对象,只不过万筑即将和童显声的团队展开合作,这个道歉是向他示好,毕竟是他的人,卖个面子而已。这个世界有时候就是这样,越是有钱有身份,越是傲慢得看不见其他人,只会向利益屈服。

林回松了口气:"噢,没事的,我怎么可能和小孩子计较。"

"这是你没有当面表达不满的原因吗?"

林回一愣。

"或者说,你权衡过后,认为息事宁人是最优选择,"贺见山逼近了一步,"你没有开口的勇气。"

林回忍不住退后了一步。

这个地方本来就容易让他想起昨天遭遇的不快，加上贺见山冷冰冰的语气，林回觉得又委屈又难堪，眼眶一下就红了："我没有当场发作是因为我考虑到他们是公司的客人，多一事不如少一事，我觉得我没做错什么。我的确不会打高尔夫，也不想打，我相信我的个人能力并不需要通过高尔夫来衡量。"

贺见山定定地看了他一会儿，笑了："这不是挺能说吗？"

林回把头偏向一侧，嘴唇微抿，不再看他。

贺见山晾着他，自顾自地打起了高尔夫，只等他冷静。果然没过一会儿，林回没了刚刚叫板的气势，蔫头耷脑地走到他身边："贺总，我……我……"

林回想道歉，可是心里又觉得自己没错，他支支吾吾半天，也不知道该怎么开口。

贺见山将球杆放入他的手心："林回，握紧它。"

贺见山的手掌很热，林回像是被烫到一样忍不住缩了一下，但是下一秒，却又被贺见山牢牢地握住。

"我并不是想要嘲讽你，但也不会夸奖你。"

林回忍住不去看贺见山，任由他帮自己纠正姿势。

"林回，我们必须不断地武装自己，才能有足够的底气，去拒绝所有的恶意。"

贺见山已经退到了身侧，林回看看眼前的白球，又看了看球洞方向，他深吸一口气，用力地挥出了一杆——

咚——一杆进洞。

球场响起零零散散的掌声，冯英更是夸张地"哇"了一声："高手啊，林哥你太谦虚了！"

冯俊涛也笑道："贺总的身边真是卧虎藏龙。"

林回转头朝着贺见山看过去，在阳光铺洒的绵长绿茵里，两人相视而笑。

■ 03 ■

正如林回所预料的，冯俊涛既然邀请了贺见山，自然是把行程安排得满满当当。

上午打完高尔夫后，四人便去了私人会所吃饭。席间冯俊涛和贺见山相谈甚欢，就没停过。坐在旁边的冯英也不甘寂寞，可能是怕冷落林回，一直热情地给他布菜。他这人很健谈，天南地北什么都能插上一嘴，林回见对方频频示好，脸上笑容也真诚了几分，两人还交换了联系方式，林回客气地邀请冯英："有时间来京华玩，我请你吃饭。"

冯英一下就笑了："一定，一定。"

午饭结束后，他们一起参观了瑞涛的部分产业，冯俊涛这安排也带着点展示的意

思。瑞涛整体虽不及万筑,但这两年发展得不错,也算实力强劲。林回跟着贺见山这么多年,听着两人打机锋的对话,实在有些头疼。

不过他看贺见山心情不错,想来对方对宁海这个项目还是舍得下血本的。

眼看时间差不多了,贺见山赶在冯俊涛安排晚饭之前表示有另外的行程计划,几人约好下次再聚。至此,长宁公务之行也算落下帷幕,接下来,就是私人旅游时间——长宁夜市了。

长宁夜市位于著名景点绣亭公园。说是公园,其实是开放景点,政府围绕着绣亭湖建造了漂亮的景观大道:春日赏花,冬季看雪,夏天到秋天则是每天晚上七点到十点,有热闹非凡的夜市。

光是夜市倒也不算什么新鲜的,吃吃喝喝,玩玩买买,很多城市都有,但是长宁的夜市做得早,融入了自己的地域文化特色,发展到现在,不管是规模还是质量,都远远超过国内其他城市。而且因为夜市持续时间长,不同时间段,夜市主题和商家也会有区别,还会配合主题出一些专门的文创周边,十分用心,甚至吸引了不少专为夜市而来的游客。

贺见山和林回到达绣亭公园的时候,已经快八点了。他们在附近商场吃的晚饭,走过去的时候,身边不断有人路过他们,看方向都是去夜市的,这个时间点卡得正好。

林回老远就看见造型夸张又五彩缤纷的入口,在夜幕下熠熠生辉。两人进去时,门口的工作人员给他们一人发了一张集印章的小卡片,林回看了下这个阶段夜市的主题——童话,难怪里面的商家都佩戴着偏可爱的饰品,随时可见的打卡点也装点得十分具有奇幻色彩。

林回看着身边窜来窜去的小朋友和一对对亲密的小情侣,皱起了眉头:"贺总,我俩是不是有些格格不入啊?"

贺见山想了下,指着旁边卖一闪一闪猫耳的小店说:"你要是想,也可以买个戴上。"

林回:"……"

不得不说,长宁的夜市氛围实在是太好了,食物的香气和快乐的笑声一直围绕着他们,中途林回还被随机出现的NPC、几个戴着鹿角的年轻人,塞了很多本地产的水果糖和果脯,连贺见山都被感染,嘴角一直挂着浅浅的笑意。两人就这么吹着晚风,边走边看边聊天,实在是惬意得很。

走着走着,他俩来到一个大型扭蛋机面前。林回见好多人围在那儿看别人转扭蛋,也忍不住停下了脚步。

只见一个七八岁的小男孩双手转了几圈旋钮,然后"啪"的一声,掉下来一个圆球。男孩的父亲帮他打开,里面有一张纸条写着"三等奖"。三等奖是一个很大的鲨鱼毛绒玩具，小男孩在一片艳羡声中开开心心地抱着鲨鱼走了。

林回在柜台前仔细看了下玩法介绍，三十元扭一次，兑换奖品基本都是一些小孩子喜欢的玩具，最有价值的是一等奖，一盒正版乐高花束，大约五百元。

林回忍不住指着那盒乐高说道："一等奖还不错，这款乐高挺难买的。"

贺见山有些意外："你喜欢拼乐高？"

"唔……还好，偶尔会拼。"

贺见山看向那盒乐高，又看了一眼林回："你要不要抽？"

"啊？"林回还在看其他奖品，没反应过来。

"你想不想要那盒乐高？"贺见山敲了敲一等奖面前的玻璃，"我出钱，你来抽，抽到为止。"

林回呆住了。

他不明白为什么逛着逛着忽然进展到扭蛋抽奖了，怀疑是不是自己说错话引起了贺见山的误会，连忙拒绝："我不要，我就是说一下而已。"

贺见山点点头："我想要，你帮我抽。"

林回小声道："贺总，这是一等奖，哪儿那么容易抽，您想要的话直接上网买就行了。"

"你难道不好奇抽多少次能抽出这盒乐高吗？"

林回有些抓狂："一点也不好奇。"

贺见山面无表情地看了他一眼，举起手机扫码付了三百元："三十元一次是吧，我先兑十个币。"

林回崩溃地看着贺见山。

贺见山把十个币放入他的手心："算在你的年度指标里。"

这会儿扭蛋机前已经没有人在扭了，倒是许多看热闹的人还围着没有散。大概是大家都看到林回手上的十个币了，很好奇他能扭出什么奖品。

林回哭笑不得，连店主都起哄说："帅哥加油，说不定一次就能抽到一等奖呢。"

林回掂了掂手中的币，心想哪儿那么容易，如果贺见山非要抽出那盒乐高，那他今晚注定要破费了。

果然，十个币抽完，贺见山的手上多了一堆纸条。他把玩具都兑换了，然后分给了围观的小朋友，大家都开心极了，七嘴八舌地喊：

"叔叔加油！"

"叔叔你要抽到大奖！"

"叔叔，我还没有娃娃……"

于是在大家期待的目光中，贺见山又兑换了十个币递给林回，林回哭笑不得："六百块了，都能直接买一盒了！"

贺见山宽慰着他："别担心，玩一趟的钱还是有的。"

既然贺见山都这么说了，林回索性就把这当抽卡手游玩起来——乐高花束就是这卡池里唯一的 SSR，氪金玩家贺见山势在必得，抽卡小弟林回只希望自己不要太"非"（游戏用语，指运气不好），让大佬花钱太多。

眼看围观的人越来越多，在场的每个小孩子都收到了林回和贺见山送的礼物，然后怎么也不肯离开。大家都憋着一股劲，每次在林回转动扭蛋的时候，都碎碎念着，暗暗期待他能抽到一等奖。

终于，第三十二抽，当林回把纸条展开，看到"一等奖"三个字的时候，围观的人群已经先他一步"哇"地大叫起来，接着就是热烈的鼓掌。

林回笑得不行，他觉得大家比他还要激动。贺见山也在笑，他就站在橱窗内的那盒乐高旁边，身后的树上绕了好几圈的星星灯在头顶一闪一闪，仿佛林回抽到的一等奖不是积木，而是他。

店主笑容满面地把那盒乐高递给了林回，说："我都要急死了，你再不抽到，我都想送给你了！"

林回笑着摇摇头："老板今天也是大丰收呀！"

"你把集印花的那张纸给我——"

林回在口袋里掏了一下，把纸递老板，只见他"啪"的一下盖了个章，然后又快速跑到旁边的几个小店，没一会儿，纸上盖满了红色的印章，老板将它还给林回，说："可以去门口换个茶，我们长宁的红果子茶，味道不错的。"

林回好奇道："你怎么知道我们是外地人啊？"

"本地人谁穿成你们这样跑来逛夜市啊！"

林回和贺见山面面相觑，两人都是衬衫配牛仔裤，其实这在林回心里，算是比较休闲的装扮了。不过大概是气质使然，贺见山的确看上去不像来逛街的，倒像是刚从会议桌上下来的。

林回扬了扬手中的乐高笑道："这不刚做完一笔大生意嘛。"

两人告别了扭蛋机小店，又继续往前走。林回一边低头看着手上的袋子，一边算起账："转了三十二次，一共花了九百六十块钱，贺总，我这指标算完成了吗？"

贺见山刚想说什么，忽然停住了脚步。林回顺着他的视线看过去，发现竟然是熟人——

"贺总，林哥，好巧。"说话的正是今天见了一天的冯英。这会儿他换上了 T 恤和大裤衩，穿了个夹拖，身后则跟着一个瘦骨嶙峋、手上拿着关东煮的男孩，两人看上去十分悠闲。

想起下午才推了冯俊涛的饭局，这会儿就被人看到逛夜市，林回不免有些心虚，倒是贺见山面色如常点点头："我们过来看看。"

说话的时候他扫了一眼冯英身旁的人，目光落在他的胳膊上。今天长宁气温不低，除了他们两个，夜市上的人都穿得很凉快，而前面这人，明明穿了一件短袖，却又突兀地戴了一截袖套，看着有些奇怪。男孩似乎感觉到他的视线，慌忙把胳膊别了过去，然后缩到了冯英身后。

冯英的目光在林回和贺见山的身上转了一圈，笑道："行，那贺总您这边先逛着，我们先走一步了，有机会再聚。"

说完便冲着林回笑了笑，擦身走了过去。

两人走远后，贺见山皱着眉头不知道在想些什么，一直站在原地没有动。

林回提醒道："贺总，怎么了？"

"刚刚——"贺见山转头看到林回疑惑的目光，顿了顿，"没什么，我们去那边看看吧。"

"嗯，对了，看看夜市上有没有小花瓶，您拼好可以把花插里面。"

"你拼。"

林回不满："不是您想要的吗？"

"你拼好了，这KPI才算完成。"

"……行吧。"

两人说笑着，慢慢隐没在热闹的人群之中。绣亭湖的灯光温柔地照在他们的身上，留下了一道道重叠又分开的阴影。

• 04 •

从长宁回到京华正好是中午，贺见山和林回在飞机上吃的午饭。等到飞机落地，他给林回放了半天假。虽然林回并不觉得有多累，不过送上门的假期他还是欣然收下了。走之前他把从长宁买的一些特产零食和扭蛋抽到的乐高都交给贺见山，让他一起带回公司。

"水果糖和果脯您就帮我拿给赵晓晓，我跟她说过了，到时候她会分给安妮还有其他人。然后乐高就放我办公室——噢，我办公室门没开，那就一起放赵晓晓那儿吧。"

"嗯。"

"赵师傅已经在门口等着了吧，那我就直接打车回去不让他送了，省得他绕路。"

"行。"

"其他明天再说吧，明天我跟您讨论下宁海的项目。"

"好的。"在说完这两个字以后，贺见山忽然笑了一下，"林总。"

这声"林总"一出来把林回弄了个大红脸，他低头回消息，假装自己没听到。短短两天时间，贺见山已经调侃他两次了，搞得林回有点招架不住。

第二天上班，林回一到办公室，赵晓晓就给他送来需要审阅的文件和乐高："林助，这是前两天的票和文件，票我都核算过了，没问题，然后这个乐高……贺总说是您的？"

"是我的，谢谢。对了，昨天的特产好吃吗？"

赵晓晓连忙点头："好吃的，还有那个红果子茶，酸酸甜甜的，真不错。"

"好吃就行，毕竟花了九百六十块呢！"林回一下就笑了。

"啊？怎么会这么贵？"

林回就把夜市玩扭蛋抽乐高的事情简单说了下，赵晓晓听得眼睛都直了："就……你们逛夜市，然后……贺总非要让您玩扭蛋啊？"

林回利落地签着字，应道："是啊，还好最后抽出来了，要不然我还真怕没完没了。这就跟谈项目一样，真铆上了贺总怎么可能罢休——这两份报销好了，可以带走了。"

赵晓晓回过神："噢，噢，好的。"

"对了，还要麻烦你帮我去问问行政那里有没有这么大的闲置花瓶，"林回用手比画了一下，"有的话我就不另外买了。"

"放这个花用的是吧，待会儿我去找一下。"赵晓晓忽然想到什么，忍不住问道，"林助，这个拼好了放哪儿啊？"

林回笑道："这可是贺总花了大价钱抽的，拼好肯定放他那里去。"

林回带着处理好的文件直接去了贺见山的办公室，这会儿他正滑着手机看新闻，似乎不是很忙。林回放下东西，例行跟贺见山对了一遍工作后，开口问道："宁海的项目，您是不是想让瑞涛参与进来？"

"冯俊涛想拿正泰永的资源跟我换宁海项目一个席位，他就是想赚钱而已。"

"那倒的确对我们有利，反正咱们也不缺钱，分点利润也无所谓。"

"是的。"

"那需要我去对接跟进吗？"

"暂时不用，没那么快，等过两天我跟他通过电话再说。"

"好的。"林回笑了一下，"早上冯英还给我发消息，问我京华哪里好玩哪里好吃，我还以为你们约过了，还想说才回来怎么又要见面。"

贺见山眉头微微皱起，问道："冯英给你发消息？"

"是的，这两天断断续续在聊。"

说起来这冯英倒真不见外，跟林回聊天的语气仿佛是认识好久的朋友，一点不生分。林回出于礼貌，也是有消息必回。

贺见山忽然不说话了。

林回察觉出什么，问道："怎么了，是有什么不妥吗？"

贺见山一时间不知道怎么开口。

那天在夜市上，在冯英和他们打招呼之前，贺见山看到他身边的男孩，神情畏缩躲闪，联想起以前听过的传闻，便察觉出一丝异样。

贺见山自小被当作继承人培养，贺老爷子向来对他严格，但这也不妨碍他见识过富二代、三代的各种荒唐事，有钱有权人的膨胀与疯狂，不是普通人能想象的。冯英这人人品如何，爱好什么，他不感兴趣，但是，牵扯到林回，绝对不行。

贺见山看着林回的脸，想起之前在"续"的时候，薛沛跟他说酒吧有陌生人想认识林回，再联想到冯英的种种过于热情的举动，心中莫名有些不快。他沉思片刻，说道："那个冯英，最好还是少接触。"

林回一愣："为什么？"

"你记得那晚夜市上站在他身旁的那个人吗？那个男孩戴着袖套——"贺见山顿了一下，"可能是为了遮掩针孔。"

贺见山语气委婉，但林回是个聪明人，一下就反应过来了："他……吸……"

林回是真的傻眼，冯英和他说话没什么特别，他怎么想也没有想到这上面去。那晚夜市上的男孩他也看到了，的确看着精神有些萎靡，但谁能想到这层原因。贺见山虽然用了"可能"这个词，但是以林回对他的了解，必定是有七八成把握才会这样讲。

那现在贺见山说这话的意思是怕自己和冯英走太近，被他带坏，给公司造成麻烦吗？

林回的心情顿时复杂了起来，他犹豫了半天，忍不住开口道："这事确定吗？他本人也……那您……怎么看呢？"

和瑞涛认识也不是一天两天了，合作也一直还算愉快，现在冯俊涛开始让冯英接手公司事务，那么日后只要有合作，肯定避免不了和冯英接触，没法不联系的。

贺见山没有立刻回答，他看向林回，对方却避开他的目光。贺见山不知道他为什么对一个潜在的违法犯罪分子那么在意，甚至还要问自己的看法，不由地感到一丝烦躁："不怎么看，我管不到他，但是林回，你离他远一点。"

贺见山的声音有些冷，林回的脸色却难看了起来。他怎么就忘了，贺见山一直这样,强势又不容拒绝,他曾经可是当着他的面毫不留情地拒绝过别人的。

当年国内顶尖的财经杂志邀请贺见山做一个专访,整个访问通过"贺见山的一天"这样一个主题展开,需要搭配贺见山的工作照,于是杂志特地安排了知名摄影师李青到万筑进行跟拍。

传言李青恃才傲物,而且脾气很坏,可是在拍摄贺见山时,这人却表现得极为温和,甚至腼腆。林回知道为什么,因为李青见到贺见山的第一眼就沦陷了,那样热切的眼神,就像一团隐隐燃烧的火苗。

拍摄结束的时候,李青笑盈盈地伸出手来:"能给贺总这样的人拍照,圈里其他人要羡慕死了。"

贺见山淡淡道:"过奖。"

李青到底是见过世面的,大胆又直爽,丝毫不顾忌还有第三人在场,轻声道:"不知道贺总什么时候有时间,我想请贺总喝一杯。"

说话的时候,李青的眼睛赤裸裸地直盯着贺见山,几乎是毫不掩饰对贺见山的好感。林回站在贺见山身后,尴尬地进也不是,退也不是,恨不得找个地洞钻进去。

然而贺见山却是连眉头都没皱一下,说道:"李老师不妨有话直说。"

"我很欣赏贺总,所以想请贺总喝酒。"

林回被这大胆直白的话语给惊呆了。他偷偷看向贺见山,发现贺见山居然笑了,仿佛是听到了什么有趣的事情:"李老师欣赏我什么?"

李青都已经做好被赶出去的准备了,却没想到贺见山会这么问,不禁感觉有戏,脸上也浮起迷恋之情:"我不知道,我第一眼看到贺总你就很欣赏。"

"我今天是第一次跟李老师见面,你对我一点都不了解,就说欣赏我。李老师的欣赏未免太过廉价。"

李青回过味来,脸上的笑容变得有些难看:"贺总,一见如故难道你没听说过吗?"

"听上去像是离我很遥远的词语。"贺见山的眼神凌厉起来,"李老师,你知道我生平最讨厌的是什么吗?是公私不分。不过是完成了拍摄部分,工作还没结束,李老师就已经迫不及待要约我喝酒了,不知道的还以为这里是酒吧呢。林回——"

林回连忙上前:"贺总——"

"跟顾茂说一下,我对李青老师的专业能力表示怀疑,专访就取消吧。"

"好的,贺总。"

李青气坏了:"贺见山,你看不起我就直说,你以为我非要高攀你不可吗?装腔作势扯什么公私不分的大旗,大家都是场面上的人,直接点,OK?"

贺见山点点头："你说得对，我不喜欢你，不喜欢在工作中有太多其他心思的人。"说完他看也不看李青，转身离开了。

林回硬着头皮伸手示意李青："抱歉，李老师，这边请。"

"哼！"

这事后来在林回心里放了很久。每当他想起贺见山说"不喜欢在工作中有太多其他心思的人"时那个不耐烦的眼神，心里就一阵酸疼。他并不讨厌李青，反倒是有些羡慕那人的勇气。自从遇见贺见山，他便如油锅里的鱼，总是被反复煎熬：一面时常陷入妄想，妄想有一天他能看到自己，一面又不得不逼自己看清事实。即便一开始会心存冲动，慢慢地也在磋磨中消失殆尽了。

可是，这不是贺见山的错。

林回忽然感到难堪，他深吸一口气，打起精神说道："贺总，您放心，我这种小人物，冯总不感兴趣的，顶多探探项目的口风，我有分寸的。"

贺见山察觉到林回的低落，他总觉得有什么地方不对，但是没等他想明白，林回已经转身离开了。

• 05 •

生平第一次，贺见山放下了手上正在做的事情，然后在日程里写下"林回"这两个字，并将它提到了第一项的位置。

这是一项长期的、令贺见山感觉棘手却又必须慎重处理的工作。

这段时间，贺见山一直在优化他和林回的工作模式和结构，适当降低林回的工作强度，给他配备人员，分担琐碎事务，等到年底的时候，他还会将林回正式提为集团副总……

上次那封四年前的离职申请给他提了个醒：林回不是他的附属，他随时可以离开找到另外一份合适的工作。万筑能不能留住他，就看他到底想要什么，而自己又能给他什么。

无论如何，他是不能接受林回离开万筑的。

总经理和总经理助理这样的上下级关系显然并不足以捆绑住林回，除了升职加薪以外，贺见山迫切希望能和林回建立一个更为稳定可靠的联系，于是当他开始关注工作以外的林回时，便对他的私人情绪越发敏感，比如此刻，他最想弄清楚林回为什么会突然变得低落。

很奇怪，他能猜得出商业对手或者合作伙伴的想法，却无法看明白跟了自己八年的助理的想法。似乎所有的事情一旦涉及林回，就会变得麻烦起来。

另一边，林回从贺见山的办公室回来后便一直在发呆，他没有生气，只是心里难免有些郁闷。他看见桌上放着早上拿过来的乐高花束，干脆拆开来。

这款积木并不算难拼，不过花的数量不少，颗粒也比较小，所以还是要费些时间的。林回这会儿没什么事，就在办公室沙发前的茶几上铺开摊子，光明正大地摸起鱼来。赵晓晓正好过来给他送花瓶，便自告奋勇留下来帮他把积木进行分类。两人一边拼乐高，一边闲聊——

"哎，绿色那个在这儿。"赵晓晓把一个绿色的小积木推到林回面前。

"好的。哎，这里面都是什么花啊？"

赵晓晓拿起旁边的盒子看着封面仔细辨认了一下："有薰衣草、小雏菊，还有个有点像玫瑰，不过怎么好像是黄颜色的？其他我看不太出来。"

"行吧，管他是什么，好看就行。"

"对了，"赵晓晓赶紧把花瓶拿给林回看，"林助，这是从安妮姐那儿拿的，她说送你了。"

林回笑道："好，明天请她喝咖啡。"

赵晓晓很快帮林回将乐高分成好几堆，林回的第一朵花也拼好了，是一支薰衣草。他将它放进花瓶中，然后在桌上挑挑拣拣，又开始拼下一朵。

赵晓晓看着林回拼了一会儿，忽然想到什么，有些为难地开口问道："林助，我可不可以跟你请教一个问题啊？"

林回将手上的零件扣在花瓣上，点点头："你说。"

"我想问下，帮贺总做事需要注意什么？有时候我也不知道自己做得对不对，贺总好像总是没什么表情，我就很紧张。"

"没什么的，你不要紧张，他很好说话的。"

"啊？真的吗？"

林回停下来想了一下："一定要说的话，你注意上班的时候手机最好调成静音或者震动，他不喜欢手机铃声吵闹。"

赵晓晓连忙点头："噢噢。"

"还有就是，如果可以的话，尽量不要喷香水或者选择淡一点的香水，贺总鼻子很灵，对气味特别敏感，不太喜欢各种浓重的味道，包括香味。"

赵晓晓听得一愣一愣的："还有人不喜欢香味啊？"

"嗯，不过他其实不管这些的，但是你要经常进出他的办公室，就稍微留意一下吧。"

"好的林助，我知道了。"赵晓晓感叹道，"林助，你好了解贺总啊！"

"因为认识比较久了嘛。跟你讲个好玩的,那时候我们在老办公楼,有次中午吃饭,有员工用微波炉热菜,可能调错档,人也不在,东西糊了也不知道,当时我们在会议室开会,茶水间离我们挺远的,我们都没闻到到什么,只有贺总,讲话的时候停了两次,最后忍无可忍,自己跑去把微波炉给关掉,又把窗子打开通风。"

"哈哈哈哈哈哈,真的吗?怎么不喊阿姨去弄啊?"

"阿姨下班了,而且喊人还是要等,自己上手更快——哎,这朵花也好了。"

……

没过一会儿,乐高已经拼得差不多了。林回把拼好的花堆放在一起,又扫了一眼桌面,现在就剩下最后一朵了。林回看看时间,和赵晓晓说道:"我中午约了人吃饭,现在得走了,东西放着等我回来拼好再全部插进花瓶里。你走的时候帮我把门带上,不用锁。"

交代完事情林回便拿上车钥匙,开门出去了。赵晓晓收拾了一下桌上的垃圾,刚准备离开,却看见贺见山走了进来。

贺见山开口道:"我来找本书,跟他说过了。"

赵晓晓见贺见山的目光落在那些花上,一时有些心虚,连忙点头道:"好的贺总,那我先出去了。"

贺见山没有急着去找东西,反倒是走到那束花面前。积木花已经基本成型,即便它们只是被随意地放在桌上,也栩栩如生。他随手拿起一支看了看又放了回去,随后目光转到桌上堆着的那堆小零件上。贺见山掏出手机查了一下:甘草、花菱草、紫菀、薰衣草、雏菊、金鱼草,还有玫瑰。这盒积木一共配了三枝玫瑰,那些零散躺着的,便是最后一支。

贺见山盯着看了一会儿,最后翻开桌上的说明书,坐了下来。

林回回到公司时已经是下午两点,他从车里出来之后,眼睛就没离开过手机。

上午的时候贺见山给他发了一条消息,问是不是有一本书在他那儿。林回看着书名有些想不起来,便说:您自己去找一下吧,我这会儿出去了,门没锁。

贺见山回复:好的。

当时林回以为对话结束了,正巧他又在开车,就没再看手机。结果等到了目的地才发现,之后贺见山又给他发了一条消息:这周六晚上有空吗?上次说请你尝尝我的手艺,还记得吗?

林回的心脏顿时跳慢了两拍。

他当然记得,那天贺见山心情不太好,自己打电话跟他闲聊时说起来的。当时他

以为贺见山只是随口说说，也没把这事当真，结果当事人现在却主动提起来了。

林回盯着手机看了半天，忍不住问道：有空，是要一起吃饭吗，您亲自下厨？贺见山：是的，你到时候直接来我家。

林回：好的，那就先这么说定了！（谢谢老板.jpg）

短短几分钟的时间，林回就和贺见山约好了一顿饭。虽说两人经常一起吃饭，但这次是贺见山亲自下厨，还是去他家里，林回就觉得跟做梦一样。

所有的纠结和不愉快在这一刻都忘得一干二净，林回满心只剩下期待和喜悦。甚至等到吃完饭回到公司了，他都要忍不住掏出手机再确认一遍。

林回一边看手机，一边笑着和赵晓晓招呼了一下，随后推开门走了进去。他刚要走到自己的座位上，忽然发现有什么不太对。

林回停下了脚步。他转头看了一眼空无一物的茶几，又愣愣地看向自己的办公桌——电脑旁放着一束熟悉的积木花。就在今天早上，它们只是一堆五彩缤纷的小方块，之后变成一支支姿态各异的花朵，安静地沉睡。而此刻，它们在玻璃花瓶中亭亭玉立，连同出门前留下的那支尚未完工的花朵。

是贺见山拼的。

林回几乎可以想象得出，桌上那堆零散的、微小的颗粒是怎样在贺见山的指腹间辗转、堆叠，而后融合成为一朵花。

它是特别的，是"画龙点睛"里的那双眼睛，眨了一下，便叫醒了所有的花朵，它们一起在瓶中热烈地绽放。

这是一份被贺见山亲手拆开的礼物。

现在，他赠予了他。

第五章 ……花醒了。

▪01▪

从定好饭局的那一刻开始,林回就在纠结一个问题:第一次去贺见山家是不是该带份礼物?带什么好?他把搜索引擎翻了个遍也找不出一个合适的答案,最后决定找熟悉的朋友进行场外求助。

林回第一个咨询的人是洛庭。当他故作淡定地跟洛庭说完整件事情并向他求教带什么礼物去时,洛庭了然道:"回啊,别装了,隔着电话我都能感觉到你的激动,想笑就笑吧。"

林回:"……"

"言归正传,不要玩虚的,拎两瓶白酒直接放倒,摁着他的手指签协议把你变成他的唯一代言人,最后无非两条路,要么就这么定了,要么离职。"

林回冷漠道:"不,只有一条路,进局子。"

洛庭恨铁不成钢:"嚏——有句话你没听过吗,不入虎穴焉得虎子!"

"还能不能有点正经主意?"

两人瞎贫了一会儿,洛庭给的建议是带瓶红酒,稳妥,不会出错。但是贺见山本身就是特别懂酒的人,他喝过的红酒可能比林回吃过的盐还多,而且这东西吧,贵的显得有点过了,便宜的又实在拿不出手,不太合适。

林回把目光又投向了安妮。安妮的审美一直非常好,考虑事情也特别全面,公司

大小活动安排向来都是由她负责。

林回隐去关键信息，发消息问安妮去朋友家吃饭该带什么好。安妮回复说可以送一幅画，朋友挂在家里，每次看到也会想到送的人，如果有需要，她可以推荐画廊。听上去的确不错，但是林回却觉得画这种东西特别考验品味不说，像贺见山这样的人，家里肯定是装修和家具都搭配好了，万一辛苦挑了半天最后不合审美或者不符合整体风格也是个问题。

两个信任的朋友都没能给出好建议，林回看着好友列表，琢磨着下一个该问谁好。正好赵晓晓过来找他签字，林回便随口说道："晓晓，问你件事，我周末要去一个朋友家吃饭，因为是第一次去他家，想带一份礼物，你觉得送什么好？"

赵晓晓愣了一下，随后考虑了几分钟，说道："花，鲜花或者盆栽都可以。"

"花？合适吗？"

"合适呀，林助，花好看又好打理，你朋友收到心情都会变好。"赵晓晓掏出手机滑了几下屏幕，然后拿给林回看，"林助你看，这是上礼拜我妈买的花，放在家里连我爸这种大老粗都说好看！"

图片里是一束向日葵，经过修剪后放入了一个陶瓷花瓶中，白色的瓶子衬得黄色花瓣明媚又热烈。林回看向电脑旁的积木花，想到贺见山替他拼好了花，又放在他的办公桌上，那他现在回送一束鲜花，也算礼尚往来了。

周六晚上，林回带着精心挑选的向日葵去了贺见山的家。

贺见山住在京华市很出名的高档小区翡翠云山，一梯一户的大平层，贺见山在8栋5A。林回虽然没去过，但是有几次出差，司机都是先接上他再去翡翠云山接贺见山，所以林回很清楚他家在哪个位置，甚至连贺见山也没想起来告诉他地址，理所当然地觉得林回一定知道。

两人约的是六点，林回五点十分从家里出发。开车的时候，他整个人都很平静，包括中途接到洛庭特地打来的名为慰问实为调侃的电话，也都谈笑自如。等到了目的地停好车，林回带着花离贺见山越来越近的时候，心里却莫名开始紧张。

他一直在脑海里演练开门的时候自己该说什么比较自然，又突然后悔没有带一瓶酒，单独送花总觉得有点奇怪，不过每一支向日葵都是他亲手挑的，最后还在店家的指导下包好扎上缎带。一通胡思乱想之后，他终于站在了5A的门口，林回深吸一口气，刚举起手，门开了——

贺见山上身套了一件深灰色的T恤，下身穿着运动长裤，头发有些乱，下巴上还冒了点胡茬，完全没有平时肃整的感觉，但却是林回想象中的居家模样。他忽然就笑出了声，整个人放松下来，随后把花举起，往贺见山跟前一送："给您带了束花。"

贺见山把向日葵拿去醒花的时候，林回在参观他的家。他一边看一边觉得实在有趣——以前无聊的时候他脑补过贺见山的家会是什么样的，现在真的过来看到了，发现和自己猜想的竟然差不离。

贺见山处理完花，便从阳台走过来擦了下手，他见林回一直在笑，便好奇问道："笑什么？"

林回想了一下，认真道："没什么，就是觉得您的家跟我想象中的差不多。"

贺见山了然："我一向无趣得很。装修那会儿刚接手公司不久，我也比较忙，就让设计师出了几份方案，挑了一份顺眼的。"

"我的意思就是，这个风格就是我喜欢的那种感觉。"说完林回觉得有点怪，又赶紧找补了一句，"我要是有钱也会这么装修。"

贺见山笑了起来："过来帮我搭把手，再烧个汤，咱们就可以开饭了。"

"噢，好的。"林回无比自然地捋起袖子，看到贺见山连围裙都准备好了，嘀咕道，"您是不是早就准备好让我帮忙啊？"

"谁让你来得正好呢。"贺见山打趣道。

锅上正在蒸着菜，贺见山开始切山药，林回拿了个碗装上水递给了他，然后又拿过青菜在水槽里洗起来。贺见山家的厨房很大，即便台面上摆了一溜的碗，看上去也是井井有条的。

两人各做各的，明明是第一次配合下厨，却又好像私下练习过无数次，默契又自然。

没过一会儿，晚饭便好了。贺见山做了四菜一汤：番茄牛肉、清蒸石斑鱼、香辣蟹、清炒时蔬、青菜豆腐汤，还配了两个凉菜。由于太过丰盛，林回看到的时候都惊呆了："我们吃得完吗？"

贺见山给林回倒上红酒，笑道："一边喝一边吃，晚上老赵送你回去，不着急。"

林回却指着香辣蟹问："您不能吃辣怎么还做这个？"

"早上刚送来的面包蟹，我看肉质不错，你不是喜欢吃辣吗，我就做了这个。"

林回好奇道："您怎么什么都会做啊？"

"网上很多食谱，照着做就行了，不难。"

林回顿时无语。行吧，这大概就是天赋，聪明人学什么都很快。

■ 02 ■

这顿饭足足吃了两个多小时。他们大部分时间在聊天，什么都聊，天南海北，新闻八卦，自己的事，别人的事。基本上都是林回在讲，说到兴起的时候他甚至把筷子都放下，一定要加上手势比画才过瘾；而贺见山一直微笑看着他，有时在林回停下的时候补充着说一些，或者林回问到什么，他就回答什么，比起聊天，他似乎更喜欢听林回说话。

可能是喝了点酒的缘故，林回有些飘飘然，又感觉很奇妙。

在这顿晚饭里，他是唯一的主角。他深刻地感觉到贺见山的目光一直围绕着他，所有的注意力都在他的身上，这让林回感到兴奋。他们跳出万筑的钢筋水泥框架，短暂地抛下了上下级关系，仿佛变成两个刚认识不久的人，有缘一起坐下喝一杯，天地在身后远去，彼此心中只剩下畅快和恣意。

林回想，原来，两个人吃饭是真的可以吃很久的。

晚饭后，贺见山给林回简单倒了杯茶。他日常其实喝咖啡比较多，家里空有好茶叶，却没配备专业的喝茶工具。不过林回也不是什么讲究人，此刻他正站在阳台上吹风，想散一散脸上的热度。

秋风飒爽，他吹得正舒服，贺见山把茶递给他的时候，他愣愣的都不太想伸手。贺见山像是看出了他的懒散，帮他放在了阳台的小圆桌上，连同自己的那一杯。

热气缓慢升起而后氤氲在风中，一时间两人都没有说话。

"夏天过去了。"过了一会儿，林回低声道。可能是背对着贺见山的缘故，他的声音听起来有些闷。

贺见山望向夜空，又把目光移到林回的背影上："你很喜欢夏天吗？"

林回转过身来。他向着贺见山的方向微微侧了一下头，像是在看他，又像是兀自陷入了遥远的回忆。

"我老家……在一个小镇上的农村里。家后面有一条河，一到夏天，我就去河边钓龙虾，钓一个下午。傍晚的时候，我奶奶就把它们都煮出来，特别香，特别好吃。

"院子里还有一棵大桃树，每年都会结好多桃子。我老是等不及，看见桃子有点红了就想吃，一吃就停不下来，然后就拉肚子。

"夏天的晚上我们会乘凉，乘凉您知道是什么吗？就是家家户户都把桌子搬出来吃晚饭。吃完饭天就黑了，我奶奶把桌子收拾干净后，我就躺在上面看星星，她一边摇着扇子给我赶蚊子一边跟邻居聊天。那个时候，我觉得星星是世界上最好看的东西。"

林回的语速很慢，声音比起之前吃饭聊天时要轻，要软。贺见山有点疑心他是不是醉了，但是偶尔两人的眼神对上，林回目光一片澄净——或许，他只是不想吵到这个夜晚。

"后来来了京华上大学，有次周末去超市买东西，回来晚了错过了车，于是我就走到明月湖广场去坐车。您知道那个广场吧，很大，地上装了好多的小夜灯。天很黑，我就站在广场边上，一整片的星光都在脚下，我看呆了。

"噢，对了，刚刚说到乘凉，我想起来我家邻居还有一个很大的那种老式录音机。每次乘凉他家就会放磁带听歌，我到现在都记得，放的是《粉红色的回忆》。之前大学的时候和舍友去 KTV 唱了这首歌，差点没把他们给笑死。"说着说着，林回忍不住笑了。

贺见山也笑了起来。

他从未有过这样的感觉，林回的声音就像一根细长的丝线，牵引着他忽然变得轻飘飘的心脏——当林回说起小河和桃树，他便也跟着一起去钓龙虾、摘桃子；当林回说起星星和广场，他也觉得那是世界上最美丽的景色；当林回说到唱歌被舍友起哄，他也能完完全全想象得出大学生林回在 KTV 唱歌时，朋友会怎么玩闹，林回会笑得多灿烂、多开心。

贺见山的心里涌动着莫名的情绪，他感到遗憾，遗憾自己没有见过学生时代的林回。他毫不怀疑，林回一定是校园里最璀璨的星星，吸引着所有男孩女孩的目光，闪闪发亮。

"很难忘。"林回端起那杯热气已经消失的茶水，轻轻碰了一下贺见山的杯子，"现在该您说了。"

贺见山想了半天，比起林回回忆里有趣又充满爱意的乡村童年，自己的故事实在乏善可陈："我的生活太无趣了，不知道该讲什么。"

林回面露不满："那就白听这么久啊？"

贺见山开始怀疑自己也有点喝多了，要不然他怎么会觉得林回说话像是在撒娇一样，他忍不住轻咳一声，说道："要不这样，你想知道什么，能聊我就随便聊聊。"

"我也不知道……"林回站累了，他坐了下来，开始认真思考，"不如，您讲讲'蜜糖罐计划'吧，这个可以聊吗？"

贺见山讶异地看向林回，似乎没想到他会说起这个。他没有回答可不可以，反而问了一个问题："你知道这个计划是做什么的吗？"

林回轻轻闭上眼睛："当然，我十分清楚——'万筑董事长兼总经理贺见山先生为了纪念自己的母亲，特地启动蜜糖罐计划，成立公益基金，希望能为同样失去母亲的京华学子提供一份迟来的爱的礼物。在京华市各大高校就读的学生，只要符合条件均可申请基金，一旦通过审核，便可以一次性领取固定金额的礼物金或者一份由万筑集团提供的礼物包。"

贺见山愣了一下，脑海里一闪而过一个念头，没等他捕捉到是什么，林回得意地睁开眼睛笑道："这是很久以前网上的报道，您看，万筑的大大小小事情我都知道！"

贺见山哭笑不得："你怎么这么厉害，多久前的报道你都记得，那评论你记得吗？"

"记得啊，都夸万筑董事长是个有爱心、有社会责任感的人，母爱感人，亲情无价。"

贺见山脸上的笑容慢慢收了起来，他垂下眼眸看着杯中的茶叶浮浮沉沉。过了一会儿，他开口道："那是对外宣传的说法，实际上它是我为了公司稳定，做的一次公关。"

林回震惊地看向贺见山。

"有没有觉得很失望，这个公益基金并没有想象的那么温情，我也不是他们口中的大好人。"

"看结果就够了。基金这些年的运作情况我那儿都有，我比任何人都清楚它是怎样的存在。"林回很快恢复平静。

贺见山顿了顿："你想知道'蜜糖罐'这三个字怎么来的吗？"

晚风把贺见山的声音吹得七零八落，林回认真地看着他。

"小时候有一次跟小伙伴一起玩，他说他外婆家里有一个白瓷罐子，里面总是装满了冰糖，每次他去外婆家玩，都喜欢打开罐子拿冰糖吃，很甜，比什么都甜。不知道为什么，我一直都记得这件事情。那天工作人员问我基金叫什么名字时，我一下就想到这个，于是取名'蜜糖罐'——被母亲爱着的感觉，可能就像罐子里的冰糖，比世界上任何一样东西都甜。"

贺见山的语气带着微妙的疏离和嘲弄，这让林回感到后悔。他恍然意识到，这个话题对于贺见山来说，可能并不像自己说的时候那样，充满快乐和怀念。他无意窥探贺见山的隐私，如果那并不是什么令人愉快的记忆，林回希望他不要再想起。

"虽然它是'我为了我母亲设立的'，但事实上，从头到尾真正跟我有关的那部分，可能就只有钱——不对，钱也不算，钱是公司出的。"贺见山的嘴角弯起，弧度淡得快要被风吹走，"它是维护利益的产物。"

"不是。"一直安静坐着的林回忽然开了口，他皱着眉头看向贺见山，似乎有些生气，以至于又强调了一遍，"不是的。"

贺见山没有解释，林回似乎也不愿再多说什么，两人不约而同沉默了。

天地间只剩下簌簌的风。

林回看不清贺见山的表情，也猜不到此刻他在想些什么。他们明明离得很近，可中间又好像隔着很多东西，很远。是了，就是这样，他早该明白，贺见山一直都是如此，像一座孤岛，不会离开，却也无法靠近。

林回讨厌这种感觉。

到了这个点，晚上那几杯红酒的后劲全上来了。林回的情绪被酒精和晚风酝酿着开始成倍地发酵，这些年的酸甜苦辣咸在心里搅成一团，让他又热又疼，而心底压了许久的情绪在这一刻，终于等到了机会，瞬间破土而出随后以摧枯拉朽之势绑架了他的心。他忘记了一切，只是本能一样迫切地想要寻找一个出口，想要逃离这场困境——

林回的呼吸开始急促，他忍不住伸手抓住贺见山的手臂，开口道："贺总——"

呼之欲出。

他有很多话想说，他相信只要说出来，不管怎样都能得到一个回应。林回想，要不要试一下呢？他和贺见山两个人，好像总是与夜晚有缘——他们曾为了工作彻夜不眠，也会在放松的时候，行走在灯火阑珊之间；他们分享过不同城市的夜景，也曾沐浴在同一轮月光里……那么现在，是不是他也可以在这样一个夜晚，告诉面前这个人他内心最真实的想法？

贺见山耐心地看着他，低声询问："怎么了？"

他稍微靠近了些，林回看见他的眼睛很亮，覆上灯光后，如琥珀一般。

林回的手紧了又紧。他的掌心在发烫，可能是因为酒，也有可能是因为恐惧——他被汹涌的情绪反复折磨。

这个夜晚的一切都过于完美——美味的食物，纵情地交谈，秋风，茶香，还有贺见山，一切都刚刚好。他舍不得破坏这一切，他希望不管是自己还是贺见山，在某一天想起这个夜晚的时候，脑海里出现的只有最美好的东西。

林回的眼角泛起一层红，他极力克制着，慢慢松开了手："……花醒了。"

不如就让这一刻，在彼此眼中凝结。

贺见山愣了一下，随后看向不远处的向日葵。比起刚拿到手时那懒洋洋的模样，这会儿整束花都舒展开来，明丽的黄色瞬间点亮了夜幕。

贺见山忽然就笑了，他看向林回，眼中盛满连他自己都未曾察觉的温柔：

"是，花醒了。"

• 03 •

这个周末对于林回来说注定是忙碌的。

周日一大早，他还没有从前一天的夜晚脱离出来，就接到了贺见山的弟弟贺见川的电话。贺见川说他们乐队在一个酒吧有演出，邀请他来玩。林回本想推掉，但是贺见川一直热情地说服他："哥，你来吧，你就来听听歌，我唱歌可好听了。"

他说话的语气特别恳切，林回听了实在不好意思拒绝，便应下了。

贺见川演出的地方叫作"白晶"，是个刚开不久的音乐酒吧，整体装修文艺风十足。林回到了之后，没看见贺见川，他找了个离演出台不远不近的位置坐下，随便点了一杯饮料。等了一会儿，饮料没到，贺见川先过来了。

贺见川今晚穿了一件衬衫，头发向后梳起，看上去成熟许多。他一看见林回眼睛就亮了："哥，我这身怎么样，帅吗？"

林回开玩笑道："比你哥还差一点。"

原以为贺见川听了会不满，结果他一副英雄所见略同的模样："我哥，绝对的！"

看来成熟是错觉，本质上还是那个憨憨。

两人闲聊了一会儿，就听见有个声音喊道："川子！"贺见川扭头示意了一下，赶紧说道："哥，待会儿我上去唱歌了，我让他们给你送个果盘。"

林回笑着点点头。

贺见川的乐队名字叫"草垛诗人"，一共四个人，三男一女，贺见川是主唱。他唱的第一首歌是首烂大街的情歌，听得出来，他不是那种技巧纯熟型的歌手，甚至可以说是有点"拙"，但恰恰也是因为他的拙，歌声中蕴含的情感显得十分真挚动人。不得不说，贺见川看着孩子气十足，唱起歌来倒真的挺像样。

贺见川接连唱了三首歌，到第四首的时候，终于唱到了他们的原创歌曲。这首名为《答案》的歌似乎就是上次打架时提到的那首。林回仔细听了一下，贺见川的嗓音干净清透，歌曲曲调悠扬温柔，再加上改编自诗歌的歌词，搭配起来可以说是相得益彰。

这是一首很有诚意的作品。

老实说，超出林回的心理预期了。他忍不住想，不愧是贺见山的弟弟，这要真在年会上表演，万筑得加钱。

乐队的表演十点半就结束了。结束后，林回和贺见川乐队的四个人，加上他们的两名朋友一起去吃夜宵。贺见川坐了林回的车，其余几人一辆车，一行人去了一家叫作"大转盘"的店吃烧烤。

路上的时候，贺见川一个劲地问林回唱得怎么样，歌好不好听，林回夸了几句，说他可以直接签公司出道了。

贺见川撇撇嘴，不以为然："不，我们草垛诗人是自由的。"

林回听到"草垛诗人"这四个字，便好奇问道："你们乐队为什么叫这个名字？"

贺见川一下来劲了："我之前选修课选了个什么诗歌欣赏，上课的老师年纪挺大了，但人很随和，我其实也听不大明白，去就是睡觉。"

"听着挺冷门的，你是不是想选好混分的热门选修课没选上啊？"

"对，反正他课上讲什么我都忘了，但是他说过的一句话，我到现在都记得。"

林回有些好奇:"说了什么?"

"世界上最动人的诗,不是写出来的,是躺在草垛上晒着太阳捡来的。"

林回认真想了一下:"妙手偶得,这说的是灵感。"

"对对对!"贺见川激动起来,"哥你能理解到那个点吧?反正我一下就被击中了。然后我就给乐队取名'草垛诗人',希望我们在写歌的时候能一直拥有灵感,思如泉涌,兴会神到。"

林回看了贺见川一眼,心想他这人情绪细腻丰富,对身边的人或者事也很敏感,还真的挺适合吃艺术饭的。

大转盘烤吧离酒吧也就四五公里,他们很快到了目的地。由于四男三女人数不少,加上天气也舒服,大家便一致决定坐在外面吃。

青春活泼的男孩女孩们围坐在桌子旁,说说笑笑,吵吵闹闹,林回听他们聊天像是回到了大学时候,整个人也变得轻松起来。期间也有人对林回产生兴趣,这么一个长得好看,气质又区别于同龄人的小哥哥往那儿一坐,谁都无法忽视,有胆大的女孩直接问道:"林哥有女朋友吗?"

"没有,工作太忙了,哪有空谈恋爱。"林回笑着将刚送上来的羊肉分了分。

"哥,你这么优秀居然没有女朋友?这不科学!"贺见川不敢相信。

女孩有些无语:"贺见川,他真是你哥吗?你怎么什么都不知道。"

贺见川听着有些不乐意了,他随手拿起桌上的手机胡诌道:"当然是真的,我亲表哥,你看,我们手机都一起买的。"

也是巧了,林回和贺见川的手机的确是同款。女孩的目光在两人脸上转来转去,嘀咕道:"确实有点像……"

林回:"……"

等到吃到差不多的时候,林回拿着钱包悄悄跑去店里结账,另一边的贺见川又开了一瓶啤酒,哗啦啦给旁边男生满上,豪情万丈地喊道:"干杯!"

"贺见川,你电话!"有女孩指着手机叫道。看他手上沾了些酒,女孩还贴心帮他把电话接通。

贺见川看也没看就接过去,笑着喊道:"喂,哪位?"

电话那头沉默了。

贺见川等了一会儿,一直没人说话,他以为是骚扰电话,刚准备挂掉,就听见那头传来一个喜怒难辨的声音:"贺见川。"

贺见川哆嗦了一下,慌忙把手机拿下看了眼屏幕,硕大的"贺总"两个字刺得他

眼睛疼——这是林回的手机。

贺见川咽了下口水，赶紧又把手机放回耳边："哥，对不起，这是林哥的手机，我……我拿错了。"

"林回呢？"

贺见川伸长了脖子看了一圈，发现林回从店门口走了过来，慌忙说道："林哥回来了，我帮你把……"

"林回哥！你快来吃这个！"

"林哥，茄子烤好了！"

"林哥，帮忙拿一包纸。"

此起彼伏的呼喊声吵得贺见川不得不停下来，声音自然也透过手机清晰地传入贺见山的耳朵里。

贺见山："……"

贺见川硬着头皮解释："我们正在吃烧烤……还有我的……朋友……"

他声音越说越小，直到林回走到他的面前，贺见川赶紧把手机塞到他手里，用口型示意道："我哥！"

林回点点头，拿着电话走到稍微安静的拐角处："喂，贺总？"

贺见山捏了捏鼻梁，无奈道："……烧烤好吃吗？"

林回在心里暗自发笑，嘴上却假装认真回答："羊肉和脆骨不错。"

贺见山："……"

"您找我有什么事吗？"

贺见山默然。其实也没什么重要的事，就是他刚处理完工作，想休息一会儿，然后想到了林回，便打个电话问问："就是，淮思那边的合同你催着一点。"

"好的，贺总。"

贺见山顿了一下，又开口道："怎么突然去吃烧烤了？"

"小贺总的乐队今天有表演，请我听现场，我就请他们吃烧烤了。"

"噢？唱得怎么样？"

"嗯……是年会上演出万筑需要加钱的水平。"

"……"

拐角的风有些大，林回的头发被吹得乱七八糟。不远处的贺见川他们几个不知道说了什么，忽然爆发出一阵很大的笑声，在安静的间隙显得尤为明显。

贺见山忽然想起刚刚那些女孩热情的呼喊，又回忆起先前薛沛问他的那句"你觉得什么样的人配得上林助理"时，心中微动，脱口而出道："你喜欢什么样的人？"

"……您说什么？"林回一愣。

贺见山这才意识到此时此刻问这样的问题有多奇怪，赶紧加了一句："薛沛说要给你介绍对象。"

"哦，哦。"林回回过神来，"我，我……"

"我"了半天，最后等了很长时间，才怅然道："我喜欢谈得来的。"

什么叫谈得来？

是志趣相投还是心有灵犀？是无话不说还是默默陪伴？

这听起来太虚了，贺见山感到困惑。他还想问明白些，却听见电话里传来隐隐约约的歌声，贺见山便又沉默了。

林回听着电话里贺见山浅浅的呼吸声，看着贺见川他们肩搭着肩，晃着身体唱着歌，歌声穿过夜雾，引得周围吃夜宵的人也停下了手，认真地听了起来：

这是最美的季节，
可以忘记梦想，
到处都是花朵，
满山阴影飘荡。

这是最美的阴影，
可以摇动阳光，
轻轻走下山去，
酒杯叮当作响。

这是最美的酒杯，
可以发出歌唱，
放上花香捡回，
四边都是太阳。

这是最美的太阳，
把花印在地上，
谁要拾走影子，
谁就拾走光芒。

……

林回忽然就笑了。

他想，贺见山肯定弄不明白，就像现在这样，他们什么话也不用说，只是一起听着同一首歌，那也是一种谈得来。

第六章 热。
Chapter 06 I have Something to say

• 01 •

生活有时候是真的毒辣，给你一颗糖，也不忘再浇你一头的水。林回过了个极为美妙的周末，注定要用接下来的好心情来置换。

新的一周刚刚到来，贺见山就让他提前预订好花园餐厅，闵佳这阵子有时间了，他周四晚上要和她一起吃饭。

可能是第二次听到的缘故，林回的心情出乎意料的平静，他甚至还开口提醒："电影票还需要吗？"

贺见山犹豫了一下，点点头："那就买吧。"

林回停了一下，又建议道："以闵总的受关注度，或许包场会更适合。"

"没必要。"贺见山眉尖蹙起，"电影票就买她之前跑路演的那部吧。"

早在电影刚上映的时候，闵佳就委托工作人员来万筑赠票，这会儿电影都快下映了，贺见山却依然选择了它。

林回心想：这部电影闵佳少说看了有几十遍，贺见山不会不知道。普通人看电影是真的为了看电影，但是贺见山和闵佳这样的人选择去电影院看电影，也许只是为了感受一下氛围——约会的氛围。

林回觉得有些窒息，他一时不知道该说什么，便扭头看向了窗外。贺见山见林回突然安静，也顺着他的目光看过去——不远处的大楼新换了广告，似乎是一位帅气的男星代言了一个手表品牌，足有半栋楼高的巨幅广告在阳光下十分惹眼。

贺见山看了一眼，开口道："顾嘉然。"

林回有些意外："您竟然知道他。"他一直以为贺见山只认识跟公司合作过的那几个明星。

"他老板跟我一个小区的。"

"……蓝海的温言？"

"嗯。"

林回迟疑了一下，忍不住开口道："您听说过……有关顾嘉然的传言吗？"

"什么传言？"

"就是……听说他签约蓝海，是为了一个世俗上认为不太适合的人……"

林回说得含含糊糊，但是贺见山听明白了。他停下了笔，抬头道："这个问题很重要吗，林回？"

林回忽然紧张起来："我没有问您问题。"

"你想问我，怎么看这件事，对吗？"贺见山的语气很平静，林回的呼吸却开始急促，但是他没有出声反驳，像是在跟什么较劲一样。

贺见山认真地看着他的助理："我不知道你为什么对这个很在意，但是现在我可以认真地回答你这个问题——其实我不是很关心这个，适不适合这种事，如人饮水、冷暖自知，只要遵序守法，不影响别人，世俗又算得了什么。"

"那是因为他们都跟您无关吧。假如您亲近在意的人，比如您的孩子——"

贺见山打断了他："这个假设并不成立，我没有孩子。"

林回一顿："或者……或者小贺……"

林回刚想说贺见川，又想那薄得跟空气一样的亲情，肯定也算不上是贺见山亲近的人，便又讪讪闭上了嘴。

贺见山哭笑不得："你非要举个例子，还不如说——"

名字就在嘴边，贺见山却意识到什么，尴尬地停住了。倒是林回被勾起了话头，好奇问道："谁？"

没等贺见山说出来，林回"啊"了一声："我知道了！"

贺见山连忙站起身："我的意思……"

"薛老板！"

贺见山缄默了。

他不自在地捏着手里还没来得及放下的笔，最后在林回询问的目光下，点点头：

"是他。"

林回露出一个"我就知道"的表情,说道:"那就像您说的,如果是薛沛薛老板喜欢上,嗯,一个你觉得不太好,或者不适合他的人,您会怎么想?"

面对林回的不依不饶,贺见山实在是没办法招架,他难得感到了无措:"我……"

林回一动不动地看着他。

有些事情,放在陌生人身上和放在跟自己关系亲密的人身上,的确会是完全不同的感受。林回想,或许这次他能得到一个不那么官方的答案。

"我……"贺见山避开了林回的目光,轻声道,"希望他快乐。"

林回一怔。过了许久,他小声说道:"您可真是……"

真是什么,贺见山不知道。直到林回离开办公室,贺见山也不知道他到底想说什么。

晚上,贺见山一个人去了"续"。

薛沛见到他的时候有些意外,毕竟没提前约,而且他也没想到贺见山还真能听进去话,少见的来酒吧林回没有跟着。他像往常一样给贺见山倒好酒,却见他光坐在那里发呆,一口也不喝,一副心事重重的样子。

薛沛奇怪道:"你是不是遇上什么事了,怎么了?我看万筑倒闭了你都不会这么愁眉不展。"

贺见山想了下,他和林回聊的事情还是比较私人的,便以"我有一个朋友"开头大致说了下林回的问题,并提出自己的疑惑:为什么要问这样的问题?他希望得到什么答案?

薛沛一边喝着酒,一边从云里雾里听到恍然大悟:"知道了,一个你,一个林回。问题是林回问的吧。"

"……"

薛沛有些不明白:"我也想问你,你为什么要纠结这个?"

贺见山的头都大了:"我是来找你分析,不是找你给我提问题的。"

"行吧。"薛沛表情严肃起来,"老贺,我先直接说结论,一个好消息一个坏消息——好消息是我猜林助理有喜欢的人了,坏消息是那个人可能是一个不能喜欢的人,会让你觉得意外,甚至讨厌。"

没等贺见山从震惊中回过神来,薛沛又说:

"他不断试探你应该是想知道你的想法,估计是不想因为私生活影响到你和他的关系,毕竟林回一直是一个很认真的人。而且你是他的直属上司,你的看法对于他来说是非常重要的参考意见,这点毋庸置疑。所以他才会那么关心,因为他需要一个明确的来自你的答案,他希望得到你的认可或者支持。"

贺见山半晌没有说话。

他不知道自己是该震惊林回有喜欢的人这件事，还是震惊他喜欢的人可能存在争议这个结论。他知道像林回这样优秀的人，一直都很受欢迎，但他还是无法想象他会喜欢上什么样的人，尤其听起来喜欢的还是个挺有风险的人？

薛沛又补充了几句："不过我觉得他并没有开始恋爱，可能是暗恋，或者暧昧，但是肯定没有确立关系。"

"为什么？"

"他要是真的恋爱了，你肯定会第一个发现。"薛沛往沙发上一靠，"你觉得他最近有什么变化吗？有没有一些不同于之前的举动？有没有对什么人特别关注？经常忍不住打电话发消息什么的？"

贺见山一怔，像是想到什么，结果最后只是犹豫地摇了摇头。

"通常来说，真的恋爱了，不管是暗恋还是什么，肯定会有蛛丝马迹的。但是连你都没发现有什么不妥，那可能只是萌芽阶段，他自己说不定都还糊涂着——其实我感觉林回的交际圈也不算宽，工作又忙，如果他真对什么人产生好感，那人你肯定也认识。"

薛沛话音刚落，贺见山脸色顿时难看起来。说实话，别看自己助理工作上十分能干，但私下里有时候确实跟白纸一样。就比如说冯英，也不知道之前他到底说了什么，吃顿饭聊几天就能引起林回注意，之前自己说冯英的不是，他看上去还不太高兴。

至于恋爱，恋爱本来就容易感情用事，万一有心机深沉的人有心欺骗……

短短一会儿的工夫，贺见山的脸色已经变了好几回，薛沛不知道他想到了什么，看上去又是气愤又是心痛。他觉得很有趣，认识贺见山这么多年，从没见他的表情这么丰富多彩过。

"说起来，你好像对他谈恋爱这件事很关心？就像之前我说有人看上他，你第一反应就是觉得对方配不上他。"

联想起之前的事，贺见山的心里五味杂陈："林回一直很优秀，不管喜欢什么样的人，我都希望他好，但是——"

"但是？"

"最好让我过下眼。"虽说薛沛的分析听上去有些无厘头，但是贺见山坚持认为如果真的不合适，一定要及时止损。

薛沛感到不可思议："林回已经快三十了吧，有自己的判断力，你把他当小孩子呢，还过下眼，以前怎么没发现你这人这么爱管闲事？"

"林回不一样。"

第六章

薛沛忽然觉得好笑："哪里不一样，我倒是觉得像林回这样的人应该很多吧？"

贺见山莫名有些不愉快："什么叫林回这样的，林回就是林回，就算和他一模一样的性格那也不是他，我也不是谁都认的。"

薛沛说不过他，举手投降："是是是，林助理是独一无二的。"

他索性举起酒杯和贺见山碰了一下："怎么样，现在你的疑惑都解开了吗？"

"谢谢你，经过你的分析，我更困惑了。"

"……"

这个晚上，贺见山花了大量的时间来思考所有和林回有关的事情，像在处理工作，却又不是工作。因为面对工作，贺见山总是能轻易地找到突破口和节点，就跟劈竹子一样一顺到底，而林回的一切则如同一团灰蒙蒙的雾气，无处不在，却又始终无法把握。

对于贺见山来说，越是无法捉摸的东西，越是风险巨大。

原本他来"续"也是为了听听薛沛的看法，结果被他一通搅和，感觉事情变得越来越复杂。他仔细想了下，如果林回真的如薛沛推测的那样有了喜欢的人，于公于私他都不觉得有什么问题，但是最好不要是什么乱七八糟，一看就不靠谱的人。

林回值得拥有最好的一切：工作、生活，以及恋人。

不知道他谈恋爱会是什么样子，会像平时一样端方有礼吗？会像在长宁逛夜市时一样玩闹吗？一起吃饭的时候，他也会给对方讲童年的事情吗？

贺见山忽然意识到林回也已经三十岁了，他在最好最该恋爱的年纪一直紧紧跟在自己身后，如白杨一般笔直挺拔。时间让林回的气质变得越发沉稳，不变的是自己从未在他脸上看到过疲惫和困倦。

这么多年，每当他站在那里，每当他面对着自己，会想些什么？

想到这里，贺见山开始后悔。他们明明有无数机会像前天的晚餐一样，在一起做些跟工作无关的事情，什么都不用去想不用去管，只是吹吹风聊聊天——

林回可以继续靠在栏杆上讲他小时候的事。他的眼睛很亮，然后笑起来的时候嘴角像是衔着一枚月亮；风会把他的头发吹乱，他肯定会忍不住伸手捋一下；他还会时不时地看自己一眼，有时皱眉，有时带着一点笑意；或者他只是坐在那里，静静地看着远处……普通的夜晚会因为他而变得不同，连身后金黄的向日葵也不及他半分鲜活。

这就是林回。

贺见山慢慢闭上眼睛。他的心脏忽然跳动得很快，好像又回到了那天晚上。

他从未有过如此强烈的渴望：渴望他的出现；渴望他的声音；渴望了解他；渴望所有跟他有关的事物——月光、乐高积木、一叠递送过来的文件，又或者一束花。

渴望认识一个新的林回。

▪ 02 ▪

这两天，万筑的许多员工都发现，向来严于律己的BOSS贺见山上班时严重心不在焉。先不说连续漏签重要文件，更别说从不浪费任何时间的他，在早上十点这样的黄金办公时间看着电脑发呆，单说今天一场例行会议，走神到做报告的王经理连喊了他好几声才回过神……

这是一件十分罕见的事情。

大老板不寻常的工作状态使得万筑八楼的茶水间挤了不少人。下午四点，赵晓晓坐在混合着奶茶、咖啡和水果的香气中间，周围是一双双好奇又八卦的眼睛。

安妮率先发问："晓晓快告诉我，这两天贺总怎么了？总觉得他怪怪的，老王跟我说今天开会，贺总说话不超过五句，我都惊呆了！"

行政部的廖婷婷又补充道："昨天我找贺总补个签字，我说完是什么材料之后，贺总居然又问了一遍。"

"是不是公司出问题了，还是银行的事情？我看最近也没万筑的新闻啊？"

"不会要裁员吧，最近形势好像不好，老板不会在头疼怎么处理吧？完了，希望我不会在名单上。"

眼看大家七嘴八舌的已经不知道歪到哪里去，赵晓晓有些无奈："没那么夸张吧，可能遇到了一些烦心的事情，老板也是普通人，这很正常吧。"

安妮摇摇头："你不懂，我们不是担心他，是关心我们自己。贺总和林助一切顺利，万筑就好，万筑好了，我们才能更好！"

周围一片赞同："对对对……"

赵晓晓不解："安妮姐，你说贺总就算了，怎么还有林助啊？我看林助这两天好着呢。"

安妮似乎也没想过这个问题，愣了一下回答道："我也不知道，但大家都这么认为。"

"对对对……"

赵晓晓欲言又止："……"

林回显然也注意到了贺见山的反常。在他的记忆里，几乎就没有见过贺见山在工作上这么乱过，他有着超乎寻常人强大的自律能力，即便出现了什么问题，也能立刻调整过来。而现在，他持续这样紊乱的工作状态，已经快三天了。

林回在脑子里盘了一下：公司运营正常；新项目推进顺利；秋山苑也没去。想来

想去只能是因为私事了，而近在眼前的，便只有晚上和闵佳吃饭这件事了。

真是没想到，仅仅是一顿晚餐而已，居然能看到贺见山为了一名女性这么……失魂落魄。

他真的不想用这个词，但是却也找不到更为贴切的词语了。

林回的心里酸得不行，却看见冯英忽然发来了消息。

因为宁海的项目，这段时间他们一直有联系。贺见山和冯俊涛通过几次电话，之前冯俊涛来京华开会的时候也特地来跟贺见山见了一面，双方的合作意向还是比较明确的，现在基本进入拟合同阶段，林回作为万筑的代表和瑞涛的代表冯英也开始频繁联系起来了，不过聊天内容主要还是围绕项目和合同，没有什么特殊。

林回点开聊天软件，看见冯英说明天要飞京华办事，想约他晚上一起吃个饭聚聚，也顺便聊下项目的事。他盯着手机看了一会儿，想到贺见山之前跟他说过的话，心情顿时复杂起来。

这顿晚饭于情于理他都要去吃的，而且应该是他主动做东，他不能因为贺见山的几句话，就莫名其妙地跟人断掉联系。说到底，因为工作的关系两人才多了些接触，冯英于他而言不过是一个认识的人，仅此而已。

想到这里，林回飞快地回复了冯英的消息，约好吃饭的时间和地点。随后，他又来到贺见山办公室门口。赵晓晓不在，贺见山办公室的门虚掩着，林回犹豫了一下，轻轻推开——

贺见山在办公桌后看着他。

"……"林回尴尬地摸了摸鼻尖，"我怕打扰您工作呢。"

贺见山嘴角微微勾起，假装没有看到他的心虚，低头继续批改文件。他今天穿了一件白色衬衫，看起来和平时有些不太一样，林回忍不住多看了两眼。

贺见山似乎感觉到了，头也没抬开口问道："怎么了，看什么？"

林回想也没想就顺嘴回答："您穿白色挺好看的。"

贺见山正在翻页的手抖了一下，他轻咳一声，放下东西，故作淡定道："现在想起来拍老板马屁了，是要涨工资吗？"

林回很有自知之明："我这级别也差不多了，再多也不合适。"

"那你想要什么？"

贺见山的口气很认真，不像是在开玩笑，林回甚至有一种感觉，只要自己开口提，贺见山一定会满足他。

林回张了张嘴，反了："就想要明天晚上您别给我安排工作，我有饭局。"

贺见山有些好奇："明天晚上什么饭局？"

"明晚瑞涛的冯英过来，我们约了一起吃晚饭。"

林回话音刚落，空气立刻安静了。

贺见山脸上的笑意像是掉入水中的棉花糖，转眼消失得无影无踪。林回也感觉到了，但是他不想再为了冯英跟贺见山闹不愉快，便装作什么也没感觉到。

贺见山估计也是同样的想法，沉默了半天，最后还是心平气和道："明天让老赵送你去。"

林回委婉开口："贺总，私人活动，不用那么麻烦的。"

"那让安妮给你订饭店，挂公司账，算客户招待。"

"您今天跟闵总吃饭也是客户招待吗？"

和闵佳的这顿晚餐是贺见山的私人行程，林回看他这"只许州官放火，不许百姓点灯"的做派，不免有些心浮气躁。

"这不一样。"

林回笑了："对，确实不一样。"

贺见山不作声了。他怀疑林回口中的"不一样"和自己说的"不一样"不是一回事，但是又不知道该怎么解释。或者说，他可能也不想知道到底是哪里"不一样"。

有什么事情开始变化，渐渐超出了贺见山的掌控范围——每当林回出现，所有的情绪都开始变得敏感——急切、矛盾、不安，不敢想太多，又害怕想太少。

这种体验太陌生了，尤其是当他发现自己对林回存在极高的精神需求，这几乎是超出他理智的一件事。他不得不重新审视林回在自己心目中的位置，他的脑子从来没有这么混乱过，但是又莫名亢奋。

像蛰伏已久的动物，终于被春雷惊醒。

晚上七点，花园餐厅。

包厢内，闵佳专心致志地品尝着美食，她今天的妆容极为精致，无论是说话还是吃东西，都显得十分优雅，可谓令人赏心悦目。可惜贺见山今晚一直在走神，东西没怎么吃，话也说得少。

闵佳见他兴致不高，便试探道："今天的菜是不合贺总的口味吗？都怪我嘴馋，实在是花园餐厅的南瓜羹太好吃了，偏偏位子难订，只能沾一下贺总的光了。"

贺见山的目光落在闵佳身上，一时间不知道该说什么。

闵佳为人聪明识进退，无论是商务沟通还是私下相处起来都还算舒服。对方频频示好他也并非毫无所觉，不管是真情实感还是意有所图，他并不介意适当接触——他是商人，追求的是利益最大化，这也是之前他为什么安排这次私人聚会的原因，先前

欠了闵佳一个人情，既然对方提出来了，他便顺理成章还掉它。

吃饭的地点和看电影的安排都是闵佳定的，虽然他并不理解为什么非要像普通人一样特地去买电影票看电影，但在一些不重要的环节上，贺见山向来很好说话。而且他发现只要把一些可有可无的社交活动当作工作一样去对待，便也没有那么煎熬——

但是，这次却失效了。

他脑子里只有林回。想着他的目光和笑容，想着他明天要和冯英吃饭，想着这个时间点他在做些什么，想着林回的一切。

只是想着贺见山就开始感到烦躁，他很少这么没有风度，何况闵佳也没做错什么，但是，他确实有些不耐烦了。

贺见山掏出电影票，放在桌上轻轻推送过去："闵总喜欢这里的菜就行，接下来的电影，我这边因为临时有其他安排就不过去了，闵总可以邀请自己的朋友一起观看，抱歉了。"

闵佳一愣，随后轻轻扫了一眼票面，笑容又重新回到了脸上。

"那可真是太不巧了，还想给贺总你推荐推荐我说的那个天赋新人呢。"她的手指点了点票面上《开场》两个字，"这里面她虽然只演了一个女二号，但特别亮眼，很有潜力，有机会可以合作的。"

原本，闵佳确实是抱着一些私人想法吃这顿饭的，不过既然贺见山无意，她也不介意将这顿饭变为商业饭局，毕竟贺见山的公司要求可太多了，其他合作方选代言人选品牌大使要么选人气高的，要么选择气质贴合度高的，只有万筑旗下的那些品牌挑剔得不行，看业务水平，看人品，还要考察过往是不是有负面新闻，比考公务员还严格。贺见山虽然不管这些事，但既然她自己有这渠道，不用白不用，商务合作，自上而下推可比自下而上推容易多了。

想到这里，闵佳无缘无故被放鸽子心情稍微好了些，贺见山也露出了今天晚上唯一一个笑容，两个各怀心事的人一同举起酒杯，为这顿晚餐画上一个圆满的句号。

■ 03 ■

林回失眠了。

这直接导致今天他成了第一个到公司的人，九点的上班时间，他八点就到了。

大楼里很安静，除了偶尔有保洁交谈和走动，听不到其他声音。林回站在窗前看街道上薄薄的雾气散去，车慢慢变多，这个城市苏醒了。

和充满活力的城市相比，他今天像散黄的鸡蛋，整个人软成一摊，疲惫又无力。

林回走到办公桌前坐下,他正在考虑不怎么喝咖啡的自己是不是该买杯咖啡提提神,却看见电脑屏幕上跳出来一个新闻弹窗,最显眼的位置是一条黑体加粗的娱乐新闻标题:《闵佳密会男性友人,相约高级情侣餐厅》,配图是闵佳模糊不清的侧脸,依稀看得出笑得很开心。林回匆匆扫了一眼,心跳立刻加快,赶紧点了"关闭"。

没过一会儿,贺见山也到公司了。

林回看了一眼时间,发现他今天也比平时早到了。难道贺见山也睡不着觉,或者,没睡觉?他正胡乱猜测着,听见了敲门声,当事人站在门口看着他。

林回一时间没反应过来,就这么直愣愣地回看向他。

贺见山先开了口:"怎么来这么早?"

"……昨天睡得早,所以起得也早。"

两人都停了一下,又同时开口:

"晚上去哪里吃饭?"

"昨天电影好看吗?"

气氛开始变得古怪。

"算了,"林回露出一个可以称之为勉强的笑容,"您还是别给我剧透了,我还想有空去看呢。"

贺见山愣了一下,点点头。他原本还想说什么,看林回已经低下头开始工作,便还是离开了。

下午三点,冯英一下飞机,便接到了冯俊涛的电话——

"王秘书说你去京华了?"

"是的,爸,我周日就回来了。"

"有时间去拜访贺见山吗?"

冯英挑挑眉:"恐怕不行,我这什么也没带呀,本来就是来玩的,还约了朋友吃饭呢。"

冯俊涛十分无语:"早跟你说收收心,少交点不三不四的朋友。"

冯英笑了:"您这话说的,我约的可是贺见山的助理,怎么就不三不四了,这不也为了工作嘛。"

冯俊涛噎了一下,过了一会儿开口道:"我看你是老毛病犯了。我警告你,这人跟了贺见山八年,现在说是万筑的二把手也不为过。他能在贺见山身边待这么久,看这手段也知道不是一般人,宁海这个项目现在到了关键阶段,我不想出什么纰漏。"

冯英不耐烦地咂咂嘴:"爸,我知道了。行了,我这边车到了,就这样吧。"

他挂掉手机,嗤笑一声:"手段?什么手段?拍马屁的手段?"

那天在高尔夫球场他可看得清楚,林回那眼睛跟粘在贺见山身上似的,就没移开

第六章

过一秒。就自己老爸这个老古董，还活在以前呢，以为混上管理层就是才能过人，成天在自己面前把他夸上天，也不想想，林回要是真这么厉害还能到现在只是助理，一天到晚跟在贺见山屁股后头跑？

不过话又说回来，贺见山的眼光确实不错。林回名牌大学毕业，长得好看气质好，谈吐更是不俗，贺见山愿意重用也正常。今天组这个局也是看在林回确实有点实权的份上，希望能从吃喝玩乐中套出点真东西，毕竟他爸一直念叨着和万筑的合作，指望着在宁海项目上跟着分杯羹。

其实要按照他自己的想法，这点汤有什么意思，要是瑞涛能拿到内部资料，踢开万筑单独吃下这个项目……想到这里，冯英的脸上就露出猥琐又得意的表情，希望阿炮和山山这俩货能给力点，带来的东西最好有用，能让他这一趟不算白来。

六点的时候，林回到了约好吃饭的地方——徐苑。这家店的私房菜做得很棒，环境装修也有格调，很适合林回用来招待冯英。

说起来，这地方当初还是贺见山带他来的。

那是林回进万筑的第二年。有一次他闹了一个大乌龙，因为工作流程的原因，他临时帮公司垫了一笔钱，金额之大几乎掏空他不多的存款。

本来这不算什么大事，万筑的工资发放和报销都很及时，林回算好时间，不会对他造成压力。结果偏偏那个月财务突然外出培训，所有付款都要推迟一周，于是林回一下就捉襟见肘了。

林回虽然一人吃饱全家不饿，但京华繁华，生活成本高不说，好巧不巧他刚交完房租，是真的没钱了，就算临时办信用卡也得两个礼拜才能批下来。

他不想跟人借钱，琢磨着反正就一个礼拜，扛扛就过去了，于是那一周他连吃了三天泡面。安妮因为工作原因经常来找他，每次进门闻到一股泡面味，就说："林助，你怎么天天吃方便面啊？"

林回哪好意思说自己没钱了，便含糊笑道："我喜欢吃面。"

第四天的时候，贺见山在上午下班前过来了。

"跟我出去一趟吧。"

林回连忙跟上，心里却有些嘀咕：这都快饭点了，这时间点能去哪儿啊？

没想到司机竟然把他们送到了一家吃私房菜的饭店。林回以为贺见山和人约好了，结果等到菜都上了，也没有其他人出现。

贺见山神色如常："吃吧。"

林回看了贺见山一眼，也不客气了，便开始大快朵颐起来。

这是很安静的一顿饭，全程几乎只有咀嚼和筷子碰触碗碟的声音，这也是几天以来林回吃得最舒服最好的一顿饭，他实在是太想念米饭和菜的味道了。

等到他吃饱喝足，贺见山又开口道："轻松一点的宴请，人不多的话，可以考虑来这边，环境和菜色还行吧？"

林回茫然地点点头。

"也有面条，三鲜面和虾子面都还可以。"

林回的脸一下就红了，他怀疑贺见山在暗示什么，但是他的表情很严肃，看上去就像只是单纯叫他来试个菜看看环境。

林回后来陪贺见山吃过无数次饭，有只有两人的工作餐；有同事领导参与的聚餐；也有让人小心翼翼拿出十二分精神招待的商业饭局……但是没有哪一顿饭，是像这次一样——米饭、蔬菜、肉、水果，那一刻的时间里只有食物，他们一起享受午餐，什么都不用说，只要专心吃饭就足够了。

林回正出神着，门口已经停了一辆车，下来三个人，其中一个正是冯英。他一看见林回便笑弯了眼睛："林哥——"

和冯英一起的还有两个年轻人，他们也一人喊了一声"林哥"。冯英一边握着林回的手往里走，一边道歉："真的抱歉林哥，本来说好就我们两个人吃饭的，结果两个朋友非说要给我接风，我就跟他们说了，今晚全算在他们账上。"

林回笑道："不用，本来就说好要请冯总你吃饭的，而且人多更热闹，吃起来也更开心。"

几人坐定闲聊了一会儿，林回便通知服务员开始走菜。他稍微留意了一下冯英的朋友阿炮和山山，两人的年纪看上去和贺见川差不多，估摸着也是哪个有钱人家的小孩。他们带了酒，说是老早就存着，专门给冯英接风洗尘的礼物，林回不好扫兴，也跟着倒了一杯。

席间气氛还是很融洽的，两个年轻人一直殷勤地布菜斟酒，服务员想要代劳都不行。林回原本还担心这三人比较熟悉，开心起来会不会要闹酒什么的，结果还好，自己喝完两杯，对方要继续斟满的时候，林回直言自己不胜酒力对方也没有勉强。虽然林回的实际酒量不止这么点，但是他昨天没怎么睡，今天状态不好，便不太想喝。

不过也不知道这到底是什么酒，感觉度数有点高，他明明没喝多少却还是慢慢开始头晕。等到饭局接近尾声，林回的意识已经开始涣散，包厢内的人和东西在他眼里像是被强行放大的图片，模糊成了马赛克，耳边的声音忽远忽近，有时候要喊好几遍，他才能回过神。

林回心里觉得有点不对劲，他在这种随时要断片的氛围里死命挣扎，强撑着最后

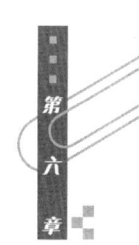

一点精神点了最近通话里排在第一的电话，然而刚刚接通却又被人按掉了。

冯英笑着拿过手机随手扔在一旁："林哥，别玩手机了，刚上的这个虾挺不错的，你尝尝看。"

林回出了一身的汗，微喘着开口道："冯……"

冯英笑嘻嘻地看着他："林哥，你是不是有点醉了？没事吧？"

被拿走的手机又震动起来，屏幕上闪动着"万筑赵师傅"的字样，冯英瞟了一眼，自顾自地夹了一口菜，慢条斯理地吃着，任由电话在那儿响，而一旁的林回仿佛什么也没有听到。

刚刚还在喋喋不休的阿炮和山山安静了下来，他们互相对视了一眼，知道下在酒里的药开始起作用了。阿炮吹了一个短促的口哨，挤挤眼开口道："英哥，酒店那边我都已经安排好了，保证全程录下来。"

山山揶揄道："便宜这人了。"

说完两人爆发出夸张又下流的怪笑声。

冯英的心情愉悦到极点。林回这种精英他见多了，这种小门小户出身的人，一路辛苦爬上去，会特别要脸，今天晚上只要拍下他不堪入目的场面，还愁他日后不乖乖地听自己的，当好这个万筑内应？想到这里，他一点不着急了："斯文点行不行？"

三人又随便胡吹了几句，冯英转头看了一眼，刚刚还撑着脑袋的林回，这会儿已经完全趴在了桌上。他冲着林回清俊的面庞吹了一口酒气，试探着喊了几声："林哥——林哥——林回——"

毫无反应。

冯英扔掉筷子站起身："山山你去结账，阿炮开车，准备走了！"

• 04 •

"没人接。"

赵建华看着手机皱起了眉头："贺总，怎么办？"

五分钟前，赵建华正开着车送贺见山回家，忽然看到林回打来电话。结果刚接通才喊了声"林助"对方就挂掉了，坐在后排的贺见山看了他一眼，说："回过去。"

赵建华回拨过去后，林回却迟迟没有接电话。

"不会是喝多了吧？"赵建华想来想去，估摸着林回可能喝迷糊了，想找人来接他。

贺见山看着手机上自己和林回的聊天页面，一刻钟前他给林回发了一句"你晚饭吃过了吗"，直到现在都没有收到回复。

"先去接一下他。"

赵建华犯了难:"贺总，我不知道林助在哪儿吃饭。下午我给他打了电话，问需不需要用车，他说就两人吃饭，不用那么麻烦。"

贺见山的车这会儿已经停在了路边，赵建华又开始打电话，还是没有人接。他自言自语道:"到底去哪儿了呢，两个人吃饭的地方可太多了呀。"

……两个人……吃饭……

贺见山闻言一愣，忽然想起了什么，于是飞快地锁上手机:"去徐苑。"

也是巧了，贺见山的车停的地方离那里很近，赵建华只花了几分钟就赶到了饭店门口。

门口停着一辆车，赵建华不好再往前进，便往外张望了一番，想找个车位，结果一眼就看到在那辆车的旁边，林回倚靠在一个陌生男人身上，似乎醉得不轻，他脱口喊道:"林助!"

还没等赵建华把车停稳，贺见山便打开车门走了出来。

副驾驶上的山山最先看到了贺见山，他瞪大了眼睛，怀疑自己看错了人——然而别说京华了，就是全国，也没几个不认识贺见山。

直到对方越走越近，最后贺见山在他们车前停下，山山战战兢兢地拽了一下正在看手机的阿炮，着急喊道:"哥，英哥，贺，贺……"

他不敢喊太大声，怕贺见山听到，但是冯英正扶着林回准备带上车，没注意到周围的情况。山山赶紧下了车走到冯英旁边，捅了一下冯英，用气声说道:"英哥，贺总怎么来了?!"

"什么?"

冯英抬起头，正对上贺见山——他的脸色十分难看，在昏暗的灯光下，仿佛暗夜里一道随时刺出的冰剑，又冷又危险。他的手忍不住抖了一下，立刻松开了怀里扶着的人，一旁的赵建华见状，赶紧上前把林回接到手中。

贺见山的目光在三人的脸上一一划过，他不开口，谁也不敢先说话，几人就这么僵持在门口。

过了一会儿，贺见山的脸上浮起一层未达眼底的笑意:"冯总，来京华怎么不说一声，我好安排人招待你。"

冯英定了定神，心里暗骂了一句，面上却是诚惶诚恐:"来得着急，不敢打扰贺总。正好跟林哥老早就约了说要吃饭，就一起聚聚。他晚上喝了不少，我们正要把他送回去呢。"

"怎么好劳烦冯总，这边司机待会儿就把他送回去。"

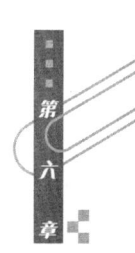

"那我就放心了，我看时间不早了，贺总，那我就先回酒店了？"

贺见山伸手示意了一下："请便。"

几句打机锋的话说完，冯英三人顶着贺见山锋利的眼神，离开了徐苑。

贺见山平复了一下刚刚看到冯英扶住林回时心中涌动的怒意，回到了自己车上。赵建华看了一眼后视镜，开始发动车子："贺总，林助好像醉得不轻，睡得很沉，哼都没哼一声。"

贺见山看向林回，他在后座上沉沉睡着，对周遭的一切毫无所觉。

贺见山眉头紧锁，在他的印象里，从来没见过林回跟人喝成这样，这到底是被灌了多少酒？他刚要交代赵建华开慢点，车子忽然颠簸了一下，轻微的波动使得林回滑倒在了贺见山身上。

贺见山的手指忍不住缩了一下。他等了一会儿，见对方没有要醒过来的样子，便慢慢变换了姿势，让林回靠起来更舒服一点。过近的距离让贺见山对身上人所有细微的反应都了如指掌——他的呼吸有些急促，不算平稳；头发也长长了，有些垂下的发丝都遮住了眼睛。

贺见山看了半天，伸手拨了一下，却碰到一层细密的汗。

他觉得很不对劲，用手仔细摸了摸，果然额头上都是汗。贺见山将林回扶起来，借着车内的灯光看了看林回，脸色苍白，完全不是平时喝完酒后红扑扑的样子。贺见山轻轻喊了一声："林回？"

林回没有回应。

贺见山握着林回的手用力晃了几下："林回？"

林回还是没有任何回应。

"老赵——"贺见山的声音冷了下来，"回翡翠云山，打电话让周至赶紧过来。"

赵建华大惊："周医生？"

周至是贺见山的私人医生，赵建华见过他几次。他察觉到贺见山的心情忽然变得十分糟糕，赶紧踩了一脚油门，飞速往翡翠云山开去。

一到家，贺见山立刻把林回抱去了卧室。几分钟后，周至也到了。贺见山跟他简单说了下情况，周至细心检查了后安慰道："应该是用了精神麻醉类药品，就是大家常说的迷药，不要太担心，代谢掉后应该问题不大。"

他给林回打了一针，又交代贺见山："可能会有副作用，多喝水，注意观察。"

贺见山眉头紧皱："确定代谢掉就可以了吗？没有其他药物了吧？要不要去医院？"

"暂时不用，我待会儿采一点血带回去做检验。等明天他醒过来后，您再带他去做个详细的检查。"

"可以。"贺见山看了一眼时间，这会儿已经快接近十点，"结果出来了你第一时间告诉我。"

"好的，贺总。"

周至走了以后，贺见山打了个电话，又喊来赵建华交代了几句，对方点点头便出去了。今晚的种种，赵建华觉得匪夷所思。他从贺见山回国后就给他开车，这么些年，什么风浪没见过，但还是没想到居然真有人胆大到敢给贺见山身边的人下药，不会真有人觉得林回只是个普普通通的小助理吧？

此刻，风暴中心的小助理依然迷失在药物之中。

贺见山没做过照顾人的活，他显然有些焦虑，明明已经在房间守着，旁边备好了水、毛巾和干净的衣物，甚至厨房里还煮上了粥，却还是觉得有什么事情没有做。他已经在考虑是不是要打电话去秋山苑，把红姐给叫过来了。

贺见山没有办法平静下来，他控制不住地盯着林回看。明明都认识八年了，忽然间却好像怎么也看不够。

他并非不谙世事的毛头小子，这几天他思绪虽然混乱，却也清楚地意识到林回在他心里是不同的。或者应该这样说，林回对于贺见山，一直是非常重要的存在，只不过他们彼此的生活紧密交织，盘根错节，遮掩了很多显而易见的东西，贺见山自然而然地把这种"重要"都划给了工作——

他们在一起的时间实在是太长了，长到所有对林回的关心和在意，所有对林回的维护和信任，都让他觉得这就是工作的一部分。

长到贺见山理所当然地以为，林回就是他生活的一部分。

"工作"就像一个气球，把贺见山对林回的重视都装在里面，似乎看不到、摸不着，便不存在。随着时间的推移，这个气球慢慢充盈起来，越来越大，到了现在，它已经快要涨破了。

时间已经过去了一个多小时。

周至打下去的针开始起作用，林回不再像之前那样不省人事，他出了很多的汗，眉头紧锁，脸上泛起病态的红；睡得也很不踏实，一直动来动去，像是梦魇，又像是身上哪里疼，总之看上去很难受。

贺见山只能一遍遍地帮他擦着脸和胳膊，试图将他喊醒喝点水，但是任他喊了无数遍名字，床上的人除了发出微弱的呻吟，始终没能真正醒过来。

贺见山觉得这样下去不是办法，他问周至有没有什么措施能让林回稍微舒服点，周至说可以泡在温水里，洗洗澡什么的。贺见山听了半天感觉跟处理发烧差不多，很

快便将浴缸放满水，随后回到房间，把林回带去了卫浴间放入水中。

温和的水流缓慢漾起细小的波浪，林回仰靠在浴缸里，灯光沿着脖颈往下碎成沙粒一样的光点，为莹润白皙的身体覆上一层薄薄的金。

像一条鱼，贺见山忍不住想。

他努力将目光放到林回的脸上，没过一会儿，林回的表情果然放松了许多。贺见山稍微松了一口气，头一次庆幸起家里有一个足够舒适的浴池。

当初设计师说设计了一个帝王级享受的卫浴间，泡个澡绝对舒服到恨不得睡在里面，他差点拒绝了，因为自己很少泡澡，基本没什么需求。后来因为房间确实比较大，不装的话空着一块不太好看就随设计师去了。

见林回状态稳定了，贺见山计算着时间，准备让他再泡一会儿就结束。之前心里着急，没想那么多，现在平静下来，目光所及之处就是林回躺在浴缸里的样子，就算再怎么刻意忽略，他也很难不注意到。虽然两人都是男人，但是他从来都没跟人这么近距离的"坦荡"过，又想到待会儿还得把人送回床上，一时间不知如何是好。

贺见山头一次感到了狼狈。

他不得不承认，自己并非之前表现得那样沉着冷静，他必须极力克制，才能不让另外一个贺见山在心头乱窜——

就好像分裂成了两个人，一个在担心林回，另外一个则充满了尴尬和无奈。

浴室里热气蒸腾，贺见山身上出了一层薄薄的汗。晚上忙乱，他也没来得及换衣服，这会儿衬衫湿了大半贴在身上，让他觉得黏腻又燥热。他打了个电话，又喝了口水冷静了一下，随后拿起浴巾走过去准备将人扶起来。

贺见山弯下腰，将浴巾披在林回身上，一手穿过林回的肋下轻轻环住，另一只手刚要破开水面——

一只沾着水珠的手握住了他的手腕。

贺见山惊讶地转过头，不知何时，水里的林回睁开了眼睛：

"……贺……"

■ 05 ■

在泡澡之前，林回其实就已经在逐渐恢复意识了。

那滋味不太好受，他整个人像是被困在暗沉的海底，窒息，寒冷，使不上力气。周围漂浮着隐隐约约的声音，忽大忽小，忽远忽近，偶尔有一丝清明提醒他睁开眼睛，可是任凭自己怎么挣扎，身体动不了，眼睛也睁不开，始终没法真正醒过来。

好在周至打下去的针如同游戏里的回魔药水，在林回的身体里缓慢又连续不断地"回血"，没过一会儿，林回的意识又找回来几分。他已经能清晰感觉到自己被人放入温暖舒缓的流水中——虽然脑袋还是昏昏沉沉，没办法去想事情，但鼻尖萦绕着的熟悉气味，让他本能地觉得放松和安心。

时间一分一秒过去，林回就像是晒蔫的花碰上下雨，慢慢缓了过来。他听见周围有一点声音，应该是有什么人在说话，嗓音很轻。就在他努力想要听清他在说些什么的时候，空气里又安静了。随后熟悉的气息再度出现，同时额头传来一点凉意——有人把手背贴在他的额头上，很舒服。

林回睫毛轻颤。

愈发强烈的熟悉感让他心中涌起一种古怪的感觉，心头有什么东西在跳来跳去，让他迫切地想要睁开眼睛。他笃定只要自己看一眼，便一定能想起这人到底是谁——

他想要看看他，想要跟他说话……林回的脑子有些混乱，他这样想着，身上一轻，好像力气都回来了，模糊的身影也在同一时间落入他的眼眸。像是本能一样，他在看到对方的一瞬间便伸出了手——

"……贺……"

是了，面前的人是他的上司，总经理贺见山。

见林回睁开了眼睛，贺见山的脸上露出一点笑意，他轻声回应道："是我，林回，是我。"

林回看上去还没完全清醒，呆呆地看着他，似乎有点茫然。

贺见山用浴巾快速把他拢好，解释道："你现在在我家。冯英带来的酒有点问题，别担心，没什么事，好好休息就行。"

林回没有作声。

贺见山见状便起身去给他拿水，刚要转身，林回又抓住了他："……"

贺见山眉头皱起："是哪里不舒服吗？"

林回摇摇头，手上的力气却加重了几分。他拽着贺见山努力想把他往自己身边拉，贺见山不明所以，但还是依着他的动作慢慢靠近，担心他是不是有什么不妥。

林回疲惫地说道："热。"

贺见山现在是真的确认他的确好转了，动作快得他都反应不过来。浴室确实热，贺见山自己也热，他想说回房间就好了，但是林回觉得贺见山身上凉快，不肯放开他。

空气里的酒味变重了，水蒸汽把林回喝下去的酒也一并催发了，贺见山皱起眉头嗅了嗅，看眼前这人明显不太清醒的样子，估摸着他应该是醉了。

贺见山这下是真的开始头疼，顾忌到对方刚好转的身体，他不敢使力气去推开他，

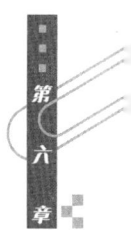

111

结果就是几番折腾之后，林回依然稳稳地靠住他，像只粘人的猫咪。

浴室里越来越热了，贺见山努力将紧贴着自己的林回拉开一点距离，沉下脸说道："林回，你清醒一点。你听我说，现在……"

林回一点都没听进去，他其实有点疑心这一切是不是在做梦，要不然怎么会一醒来就是贺见山担忧地看着自己。不过这都不重要了，因为药物和酒精，他短暂地放弃了思考，选择当一个只会遵循本能的动物。

"……所以就是这样，你明白了吗？"

凶猛的猫咪歪了歪头。

"……"

贺见山长叹一口气，再度拍拍林回的手，示意他放开。或许是刚刚那一长串话终于听进去了一点，林回犹豫了一下，顺从地松开手，没有再挣扎。

贺见山见林回安静了下来，便想要领着他回房间休息。可林回却是忽然来了精神，径自走过他的身边，来到了客厅。贺见山见他的动作还算平稳，便没有阻止。结果他就看见林回张望了一下，然后走到餐桌前，乖乖地坐下，一动也不动。

贺见山不知道林回想做什么，但还是倒了一杯水给他，然后也坐下了——

就像那天的晚餐一样，同样的位置，他们面对面坐着。

贺见山忍不住笑了一下，与那天相比，这会儿的两个人实在很不体面——林回穿着浴袍，头发还在滴水，整个人看着清醒，实则醉得不行；而他则穿着穿了一天的衬衫，身上潮了一大半，也狼狈得很。

不过当事人显然毫无所觉，他就这么旁若无人地坐着发呆，然后开了口："厉阳的合同您签过了吗？"

贺见山一愣，随后想起那是好几年前的项目，早就结束了，林回记岔了。贺见山沉默了一会儿，最后选择配合他正经的语气，回答道："签过了。"

林回愣愣地看着他，没有反应。过了一会儿，他又说："安妮申请的那笔费用我同意了。"

贺见山不知道他从记忆里又翻出些什么，点点头："嗯。"

"过段时间把王茂调到桐洲那个项目上吧？"

"好。"王茂其实前年就离职了。

"我觉得附楼的改造下个月一定要开始，不能再拖了。"

"你说得对。"这是以前在老办公楼办公那会儿的事了。

"贺总，大厅前台那边的绿植，不好看。"

"那就换掉，你喜欢什么？"

林回再度陷入沉默，像是在思考，又像是有些困倦，过了好一会儿，他说："我喜欢……月光。"

贺见山的手指微微动了一下，没有说话。

过了许久，林回再度开口："贺总，我什么时候可以站在您的身边？"

他的语气有些沮丧，这让贺见山感到意外。他无暇分辨话里的深意，只是认真地注视着面前的人，如果不是喝醉了，他也不知道林回的脑袋里竟然还装着那么多以前的事情，一桩桩一件件，都到了这份上了，心里记挂的全是工作。贺见山的心头涌动着复杂的情绪，一时间竟不知道该如何面对这个跟了他八年的助理。

半晌，他低声道："林助理，你一直在。"

"我不在。"林回似乎听懂了这句话，缓慢却笃定地摇摇头。

贺见山知道不应该和醉鬼较真，但他还是忍不住开口问道："那你在哪里？"

原以为林回不会回答这个问题，结果他脱口而出："我在酒吧。"

"……酒吧？"贺见山忍不住笑出了声，"在酒吧做什么？"

也许是说了太多的话，林回终于有些累了，他忍不住趴在了桌上。贺见山见状站起身，走到他的面前，伸出手来想要带他回房间。

"贺见山，"林回轻轻喊道，"我请你喝酒吧……"

"喝什么酒？"贺见山哭笑不得，微微弯腰，看着林回无奈道，"我看你现在就是一杯酒。"

一杯混了很多种酒的酒，让贺见山头晕。

"这样啊。"像是听明白了面前人的揶揄，林回忍不住笑了起来。

像是忽然回到酒吧的那个夜晚，当十二杯酒和卡片出现在林回的面前，贺见山看见他的眼里流动着一种异样的光彩。

第七章 你，是真的吗？

Chapter 07 — I have Something to say

• 01 •

一大早，冯英就被酒店套房的电话给吵醒了。

那会儿他怀里还搂着人，正睡得香，结果客房电话一直响个不停。冯英被吵醒后有些恼火，一边捞过床头的电话一边骂骂咧咧："哪个神经病一大早——"

"冯英。"

冯英瞬间哆嗦了一下："……爸。"

"消息不回，电话不接，你干什么呢？"冯俊涛气不打一处来，想也知道他肯定是忙着花天酒地。

"……睡觉呢，爸。"

冯俊涛不想听他搪塞，不耐烦道："起来收拾下，上午陪贺见山去打高尔夫。"

冯英陡然清醒了，他一下坐了起来，半晌没吭声。直到冯俊涛又催促了一遍，他才回过神，小心试探道："和贺见山打高尔夫？"

冯俊涛冷哼一声："贺总一早就给我打电话，说知道你来了京华，想约你一起打个高尔夫，吃个饭什么的。"

冯英想也没想脱口而出："我不去。"

冯俊涛被他气笑了："你懂不懂规矩，啊？我早说让你先去拜访一下你不听！你以为人家真稀罕跟你见面，这是看在你爸我的面子上！电话都亲自打过来了，你也懂点事行不行？"

他懒得跟冯英废话，不容置疑道："行了，九点半他的车在楼下接你，你赶快收拾下。"说完他就挂断了电话。

挂了电话后，冯英在心里把这事过了下。

老实说这个时间点很微妙，他也不知道贺见山到底知不知道林回什么情况，反正至少面上看起来，林回只是喝多了。不过冯俊涛也提醒了他，打狗还要看主人呢，贺见山就算知道也没什么大不了，重要的合作伙伴和小助理比起来，孰轻孰重谁都清楚。

想到这里，他定了定神，转头看到被窝里白皙的后背，想起昨晚上安排好的计划浪费掉了，心里一阵不痛快。他踢了踢那人，随手从钱包里抽出一叠钞票，像赶一条狗一样把人打发掉了。

九点三十分，冯英准时上了贺见山安排的车。进车前他张望了一下，发现贺见山不在，司机赵建华见状，便开口道："冯先生，贺总在西山高尔夫俱乐部等您呢。"

"噢，好的。"冯英认出这是昨天接住林回的那个司机，捋了捋头发，开口道，"对了，昨天林哥喝多了，没事吧？"

赵建华看了一眼后视镜，"呵呵"笑了："没事的冯总，我把林助送家里去了，喝多睡一觉就好了。"

冯英挑挑眉，心里放松了许多："那就好，那就好。"

冯英到的时候，贺见山正在打电话。他远远看去感觉贺见山不像是来打球，倒像是来谈生意的。

贺见山挂了电话后也看到了他，两人点头示意了一下。冯英装作老老实实的样子站在一旁，没一会儿，贺见山开了口："冯总很喜欢打高尔夫。"

冯俊涛的确很爱打高尔夫，这不是什么秘密，圈子里的人都知道。冯英见他第一句话便提到了自己父亲，估摸这安排还真是为了合作，便笑道："是的，要不然也不会特地投资了雅歌。"

贺见山看了他一眼："你呢，你喜欢打吗？"

冯英附和道："还可以，很放松的一项运动。"

贺见山笑了一下："这么巧，我新认识了两个朋友，今天让他们陪你一起打。"

冯英有些摸不准他的心思，但还是点点头："劳烦贺总引荐。"

贺见山歪了一下头："来了。"

冯英顺着他的目光看过去，当即变了脸色，竟然是阿炮和山山！

没等他从震惊中回过神，阿炮和山山已经走了过来。两人目光瑟缩，手上各拿了

一根高尔夫球杆，浑身颤抖到几乎握不住。

冯英见两人一直回避自己的眼神，忽然想起从他进球场开始，似乎一个正儿八经的工作人员都没看到，甚至连球童都没有，满眼只有贺见山这一个人。他的脊背开始发凉，但还是强撑着露出一个笑容："贺总，您这是什么意思？"

贺见山平静地看着他。

冯英已经开始尿了，还没等贺见山开口，他又赶紧说："贺总，如果您是为了昨天晚上的事，我可以解释，那只是一个误会！"

这会儿他完全回过神了，贺见山肯定是知道自己的行为，这事他理亏在先，贺见山恐怕不会善了。但是两家毕竟还有合作在推……冯英咬咬牙，索性破罐子破摔，大声喊道："贺总，不看僧面看佛面，我就是再有什么不对，我爸跟你合作这么多年，我……"

贺见山摇摇头打断了他，目光有些怜悯："冯总，冯俊涛的精明，你可真是一点都没有学到。"

这声"冯总"像一个巨大的闪电，劈得冯英浑身颤抖。他怎么忘了，如果贺见山真的在意冯俊涛，又怎么会特地让他电话喊自己出来，还安排了专车接他？

贺见山是铁了心要撕破脸了。

冯英猛地看向一旁的阿炮和山山，只见他们握着球杆慢慢逼近，山山一边哆嗦一边开口道："哥……哥，对……对不起，我们也没有办法，贺……贺总说，我们今天，只有一个人能站、站着走出去……"

在路上他们就想好了，贺见山想整的是冯英，冯英越惨，他们就越可能逃过一劫。所以不管怎么样，先把冯英打趴下再说。

话音刚落，冯英的身上就挨了一棍，他的脸迅速肿了起来。冯英横行霸道那么些年，什么时候受过这种屈辱，一时间心中愤恨不已，双目赤红瞪着他："王雨山，你算个什么东西！"然而等待他的，是毫不留情的又一棍。

紧接着，棍棒声夹杂着混乱的哀号声陆续响起，三人已经扭打成了一团。而另一边的贺见山却是看也不看，带着人离开了。

回到车上，赵建华例行询问贺见山去公司还是回家。贺见山回道："回家吧。"末了他又嘱咐一句："不要让林回知道今天的事。"

赵建华点点头。

早上出门的时候，林回还没有醒。贺见山煮了粥，把要吃的药分装好放在床头，还留了字条。路上他担心林回没看到，又给他补发了一条消息，结果直到现在，林回也没有回复。

贺见山其实有些后悔，或许他不应该那么着急处理冯英，还是应该待在林回身边。

不过周至刚刚给他打了电话，说林回的情况还好，他总算稍微放了心。

贺见山锁上手机，看向窗外纷纷向后退去的行道树。和林回分开不过几个小时，可是他已经开始乱想——想他坐在家里和自己瞎聊；想和他一起吃早饭一起散步；还想什么不都要做，听他给自己讲故事。贺见山心中微哂，他从不知道原来自己对林回那么地——贪婪。

没错，贪婪。

贪他所有的时间，空下来就想找他，甚至私人行程也想要带着他。剥去了工作这层外衣，贺见山头一次清晰认识到了自己对林回的贪。只要想起前一天晚上，醉了的林回坐在餐桌边，一本正经地跟自己讨论工作，然后问什么时候才能够站在他的身边，贺见山的心就开始变得酸软。他想要立刻见到林回，在他最清醒的时候认真地告诉他，他身旁的位置，一直是他的——

只有他。

"厉害。"

这是周日一大早，洛庭在听了林回支支吾吾地说完整件事情之后，发出的第一声感叹。

林回的脸色还有些苍白，他有气无力地摇摇头："别闹了。"

"所以你昨天醒来之后看见他不在，就赶紧回来啦？没有说一声？"

"有什么好说的，我连车钥匙都忘了拿，打车回来的。对了，车还停在饭店呢。"

洛庭仔细盯着他看了看，不解道："你怎么看上去一点不开心？"

"……这只是一个意外，而且是我……"林回实在难以启齿。

洛庭还是无法理解："兄弟，你差点被人陷害，是他帮了你，你喝醉了他还一直照顾你，遇到这种绝品好上司你还有什么不满？"

"我不是不满他，我主要是不满自己。我真的……太失态了，而且也说了不该说的话……"

林回不知道为什么一大早他要和洛庭讨论这个。昨天从贺见山家里回来后，他就一直处于很焦虑的状态，没有办法平静，所以才想着找好友聊聊。结果，还不如不聊。

洛庭被他搞糊涂了，他还是不明白林回为什么这么烦躁："我觉得你现在很躁，为什么？是后悔了吗？"

"我不是后悔……洛庭，你不了解贺见山，我们的关系一直保持在上下级、同事这样一条线上，现在我的行为越界了，这意味着我可能再没办法跟着他做事，他是个公私十分分明的人，他不会把这样的人放在身边的。"

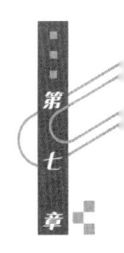

第七章

洛庭皱起了眉头："你这顶多算发个酒疯吧，有那么严重吗？而且，你有没有想过，你对于他来说也是一个非常重要的人？"

"这不可能。"林回斩钉截铁地否认。

"为什么不可能？"洛庭觉得不可思议，怪叫起来，"兄弟，你那么优秀，你忘了吗？大学时你有多受老师喜欢？不不不，大家都喜欢你！"

"你也说了那是大学，贺见山也不是大学老师啊。"

洛庭仿佛不认识林回了，林回虽然家境不好，但是大学时那种意气风发的劲头实在太惹眼了，让人无法忽视。而现在的他身为万筑的高管，明明已经做得十分好了，却变得不自信起来。

"回啊，我觉得你钻牛角尖了，贺见山是厉害，但是他也是个普通人，你不需要把他想得那么高高在上。再说了，你那天也不清醒啊，你都被人暗算了。"

林回低下头，摩挲着面前的水杯，轻声道："我没有把他想得高高在上，我只是……只是……"

他只是屈从于自己心，仅此而已。

可是洛庭说得也没错，他的确有点后悔。他只想着跟贺见山较劲，希望获得他的青睐，却没想过之后自己要怎么面对他，他又会怎样看待自己。这几年他小心翼翼，将自己放在一个不远不近的距离，只希望能在贺见山的身后站得更久一点。现在两人越界了，他又该如何自处？至于贺见山，他并不需要为此而烦恼，毕竟无论两人是什么样的关系，受煎熬的，从来都只有他林回一个人而已。

■ 02 ■

周一一大早，林回迟到了。

他这个职位，迟到并不是多了不得的事情。不过当安妮在电梯看到匆匆忙忙的林回，还是觉得很新鲜："林助，你也会迟到？"

林回一言难尽："别提了，本来就起晚了，结果打了个车，新手司机走错路了。"

"你怎么没开车啊？"

林回一下变得有些不自然，随便找了个借口："送去保养了，没取回来呢。"

回到办公室以后，赵晓晓来给他送文件，林回一边签字，一边假装随意地问道："贺总在办公室吗？"

"在的，贺总来得挺早。"

林回想到躺在自己手机里的那几条信息，犹豫道："我……待会儿和贺总谈个事情，你不要让人来打扰我们。"

"好的，林助，你什么时候去？"

"九点半吧，不，九点四十五，算了，十点吧。我十点过去。"

赵晓晓不明白九点半和十点有多大区别，但她记下了："好的，我待会帮您跟贺总确认下。"

林回赶紧喊住她："不用！不用那么麻烦。"

赵晓晓觉得林回今天有点奇怪，但还是点点头，表示知道了。

昨天和洛庭聊过之后，林回已经想好了，他会尽量把这件事淡化，将两人的关系恢复到原来的样子。这对于自己和贺见山来说，是最好的选择。洛庭骂他尿，他承认，他是尿，他没有勇气也没有信心把这个意外当作机会，在贺见山身上寻找可能。他害怕变数，害怕失望，害怕自己长久的努力与奋斗变成笑话，最终只留下难堪的收场。倒不如一切如旧，虽然无法进一步，但是平稳、长久。

林回站在门口，深深地吐出一口气，敲响了办公室的门。

他进门的时候，贺见山刚放下电话。

贺见山一抬头便看见熟悉的身影，似是一怔，刚想说些什么，却在看到对方躲闪的眼神后又闭上了嘴。他轻咳一声，等待林回开口。

林回的目光转了几圈，最后落在办公桌的桌角。那里放着一本书，红色封面，林回盯着书，开口道："那天，谢谢您救了我。"

贺见山沉默了一下："我……"

"您先听我说——"林回打断了他。

贺见山停了下来，认真地注视着林回。

"就是，那天我不太清醒，可能做出了很不礼貌的行为。"林回鼓起勇气抬起头，看向贺见山，"您，就当什么都没有发生过吧。"

空气仿佛瞬间被抽干，安静到令人窒息。

"如果这是你希望的，"过了好久，贺见山缓慢开口，一字一顿道，"好，我答应你。"

明明得到了想要的答案，林回却没有觉得轻松。他挤出一个难看的笑容："噢，好……嗯……然后，我的车钥匙好像落在您家了。"

"车钥匙？你走的那天连被子都叠得整整齐齐，没看到车钥匙吗？"

听到贺见山的话，林回脸上立刻布满了红色。他总觉得贺见山在生气，但是他又不知道他为什么生气，只能结结巴巴回复道："我……我没看到。"

贺见山盯着他看了一会儿，最后无奈地叹了口气，低声道："你下班跟我回去找一下吧。"

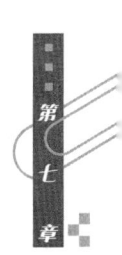

"啊？"

"我不知道你的车钥匙长什么样子。"

"……噢。"

贺见山想起什么，又开口道："瑞涛那边你不要再跟了，合作取消了。"

林回一惊，本打算要说的话也瞬间忘光，他一下进入工作模式，连忙追问："为什么？合作方案都基本敲定了，那边拿出来的条件也是我们想要的，如果取消，那我们——"

林回猛然意识到什么，停住不说话了。

冯英下药，虽然不知道他具体想做什么，但肯定不是什么好事，因为贺见山的出现，他才幸免于难，隔了两天，万筑和瑞涛的合作就取消了。看贺见山的口吻，显然是万筑这边提出来的，那么，是因为他吗？

林回忽然有些不知所措，他不安地看着贺见山，对方却低下头，随手翻开了手头的书，淡淡道："不是因为你。"

林回的眼神黯了黯："……我知道了。"

就这样，林回心不在焉地上了一天班。好不容易等到下班，他和贺见山两人一前一后来到车旁。

林回习惯性地走到驾驶位，结果贺见山也站在驾驶位旁掏出车钥匙，两人对视了一下，贺见山无奈道："坐副驾驶，我来开。"

平时两人一起，都是林回开车多，而且一上车他就开始放音乐，今天换成贺见山当司机，车里实在过于安静了。林回低着头装作看手机，脑海里却在循环播放上午两人不尴不尬的对话。

他从来没想到自己有一天和贺见山的交谈能这么生硬，这不是回到以前，这是退了一百八十步，比两人第一次见面还不如。他心里莫名觉得委屈，便不想说话，贺见山也不吭声，车里的气氛便莫名怪异起来，两人中间仿佛隔了一层看不见的玻璃。好在突然响起的电话铃声短暂打破了这沉闷的气氛。

贺见山看了一眼中控屏幕，接通了电话："喂。"

"老贺，是我。"爽朗的声音在车内响起，是薛沛，"你下周有没有时间，跟林回来我这儿吃饭。"

听到薛沛提到自己的名字，林回惊讶地看了过去，贺见山也抬眼看向他，两人目光相遇，随后又各自分开。

"怎么了？"

"之前不是跟你说过嘛，我搞了个饭店，准备下个月正式营业，你们来给我试试菜。"

"知道了,应该没问题,你到时候提前跟我确认时间。然后林回那边——"贺见山顿了一下,"你自己再跟他说一遍。"

不知道出于什么心理,贺见山竟然没告诉薛沛,林回就在车上,林回也不好突然出声,就装作什么都不知道。

薛沛不解:"需要那么麻烦吗?你跟林回反正一起的啊。"

"……"林回默默扭头看向了窗外。

薛沛给原本就古怪的气氛又蒙上了一层冰,两人一路沉默着,到了贺见山的家。

贺见山双手环抱着靠在门上,看林回转来转去,床上床下找了个遍,结果还是没有发现车钥匙。林回眉头皱起,正想问贺见山能不能去浴室看下,却发现他人已经不在门口了。他走出房间,看见贺见山站在餐桌边上,将手边的饭菜装好盘摆放好,喊道:"过来吃饭。"

"……"

林回有些纠结,他觉得在这种情况下跟贺见山吃饭真的很尴尬,但是说当作什么没发生回到以前的是他,以前的他又有什么理由拒绝这顿晚饭?而且说老实话,他也确实有点饿了。

贺见山是在车上直接打电话点的菜,听名字都是下饭菜,等两人到了小区,外卖直接就拎着上了楼,别说,闻起来是真的香。林回豁出去了,一不做二不休,本着"我不尴尬尴尬的就是别人"的心态,稳稳地坐了下来。贺见山看在眼里,嘴角微微弯起,将几个菜往林回面前推了推。

两人无声地吃完了一顿晚饭,但是比起在车里,林回感觉自在了许多。工作的缘故,他俩经常一起吃饭,林回知道贺见山本身就不爱在吃饭时说很多话,包括上次来这里做客,也是只有他自己在那兴奋地说个不停。贺见山就只是看着他笑,再在适当的时候补充几句。

他是一个很好的倾听者。

林回想,比起说,贺见山更喜欢听。可是他坐在这个位置,却是要一遍遍地"说"的,和员工说,和合作伙伴说,和政府领导说,和所有人说——

滔滔不绝,口若悬河。

如果说这么些年来贺见山对他确实区别于其他人,那么最大的原因就是自己出现后,为他"屏蔽"了很多声音,让他得以在这个吵闹的世界能够摘下面具,多点时间休息一下。

吃完晚饭后,林回和贺见山告别。他已经决定放弃了,实在不行还是回去把备用

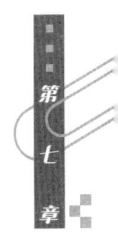

钥匙翻出来。

贺见山送他到玄关口，林回弯下腰开始换鞋。贺见山见他露出一截莹白的手腕，顺着往上便是骨节分明的手指在绳带中灵巧地穿梭。他盯着看了一会儿，忽然开口道："你的车钥匙在我办公室左边的抽屉里。"

林回的手顿了顿："嗯。"

他没有问贺见山为什么骗他，只是沉默地换好鞋，然后转过身，和贺见山相视而立。

"我明天要去宁海，之后去李风海那边，大概周末回来。待会儿开我的车回去，"贺见山从口袋掏出车钥匙放在林回的手心，"或者我送你。"

林回吞下了已经到嘴边的拒绝，他捏着车钥匙，站在玄关口一动也不动。贺见山也没有催促，只是安静地看着他，不知道在想些什么。

"对不起。"过了一会儿，林回终于开了口。他低下头，像是犯错的小学生，看上去有些沮丧。

"为什么和我说对不起？"

"您劝过我，不要跟冯英有过多来往，还让司机送我去，可是我都没听。我——"林回深吸一口气，"我太蠢了。"

贺见山的手指微微动了一下："没有人能提前预知恶行，你没有错，不要道歉。"

林回抬起头："我还影响到了公司的合作。"

这两天林回的心思都在贺见山身上，冲淡了冯英下药这件事对他的影响。今天平静下来，回想起整个事情，心里涌起一阵反胃和后怕。如果那天贺见山没有出现，他会陷入怎样的境地？他心里清楚，贺见山必定是为了他才取消这次合作的，即便合作尚未真正开始，但这意味着原本基于合作做出的规划都要重新安排和调整。

牵一发动全身，其间的烦琐不是用几个数字就能衡量的。

林回为此而自责。他知道不是他的错，可是他还是忍不住觉得自己拖了后腿。

当助理这么些年，他已经习惯站在万筑的立场去考虑事情，就算贺见山和对方保持合作，他也不会觉得有什么不妥。他不是一个善良到因为自己没受到损失，便能原谅犯罪行为的人，但是私事是私事，工作归工作，他分得很清楚，可现在……

"有风险的合作伙伴就像定时炸弹，拆了是好事。"贺见山的语气很淡，就像他在办公室里说"不是因为你"一样，平静地安抚着林回所有的纠结。

林回的眼睛涌上一点热意，他固执地看着贺见山："其他人可以这样讲，但是您不可以，这对万筑不公平。"

两个人的身份仿佛颠倒了，贺见山将私人情绪带入了工作，而他的助理，提醒他要对公司负责。

贺见山莫名有些想笑，他其实很想问一句："既然这样，你又为什么要让我当什么都没发生过？"可是林回的眼神很认真，这让他想起他第一次见到他时的样子。

一时间两人都没有再开口。玄关的灯光温柔地笼罩在他们身上，就像一个茧，包裹住所有纷乱的情绪。

贺见山看着林回柔软的发顶，忽然问道："你还记得有次打高尔夫，我对你说过一句话吗？"

他们打过很多次高尔夫，也说过很多话。林回露出疑问的表情，不知道他指的是哪一句。

"我们必须不断地武装自己，才能有足够的底气，去拒绝所有的恶意。"

林回一怔。

"或许你不这么认为，但是，林助理——"像是忍耐了许久，贺见山往前跨了一步。林回的身体瞬间绷紧。但是贺见山只是从身后的柜子里抽出一根窄窄的红色缎带，随后在林回惊讶的目光中，将缎带系在了他的手腕上。

林回整个人都蒙了。他呆呆地看着自己手腕上多出来的红色蝴蝶结，只觉得它隐隐发烫，振翅欲飞。

贺见山却笑了起来：

"八年的时间，万筑早已经成为你的盔甲。"

• 03 •

晚上九点，万筑的办公大楼灯火通明。

临近年底，各家企业都开始进入最忙碌的阶段，万筑也不例外。林回这几天都待在公司加班，手上的工作一堆，感觉怎么做也做不完。今天他看了一天的报表，到了这个时间点已经感觉到头昏脑涨。再看下去也没什么必要，他便干脆站起身，活动活动休息一会儿。

赵晓晓进来的时候，一眼便注意到林回站在落地窗前看着夜幕发呆的样子。

她将手里的文件放下，笑道："林助，你这样子好像贺总噢。"

意料之外的两个字让林回的心颤抖了一下，他转过脸来："什么？"

"就是你抱着胳膊，站在窗边看着外面那种感觉，真的好像贺总啊，我看平时贺总也是这个姿势。"

或许是太累了，林回花了好几秒才反应过来赵晓晓说的是什么。

其实以前也有人说过他和贺见山有时候会有些像。林回想：如果你也像我一样站

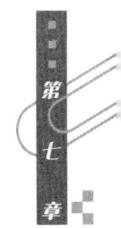

在仰慕的人的身后，日复一日、年复一年，甚至只要闭上眼睛，就能在脑海里描摹出他所有的表情和动作，那么，你也会变得和他相似起来。

说来有些好笑，不知从什么时候开始，他就已经在无意识地模仿或者说跟随他了：贺见山穿黑色衬衫，自己便也想要买深色的；贺见山有一件驼色大衣，他买外套时也忍不住选择驼色；甚至贺见山开会时无意识的小动作，也被他学了十成十。有次和洛庭吃饭，他的手指忍不住轻轻点着桌面，过了好一会儿他才回过神来自己在做什么。

那个时候的他太年轻，觉得自己怎么莫名其妙地成了个学人精，还哈哈大笑和洛庭吐槽说："万筑真的太能影响人了。"

后来才知道，不是万筑影响人，是从很久之前开始，贺见山便已经侵占了他的一切。

这次出差，林回跟贺见山之间基本断了联系，除了汇报工作的公式化邮件往来，他们整整一个礼拜都没有发过消息或者打过电话。老实说，相较于以往他们的交流频率，这有些刻意了，就好像在较劲一样，都在故意回避联系对方。

想到这里，林回忍不住低下头看向自己的手腕，不久之前，这里停着一只蝴蝶，是贺见山亲手系上的。他不明白那到底是什么意思，像是某种隐秘的暗示，又或者只是随心的玩笑，无论是哪一种，都令林回猜来猜去猜到无法入睡。

贺见山就是有这种本事，随随便便就能把他的心搅得七上八下。

林回慢慢闭上眼睛，他很想念陪伴贺见山一起工作的时光，比以往任何一次都要想。他觉得自己真是世界上最虚伪的人，嘴上说着当作什么都没有发生过，心里却疯狂回忆那个夜晚：他记得贺见山是怎样耐心地回答自己的胡言乱语；记得他说"林助理，你一直在"时沉郁低哑的嗓音；还有他的眼神……

这一切都让林回沉迷，也让他绝望。

宁海。

酒店套房内，贺见山站在落地窗前看着夜景。这两天天气不好，夜幕中无月无星，反倒是压着层层叠叠的云，厚重得像是随时要掉落下来。

贺见山在心里复盘他和林回的所有过往——从一周前的醉酒，到这些年的工作配合、私下交流，再到他们第一次见面。想来想去，才发现这么多年，确实只有一个林回能稳稳地站在他的身边。

似乎从一开始，他就是不一样的，毕竟，他从来没有"害怕"过自己。

这很奇妙，因为自己的身份、地位或者其他种种，贺见山总是能感觉到公司其他员工对他存在一种敬畏的情绪，可是林回没有。当然，或许一开始跟在他身边时他也是紧张的，但那是因为彼此还很陌生，工作也还没有完全上手。也不知道从什么时候起，他们变成了之后那种相处模式——

是上下级，却又不像上下级；像朋友，却又不是真正传统意义上的朋友。

贺见山点开聊天软件，看到了自己的头像，黄昏下的城市天际线，灰冷的建筑群脱去了冬日的肃穆，披上一层柔软的金色外衣。

这是林回拍的。

那天他站在酒店套房内，笑着说："贺总，把您的手机给我用一下吧。"

贺见山的身后，落日就像融化的金子，蔓延成一条金色的河。他停下手上的工作，看着林回拿起自己的手机，余晖落在林回的身上，浮起一层薄薄的雾气，让人觉得心里有点软，有点痒。

林回用手机记录下了面前这一幕，而他，也记录下了眼前这一幕。

后来贺见山把头像换成了这张照片。他还记得当时林回看到的时候表情有点惊讶，却又理所当然地点点头："您一直都很喜欢这些。"

他不知道林回如何定义"喜欢""这些"又是哪些，如果是和林回比起来，他的确算得上喜欢拍摄各类建筑——它们坚硬、规整、冷冰冰，可是大多时候却因为阳光，雨水、檐上的花、墙角的猫，又或者仅仅是一些影子和色彩，就能变得鲜活和生动。

就像人一样，它们也在不断寻找和等待着最适合的伙伴。

而林回不一样，他好像什么都喜欢，跟着自己考察的时候，经常一路上拍个不停。有次他们去一个园区参观，林回就拍了路面上的一个蓝色窨井盖，他说没有见过蓝色的，觉得很有趣。贺见山不知道哪里有趣，可是既然都这样说了，那在他的眼里，大概是真的有什么有趣的地方吧。

想到这里，贺见山忽然感到好奇，不知道林回眼中的自己，又会是什么样的？

贺见山将目光转向林回的头像，他点开聊天页面看了一会儿，又锁上了手机。他和林回已经一周没有联系了，他是故意忍耐着没有主动去找林回，这不是什么拿捏人心的小把戏，而是他觉得自己和林回都需要一段没有彼此的时间来平静一下。

老实说，私人社交不是他擅长的领域，这也不会像工作一样有专业团队来帮他分析讨论。在两人这段剪不断理还乱的关系里，他唯一能确定的是他很欣赏林回，无论是工作还是为人，甚至从很早以前便很中意他，也有意在工作中不断对林回进行栽培和指导。

贺见山自己也有些无奈，他和林回就像眼前的天空，云层太厚挡住了很多东西，使得他忽略了许多，要不然也不至于到现在，笨拙得连林回的心思也摸不清楚。

不过，贺见山从来不是个胆怯的人，当他笃定想要什么，穷尽所有办法也会得到——这世间的一切都像是拉上窗帘的窗户，你不揭开，便永远得不到月光。

那天林回在办公室说当作什么都没发生过的时候，贺见山便明白自己犯了一个错。

他一厢情愿又迫不及待地想要展示自己的真心，却丝毫没有考虑过林回是不是与他站在了同一个路口。

他无法言说当他兴冲冲地赶回家里发现家里空无一人，然后隔了两天在办公室发现林回进来后他是多么紧张，甚至已经想好该怎么开口。林回却提出回到以前时，到底是怎样一种心情——那个盛满期许的气球，戳破后飘下的不是庆祝的彩带，而是深夜的霜雪。

那一刻，贺见山的心里充满了酸涩与挫败。

他忽然意识到，对于林回来说，那个夜晚是一个错误，必须修正它。

有那么几秒，贺见山想开口直接说"不行，不可以，我不同意"，可是当看到林回眼睛里流露的惶惑和无措，他又心软了。

林回在不安，他感觉到了。

他想，是他的错。冯英纵然令人十分作呕，他又何尝不是借着私心顺水推舟？他和林回，本该是最默契的工作伙伴，可是到头来，他却在他不甚清醒的情况下，带着他一起越界，强行改变两人既有的相处模式。

以他对林回的了解，"回到以前"恐怕是他深思熟虑后所能作出的最稳妥体面的解决方式。他应该庆幸那天早上自己鲁莽的想法被扼杀在摇篮里，两个人相处不是工作，它就像最严格的火车时刻表，超前到站对于一段尚未发酵的关系来说，没有任何帮助。他不应该因为自己的热切便罔顾逻辑，试图从一次意外中催化加速。林回应该拥有一份完整又真挚的感情，这便是他想要给他的。

贺见山慢慢闭上眼睛，这次换他站在林回的身后，将进度条交由林回掌控——

播放，暂停，快进，倒退。

在这份关系里，林回会是唯一的掌控者。

• 04 •

贺见山这次出差的时间比原定计划要更长一点，原本定好的饭局也不得不一延再延。林回接到薛沛电话的时候，心里失落得厉害，没想到有一天他要靠薛沛才能知道贺见山的具体行程，个中滋味，实在是复杂难辨。

快半个月了，他和贺见山之间还是没有进行过任何私人聊天，两人就像隔着一道门，对面站着谁彼此都很清楚，偏偏谁也不肯先迈出第一步。

仔细想想，其实这样才正常吧，同事之间说说公事就够了，也没见哪家老板和员工天天为聊不聊天纠结的，也就是他和贺见山了。就像一列平稳行驶在路上的火车，本来好好的，偏要中途强行变道，一下子脱了轨，进不了、退不得，卡在中间，变成了现在这种拧巴的样子。

林回忍不住叹了一口气，也不知道这列车什么时候能重新回到轨道上来。

他正出神着，安妮敲了敲门走了进来，她随手将一个文件袋放在了他的桌上，笑道："林助，你的东西，顺手给你带来了。"

"谢了。"

"今年年会的两个方案出来了，你看一看？"每年的年会都是万筑的重头戏，犒劳辛苦一整年的员工，自然是要做得尽善尽美的。安妮将手上的文件摊在林回面前，看他更倾向哪一种方案。

"你定吧，你眼光好。"林回随意地看了两眼，忽然想起什么，翻出手机给安妮推送了一个手机号码，"流程里增加一个乐队表演，你联系一下他，问他的乐队愿不愿意在万筑的年会上演出。"

安妮好奇地看了一眼，问道："这是谁呀？"

"贺总的弟弟，贺见川。"

安妮一下惊了："真的啊？！"

林回点点头："他搞了个乐队，还是主唱，唱得挺好的。你按正常商务流程走就行，不用提我，也不要提贺总。"

"行，我懂的。"

"对了，"眼看安妮转身要离开，林回捏了捏手心的笔，装作偶然想起的样子，开口问道，"贺总那边……定了哪天的飞机回来？"

安妮想了一下："昨天听李风海说老潘那边正好有个项目要去看下，暂时还没通知订票呢。"

林回点点头，不再说话了。

安妮走后，林回犹豫着要不要把邀请"草垛诗人"在年会上表演这事跟贺见山说一下，虽然这不是什么大事，贺见山也不关心这些，但是年会贺昭也是会参加的，如果他看到自己小儿子在台上表演，不知道会不会生气。

按照贺见川的说法，贺昭本来就对他搞乐队很反感，为了避免引起家庭纠纷，最好还是提前跟贺见山通个气。林回感觉自己这举动就像是在给贺见山找事，但是，怎么说呢，至少他找到了向前走一步的理由——这事应该是发消息说比较合适吧？

林回深吸一口气，点开跟贺见山的聊天框，认真编辑了一条长消息。他在心里读了几遍，又觉得太啰唆了，开始删删减减，结果还没等他整理好，就看见对话框上忽然显示"对方正在输入"。

林回停下了按键的手。

等了半天，贺见山发来了六个字——

贺见山：快递收到了吗？

快递？什么快递？

林回突然想起刚刚安妮过来的时候，说帮他拿了什么东西。林回赶紧拿过来看了一眼，薄薄的快递文件袋，应该就是这个了。

林回：收到了。

贺见山很快又回了过来：这部电影我也没有看过。

林回有些莫名其妙，不知道他说的什么电影，但出于礼貌还是回复了一下。

林回：嗯。

林回又等了一会儿，贺见山一直没有再发新的消息过来，对话应该是结束了。林回有点疑惑，他的目光落在手中的文件袋上，想了想，便伸手拽住封口的红线，"唰"地撕了下来——里面是一张电影票。

文件袋里只有一张电影票。

林回愣住了。他看了好几遍，确认这是电影《开场》的电影票，地址在星海国际影城，座位号是六排七座。

可是，如果他没有记错，《开场》这部电影在一周前就已经下映了。林回忽然想到什么，又看了一眼票面，票面上打印的时间是两天后的晚上六点。

他只和一个人说过自己想看这部电影，那就是贺见山。

在意识到这张电影票是贺见山送给他的之后，林回的脑子里好像打翻了颜料盒，五颜六色糊成了一团。

是他想的那个意思吗？是请自己看电影的意思吗？或者，两天后他会回来和自己一起看电影吗？林回急忙打开聊天软件，切到贺见山的对话框，没有，什么都没有，贺见山什么都没有解释，最后一句话还是停留在那个"嗯"上面。

在过去的任何一天，他们两人之间总是拥有足够的默契，能解读出彼此的暗语，但是现在，林回只觉得这个人实在太可恨了。

林回盯着电影票翻来覆去地看，他拼命降低期待值，努力说服自己，是贺见山财大气粗包场请助理看个电影而已，不要想太多。可是在心底某个不为人知的角落，却还是悄悄冒出了许多他不敢想也不敢触摸的希冀。

林回不想问贺见山到底是什么意思，或许他只是决定先一步推开竖在两人中间的那扇门，但是，这张电影票让林回明白，并不是只有他一人在意这段时间里两人刻意制造的"回避"。

这就够了，足够了。

转眼便到了电影当天。

京华今年的冬天来得比较晚，虽然已经是十二月了，但是气温一直不算低。不过这几天天气不太好，一直阴沉沉的，像是在酝酿一场大雨。

林回站在自家阳台上看着外面被骤起的风刮得不停抖动的树枝，估摸着今天可能就要下雨。等这场雨落下来，天就要真正开始冷了。

离六点还有三个小时。

林回从家开车到影城只要二十分钟，他心里有些紧张，盯着衣柜里的衣服来来回回看了好几遍，怎么也选不出该穿哪一件。他觉得自己有些好笑，如果洛庭知道他这副模样，一定会骂他没出息：看个电影算什么，何况他还不一定会来。但这件事对于林回来说的确有些不同，因为"看电影"，算得上是他这个从农村出来的少年，年少时期最简单、朴素的向往。

这事说来有些好笑。小的时候，镇上年轻人的娱乐活动远没有现在丰富多彩，而其中最时髦最受欢迎的，无疑是约人一起去看电影。有时候林回听到邻居们聊天，说起自家或者别家的孩子，总是会心照不宣地笑着来一句："和朋友看电影去了。"

那时候他小，不明白看电影就看电影，有什么好笑的。等到林回逐渐长大，他才明白"看电影"可能并不是真的看电影，而是"和亲密的朋友在一起"的代名词，久而久之，电影在他心中就变得有些不一样了——

灯光熄灭，荧幕亮起，所有快乐的情绪，在这一刻悄然滋长。

林回提前半个小时到达了影城。可能是周末的原因，人还挺多，正好新上映了一部爱情轻喜剧，满眼都是一对对的情侣，散发着温柔甜蜜的气息。

林回一时间也不知道是不是该等到六点再进去，《开场》都下映了，这看着也不像是会检票的样子。他随便找了个位置坐下，结果影城工作人员却忽然走了过来："您好，请问是林先生吧？"

林回点点头。

"请您跟我来。"

"噢，好的。"

工作人员直接将他引到放映厅，林回在安排好的位置坐下，忍不住笑了一下，还真是如他所料，确实是包场，甚至他的座位旁还有一个小推车，上面准备好了爆米花和可乐。不过还没到放映时间，影院的灯一直亮着，照得空空的座位有些寂寞。

林回看着前方灰色的幕布不知道在想些什么，然而双手却不受控制地把手机翻来

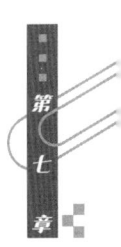

翻去，屏幕随着他的动作不断地亮起，又渐次暗下。

时间一分一秒地过去。

啪——

灯灭了。大荧幕亮起，熟悉的片头音乐从四面八方涌来，瞬间填满了这个空旷的影厅。

手机终于结束了翻滚，安静地躺在了掌心。

只有爆米花的香味依然凝固在空气中，像是忽然被勾起了食欲，林回拿了一粒放进嘴里嚼了几下，果然，跟他想象的一样甜。

随后，他长长地呼出了一口气。

这部电影最后还是没能看得下去，开场三十分钟后，林回离开了电影院。

他开着车一路奔向家的方向，仿佛身后不是一个温暖舒适的商场，而是吞噬人的深渊。

到达小区的时候，天开始下雨了。冬天的雨总是又冷又密，伴随着呼呼的风声，噼里啪啦地敲打着车身的玻璃。林回把车停在车位上，脑子里像是灌满了糨糊，黏稠得什么也塞不进去。

他实在是有些累了。

林回忍不住趴在了方向盘上，手机已经被他随意地丢在一边，精心挑选的外套也被压得到处都是褶皱。明明一切都在预料之中，为什么心情还是沉重得仿佛雨后树林里的雾气，浓郁得怎么也散不去？

可能他和贺见山之间是真的没什么缘分，毕竟生活不是写小说，他也不是故事里的主角，能将所有的等待和苦涩熬成蜜糖。

他想，原来即便三十岁了，也还是会被自己的妄想伤害到。

林回一直发着呆，没有注意到自己的手机屏幕闪动着，一直显示有电话进入。等到他准备下车回家，从副驾驶的座位上翻出手机时，才看到有三个未接来电——都是来自贺见山。

林回一时愣住了，就在他准备回过去的时候，贺见山又打来了第四个电话——

"林回！"

接通的一瞬间，林回怀疑自己听错了，电话里贺见山的声音很急切，这不像平时的他。林回看了一眼屏幕，迟疑地开口道："……贺总？"

"你在哪儿？"

林回有些茫然："我，我在家。"

"我现在过来，你等我。"贺见山的语速很快，快得林回都没有反应过来，他就挂断了电话。

林回盯着骤然变亮的手机屏幕愣神，恰好赵建华给他发了消息，一下就跳了出来："林助，贺总好像找你有急事，他说你电话没人接，我就把你家地址给他了，你留意一下。"

林回花了好几分钟才反应过来到底发生了什么——贺见山回来了，现在要过来找他。林回不清楚到底是什么样的急事，电话里不能说，消息不能说，一定要当面说，但是他的心脏怦怦怦跳得比外面的雨还要响。

林回开始觉得车里有些闷，他舔了舔发干的嘴唇，手里捏着手机，眼睛一动不动地盯着屏幕，生怕再错过一个电话，一条消息。

也不知道到底过了多久，贺见山终于又打来了电话，林回抖着手按下接听——

"我把车停在了小区门口，现在准备进去，你家……"

林回打断了他，急切地说道："您从南门进来一直走到头，然后右拐28栋301，对了，您车上副驾驶那边有……"

"伞"字还没出口，贺见山已经挂断了电话。

林回飞快地从车里拿出伞，开始向着贺见山的方向走去。

雨越来越大了，雨水顺着伞面滚落下来与地面连成了一条线，随后又飞溅成水花。林回的步伐越来越快，风将他的外套吹得鼓起，他的鞋子、裤腿和肩膀上到处都是溅的雨水，可是他顾不得了，因为几百米外，贺见山正在向他走来。

林回觉得一切都不重要了。无论是糟糕的天气还是让他失望的电影，都不重要了。随便贺见山是来干什么的，哪怕他只是过来送合同的他也觉得无所谓了，他们两个人从未"冷战"过这么长时间。

林回停下了脚步。

面前出现了一把伞，黑色的伞面印着带金边的"万筑集团"四个字，那是公司某次活动时的定制礼品，他曾随手拿过一把放在贺见山的车上。雨伞微微抬起了边，露出了伞下那张熟悉的脸。

林回喉咙发紧，一句话也说不出口。

雨水和路灯把这个世界变成模糊不清的油画，在这张画里，只有贺见山是清晰的。

贺见山忍不住往前走了一步，两人的伞轻轻碰在了一起。

"抱歉，我……"他似乎有些懊恼，又好像不知道该从哪里说起。贺见山停了一下，随后慢慢从口袋里掏出一张电影票，林回看见他的喉结滚动了一下，低声道："林回，你愿不愿意，和我一起看电影？"

雨水飞进了林回的眼睛，他什么也看不清了，只剩下仿佛被月光包裹住的温柔嗓音，悄无声息地融化在了他的心里。

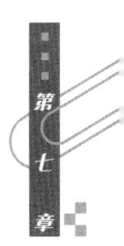

第七章

一直过了好久——

"好。"

林回听见自己这样说。

▪ 05 ▪

这场迟到的电影注定要因为大雨而继续推迟，但是贺见山已经无暇在意。

冬天的雨有些阴冷，风一吹，能直接从衣服渗进骨头里。在外面的时候，贺见山心里热切，什么都感觉不到，这会儿平静下来跟着林回来到他家，刚打开门，扑面而来的冷意就惹得他忍不住打了个喷嚏。

林回赶紧开了灯，连鞋都没来得及换就跑进去拿了一条毛巾出来递给贺见山："我把暖气开了，您快点擦下头发和身上，别受凉。"

明亮的灯光下，贺见山看见林回的衣服上还带着水珠，头发也湿了一部分。他有些无奈地将毛巾往林回的头上一盖。林回一惊，想要伸手阻止他，结果指尖刚碰到贺见山的手，又赶紧缩了回来。

空气中只剩下沙沙的擦拭声，带着一点静谧的温柔。

过了一会儿，贺见山开口道："好了。"

林回胡乱地点点头，轻咳一声，引着贺见山来到客厅。他给贺见山倒了杯水，递过去的时候随口问道："您有没有吃晚饭？"

贺见山摇了摇头。

林回顿时无语："飞机餐就算再难吃，您也得先垫着点吧。"说着便走进厨房，打开冰箱看了一下，然后看向贺见山，"我家里有排骨汤和米饭，我再给您炒个菜，先吃个晚饭吧？"

贺见山点点头："好。"

见他同意了，林回麻利地套上围裙，拿出了番茄和鸡蛋，贺见山则倚靠在厨房门口目不转睛地看着他。林回感觉到了他的目光，停下了手头的动作，不自在地小声道："您别看了，坐沙发上休息会儿吧，好了我叫您。"

贺见山想了一下："我参观一下可以吗？"

"可以。不过还需要参观吗？站在门口就能看到最里面了。"林回的笑意和打蛋的筷子声混在了一起，仿佛声音也沾上了食物的香味。

他这话说得有些谦虚，三室一厅，两个卧室加上一个书房，和贺见山的家比起来的确不算大，但是户型很好，即便是晚上，也能看出白天必定宽敞明亮，一个人住绰绰有余了。

"房子和地段都很不错，买得很值。"贺见山点评了一下。

林回已经开始切番茄了，他一边切，一边笑着说："特地请李风海帮我看的。您不知道，交房那天，他还带了一个工人，两人一人一个小锤子，边边角角帮我敲了个遍，挑刺挑得销售顾问脸都绿了。"

贺见山也忍不住笑了："没人比他更懂了。"

他随意地转了转，发现林回的家装修得跟他想象的一样温馨——大面积的原木色家具，柔软的短绒地毯，头顶上泛着暖光的吊灯，墙角精心修剪的绿植……各个角落的布置，无一不昭示着房屋主人的用心和爱护。

贺见山慢慢走到了书房，进门才发现里面有一整面墙都是书架，它们被分割成大小不一的格子，上面错落有致地放着各种书或者装饰品。他随手抽出一本翻了一下又放了回去，然后把目光转向其他格子里的物件上，边走边看。

一套看着有些年头的文具、一个小地球仪、一架拼好的乐高飞机、有个格子里单独放着一本植物图鉴、出差前绑在林回手腕上的那根缎带被系在了一只木雕猫咪的脖子上，变成了它的领结……贺见山忍不住掏出手机拍了下来，还有——

贺见山停下了脚步，他皱起了眉头，忍不住伸手将它拿了出来。

一支钢笔。

这是钢笔顶尖品牌 AS 的经典款——"缪斯"。通体黑色的生漆笔杆，唯独在笔盖处镶嵌了一圈碎钻，像典雅的皇冠，又如夜幕中的星辰。再配合笔夹尾部的一点朱红，以及银色的笔尖，让人一下想到曼妙的少女在翩翩起舞，宛如神女降临。

这就是"缪斯"的由来——AS 的创始人偶然见到一位穿着黑色纱裙的少女在水中跳舞，对她一见钟情，因此产生灵感，设计并制作了它。贺见山对这支笔这么熟悉，是因为他有一支一模一样的，那是他十岁时的生日礼物，价值 49500 元。

贺见山感到疑惑，他从来没有听说过林回有收藏笔的爱好，林回看起来也并不像是会花这么多钱买这样一支昂贵钢笔的人，唯一的可能性便是这是别人送的。问题在于，因为这个钢笔的名字和由来，通常都是情侣之间或者向喜欢的人表达爱慕时赠送得较多。

贺见山细细地看着钢笔，上面一点灰尘都没有，崭新得像是刚从柜台里拿出来的，想来林回必定是十分爱惜才能保存得这么好。这样一份被如此珍视的礼物，会是谁送的？

没等他回过神，那边林回的声音就传了过来："贺总，晚饭好了，快过来吃饭。"

贺见山应了一声，按下心中的疑虑，将钢笔小心地放回了原地。

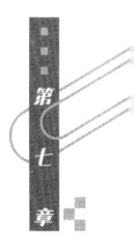

餐桌上，热气腾腾的番茄炒蛋和鲜香扑鼻的排骨汤惹得贺见山胃口大开，估计是怕他一人吃饭不自在，林回也给自己盛了小半碗饭，陪着他一起吃，两人边吃边聊。

"我看到你书房有很多旅游相关的书。"

林回点点头："云旅游，没时间出去，就看看别人的游记过过瘾。"

贺见山有些好奇："那你每次放假做什么？"

"睡觉，玩手机。"

"……"

林回忍不住笑了起来："干吗，您不信啊？我都说了我懒。"

或许是在家的缘故，林回显然放松了不少，贺见山也笑了："反正放假是为了休息，睡觉也是休息。"

林回看了他一眼："我以为您又要说这样不健康呢。"

"汤泡饭还是要少吃。"

"……噢。"

"对了，"林回想起什么，又开口道，"我邀请了小贺总的乐队来咱们年会上表演，可以吗？"

"咱们"两个字让贺见山感到愉悦："你做主就好。"

"听小贺总说，贺昭总好像不太喜欢他搞这些，我怕到时候……"

"不要担心，我来处理。"

聊着聊着，贺见山莫名又想起了书房的那支钢笔，他犹豫了半天，还是忍不住开口道："那个书架上，我看到……有一支笔。"

林回愣了一下，表情变得有些不自然："噢，那个啊……"

"是朋友送的吗？"

林回端起水喝了一口，点点头："……算是吧。"

贺见山顿时觉得嘴里的番茄好像变酸了，他不明白这个"算是"到底是怎么个"算是"法，不过他面上倒是不显，继续问道："是前任送的吗？"

"……咳咳……"林回像是突然被呛到了，剧烈地咳嗽了起来。

贺见山哪儿能看不出他的遮掩，但是他不想让林回觉得不自在。他很喜欢和林回聊天时那种舒服的气氛，不愿意破坏它，何况，不管是什么人，在他贺见山眼里都不算什么。想到这里，他便很快又调转了话题，快速略过去了。

吃完晚饭，林回将碗筷收进了厨房，等到再出来的时候，他看见贺见山站在阳台上，看着窗外，不知道在想些什么。

外面的雨还没有停，无星无月的夜幕中，只剩下洗刷得发亮的树叶，以及不远处楼房里晕染开来的灯火。不知道为什么，林回忽然就不想走上前了，他只想站在屋子里看着贺见山的背影，最好能一直看下去。

可能是周围过于安静了，贺见山似乎感觉到了什么，转过头看着他笑道："怎么了？"

林回摇摇头，慢慢走到他的身边："您在看什么，贺总？"

"林助理，"贺见山没有回答他的问题，反倒是说，"喊我的名字，也不要再说'您'。"

林回顿了一下，嘀咕道："那您自己还喊我'林助理'呢？"

"那不一样。"

林回刚想问有什么不一样，忽然意识到什么，耳廓立刻变成了红色。

一时间，两人谁也没有说话。

林回的心里其实有些乱，他有太多想问的问题，比如系在他手上的蝴蝶结是什么意思，也想问约他看电影是什么意思。他还有很多想说的话，很多过去不敢说现在依然说不出口的话。他在贺见山的身后站得太久了，久到在面对贺见山时，已经遍寻不着自己身上还有一丁点"勇气"这种东西——瞻前顾后、优柔寡断，怕猴子捞月，捞一场空欢喜。

可是，的确是有什么不一样了，他和贺见山之间，有什么东西发生了变化。那种难以言说的情绪，像一根丝线，缠绕住他们，轻轻拉扯着彼此。林回不知道这种变化是不是因为那次意外，但是它足以让林回的心中产生巨大的风暴——就像是按下游戏的"PLAY"键，一切才刚开始，他就已经沉迷了。

风透过窗户缝隙打了个尖哨，又离开了。

林回开了口："我以前看过一部纪录片，好像是有个少数民族吧，他们信仰风，就是现在外面吹着的风。每年春天，那里的人都会举行一个活动，叫'跑风'，大概就是类似障碍赛跑，迎着风，从一边跑到另一边，一边跑一边还要拾起各种瓜果器具，象征着一年的丰收。他们相信吹动的风可以为他们吹走厄运，带来好运。"

林回低头笑了一下："您……你呢，会喜欢这些自然现象吗？喜欢什么季节，喜欢什么天气？"

贺见山转过头看着他。

看得有些入神，差点连问题都忘记回答："……我喜欢……喜欢……雨。"

"雨？是那种绵绵春雨，还是……"林回指了指外面，"这样的雨？"

贺见山点点头："是的。"

林回有些不解："为什么？这么大的雨，出行也不方便啊？"

他等了很久也没有等到贺见山的答案。

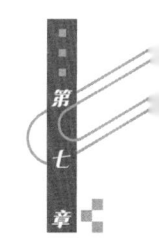

屋内暖气的温度已经上来了，即便是站在阳台，林回也感觉到了干燥温暖。他想要去倒两杯水，结果刚转身，却被身边的人抓住了手臂。

"可以吗？"贺见山的嗓音低哑。

"什么？"

"一直待在我的身边。"

林回的手紧紧地蜷缩了起来，过了许久，他说："……我不知道。"随后他像是想到什么，又赶紧补充了一句，"我的意思是，我……我总是……有很多莫名其妙的想法……"

"没关系，"贺见山认真提议，"都把它赖给雨天好不好？"

林回忍不住笑了起来，贺见山也笑了。他们离得很近，近到彼此的笑声仿佛蝴蝶在耳边扇动翅膀。

林回的心头忽然涌上一阵酸楚，他总觉得眼前是梦，是无数个夜晚里熟悉又重复的环节。他盯着贺见山，连眼眶红了也未曾察觉。他用极细极轻的声音问道："你是真的吗？"

约他看电影的贺见山，需要自己陪伴的贺见山，此刻站在这里的贺见山，他们是真实的吗？林回感到了怀疑。

贺见山的心脏像是忽然被针刺了一下，尖锐的疼痛让他顿了一下。他不知道为什么林回会有这样的疑问，他从未有过这样的感受：从来没有人告诉他，原来人的千百种情绪里，也会有让人想要落泪的疼痛。

他想要一个答案，贺见山想。

这个晚上，他躲开了两个问题，而现在，他想要回答这些问题。

"林助理，"贺见山开了口，他缓慢地闭上眼睛又很快睁开，"你问我在看什么，我在看你的影子。你问我为什么喜欢大雨，因为我们第一次见面也是这么大的雨。你问我是不是真的，我只能说——"

贺见山停了下来，他仔细地看着面前的人，灯光在他的眼中流转："我——"

林回的身体开始颤抖，他红着眼睛，看着面前的人。

"比任何人都需要你。"

第八章 我可以吗？

Chapter 08

• 01 •

林回醒过来的时候，天已经大亮了。

他迷迷糊糊地睁开眼睛，发现自己整个人缩在沙发里，身上盖着被子，很温暖。昨天晚上他和贺见山聊了很久，然后又开了一瓶酒，两人就这么坐在客厅里一边聊一边喝酒，到后来太困了什么时候睡着了都不知道。

这些年林回过得十分规律，无论前一天多累，生物钟总能准时在工作日的早晨将他叫醒，比闹钟还管用。可是此刻，当他意识到眼前的情景是怎么回事，恨不得自己能立刻睡死过去。

他四处张望了一下，没发现贺见山的身影，不知道对方是不是已经离开了，他正犹豫着要不要起来，忽然听见沙发前的茶几上响起了电话铃声，他看了一眼，是贺见山的手机，便赶紧又闭上了眼睛。

电话响了几秒，林回听到身前传来轻微的脚步声，贺见山走过来拿起了电话。他的动作捎带起一小片微凉的风，林回本能地缩了缩肩膀，把被子掖了一下。

"喂——"可能是刚醒的缘故，贺见山的声音听起来有些含糊，不像往常那么磁性低沉。

"老贺，你还没起？这个时间点不是应该在跑步吗？"

房间里很安静，薛沛的声音从电话里漏出来，林回听得一清二楚。

可能是怕吵到身边的人，贺见山压低了嗓音轻声道："起了，怎么了？"

"别忘了晚上来我这里吃饭。不是我说，你这差出得也太久了，我饭店都开了你才回来。"

"噢，知道了。"

"地址我待会儿发你，我再去给林回发个消息——"

"不用，"贺见山打断了他，"没必要这么麻烦，我来跟他说。"

"……行吧，随便你。反正晚上七点，早点到，拜拜。"

等到贺见山走后，林回睁开眼睛，竖着耳朵听隔壁屋子里传来的各种动静。贺见山刷牙洗脸，贺见山冲澡，贺见山还摸去厨房不知道弄了什么……之后，当事人走到林回身边坐了下来，说道："我待会儿先回家一趟，然后直接去公司。"

没有动静。

"昨天聊太晚了，今天休息一天吧？"

还是没有动静。

贺见山刚要起身，被子里传来了声音："我下午去上班。"

像是急于掩饰什么，林回又快速转移了话题："早饭做了什么？"

贺见山笑道："我找了半天也没找到米在哪里，就热了牛奶，煮了鸡蛋和玉米，你起来要记得吃。"

随后，贺见山开口道："林助理，我在公司等你。"

过了许久，林回才轻声应道："嗯。"

下午，林回到达公司的时候，果不其然迟到了。他刚出十二楼电梯，就听见安妮和赵晓晓说话的声音。安妮看见他来了，连忙拿起一叠文件紧跟在后面，一边走一边笑道："林助，被我抓到第二回了哦。"

林回闻言笑着看了安妮一眼。他出门前冲了澡，发梢和眼角带着一点湿润，整个人看上去少了一点端正，多了几丝说不出的感觉。

安妮立刻夸张地"哇"了一声："林助今天有点不一样！"

林回开门的手一顿："哪里不一样？"

安妮想了一下："春意盎然！"

"安经理，现在是冬天哦。"林回学着安妮的语气，笑着走进了办公室。

"啧啧啧啧，我待会儿就要去八卦，我们万筑的第二名草有情况了。"

这个说法令林回感到好笑："第一是谁？"

"贺总呀！"

"……噢……"林回一下哑火了,"那,他在办公室?"

"是呀,刚跟银行的人吃过饭,也就比你早到十分钟吧。"

林回顿时无语,那岂不是在门口和安妮说的话他都听到了?!

原本,林回打算一上班就跟贺见山讨论一下最近跟的几个项目,但是贺见山上午临时有约,把例行会议改到了下午,他便决定会后再说。

两点半的时候,赵晓晓通知林回去会议室,林回一进去发现就缺他一个人了。三三两两,有的在闲聊,有的看手机,还有的在做会前准备。而前一天晚上还待在他家里的男人,此刻端正地坐在主位上,嘴角弯起一个好看的弧度,看着自己一步一步走到他的身边,然后坐下。

会议正式开始——

不得不说,"开会"绝对是人类史上最无聊的发明之一,林回在万筑这么些年,除了和贺见山两人参与的会议,其余什么月会、季会、项目会议,大大小小的会开过无数次,还是没办法能做到全程投入一点不分心。

尤其,令他分神的罪魁祸首往往就在会议桌上坐着。林回想,如果说开会是工伤,那有贺见山参与的会,勉强算赔付了。

今天也不例外,会议开着开着,林回便不由自主地去看贺见山。只是每次看向他的时候,都发现对方也正看着自己。两人的眼神对上无数次之后,林回干脆支起胳膊撑住头,决定再也不看了。

真是见鬼了,不知道是贺见山变得敏锐了还是自己动作幅度实在太大,真是次次都能被他抓住。

而另一边,贺见山在抓了好几次偷偷看向自己的林回后,好笑之余不禁产生了怀疑:以往的会议他是不是也这么频繁地看自己?不过不管是不是,林回的目光都令贺见山心生暖意。他犹豫了一下,最后还是忍不住拿起手机,给林回发了一条消息——

贺见山:在看什么?

林回看到消息的时候,贺见山正在和副总孙庆聊下个阶段的工作推进,表情严肃得完全看不出十秒钟之前他还在"摸鱼"。林回一边产生了被揭穿的心虚,一边又疑心自己干扰他的工作状态,干脆把手机反了过来,一直到会议结束都没有回复消息。

会议结束后,林回跟着贺见山进了办公室。

虽然林回是抱着讨论工作的想法进来的,但是在办公室门关上的那一瞬间,他还是有些克制不住地不好意思。

他拿出十二分的专业精神,以公事公办的口吻抢先开口说:"潘新年那边的项目

我看了调研报告，我觉得具体还是要看当地政府的意愿，但是丰城很小，也没有什么特别明显的产业优势，目前来看有点棘手，不太好弄，贺总，您怎么想？"

贺见山靠在办公桌的边缘，双手随意地撑在桌面上。他看了一会儿林回，忽然说道："在想原来我们林助理长这么帅，不愧是万筑名草。"

林回的脸蓦地一下烧得通红。

他花了好长时间才勉强镇定下来，结结巴巴地开口道："……您，您不能这样……"

贺见山据理力争："是你问我怎么想的。"

林回试图扼杀这股歪风邪气："贺总，现在是工作时间，这是工作场合，您不能讨论这种问题，这样不合适。"

林回十分严肃，可是他的表情，他的声音，他微微蹙起的眉峰……无一不在吸引着贺见山涌起开玩笑的念头。

他心情好到根本没有办法把目光从林回身上移开。

"喊我贺见山。现在只有我们两个人，喊我名字。"

林回停顿了一下，小声说道："贺见山，这是错误的。"

贺见山直起身，他的视线牢牢地锁住林回，缓慢地走到他的面前。过于直白的目光逼得林回如受惊的动物，他忍不住倒退了几步直到抵在门的背后。

退无可退了。

林回忍不住想：不行，我说得没错，不能这么心虚。他抬起头，嘴唇微微抿起，固执地对上贺见山的眼神。

贺见山笑了起来，喉咙里发出像是无奈又像是呢喃的喟叹："林助理……你要知道，总经理也是会忍不住犯错的。"

这是十分难以想象的一件事。

连贺见山自己也没有想过，有一天他对林回的在意会超过工作。这不是因为一次意外或者短短几天产生的效应，这是经年累月的渗透、积累和爆发，就像昨天晚上一样，他们强烈地渴望着了解彼此。

"比起你说的那个，我这边有一个新的项目，只有你能负责，而且只能是你亲自管理，全程跟踪，实时监测，可以吗？"贺见山认真说道。

林回的表情立刻变得严肃起来："是什么？"

贺见山看着林回的眉眼，笑了起来：

"和贺见山一起，创造万筑吧。"

02

晚上下班，林回和贺见山两人准时到了薛沛新开的饭店。

饭店在京华西边的美食街上，叫"隐鲜"。看名字也能看出来，主打的就是海鲜。薛沛买了街尾的一栋旧楼，以船和海为主题，请设计师重新做了装修设计，不但提升了环境和氛围，整体档次也上去了。

两人在包厢坐定，薛沛也陪着他们一起坐下。贺见山看见满桌子的海鲜，薛沛一个劲地招呼他们吃，也不像是要走的意思，便问道："店里好像挺忙，你不用去帮忙吗？"

"没事，人手够的。而且我都出钱了，还要我出力啊，那这老板当得没意思。"

林回笑着看了一眼贺见山："万筑最忙的就是老板。"

"不能跟你们贺总比。你看我跟他私交这么铁，照样约都约不到，提前半个月都不行。"

"今天不是来了嘛，一样的。"

薛沛摇摇头："还真不一样。你要是昨天一回来就来我这儿，这桌上还能多个蓝鳍金枪。"说着他又抱怨道，"之前都说了让你一下飞机就来我这里，周日林回不上班，也能早点过来，非得说有事，多大的事啊，晚饭都不吃啊？"

贺见山笑了起来："人生大事。"

林回装没听到，不敢看贺见山，只管闷头吃菜不说话了。

三人闲聊着，话题不知道怎么的从"隐鲜"的设计拐到了贺见山房子的装修上，薛沛像是想起什么，对林回说道："林回，你去过老贺家没？"

"去过，怎么了？"

"你有没有见过他家那个浴缸？"薛沛一下来劲了，"他家那个卫浴间不是特别豪华嘛，尤其浴缸看着超级享受。"

林回忍不住偷偷看向了贺见山，却发现贺见山正看着他。两人对视了一下，林回赶紧移开目光，结结巴巴地说道："噢，噢，那个啊……"

薛沛兴致勃勃："我第一次看见的时候真的馋，馋死我了，可惜太贵了，实在装不起。你说给老贺是不是浪费？他这么不懂享受的一个人，宁愿放着落灰都不会用的。"

贺见山不置可否："谁告诉你我不会用的？"

"你就是用来养鱼，都不会泡一次澡。"薛沛笃定道。

"你说对了，是养鱼了。"

薛沛看贺见山言之凿凿，顿时有点蒙："啊？真的假的？什么鱼啊？"

贺见山停了一下："美人鱼。"

"——咳咳——"

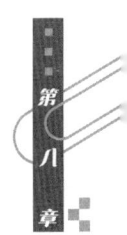

贺见山和薛沛一起看向咳得惊天动地的肇事者，林回满脸通红地说道："不好意思，这个有点辣，呛到了。"

薛沛一看，是辣椒炒海瓜子。他连忙站起身："那我赶紧给主厨说下，不能做太辣。老贺说你挺能吃辣的，你都嫌辣，那肯定不行。"说着他便出去了。

屋内只剩下两个人了，顿时变得安静起来。

贺见山拿了一杯椰奶放在林回面前："水不解辣，喝饮料吧。"

林回瞪了他一眼。

贺见山莫名有些想笑，却又无辜地开口道："林助理，你这招用了第二次了。"

林回觉得此刻自己的脸真是烫得海鲜都能蒸熟了，贺见山这话说得让他接也不是，不接也不是——接了，默认自己是那条美人鱼；不接吧，心里实在臊得慌。他无语地想：这还是我认识的贺见山吗？他是不是把用在商场上的那套用来对付我了？

一向能说会道的林助理，就这样忽然陷入了词穷危机！

"您就欺负我吧。"林回嘀咕着，忍不住又冒出了敬称。

贺见山又笑了，他朝着林回的方向摇摇手："林回。"

林回疑惑地看着他。

贺见山道："你看，我手都出汗了，我也会紧张的。"

林回一下就笑了："我不信。"

"我……"贺见山刚想说什么，只听见门锁"咔哒"转动了一下，果然薛沛推门走了进来，他端着一份蒜蓉竹蛏，一抬头就看见贺见山面无表情地看着他，而林回则大口大口喝着饮料。

薛沛展示了一下："这蛏子特别肥。"

他把菜放在桌上，重新坐下："说起来，你俩今天怎么反过来了——"他点了点贺见山，"老贺，话变多了。"

贺见山是那种私下喝酒也不会话多的人，但是今天罕见地一直说个不停，表达欲过于旺盛了。

随后他又把目光移向林回："林回，一声不吭。"

这几年因为贺见山总爱带着林回，连带着薛沛对他也十分熟悉。只要他们三人一起吃饭，基本上都是他和林回叽里呱啦说个不停。林回这人天生具有很强的亲和力，和谁都能聊得很愉快。

薛沛狐疑的目光在两人之间转来转去，林回则显得十分淡定："我说得少还不是因为薛老板你的海鲜好吃吗？忙着吃呢！"

薛沛的眉头皱起，摇摇头："你们该不会因为工作闹矛盾吵架了吧？"

贺见山哭笑不得："薛沛，其实我们……"

"没吵。"林回忽然出声打断了贺见山，贺见山一愣，看向了他。林回却躲开他的目光，看着薛沛笑道："上一天班累了，就不想说话了。"

"那赶紧多吃点，补补。"

晚饭结束后，贺见山开车送林回回去。原本担心到薛沛这边要喝酒，两人便只开了一辆车出来。林回坐在副驾驶上，心里有些忐忑，他不住地看向贺见山，忍不住开口："你是不是生气了？"

贺见山看了他一眼："我没有生气。"

他停了一下，又开口道："你今天忽然打断我，是担心我说什么吗？"

林回沉默了一下，点点头。

"其实我当时并不是想说这个。不过，我现在有些好奇，为什么不想说？"

贺见山的话音刚落，车子已经到了目的地。林回从车里出来，一阵冷风吹得他打了个喷嚏，还没等他反应过来，贺见山已经从车里拿出一条围巾围在了林回的脖子上。

车上的空调把围巾烘烤得暖暖的，林回看了一眼，整个人愣住了。过了一会儿，他小声说道："这条围巾是我送给你的。"

贺见山不明白他为什么这么惊讶："是的，你记得啊。"

林回想，怎么可能忘记。

万筑集团有一项生日福利，在职员工在生日当天都能收到一份礼物，包括半天假期、500元的购物卡和一份小蛋糕，连贺见山也不例外。但是整个万筑，可能也只有贺见山没有享受过这个福利——假期他从来不用；蛋糕都是分给其他办公室的人吃；而购物卡，他一般直接给林回。

起初，林回不知道这是什么意思，贺见山只说了一句"你收着"便离开了，林回还以为是要帮他买什么东西，就收在抽屉里等他交代了再说。后来等到第二年贺见山生日的时候，又扔了一张卡过来，他才领悟过来，这卡应该就是给他了。

就这样，年年生日，年年一张卡。等到第六年的时候，行政的人干脆把购物卡直接给了林回。林回真是无奈极了，他拉开抽屉，里面整整齐齐放着五张卡。他想，这也叫过生日吗？

林回虽然从小没有父母，家境也不好，可是奶奶是个讲究人，每年生日一定要做一顿好吃的，再买个礼物送给他。后来他上大学了，即便生日都是在学校过了，奶奶也会准时记得打电话给他，不厌其烦地交代他过生日一定要吃好，要买礼物，不要舍不得钱。

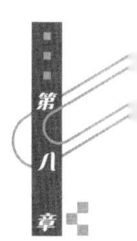

在他的观念里，过生日是一件很重要的事，可是贺见山却是一点不在意的样子。

林回看向办公室里埋头工作的身影，又看看手中的卡，拿上车钥匙出了门。

那天下午，林回从外面回来的时候手上还拎着一个袋子，他一回来就直接去了贺见山的办公室。

贺见山正在看文件，看见他急匆匆地走进来，问道："怎么了？"

林回笑了一下："今天是您生日。"

贺见山恍然大悟，低下头继续看合同："蛋糕分掉吧，然后卡你就……"

一个纸袋出现在贺见山的面前。

贺见山惊讶地抬起头。

林回抓了抓头发，似乎有些不好意思："您给了我好几张卡，我一直没用，加上今年的，凑凑给您买了个礼物。"

贺见山久久没有说话。

林回有些尴尬："生日很重要啊。购物卡您用不着，但是我买的这个还挺实用的。您要不要看一下？"

贺见山一时间没有动，他像是没反应过来，又像是在犹豫，甚至有那么一瞬间，林回莫名觉得他有些害怕。

过了好一会儿，他慢慢将纸袋里的东西拿了出来。那是一个不大不小的盒子，用深蓝色条状底纹纸包得严严实实，右上角还用红色缎带扎了一个蝴蝶结。

这是一份精心包装好的、亟待拆开的礼物。

贺见山抬起头看向林回，林回的眼中充满笑意，嘴角也微微翘起，看起来有些得意："跑了三家店才找到这个颜色的纸，比较衬您，其他的都太幼稚了。您拆开看看？"

贺见山小心地将缎带解开，然后拆掉了包装纸——

里面是一条围巾，柔软的浅色羊绒围巾，它们碰到皮肤的时候，又轻又软，像是呼吸一般。

贺见山微微笑了起来："谢谢。"

林回似乎松了口气："还行吧？"

"很漂亮，我很喜欢。"

林回一下笑了起来："那……祝您生日快乐。"

贺见山其实没有戴围巾的习惯。京华的冬天短，贺见山出入基本都伴随着空调和暖气，很少有机会戴上它。不过每年一到冬天，他总是会把它翻出来放在车上，他总觉得，也许某一天会有一场突如其来的寒流，让他需要戴上这条围巾，去抵挡所有的寒冷。

两人从回忆中回过神，又不约而同地看向彼此。

林回的手抚摸着围巾，轻声道："我都没见你戴过，还以为你不喜欢。"

"这是我的生日礼物，你用完记得还我。"

林回躲在围巾里开始笑："你又不戴。"

两个人说笑着，开始缓慢往家的方向走去。毕竟是冬天了，一过九点，小区路上连个人影也看不到。

"好了，现在说说你是怎么想的。"贺见山开口道。

夜风吹得树叶沙沙作响，前一天的大雨没有留下丝毫的痕迹。可是对于林回来说，一切都还在眼前——他还没有反应过来，没有从贺见山对自己说"我比任何人都需要你"这样巨大到令人惶恐的喜悦中清醒过来。

"……我可能……不太习惯……"

当林回说出这几个字的时候，他自己都觉得荒谬：他仰慕贺见山这么多年，现在两人的关系真如他所期望的一般进入新的阶段，他却觉得太快了不习惯。他有些沮丧，他不知道该怎么跟贺见山描述自己的心情，这听上去奇怪又矫情。

可是贺见山却点点头："你说得对。那我们一步步开始，慢慢适应，这样你觉得可以吗？"

林回点点头。他想，怎么可能会不可以，事实上就是太可以了——那种来自灵魂深处的默契几乎让林回无法面对。

贺见山轻轻笑了一下："你是不是觉得，为什么在这件事里，我可以做到这么坦然，这么理所应当？"

贺见山猜中了，林回的确有这么想过，他甚至还有些不服气：明明一直是我追着他跑，怎么搞得好像反过来了？

"你会刻意去注意自己怎么呼吸吗？"贺见山忽然问了一个不相关的问题。

林回摇摇头。

"一直以来，我都是一个人，我花了很长时间才看清楚这件事，它实在太难分辨了，就像呼吸一样，我根本意识不到。而当我想明白这件事，那么在面对你时，所说的，所做的，所有的一切也就跟呼吸一样自然而然了。"

感情驯服了时间，它融化在了每一秒，每一个眼神和每一个擦身而过的瞬间。贺见山已经没有办法将它从自己的生命中剥离出来。

像是想起什么，贺见山又笑了起来："其实昨天我走着这条路来找你的时候，一直很烦躁，觉得这路为什么这么长，你为什么还没有出现？我想约你看电影，想告诉

你很多事情，想着先道歉还是先说事，想了很多很多，脑子里乱成了一锅粥，甚至在见到你的时候，我还在想，我到底该怎么做？"

林回有些愣住，他并不知道理智冷静如贺见山，也会有这么慌乱的时刻。

"就算是现在，如果你问我我看中你什么，我可能还是回答不上来。"贺见山有些无奈，"这很难说得清。即使你现在在我的身边，即使我跟你说着话，我——"

贺见山停下了脚步，转身看向林回："还是想要更多。

"我说这些，是想告诉你。林回，是我离不开你，是我等不及想要跟你确立除工作以外的关系，我希望我们可以不仅仅是上司下属，也是最好的朋友、拍档，还有家人——至于到底是什么，取决于你。

"你什么都不要在意，按照自己的心意去做就好，想接受就接受，想拒绝就拒绝，想玩弄……"

林回忍不住叫起来："没有这个选项！"

他的声音大到连风似乎都被吓得停了一瞬，两人静默了几秒，随后一起笑了起来。

贺见山整理了一下林回身上被风吹乱的围巾，仔细地看着他："你可以要求我做任何事。"

过了好久，林回轻声说道："我可以吗？"

贺见山点点头。

冬天太好了。

林回想，他从来不知道，原来冬天可以这么温暖。

一大早，林回惯例去和贺见山核对行程安排。

"周三下班前，您得把宁海那边的修改方案定下来。

"周四下午三点，市里有场会议您必须要参加，晚上安排了晚宴，几个大领导都在的。

"周五早上，赵师傅会开车送您去临城，跟那边的合作方碰个面，廖东说都安排好了。

"然后周六上午项目上要开会，开完会回来，下午您要过一下万筑年终会议的材料，以及几个项目的推进意见，这个比较急。

"周日早上九点有一场和国外项目的会议……"

……

"就是这么多了，您这边有其他补充吗？"林回合上笔记本，等待贺见山的答复。

公共场合，林回还是坚持喊"您"，贺见山纠正过几次，林回怎么也不肯改，也就随他去了。贺见山一边快速签字，一边头也不抬地说道："周六上午我会把年终会议的材料和项目推进意见过掉，帮我把下午四点以后的时间空出来，包括晚上。"

"恐怕不行,您上午最多只能过年终会议的内容。"

"那我周五晚上把项目推进意见给出来。"

林回皱起眉头:"时间太紧了,在临城跟合作方谈事,晚上肯定是要吃饭的。提到周五晚上,那您就别想睡觉了。"

"没关系,就周五晚上,推进意见我会在周六早上反馈到各个项目上。"

"您最近工作太多了,我建议您合理安排时间。"

"可以的,相信我。"

林回沉默了一下:"周六下午空出来的时间您有什么安排,我帮您记录一下。"

"帮我增加一个私人行程,"贺见山抬起头,"和助理周末聚会。"

林回写字的手一顿,心里顿时有种说不上来的感觉,不像是开心,反倒是有点闷。他忍不住开口道:"我建议您延期,可以等这阵子忙完再说。"

贺见山不同意:"拖到最后就会不了了之,我不想再拖,而且我根本没有闲下来的时候。"

林回努力说服他:"那我建议将行程压缩,改为两小时的吃饭,然后晚上的时间您用来过项目。"

太赶了,实在太赶了,年底本来就忙,贺见山最近的行程都排得十分紧凑,工作强度很大,现在又为了私人聚会……拼命压缩自己的休息时间。

像是看出他的担忧,贺见山放下了手中的笔:"林助理,我们本来说好,工作的时候尽量不谈私事,但我还是想说,工作很重要,这件事对于我来说同样重要。"

林回回到办公室,莫名有些沮丧。其实对于他来说,自己真的不在意这些,他每天上班都能跟着贺见山就已经很开心了,但是不知道为什么,贺见山对这件事却出乎意料地坚持。他说他们已经跳过了很多正常步骤,不能再跳了,甚至之前没有的,都应该慢慢补回来。

林回还记得当时贺见山这样说:"我们应该加深对彼此的了解。"

"可我们工作时每天都在一起,还不够了解吗?"他有些不解。

贺见山笑道:"我说的是私下,我们应该重新认识一下彼此,认识一下万筑以外的你和我。"

听上去十分莫名其妙,但是林回拿他没有办法。

林回想,贺见山是很认真地想要走近自己。

没有人能拒绝一个认真的人。

反正他们之间已经够乱七八糟的了,他又何必抠字眼去在意这点东西。他唯一懊恼的是,以前总觉得自己帮不上贺见山的忙,现在感觉还是没能帮到他,甚至因为自

己，贺见山反而增加了工作量。

不应该是这样的。

他是万筑集团的第一助理，不是万筑总经理的累赘朋友。

想到这里，林回给贺见山发了消息：周六下午的私人行程，您已经确定好方案了吗？我来安排。

既然有些事情已经改变不了，那么他就帮贺见山做到最大程度——亲手安排自己的假期也算是难得的体验，贺见山不需要费心神，只要做摘桃子的那个人就好。

然而贺见山似乎不想要他插手，他很快回复了过来：只有一件事需要你安排，帮我挑一挑看哪部电影。

随着消息一起发过来的还有一张电影片单截图。其实这个时间点比较尴尬，没什么有意思的片子，大片都窝着等过年上映。林回从上到下看了一遍，又打开影评网站搜了一下，最后挑选了一部叫作《时间旅人》的文艺风电影，网站评分 2.6 分，满分 10 分。

林回发过去之后，贺见山没有再回复过来。林回也继续手头的事情，他们两个人，一起为了周六的到来，开始努力地完成工作。

· 04 ·

周六下午，林回早早就换好了衣服，在家里等贺见山来接。本来他说自己开车去的，两人在电影院见面就好，但是贺见山坚持要亲自来接，林回哭笑不得，他才发现贺见山有时候对仪式感这种东西是真的很坚持。

本来贺见山还打算包场，但是林回再三强调不需要包场，看这个电影的人肯定不会很多，贺见山这才作罢了。

老实说，比起上一次看电影那种紧张焦虑的心情，林回这次显然要平静许多。甚至当贺见山打电话给他，说已经在门口等他的时候，他还在犹豫着，要不要顺便带上合同，路上可以跟贺见山讨论一下。

可是不知道为什么，当他一步一步慢慢走近贺见山，看见对方站在车旁，在看见自己的那一瞬间露出笑容的时候，林回的心脏还是不可抑制地扑通扑通地跳个不停。

冬天的夕阳有些淡，有些冷，可是贺见山站在那里，仿佛所有的光，所有的热度都被吸引过去，这让林回情不自禁地想要微笑。直到此刻他才知道，现实要远比幻想令人心动得多。

林回走到贺见山面前，贺见山就看着他笑，林回也看着他笑。过了一会儿，他说道:"你可别告诉我,副驾驶上还有一份礼物。"

贺见山的表情明显卡了一下壳,仿佛在说:"还需要礼物?"

林回忍不住笑出了声,他算是看出来了,别看贺见山嘴上说得好听,真实践起来还是有点经验不足嘛。

也好,总归不止他一人是新手,两个新手一起长长经验互相学习吧。

两人到电影院的时候,正好是五点钟。贺见山都安排好了,看完电影七点,直接就去吃晚饭。等待检票的时候,贺见山看着手里的电影票,开口说道:"你好像从来没有问过我那天为什么迟到。"

林回一哂:"有什么好问的,那天飞机航班正点才是稀奇事。而且后来安妮也告诉我说那边空中交通管制,不知道什么时候能飞,你等不及,直接订了其他航班转了一趟飞回来的。"

林回停了一下,又说:"倒是你,为什么不跟我解释?"

"是我太着急了,没考虑周全。而且你看,我不说,你也不怪我。"贺见山忽然笑了,"其实我希望你能怪一怪我,不要总想着给我找理由。"

林回哭笑不得:"贺见山,你怎么跟人反着来?"

"这就跟做项目一样,双方共赢,合作才能长久,如果一直有一方受委屈,那肯定是不行的。"

林回明白他的意思了:"也许当事人并没有觉得委屈。"

贺见山摇摇头不说话了。

等到电影开场,果然,偌大的影厅里只有贺见山和林回两个人。林回心想,不愧是同期得分最低的片子,还真是选对了。

他环顾了一下四周,想起上次一个人坐在电影院里,只觉得影厅实在大得有些过分。今天也不过只是多了一个人,座椅还是座椅,灯还是灯,却感觉到有什么不一样了。

林回忍不住伸手戳了戳忙着看座位的贺见山:"你看,咱们省了包场的钱。"

贺见山头也不抬地说:"林助理这么会算账,我跟王凯春说说,公司全年收支预算给你做。"

林回一听顿时头皮发麻:"贺总,饶了我吧。"

贺见山笑着将可乐递给他,等到两人坐好,电影也开始了。

这部价值 2.6 分的低分大作,才看了十五分钟,林回已经开始觉得困了。他偏头对贺见山小声说道:"贺见山,这部电影好无聊,看得我要睡觉了。"

明明电影院只有他们两个人,可是林回还是偷偷摸摸的,好像怕吵到别人一样。

贺见山也学着他小声说道："那怎么办，要不不看了吧？"

林回打了个哈欠："不行，花了钱的，两个小时一分钟都不能少。"

"实在不行你睡一会儿。"

像是早就等着这句话，林回几乎是立刻就应下了："好，那我睡觉了噢。"

贺见山喉咙里发出低低的笑声："嗯，睡吧。"

就这样，林回慢慢闭上了眼睛。不知道是不是受了林回的感染，贺见山在看了一会儿后，也开始觉得困了。他已经连续工作了两天，加了一夜班后，早上在车上睡了一会儿，下午和人谈完事，又马不停蹄地接林回来看电影。

他其实有些累，等林回的时候，就一直站在车外吹风。可是在看到林回向自己走过来的时候，他的心头涌上一股以前从未有过的期待和快乐，瞬间又觉得好像没有那么累了。

荧幕上的主角还在不知疲倦地演绎着，轻柔舒缓的背景音乐和幽暗的影厅环境让贺见山整个人完全放松下来。他换了一下姿势，然后也慢慢闭上了眼睛。没过几分钟，贺见山便睡着了，而一旁的林回，悄悄睁眼看了他一下，然后再度闭上了眼睛。

一场两个小时的电影，就这么悄无声息地结束了。

对于两个人第一次一起看电影就在影院睡了两个小时这件事，贺见山其实有些心虚。不过林回却很高兴，闭口不谈电影，直说肚子饿了，贺见山便开车去了望海楼，他早就订好了餐。

望海楼这个名字取得很大气，不过望的不是海，望的是整个京华市。这家餐厅在京华最高楼金沙广场的第五十六层，半面墙壁都是通透的玻璃，俯瞰整个京华，夜景堪称一绝。因此它虽然不是京华最昂贵的餐厅，却一直是最难订的。

这些年林回跟着贺见山吃过和见过不少好东西，也目睹过有钱人的穷奢极欲，可是在跟贺见山来到包间之后，还是忍不住"哇"了一声。他走到玻璃窗前，看着窗外灯火阑珊，忍不住着迷了起来："从来没有看过这个角度的京华。"

"你喜欢看夜景？"贺见山也走了过去，开口问。

林回想了一下："可能白天实在太忙了，而且白天好看的东西太多了，看不过来，只有晚上，有些东西，是只属于夜晚的。"

比如星星，比如月光，比如那束在酒后醒过来的向日葵，比如雨声中的答案。

太多了。

林回记忆中所有美好的事物，都跟夜晚密不可分。不知道贺见山是否跟他想到了一样的东西，他们的目光相遇在倒映于玻璃上的影子里，缠绕着久久没有分开。

晚饭是贺见山根据望海楼的菜单微调了一下，增加了林回爱吃的东西。平时没少吃没少见的食材，经过望海楼大厨的妙手，风味变得不同凡响。

林回吃得十分开心，就跟先前那次一样，全程都一直是他叽里呱啦地说，贺见山一直笑着听他讲话，然后偶尔应几句，但是他手上却是忙个不停，布菜、倒酒、拆蟹、剔肉……吃到一半的时候，外面忽然传来了"嘭"的声音，林回抬起头，是烟花。

林回愣了一下，随后放下筷子走到窗前，忍不住喊道："贺见山，今天居然有烟花。"

贺见山抬头看了一眼，低下头继续剥虾："嗯。"

"哇，真好看。"

"嗯。"

林回狐疑地转过脸："不会是你安排的吧？"

贺见山笑了："不是的，是凑巧，可能有什么活动吧。"

"真的？"

"真的。"

贺见山还在专心致志地剥虾，林回看了一眼烟花，又看向了贺见山。随后，他走到贺见山身旁，拿下他手中的食物，推着他走到了窗前。

贺见山被他搞得措手不及，脱下手套连手都没来得及擦："等下——"

"虾我可以不吃，但是烟花你不能错过。"五彩缤纷的光芒映照在林回满是期待的脸上，"来，告诉我，你觉得哪个好看？"

贺见山停了一下，将目光转向了窗外。

"刚刚那个金色的吧，很灿烂，现在这个也不错。"

"这个银白色的好看！噢噢噢！"

"火树银花。"

"哇，炸开来了……啧啧，下金雨了……"

"红色的耀眼，天都亮了。"

"漩涡！这个好像漩涡！"

……

烟花持续了二十分钟，他们也整整看了二十分钟。酒忘了喝，虾也不剥了，一桌子的美味佳肴都成了陪衬，甚至到了最后，他们差点连话都忘了说。

"你说人为什么那么喜欢看烟花？我记得有次加班晚了回家，路过丽水桥，那边正好在放烟花，一开始路上的人明明都急匆匆地赶路，可是看见烟花的时候，大家又不约而同地慢了下来。"

贺见山看向了林回，林回也认真地看着他。

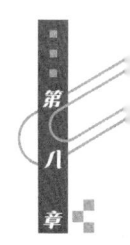

第八章

"贺见山,烟花好看吗?"
过了好久,贺见山轻声说道:"嗯。"

第九章

我……等你……很久很久了。

I have Something to say

Chapter 09

• 01 •

"所以，直到现在，你还是没告诉他，你其实一直很仰慕他？"

年末最是忙碌，不过洛庭和顾文丽这对小夫妻反倒是忽然多出了时间，主要原因便是他们的女儿豆豆被家里老人带回老家去了，夫妻俩难得闲下来，便约了林回来家里吃饭。

说是吃饭，实则是拷问。

毕竟洛庭在第一时间知道林回和贺见山聊开后，电话里夸张的声音大得简直能刺穿林回的耳膜。如果不是大家都在上班，他恨不得立刻就倒上酒，再摆上一盆花生米听林回讲个三天三夜。

因此这边前脚亲妈带着女儿刚过机场安检，后脚他就赶紧掏出手机发消息给林回：速度，饭局安排上，我和丽丽"嗷嗷待哺"。

林回：……你们俩孩子都这么大了，能矜持点吗？

洛庭：我们中年人不需要矜持，需要点燃生活激情的八卦。

林回：……

就这样，林回登门蹭饭，顺便跟两人一五一十交代了事情的经过。在一连串的"嗷嗷嗷""呜呜呜""啧啧啧"之后，洛庭敏锐地察觉出有什么不对，于是开口问道："所以，直到现在，你还是没告诉他，你其实一直很仰慕他？"

"我为什么要讲？"

"这不是很好的机会吗？你追星成功，正好可以顺理成章告诉他，贺见山肯定感动地哇哇叫！"

林回剥着手里的橘子，没吭声。

过了一会儿，他说："我觉得没必要，这是我自己的事，而且都过去了。现在特意提起来总觉得很奇怪，好像在说'其实你一直是我的偶像，我的人生导师，感不感动'，我不想用这个去绑架他，顺其自然就好。"

洛庭急了："这怎么能叫'绑架'呢？而且哪里奇怪？这我就要说你了，矫情，你就矫情，你什么都聪明，就这事，你得听我的。"

洛庭开始摆事实讲道理："你还记得有次我给丽丽送生日礼物吗？我做了个手工相册，用线订的，特别厚特别费事，搞到夜里两点。我送礼物的时候，面上装得很轻松，但是背地里让老大偷偷跟丽丽暗示，说我怎么花心思说我怎么熬夜说我把手都划破了，把丽丽给感动坏了——你就是要拿出这种心机！"

"别瞎说。"一旁的顾文丽忍不住敲了一下洛庭的脑袋，将洗好的红提推到林回面前，"林回，别听他瞎说，吃提子。"

"我瞎说什么了，那人是贺见山哎，不是贺见，也不是贺山，是贺见山！"

顾文丽摇摇头不理洛庭，转头看着林回说道："林回，洛庭话糙理不糙，我总觉得有时候你还是想得有点多。你知道你这心态像什么吗？"

洛庭和林回一起看向了顾文丽。

"我和洛庭才开始工作的时候，我们经常约在中央商场见面。商场南门旁有个很大的橱窗，给了一个奢侈品牌，每次去那儿我都会盯着橱窗里的一款手提包看。我记得我当时真的很喜欢，特别特别想要，但是我买不起。后来是洛庭攒了几个月的工资，把那个包买下来送给了我。

"你知道，当我收到那个包的那天，我真的高兴疯了。不夸张地说，光各个角度的照片我至少拍了上百张。我特别爱惜那个包，平时上班要挤公交地铁，我根本不舍得背，除非有什么重要的活动才会拿出来。我还为了它特地买了搭配的裙子和鞋子。

"事实上，它就是一个包而已。可是因为它昂贵的价格，在我心里，始终没法把它当成一个普通的包看待。甚至，它连一个包的基础作用都很少发挥。

"我觉得贺见山对于你来说，就像这个包。他是橱窗里的奢侈品，你想了很久，做梦都想拥有他，可是当他真的出现在你手上，你又发现，太昂贵了，你舍不得，你忍不住就要小心翼翼地去维护，即便你不想这样，你也根本控制不住。"

林回张了张嘴。

"别反驳我,林回。"顾文丽叹了口气,"甚至我觉得你不想告诉贺见山这些,恐怕也是希望有一天你们之间如果出现矛盾,闹到分崩离析的时候,能保留最后一点尊严。"

洛庭惊讶地看着林回:"不是吧?!"

林回放下了橘子:"我没有想过那一天,但是我也确实不敢肖想更多。我和贺见山的情况跟你们俩不一样,先不说我俩都过了做梦的年纪,我可以什么都不用管,但他和我不一样,他的身后有太多的人,太多的责任,太多要背负的东西。

"何况,你们说我把他当作奢侈品,他又何尝不是在扮演一个完美的朋友或者家人。"

洛庭和顾文丽对视了一眼。

"说扮演也不对,他就是个完美的人,所有的事情他都能做到最好。但是,完美是需要花很大心血去维持的。"

洛庭皱起了眉头:"等下,我不懂,完美还不好吗?你太挑剔了吧?"

林回笑了:"他这人的性格就是这样,能做到一百分,绝不可能允许自己只有九十九分。他已经习惯了,工作上这样可以说是精益求精,可生活不是工作,我不想他在操心完工作后,还要花很多心思琢磨我,我不想他那么累。"

"你有没有问过他?你有没有告诉过他你的想法?"顾文丽皱起眉头,"我觉得从某种意义上来说,贺见山是不是也很缺乏安全感?从前他专注工作,现在多了一个你?"

"我们两个人就像两颗星球,不断地进行识别和捕捉后,才逐渐靠近彼此,因为过程很漫长,他就总觉得委屈了我很多。你们知道他跟我说什么吗——'别人有的,你也应该有',然后我问他别人是哪些人,"林回忽然笑了一下,"他说,是电视剧里的人。

"可是,电视剧里的人不是林回,也不是贺见山,我们本来就跟别人不一样。我不想他产生一些类似于亏欠的想法,把原本很快乐很美好的事情变成责任,甚至最后演变成负担。你们觉得我矫情,那我就是矫情吧。我希望他对自己可以不要那么苛刻,能学会去爱自己,去爱这个世界。"

如果说让林回找出最开始被贺见山吸引的地方,那一定就是孤独。

这个世界上,有人喜欢动物,有人钟爱美食,有人沉迷网络游戏,有人通过旅游排解压力……不同的人,有不同的情感需求,大家从各种各样的事物身上汲取快乐和养分。可是贺见山没有,他只有工作,其他什么也没有。

或者说,好像没有。

无数个白天和夜晚,每当他看见贺见山在任何一个地方忙着工作,那样深刻的孤

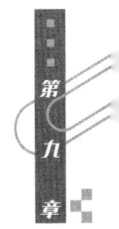

独,仿佛一道深渊,一边同整个世界割裂开来,一边又强烈吸引着林回不由自主地靠近。

顾文丽摇摇头,有些不赞同:"林回,这怎么会是负担呢?你有没有想过,人本身就是这个世界的一部分,包括你。你太独立自主了,或者说你真的当他的工作伙伴当太久了,没能完全地从这个身份中转变过来。你要让他知道,你需要他甚至依赖他,你不需要他,才会让他有负担吧。我感觉你们也挺有意思的,明明你俩对彼此来说都是十分重要的存在,迫切地想要对对方好,结果反而忽略了本质。"

说到这里,顾文丽忽然笑了起来:"话说回来,人是会互相影响的,我倒是觉得,他现在这样,其实已经很区别于以前你口中提到的那个贺见山了,因为你,他可能在慢慢改变了。"

林回闻言愣住了。

洛庭连连点头:"我老婆说得对。回啊,我今天把难听的话撂这儿了,你没家庭压力,光脚不怕穿鞋,你怕什么,别一天到晚就想着他贺见山怎么怎么样,想想你自己,OK?这么懂事是要竞选标兵吗?要给你颁奖吗?作起来,兄弟!上次你跟我说哪里什么面包好吃让我给豆豆买来着,告诉贺见山,让他给你买!把店都给买下来!家里人,就是要这样!"

林回哭笑不得:"不至于,不至于。"

"你别笑。别的不说,怎么着也得先来跟我见个面认识下吧,我可是你在京华最好的朋友。你约他,就说我们想请你们俩来家里做客。"

林回想也没想拒绝了:"不行。"

"为什么不行?你都没有问他。怎么,是看不起我们这些穷朋友吗?"顾文丽佯装不满。

"你知道我不是这个意思。"

"是,你只是在心里下意识地觉得他不适合这样的场合。这种日常又琐碎的朋友聚会,我们和他不熟,大家平时接触的东西也不太一样,很可能会变得非常尴尬,这也是一种累。"

林回被顾文丽说得哑口无言,他无奈地看向洛庭:"你老婆不应该去教数学,应该去教心理学。"

洛庭大笑起来:"你这是当局者迷。我就喜欢看你们这种聪明人犯傻的样子,哈哈哈哈。"

是不是当局者迷,林回不知道。他也曾想过在工作的间隙,告诉贺见山自己心中藏着的一切,可是有些事情错过最佳时机,好像确实就变得难以启齿了。

贺见山很好,非常好,所有的一切他能做到最好,可越是这样,越是让林回忧虑——

过于精细热烈的相处会不会一直消耗他的热情？身份的转变让彼此的工作和生活都发生了细微的改变，这些改变会不会让他觉得辛苦？如果有一天，他感觉到累了，不想再继续了，那自己又如何能全身而退？

这一切都宛如一个甜蜜的陷阱，在林回放纵自己深陷的同时，又总是忍不住悬起了一颗心。

晚上回到家，贺见山正在书房工作。这两天他一直住在林回家里，现在书房已经被他完全征用，堆满了各种文件。本来林回还觉得这样是不是不太好，想着一定要让他回家。可是贺见山牢记他说的不适应，非说要增加相处时间，慢慢习惯。这话有道理吗？林回不知道，反正贺见山总能找到各种理由赖着不走，久而久之也就随他去了。

在过去那么多年，林回都是独来独往的，他从未觉得有什么不妥。可是现在，他的家里开始慢慢多了很多属于另外一个人的东西，衣服、手表、钥匙，他还在沙发下面的地毯上捡到过贺见山的领带……

由俭入奢易，由奢入俭难，当他习惯了做什么都不再是一个人，便再也回不到以前了。顾文丽和洛庭说得很对，他不能总是将心里的想法高高挂起，那不是头顶的月光，只要远远看着就够了，一段关系想要很好地维持下去，彼此坦诚是必须的。

想到这里，林回敲了敲房门，走了进去。贺见山一见到他，便笑了起来。林回扫了一眼桌上的一堆合同，犹豫了半天，开了口：

"你……最近有时间吗？就是我大学的好朋友，跟我一个宿舍的，他也在京华，噢，他结婚了，他老婆跟我也很熟悉，还有个女儿，挺可爱的，叫豆豆。然后最近他女儿不在，就是比较闲……"林回七拐八拐绕了半天，最后总算说到了重点，"……想约我们去他家做客……"

贺见山挑了挑眉。

没等贺见山开口，林回又赶紧补充道："如果你不想去也没关系，其实年底真的挺忙的，等下次我们……"

"我想去。"

林回停顿了一下。

贺见山脸上露出柔软的笑意："我想跟你一起去见你的朋友。"

"咳……那你什么时候有空啊，我来跟他们说一下？"

"我的时间不都是归你管吗？你来安排就好。"

"好。"林回说着掏出手机，"你第一次去，我来看看是不是该带个什么礼物——"

贺见山抽走了他的手机："不行。"

"啊？"

贺见山一本正经："这么郑重的邀请，我肯定要亲自准备礼物，不能让助理代劳。"

林回表示怀疑："你真的会挑礼物吗？"

贺见山叹一口气："我考虑聘请专业顾问进行指导。"

林回夸张地"哇"了一声："比如？"

"听说有位姓林的顾问在这方面很擅长……"

林回再也忍不住，笑出了声："贺总，我跟他熟，价格好商量！"

▪ 02 ▪

周日下午，林回和贺见山一起去了洛庭的家。

贺见山负责开车，林回一边看手机，一边和他说笑。两人聊着聊着，林回看到贺见山放在车子后座的纸袋，便好奇问道："你带了什么？"

"我带了一瓶酒，还有……"

林回一听到"酒"字，忽然想到什么，连忙问道："糟了，我忘了提醒你，你不会是带了自己收藏的酒吧？"

贺见山的家里收藏了许多红酒，最便宜的也要十几万，林回并不希望贺见山送这么昂贵的东西，这样会搞得洛庭他们很有压力。

贺见山摇摇头："没有。我去薛沛那儿拿了一瓶白葡萄酒，度数低，口味偏甜，很适合过年的时候全家人一起喝。然后你说他们夫妻俩都是老师，而且有小孩了，我就又备了一张先潮书店的卡，凭这个卡三年内每个月都可以去挑一本书。"

先潮书店是京华的老字号书店，书的种类又多又全，口碑一直很好，林回也经常光顾，不过他从来没听过书店有这种卡。无论是酒还是书卡，贺见山都花了心思去准备，显然，他很重视这件事。

想到这点，林回的心里变得有些软，嘴角也控制不住地弯起。

贺见山见状笑道："怎么了，笑什么？"

林回对他表示了肯定："我觉得你很有送礼的天赋。"

"你错了。"贺见山认真否认道，"是林顾问指导得好。"

两人很快到了目的地。一开门，林回就被洛庭和顾文丽吓了一跳，夫妻俩一起站在门口双手交握着，面带微笑，正经得仿佛准备接待国家领导。

一时间大家面面相觑，谁也没有开口。

洛庭和顾文丽夫妇互相对视了一眼，到底还是女主人冷静，顾文丽率先回过神，笑容满面道："欢迎欢迎，快进来，外面冷。"

等到两人进了屋，顾文丽招呼了一下，然后便借口去厨房准备菜，把洛庭一人留在了客厅面对肉眼可见已经开始变得古怪的气氛。

林回看在眼里，心里笑得不行，这两人之前教育他的时候是一套又一套，这会儿一个遁去厨房，一个装鹌鹑安静得不行，让人不得不感叹——好一对般配的小夫妻。

老实说，这也怪不得洛庭和顾文丽。虽然因为林回的关系，两人背后聊贺见山的八卦聊得多了去了，但是当真人真的出现在眼前，明明生疏得很却因为林回带了几分说不出口的亲切，仿佛见到了小时候隔壁二大妈家跟你一起玩过泥巴但十几年没见过的小伙伴，那种冲击力还是不一样的。

洛庭一边搜肠刮肚准备找些话题，一边招呼贺见山："这个……家里有小孩，比较乱，您别介意，坐，坐。"

他这话有些谦虚了，林回看了一下，比起三天前他来蹭饭，今天家里显然是精心打扫过了。他气定神闲地往贺见山身边一坐，趁着洛庭去泡茶，掏出手机给他发了一条消息：请开始你的表演。

洛庭用三个字表达了他此刻的心情：滚犊子！

洛庭发完消息，端着两杯热茶放在了林回和贺见山的面前："贺……先生，请喝茶。"

像是看出了对方的局促，贺见山开口道："我长林回几岁，如果洛老师不介意，可以喊我'贺哥'，或者直接喊名字也可以。"

洛庭的眼睛都直了，求救地看向林回，拼命暗示他——我喊不出口！

林回快要憋不住笑了，连忙出声解救这越来越怪的气氛："不用那么麻烦，就喊'贺总'吧，听着还亲切点。"

洛庭松了口气："对对对，贺总，喝茶，喝茶。"

贺见山虽然也是第一次参加这样的场合，但是他显然比洛庭自在多了。而且因为林回，他对洛庭和顾文丽很有好感。这是很新鲜的体验，这里所有的一切，都让贺见山感到愉快。

贺见山主动开口聊起天："听林回说，洛老师和顾老师都是教小学的，小孩子是不是特别难管？"

一说到学生，洛庭的话就多了起来："一二年级确实会比较难带，我现在就带一年级，小朋友年龄小，比起学知识，更多的是要帮助他们培养习惯。"

"刚看到玄关那边放了好多彩纸和剪的动物、昆虫，是洛老师你的教学材料吗？"

洛庭有些不好意思地挠挠头："是的，我是教自然科学的，要带孩子认识这个世界。有时候也头疼，又要画又要写又要做手工，还被班上孩子说过画得丑，太难了。"

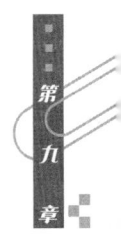

第九章

"可以分给你女儿做，我感觉小孩子应该很喜欢玩这些，画画，剪东西什么的。"

"哎哟！"洛庭连连点头，"贺总你怎么这么厉害，你说对了，我女儿她特别喜欢帮我干这些，我忙不过来就让我女儿给我弄，我老婆说我是雇用童工。"

话音刚落，三人一起笑了起来。

洛庭整个人已经完全放松了，学校是他熟悉的领域，两人的话题从学生开始，随后自然而然地过渡到了其他上面。除了一开始那会儿，整个聊天过程并没有出现预想中的尴尬或者不适，两个人看上去都十分愉快，林回在一旁完全插不上嘴，甚至吃饭前洛庭还突发奇想，招呼他和贺见山一起打了个牌。

"离吃饭还有点时间，咱们不如打个扑克，一边打一边聊？"

贺见山点点头："可以啊。"

两人一起看向林回，林回露出一个尴尬又不失礼貌的微笑："……没问题。"

说着洛庭就翻出扑克："来来来，我们换张桌子。"

他说着向餐桌走去，林回紧跟着上去用胳膊捅了一下洛庭，小声说："你上次还跟我说要是贺见山来了，要他请教股票？"

"呸，你懂什么，聊股票哪有跟你老总打斗地主有意思。"

三人一边打一边聊，这让洛庭想起以前大学的时候，一晃都那么多年了。

他忍不住笑道："我们以前在宿舍也经常打牌，然后林回啊，出牌有个习惯，就是如果手上有比较小的单张，一定会先把单张走掉，反正基本上一局开始，轮到他走牌，肯定先走单张，于是我们就送他一个外号——'只只'，打牌爱走小只只，哈哈哈哈。"

林回无奈道："差不多得了啊，都多久以前的事了，你怎么记得那么清楚呢？"

可是贺见山显然很喜欢这个刚刚得知的外号，他一边走牌，一边轻声笑道："只只，该你走了。"

林回轻轻踢了他一下。

等到吃饭的时候，那就是顾文丽的主场了。今天这顿虽然都是家常菜，但林回看过洛庭发的朋友圈照片，菜色基本参照除夕夜的标准，绝对是最高规格了。林回好笑之余不免有些感动，难得的休息日，为了这顿饭，夫妻俩肯定忙了很长时间。

想到这里，林回忍不住跟贺见山推荐："顾老师做菜特别好吃，你今天有口福了，多吃点。"

贺见山点头笑道："沾你的光。"

洛庭见状故意夸张地捂胸口道："我这一口没吃呢就饱了。"

桌上的人一下都笑了起来。

顾文丽看看林回，又看看贺见山，开口道："之前听林回说过一些他和贺总你的故事，把我给羡慕的。"

洛庭点点头："但是把我给害惨了，当晚她就质问我了，说我为什么做不到？"

林回和贺见山互相看了一眼，林回笑得直摇头。

"然后我就说了，因为你也不是林回啊，完美的人都是成对出现的。"

"所以我就想通了，有多少能耐，做多少事。像贺总这样什么事都能做到完美的，也不是谁都能招架得住的。"顾文丽笑了一下，"真要落我身上，我反而会觉得很有压力。"

贺见山愣了一下。

吃完晚饭，贺见山多了个新任务：拼积木。

洛庭打扫卫生的时候不小心把自家女儿很宝贝的乐高给摔坏了一个角，好在说明书还在，不过他们夫妻俩都干不来这种细致的活，本来想请林回帮忙修一下，结果贺见山主动去帮忙，林回见状便帮顾文丽收拾桌子去了。

贺见山耐心地将一个个小零件扣在一起，洛庭则靠在贴满粉色爱心的墙上，和他有一搭没一搭地聊天。过了一会儿，他忍不住从口袋里摸出一根烟，叼在嘴里："贺总，你别介意，我不抽，我就过过干瘾。我知道你不喜欢闻烟味，林回说过。"

贺见山有些好奇："林回跟你提过我？"

洛庭咬了一下烟头，心想，那提得可多了去了。

贺见山等了半天也没等到洛庭说话，忍不住继续问道："洛老师方便告诉我说过些什么吗？"

"也没什么，就闲聊嘛，我说说学校孩子，他就说你们公司的事情，什么安妮、李风海，我都熟着呢。"

贺见山笑着将一朵花插在了玩具小屋旁边。

像是打开了话匣子，洛庭继续说："其实林回在我们宿舍年纪最小，可是，他却是我们宿舍，或者说是我们班最成熟的一个人。可能是家庭原因吧，他一直特别独立自主，能不麻烦别人坚决不麻烦别人，你对他好，他会十倍还给你，老师和同学都喜欢他。

"当初他要来万筑，我们宿舍几个都不同意，你懂吧，跨专业跨得太厉害了，而且他是有保研名额的，我们专业课的罗老师特别喜欢他，我们都以为他一毕业会直接跟罗老师读研，可是他放弃了，他去了万筑。"

贺见山皱起了眉头："我能问一下吗？他为什么没有继续读下去？"

"他说他自己没有动力了。他本来就是为了他奶奶才学的园艺，结果还没毕业，他奶奶就去世了。老人家是夏天走的，那个时候学校放暑假，他留校帮罗老师做一个

项目参加比赛，他还是团队里面唯一一个本科生。比赛很重要，关系到整个团队的心血和努力，所以他不能立刻走，甚至连奶奶最后一面也没见到。后来团队里的师姐告诉我们，他接到老家电话那天，坐在学校体育场的凳子上哭了一个下午，哭完就回去继续干活。

"我佩服他，真的，我不知道为什么同样二十来岁，他可以这么强大，反正如果是我，我肯定做不到。"

一时间两人都没有再说话。

洛庭沉默了好一会儿，从回忆里回过神，再度开口道："刚刚说到什么了，对，我们经常聊工作，说万筑，然后说得最多的就是你。"

洛庭顿了一下，拿下了含在嘴里的烟，看向贺见山："他说，你太累了，想要帮你多分担一点，工作或者其他，无论什么都好。"

贺见山手中的动作停了下来。

"贺总，对于你当初选择林回当你助理这件事，我作为他的好朋友，今天不得不说一句——"洛庭长长地呼出一口气，竖起大拇指。

"你眼光贼好。"

• 03 •

八点多，林回和贺见山告别了洛庭和顾文丽。晚饭的时候贺见山喝了点酒，便由林回开车。车子路过明月湖广场的时候，贺见山忽然开口道："我们去那边转转吧。"

"现在吗？"林回嘴里这样问着，手上却打了一把方向盘，车子拐了弯，开向了广场的停车场。

明月湖因为形似圆月而得名。以湖泊为中心，周边修建了一圈高端大气的商场和写字楼，热闹繁华，因此虽是名不见经传的人工湖，却也渐渐成了京华的地标之一。

明月湖广场的夜灯全部都是嵌在地面里的，一眼看过去的确就像林回说的那样，星光熠熠。

两人在广场上散着步。冬天的湖边风有些大，散步游玩的人不是戴好了围巾手套，就是双手揣在口袋里怎么也不肯拿出来，只有贺见山和林回，两个人随意地晃着胳膊。

走着走着，贺见山开了口："讲讲你大学时候的事情吧。"

"大学？我大学挺普通的，三点一线，教室、宿舍、图书馆，生活比较简单。"

"有什么好玩的事吗？"

林回认真想了一下："好玩的事其实挺多，但是你现在让我说，我一时间还真想不起来，毕竟都毕业那么多年了。啊，有一个，我们学校二食堂有个鸡汤捞饭，特别好吃。"

贺见山道："……就是汤泡饭吧。"

林回哈哈大笑："真的，二食堂离我们宿舍远，但是一到冬天我们宿舍就一定要去吃。你想想啊，顶着寒风跑到食堂，点上一份鸡汤打底的捞饭，里面还要加个鸡蛋，烧得热热的端给你，唉，真是人间美味，可惜大学毕业后再也没吃过了。

"不过二食堂最畅销的还是花生奶，我平时不怎么喝这种东西的人，都觉得好喝。那时候我们宿舍的老大谈恋爱，天天排队给他女朋友买这个，然后我们一个宿舍都跟着沾光，哈哈哈。"

像是被贺见山挑起了话头，林回开始一件一件地说起大学时候的事情。

"你知道我是学园艺的吧。我们在农大的老校区，试验田旁边就是大学的教职工小区，然后我们培育出来的那些黄瓜西红柿什么的，就经常带去小区门口卖，很便宜，大爷大妈们特别喜欢，夸我们种得好吃，不过其实大部分都直接拉去食堂了。

"噢，还有磊哥，我们宿舍的另外一个，他女朋友是经管系的。磊哥追人家的时候，天天给人送西红柿，真是肥水不流外人田，后来分手了他女朋友还惦记着我们种的西红柿呢，笑死我了。"

贺见山好奇道："你们宿舍都谈恋爱了，你没谈？"

"我们学校的帅哥多了去了，女生们哪里看得上我。"

贺见山不信："洛庭说你在大学有很多人追，应该遇到过喜欢的人吧。"

"别听他瞎说，我大学没谈过恋爱。"

"噢？"

林回咂摸出不对劲了："贺见山，你套我话呢！"

贺见山发出闷闷的笑声："没有啊，想了解你也不行吗？"

林回真的服了："你还说我呢，想想你自己，我来数数，我帮你安排过多少和女性的私人饭局，一，二，三……"

林回假模假样掰着手指开始数数，贺见山连忙坦白："都是工作，没有风月。"

林回放下了手，停了一会儿，轻声道："贺见山，你不能只有工作。"

"还有你。"

"不，除了我和工作，世界上还有很多东西，比如我们那天看的烟花。"

贺见山沉默了。

他看着面前渐渐变得稀少的人群，开口道："洛庭说，你们聊起我的时候，你觉得我很累，总是想要帮我多分担一点东西。"

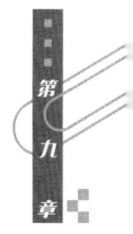

林回没有说话。

"如果我说,我好像从来没觉得累过,你信吗?"

身体上的疲乏只要睡一觉,或者找朋友喝个酒聊聊天就能解决,而精神上常年保持高速运转,就算是机器也有磨损,可是贺见山却说自己不觉得累。

林回垂下了眼眸:"没有人不会累。"

贺见山抬起头,看向夜空:"其实我以前一度以为,我人生全部的意义就是工作。通过它,我获得自我满足,实现人生价值。但是现在,我的想法有些变了。"

林回好奇道:"变成什么了?"

"我开始想要学习你。"

"学习我?"意料之外的答案让林回露出了惊讶的表情。

"是,学习你发现这个有趣的世界。"贺见山笑着看了一眼林回,"我在宁海的时候,想起有次考察时你拍过一个蓝色的窨井盖,你说没有见过蓝色的,觉得很有趣。当时我就想,到底哪里有趣,我真的很好奇。我很想知道你眼中的世界是不是一直那么有趣,而无趣的我,在你眼中又是什么样的?"

林回愣住了。

媒体曾经形容贺见山是"商业帝国里当之无愧的王",很夸张很中二,听起来厉害得不行。可是林回却觉得贺见山不是王,是齿轮,是万筑这栋高楼里无时无刻不在转动的齿轮。楼里所有的人都可以离开,可以停下来,只有他不行。

可这样的贺见山,说自己是无趣的。

林回想说不是的,你是那么强大、优秀,世界上那么多美好的品质都集中在你的身上,你不应该只是刻板地用"无趣"两个字来形容自己。但他猛然间反应过来,是否贺见山也在困惑,自己眼中看到的他,是那些众所周知的完美品质叠加,还是有一些不一样的地方?又或者,他也很想知道,自己对这段关系,会是什么样的看法?

他竟从未想过,即便是贺见山,也需要来自在意的人的最直白的确认。明明他比所有人都清楚,当贺见山真心想要得到问号里的答案,那么会试遍所有的可能。

而唯一的正解,正握在自己的手上。

林回停下了脚步。

贺见山回过头看他:"怎么了?"

林回摇摇头,只是认真地看着贺见山。

贺见山笑了:"是不是冷了?我们回去吧。"

"那天在电影院,你没有来,我其实很难过。"林回忽然开口道。

风把林回的帽子吹得有些垮了,这让他的声音飞散到了夜空中,听起来轻飘飘的。贺见山仔细地把帽子重新给他拢好:"是,我知道,我心里一直很遗憾。"

他停了一下,轻轻吐出一口气:"我总觉得有些事情应该要当面说,所以当时没有发消息说得那么明白——我想要给你惊喜,我……我还想了很久,要在电影院跟你说什么。"

林回从来没有听过贺见山用这样的语气说话,充满了怅然和懊悔。他想,原来贺见山和他一样,对那场电影也同样充满了幻想和期待。纵然他们之后补了电影,也拥有了更多快乐的回忆,但是,所有的心情都不一样了。

他们两个人,得到了生命中最重要的东西,却也永远地错过了一些东西。可是林回从来都不是一个喜欢往回看的人——

"现在说也一样的。"

贺见山顿了顿,难得露出了一个可以说是很不好意思的笑容:"我当时计划着,先看完电影,然后等到电影散场……"

他絮絮叨叨地说了很多,就像一个经过最严密的调研之后,精心设计了项目方案的员工,认真尽职地给领导做着汇报。在这份方案里,林回是核心,是唯一,是所有温度的导向与尽头。

贺见山很在意他。

林回想:贺见山在意我。

他深吸了一口气:"贺见山——"

贺见山停了下来,等待地看着林回。

"我,很仰慕你。"

贺见山愣了一下,随后笑道:"我知道的。"

那个下着大雨的夜晚,他在林回的眼睛里看到了他自己。他在他的眼泪里,就像是一艘船,摇摇晃晃,最后停在了眼中的港湾。

心意相通并不需要那么多的佐证,有时候,一滴眼泪便足够了。

林回又说了一遍:"贺见山,我也很需要你。"

贺见山心中涌动着热意:"嗯,我知道。"

林回第三次开了口:"贺……见山……"

他的声音带着一点哽咽,贺见山愣住了。莹白的光从树影间隙落在林回的眼角,星星点点,贺见山忽然不敢确定那是灯光,又或者是其他——

"我……等你……很久很久了。"

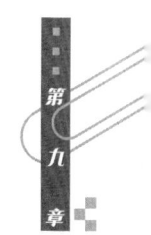

第九章

第十章 嗯，我知道。

I have Something to say

Chapter 10

• 01 •

三天后，万筑迎来了一年中最为重要的一场会——持续两天的年终会议。

说是两天，实际上是一天半。这一天半的会议就是各种工作报告、总结、考核、计划、行政决议，等等，所有令人头大的内容都有，大会小会一场接一场。等到煎熬到最后半天，就是传统意义上的年会了——集团的大小领导和所有员工，以及专程过来参加会议的各项目负责人一起吃饭、看表演，当然，少不了最受大家欢迎的抽奖和表彰环节。

就是在这场会议里，万筑董事会正式通过了任命林回为万筑集团副总经理的决议。说老实话，林回虽然早就知道了自己要升职，甚至连材料都是自己亲手准备的，但是，这次决议内容因为是贺见山亲自宣读，意义又变得有些不一样了。

当时他坐在贺见山的正对面，亲耳听到贺见山的口中说出"林回"两个字的时候，忍不住抬了一下头，两人的目光在空中相遇。随后，贺见山垂下眼眸，在认真宣读完整个文件内容之后，轻轻笑道："林助理，恭喜你。"

这一声"林助理"既是上司对下属诚挚的祝福，也是彼此之间心照不宣的暗语。

整个会议室的目光都聚集在了林回的身上，他强忍着脸上的热意，低声道："谢谢贺总。"

庆幸的是决议流程走完之后，正好到了会议休息时间，要不然林回真不知道脸上的红色到底什么时候才能消下去。

说起来，早几年万筑的年终会议中途是不安排休息的，后来进行调整的原因十分好笑，因为烟。贺见山闻不了烟味，万筑的所有公共区域都是禁烟的。

无奈整个公司不抽烟的男人才是少数，而且有些人就是有这样的毛病，一会儿不抽烟就没精神，再加上空调一吹，就特别容易犯困。为了保证会议能高效进行，行政便在长时间的会议中途安排了茶歇，让这些老烟枪去吸烟室放松休息一下。

老实说，这个改动林回是举双手支持的。虽然他不抽烟，但长时间一场接一场的会议，确实有些吃不消。他走出会议室，想到窗口边去吹吹风，结果还没走两步，一群人围上来七嘴八舌地恭喜他：

"林助，恭喜升职！"

"可不能瞎喊，是林总，哈哈哈哈！"

"林总什么时候请吃饭啊？我已经空出时间了！"

……

能混到万筑高管的位置，这里说话的每一个人都是人精。虽然他们的职位不比林回低，但是很多事情这些人看得比谁都分明——贺见山这些年对林回的栽培是有目共睹的，其他的不提，就说公司做过那么多重要的决议，能让贺见山亲自宣布的，却只有这小小的副总经理任命书。

别看林回现在只是副总经理，往后可说不定呢。

林回和一群人说笑着，然后便远远地看见贺见山走了过来。等到他走近了，原本还围在他身边的人一下子散了个无影无踪，林回顿时服了："您是不是该检讨一下了？"

贺见山的手里端着一杯咖啡，看上去就是找个适合的地方吹吹风、提提神，凑巧来到了林回的身边。听到林回这样说，他觉得自己很无辜："我什么也没做。"

林回假意恭维他："但您威震八方。"

贺见山喝了一口咖啡，看向远处，淡淡开口道："林总，你的嘴皮子可真是比我的厉害多了。"

林回一怔，忽然想到什么，一下又不好意思了起来。

贺见山忍不住笑了一下，林回不说话了。

过了一会儿，林回从口袋里摸出个橘子，递给了贺见山："给。"

贺见山有些不解，但还是接了过去。

林回解释道："老潘、钱文他们那几个老烟鬼的位置离你近，待会儿身上肯定一股烟味，你吃个橘子，至少橘子的味道好闻点。"

说完他又小声补充了一句:"我把会议室最大最好的那个橘子拿来了。"

贺见山终于忍不住笑出了声。他接过橘子慢慢剥掉皮,然后分了一半给林回:"一起吃。"

就这样,两个人站在窗口,谁也没有说话,一起吃完橘子,然后带着橘子的香气,一前一后,回到了会议室。

熬完一天半的会议,再休息半天,终于到了不仅是万筑员工最期待,甚至连圈外人也垂涎三尺的年会时间。

今年的年终会议为了迁就几个国外项目负责人的时间,办得比往年早了一些,相应的年会便也提前了,正巧是在十二月三十一日,一年的最后一天。在连日的年底加班噩梦之后,等待所有人的是充满美味食物的宴会、令人期待的跨年和随之而来的假期,所有的人情绪都十分振奋和愉悦。

而且万筑的年会不像其他公司,非得让员工表演节目,甚至还要加班排练。万筑有专业的活动策划团队,有专业的表演嘉宾,一切钱能搞定的事情,都不瞎折腾了。当然,公司也欢迎员工报名表演,只要参加就有红包拿,不想参加的就等着吃吃喝喝鼓掌抽奖吧。

七点钟,年会准时开始。

林回今年没有和贺见山一起坐在主桌,国外项目的几个负责人难得回来,林回便坐到副桌去陪一下他们。

按照年会惯例,贺见山会进行致辞,这是第一个环节,也是林回最喜欢的环节——现场所有的灯光都会暗下,只有贺见山在的地方有一束追光,他会笔直地站在那里,不疾不徐地表达着他对万筑和万筑所有员工的期许和祝福。

在过去的八年里,林回就是这样静静地坐在下面看着贺见山。他无比珍惜这个时刻,因为一年中只有这个时候,他才可以如此明目张胆、肆无忌惮地看着贺见山,不用担心和惧怕对方的发现。可是今年不一样了,贺见山讲话讲到一半,忽然抬头看向了他坐的位置,微微笑了一下。

林回也笑了。

现场如此昏暗,可是林回知道,贺见山在看他。

走完流程,音乐和酒杯碰撞的声音一同响起,终于正式开餐了。林回一边吃着菜,一边频频举杯,和同桌的人谈笑。过了一会儿,他收到了贺见山的消息:今年可以好好吃菜了。

林回一下笑了起来。

前几年，他的年会宴席位置都是紧挨着贺见山的身旁，然后基本上从开席开始，来敬贺见山酒的人都一茬接一茬，络绎不绝。而且他们在敬完贺见山之后，通常会把同桌的其他人都敬一遍，这就导致林回每次菜没吃几口就要站起来满脸笑容地"谢谢谢谢"说个不停。

跟贺见山熟悉了以后，林回曾跟他抱怨过："跟您坐一块都吃不上几口菜，安妮每次都说公司今年请了哪里哪里的大厨，我是真没感受过几次，光喝酒就喝饱了。"

他还记得当时贺见山看了他一眼，慢条斯理地说："要不下次给你打包一份？"

林回立刻就笑了："那多不好意思——真的可以打包吗？"

想到这里，林回连忙给贺见山回复：安妮说今年的厨子是你点的，快告诉我哪道菜最好吃？

贺见山：都还可以，凉拌藕带尝尝看，我觉得很爽口。

林回夹了一筷子白色的藕带尝了一下，泡椒口味的，确实不错，他给出了好评：五颗星！

正好热菜上来了，他吃了几口，便又忍不住开始发消息：葱烧海参好像有点咸⋯⋯

贺见山很快回复来了过来：没吃，不太爱吃海参。

林回：那你那天在薛老板那儿⋯⋯

结果字还没有打完，坐在旁边的李风海就推了他一下："别老看手机了，贺总来敬酒了。"

林回赶紧站起来，发现大家都已经举好酒杯，正等着他呢。

有眼尖的高层打趣道："林总，是不是忙着给女朋友发消息呢？"

李风海恍然大悟，也开始起哄："我说呢。昨天就听安妮说了，说林助有情况，刚才我看他菜都不吃，一直在看手机，还傻笑，连贺总来敬酒了都不知道！"

贺见山微笑地看向手忙脚乱的林回，轻轻和他碰了一下杯："林助理，赶紧回消息，可别让女朋友等着急了。"

一桌人全部哄笑起来。

贺见山难得开玩笑，桌上的人见他放开了，也开始肆无忌惮起来——

"林总，什么时候喝喜酒啊？"

"林总，女朋友是做什么的呀？"

"哎呀，我老婆之前还说要给林助介绍对象，迟了一步啊！"

"林总是爱情事业双丰收啊，今天一定要多喝几杯！"

⋯⋯

连主桌的贺昭听到都不免好奇起来，和姜晴八卦道："林回交女朋友啦？没听说嘛。"

林回满脸通红，酒杯险些握不住。他也不知道该说什么，只得一口气喝光了杯中的酒，桌上的人这才放过他。

坐下之后，林回掏出手机给贺见山发消息：您干吗呀！

他一着急，就忍不住说"您"了。

等了一会儿，贺见山回复了他：我怎么了？

林回：女朋友？

贺见山：噢，对不起，我说错了。

林回被贺见山毫无诚意的道歉给气笑了，干脆把手机放回口袋里不看了。他闷头吃了一会儿菜，又忍不住掏出手机，发现贺见山又给他发了一条消息：别生气了。

偌大的会场，酒宴不过刚刚开始。

台上正在进行一场热闹的魔术表演，灯光光怪陆离，宛如梦境，而台下的同僚举杯畅饮，谈笑风生，与这一年的辛苦做着告别。林回和贺见山同桌的人走得七零八落，不知道跑到哪里去敬酒了，只剩下他们两个，分坐在桌子的两端，遥遥相对。

他们看向了彼此，一起举起酒杯致意。

隔着喧闹的人群，隔着耀眼的灯光，林回看见贺见山微笑着说了一句：

"干杯。"

• 02 •

酒过三巡，万筑年会迎来了一个小高潮，"草垛诗人"乐队上场了。

乐队上场的时候，会场里刚结束一波激动人心的抽奖，大家正坐在位置上吃吃喝喝，随着一阵急促的架子鼓声，所有人的目光都聚集到了舞台上。"草垛诗人"刚一亮相，便引起了一阵欢呼。

往年的万筑年会也有歌手表演，其中不乏叫得出名字的明星，但乐队还是第一次见到，尤其是这么年轻的乐队——四个年轻人，还都是帅哥美女，往那里一站，聚光灯一打，确实很吸引眼球。甚至不少坐在后桌的员工都站了起来，举起了手机，似乎是预感到这可能是一个很精彩的节目，迫不及待地想要记录下这令人期待的演出。

只有主桌的贺昭，在听到主持人报幕提到"乐队"两个字的时候，眉头就忍不住皱了起来。他几乎是立刻就转头看向舞台，发现站在最中间调试话筒杆的果然是贺见川。他的位置离舞台很近，可是贺见川却仿佛没有看见他，眼神坚定地看向后方的虚空处，随后举起一只手，朗声喊道：

"大家晚上好，我们是——草垛诗人！"

"嗷嗷嗷——"会场又是一片热烈的欢呼。

林回看着台上的贺见川,发现他还真是搞气氛的一把好手,这架势,知道的是籍籍无名的小乐队,不知道的还以为是哪个巨星的演唱会呢。林回今天一天都没见着贺见川,原本以为吃饭的时候能打个招呼,结果吃饭也没看到他过来,然后就听到有其他人询问贺昭,说二公子怎么没来,贺昭回答说,他有自己的事情。

林回一听就明白了,贺见川根本没把要在年会上演出的事情告诉他爸,这是准备先斩后奏。他抬头看向贺见山,发现他正在跟人碰杯,又侧了侧头想看一下贺昭的表情,却没想到跟旁边的姜晴对上了眼神。姜晴眉尖轻蹙,冲着他轻轻摇了摇头,林回愣了一下。

台上,贺见川已经活力十足地开唱了。今天草垛诗人准备了两首歌,一首是比较欢快能调动气氛的,另外一首就是林回听过的那首《答案》。

不得不说,贺见川站在舞台上的时候,确实很吸人眼球,用一句比较俗的话来说,他可能就是那种天生为舞台而生的人。就在贺见川笑容满面地唱着第一首歌的时候,坐在贺昭身旁的赵峰林开口询问了:"老贺,台上是小川吧?"

贺昭顿了顿,露出一个颇为勉强的笑容:"是的,瞎胡闹。"

对方一听,立刻就笑了:"哎哟,可不能瞎说,你看小川这样子,大明星啊。现在有钱人家小孩当明星的多了去了,我看挺好!"

旁边有人点头附和道:"唱得真不错,小川出息了。"

贺昭笑笑,喝了一口酒。

桌上很多人都是看着贺见川长大的,大家笑呵呵地掏出手机,拍下他认真唱歌的模样。贺昭一直闷头喝酒,然后就听见有人在耳边笑道:"老贺,我发现你们贺家跟艺术还真有……"

"缘"字还没说出口,对方忽然意识到什么,赶紧轻咳一声,闭嘴了。

贺昭的脸色瞬间变得十分难看,一旁的姜晴在心底深深地叹了一口气。只有台上欢快唱着歌的贺见川一无所知,在一阵又一阵的欢呼声中,挥洒着自己的笑容和汗水。

贺见川的演出获得了全场最高欢呼声。然而直到整个年会结束,贺昭都没有再露出一个笑容。

林回一边留下来帮安妮处理一些后续事情,一边四处张望着——员工陆陆续续地离开,开始了为期三天的假期;贺见山跟几个项目负责人还坐在桌上说着工作上的事;贺昭一家三口不知道去了哪里……

等到所有人都走得差不多,大楼也终于安静了。

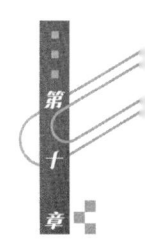

林回回到十二楼，准备收拾下等贺见山回家，结果却听见贺见山的办公室里面传来了贺昭的声音："贺见川，你上次是怎么跟我说的，需要我提醒你吗？你说你把乐队解散了，这就是你说的解散？"

贺昭的声音在夜晚听起来实在是过分响亮，它们飘荡在空旷的大楼里，惊起了嗡嗡的回声。林回忍不住放轻了脚步，慢慢走到门口。

办公室的门虚掩着，从不大不小的缝隙中，林回看见贺见川垂头丧气地坐在沙发上，而贺昭则怒气冲冲地看着他。

"万筑邀请了我们，我……从没在这么多人面前表演过……我……"等了一会儿，贺见川开了口。

贺昭点点头："好，今天表演了，怎么样，开心吗？"

贺见川像是有些不服气，忽然梗起脖子道："开心啊……我……我们唱得挺好的。"

"我养你这么大，就是为了让你唱歌跳舞给人表演吗？你不是小孩子了，明年就毕业了，收收心跟你哥好好学学公司的事情好吗？"

"我说过很多遍了，我根本看不懂这些，我根本不会，我也不想学。"

贺昭嗤笑："那你告诉我，你会什么？写歌？唱歌？搞乐队？你告诉我，你除了拿家里的钱养乐队，你还会做什么？"

贺见川急了："我没有拿家里的钱养乐队，我们有演出，能挣钱！"

"演出？万筑的演出？万筑花了多少钱请你？你自己觉得你们乐队值那个价吗？去掉'贺见川'这三个字，你觉得万筑会请乐队吗？"

贺见川一下红了眼睛，他急促地呼吸着，胸口一起一伏，看得出来情绪很激动。父子俩剑拔弩张，看着有些糟糕。

林回心里咯噔了一下，硬着头皮敲了敲门，随后缓慢推开，轻声道："贺昭总，是我让安妮去联系小贺总的。"

林回的声音像是落入湖水中的一粒石子，打破了这令人窒息的气氛。贺昭看了一眼林回，一言不发，贺见川却是头也不回地走了出去。

屋内只有两个人了。

林回仿佛没有注意到贺昭难看的表情，继续说："先前偶然听过一次小贺总的现场，觉得十分棒，加上今年万筑也进了不少新人，想着或许可以来点新鲜的东西，便做主让安妮邀请了乐队。

"本来想说我们按照正常的商务流程走就可以，该付费付费，结果小贺总一分钱不肯要，说是能给万筑的员工唱歌，荣幸还来不及呢，怎么能收钱。

"刚刚在会场，听见好几个员工在讨论小贺总唱的歌，都说好听、特别棒，还问哪里可以下载，还有问他们是不是什么明星，想着要签名呢。"

贺昭冷冷道："你的意思是，我在没事找事，是吗？"

林回笑道："贺昭总您误会了，我是想说，大家都在夸小贺总，都说虎父无犬子，这说明您把小贺总教得很棒。"

贺昭仿佛听到了什么十分好笑的笑话，他有些不可思议地看向了林回："林回，你知道你在说什么吗？"

林回一愣，难得露出了不知所措的表情。

"虎父无犬子？我贺昭，绝对绝对不可能有学唱歌跳舞的儿子。"

贺昭几乎是咬牙切齿说出来的这一句话，包含着令人难以释怀的愤恨，这让林回心惊。他忍不住后退了一步，而贺昭的目光仿佛带着刺，让林回又困惑又难受。

"他今天唱也唱了，怎么，你要去给贺见川也做个亲子鉴定吗？"

还没等林回从贺昭的话中回过神来，贺见山的声音忽然从身后响起。林回回过头，发现贺见山站在门口，平静地看着贺昭，而贺昭则忽然红了眼，不知道是愤怒还是悲伤，竟是一句话也说不出口。

说不出来的怪异气氛充满了整个房间，浓重、脆弱，搅动着所有人的心脏，却又久久无法散去。

林回意识到接下来的对话或许并不适合他在场，他忍不住低声道："贺总、贺昭总，我先去看看小贺总，你们慢慢聊。"

说完他就向门口走去，在与贺见山擦肩而过的时候，他们对视了一眼。林回手指微动，忍不住拍了一下贺见山的胳膊。贺见山轻轻点了点头，林回长长地呼出一口气，快步走了出去，留下了这一对心事重重的父子。

林回是在一楼大厅找到的贺见川。

这个时间点，大厅的空调已经关了，贺见川坐在休息区的椅子上发呆，看起来有些颓丧。林回打开了一楼的小接待室，喊道："小贺总，外面冷，来会议室吧，这里有空调。"

贺见川抬起头，听话地走进了房间，林回给他倒了一杯热茶，然后在他对面坐了下来。

一时间，两人都有些沉默。

最后还是贺见川先开了口："哥，今天谢谢你，我知道是你让安妮姐来邀请我们的。"

林回也不知道该说什么好，只能真诚地夸了两句："你唱得很棒，我听到好多女孩子一直在尖叫。"

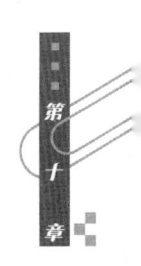

贺见川笑了一下,又低下了头。不知道是冷还是什么,他的手一直紧紧地握着杯子。

"安妮跟我说,你没要出场费。你不要就算了,团队成员还是要给的,这是正常商演,不能让人家白干活。"

"我知道的,安妮姐给他们都包了红包。"

空调的温度渐渐上来了,或许是没那么冷了,贺见川也稍微放松了些:"哥,你知道我爸为什么不喜欢我搞音乐,但我还是能在他眼皮底下坚持弄到现在吗?"

林回摇摇头。

贺见川笑了一下,给出了一个让林回意外的答案:"因为我哥。

"我第一次玩音乐是三岁吧。我在家里乱跑,然后就跑到家里仓库,翻出来一个电子琴,我一下就喜欢上了,一直按个不停。后来我才知道,那个电子琴是我哥小时候的生日礼物。"

林回忍不住想笑:"摁个电子琴也叫玩音乐啊?"

"哥,你别笑。反正我妈说我那时候特别喜欢,一天到晚按个不停,算是我的启蒙吧。后来五六岁的时候,有一天她带我去她朋友那玩,她朋友在琴行工作,琴行有个人说我乐感很好,非要收我当学生,想教我弹钢琴。其实那人是琴行老板,但是我爸不同意。"

五六岁的贺见川记忆不会那么清晰,这些事情必然是后来姜晴告诉他的。听到这里,林回也有些好奇了:"然后呢?"

"我哥说,想学就学吧,然后我爸就不说话了。"

"是不是很神奇,我爸好像怕我哥。"

林回心想,那会儿的贺见山估计也就现在贺见川这么大,这个年纪就有这么大的话语权,仿佛他才是一家之主,这其中肯定是有原因的——恐怕不是怕,而是有所亏欠,所以才会妥协。

"然后就断断续续地学了,一直到了大学我自己开始搞乐队。"

林回想了一下:"你爸为什么不许你搞音乐,你知道吗?"

贺见川摇摇头:"我只知道跟我哥的妈妈有关,但是具体什么原因我也不知道。"

"那你想进娱乐圈吗?或者说正儿八经地走上这条路,你愿意吗?说老实话,以你家的资本,完全可以给你单独开个公司专门捧你,这不是什么难事。"

对于万筑来说,没有什么比砸钱更容易的事情了,只要贺见川想,贺家完全有实力调动圈内最好的资源给他。

林回原以为贺见川会激动地直点头,然而他沉默了许久,最后说:"我不知道。

"唱歌很开心,写歌很开心,做乐队也很开心,但目前来说,这些都是兴趣爱好。我不知道如果我把它们当成事业,还会不会开心,甚至,我还能不能坚持下去。"贺见川看向林回，露出了迷茫的表情，"哥，我是不是很没用？我比不上我哥就算了，就算对音乐，好像也是叶公好龙，自己都不知道自己能保持多少热情。"

"很正常，谁都有看不清路的时候，我在你这么大的时候，也迷茫过。"

那个时候，他失去了生命中最重要的亲人，当他意识到从此以后他再也没有家的时候，整个人就像站在了陌生街头的十字路口，明明每个方向都有路，可是他却不知道该往哪里走。

"那你后来呢？"

"后来？"林回笑了一下，看着面前渐渐冷掉的茶水，心中涌上一股暖意，"后来，我来到万筑，遇见了你哥。"

送走贺见川，林回再度回到了贺见山的办公室。

办公室的门敞着，贺昭不知道什么时候已经离开了。贺见山像以前一样，沉默地站在窗前。

今天是跨年夜，窗外的灯火比往日更加灿烂、更加热闹，很多大楼的外立面景观灯都开了，它们不知疲倦地变换着线条和颜色，绚烂得让林回觉得眼晕。

林回站在门口静静地看了贺见山一会儿，然后出声道："哎呀，累死了，也不知道有什么地方可以充充电。"

贺见山转身冲着他笑了起来："来，我给你捏捏。"

林回没有吭声，走上前去让贺见山帮他捏肩膀。

过了一会儿，贺见山轻声喊道："林助理……"

"嗯。"

等了许久，贺见山说："我有点累。"

从林回担任总经理助理这个职务以来，这是贺见山第一次和他说累。

林回闭上眼睛，哑声说道：

"嗯，我知道。"

•03•

对于林回和贺见山来说，这一年的最后一天由很多种声音组成——会议室里的纸张摩擦声，急匆匆的脚步声，窃窃私语和侃侃而谈，还有年会上骤然响起的音乐，最后一起汇聚在酒杯清脆的撞击中。

已经十一点了，离这一天结束还有一个小时。

贺见山低声说道："我不想开车回家了。"

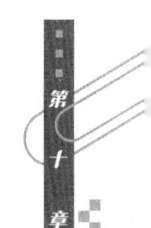

林回说:"交警也不会让你开的。管他呢,今天我们就住公司吧。"

贺见山的办公室连着套间,即便他不怎么住,保洁也是尽心尽责地每天打扫通风,各种洗漱用品一应俱全,干净整洁得宛如酒店。

贺见山整个人躺在床上,双手交叠垫在脑后,一动也不动,林回从没见他这么疲惫过,手表被随意地丢在床上;衬衫已经被压得不成样了;袖口一边整齐地扣着,一边已经卷起;领带也松松垮垮地挂在脖子上……

贺见山看着头顶的吊灯,忽然开了口:"你记不记得我问过你家里那支钢笔?"

林回挂西装的手一顿,转头看了他一眼:"嗯。"

"我有一支一模一样的。"贺见山看向林回。

林回似乎有些惊讶:"你有一支……一模一样的?"

"那是我十岁时的生日礼物,"贺见山闭上眼睛,"我妈妈送给我的。"

林回了然道:"原来如此,那她……"

"因为她跟人约会赶不及买礼物了,于是顺手拿了她的情人之前送给她的礼物,就是这支钢笔——AS 的缪斯,送给了我。"

林回震惊地看向贺见山。

贺见山笑了一下:"是不是觉得很荒谬?"

林回张了张嘴,一句话也说不出来。

"还有更荒谬的。"贺见山闭上了眼睛,"她可能也没仔细看过那份礼物,包装精美的黑色盒子里,夹杂了一封热情露骨的情书,上面洋洋洒洒写满了他们之间爱的故事,被我当着所有人的面,拆了开来。"

直到现在,贺见山依然能够清晰地记得十岁生日那天的所有场景——

那是一场盛大的宴会,彩色的气球悬挂在每一个角落;穿着燕尾服的乐手现场演绎着美妙的音乐;精美的食物盛放在镶着金边的白色盘子里;所有人都穿得很漂亮,他们开心地和自己碰杯,满脸笑容,说着祝福的话语……

随后便是姗姗来迟的姚倩仪。

她总是笑容满面而又姿态曼妙,说话轻声细语,优雅得仿佛童话书里的公主一般,就像她的名字一样。

姚倩仪一直很热爱舞蹈,而且有着非常好的天赋。当年她怀孕之后,情绪一度崩溃,怀孕改变了她的身体,这对一个常年练习舞蹈、对形体有超高要求的人来说,无疑是致命的打击。好在贺家实力雄厚,有万筑在背后鼎力支持,她生完贺见山后便开始恢复跳舞,然后复出。

到了如今,她的事业一天比一天成功,她也变得一天比一天忙碌。这个家就是这样的，每个人都很忙碌，贺见山已经习惯了。从小到大，贺见山虽然一年也见不了她几次，但并不妨碍他对自己的妈妈有着天然的亲近和好感。

"小山，生日快乐，这是妈妈送给你的礼物，祝你学习进步噢。"

当姚倩仪微笑着将礼物递给贺见山时，贺见山开心到掌心发热。本来前一天晚上姚倩仪打电话回来说是因为工作，可能要赶不上生日，他还有些失望，可是没有想到，姚倩仪突然又出现了，还给他带来了生日礼物。

"我现在可以拆开吗？"

贺见山很少有这么迫不及待的时刻。从小他就被人夸奖虽然年纪小，但是说话做事就像小大人一样成熟可靠。可是在这一刻，他也只不过是一个满心等着拆礼物的孩子而已。

"当然可以。"姚倩仪鼓励地拍了拍他的背。

贺见山兴奋地拆开了礼物，拿出一个包装精美的盒子。他好奇地看着盒子，抚摸着黑色的绒面，看向姚倩仪问道："妈妈，里面是什么呀？"

姚倩仪微微弯下腰，嘴角翘起："你打开看看就知道了呀！"

不是每一个故事，都有一个美好的结局。

贺昭与姚倩仪的故事，有一个非常好的开始。恋爱的时候，他们是大家津津乐道的梦幻美丽的爱情偶像剧主角，结婚后，大家又羡慕这对夫妻相互扶持的那份温暖与尊重。谁也没有想到，这个故事会在某一个毫无预兆的时刻，变成了肮脏又丑陋的模样。

那场生日宴会终究成了一场丑闻，薄薄的信纸从盒中落下，被贺见山捡起、打开，而后又来到了贺昭的手中。隐秘的偷情就这样以一种戏剧化的方式，出现在所有人的面前，最后又成为游走在圈子里茶余饭后的八卦。

而等待贺见山的，便只有无休无止的争吵、争吵、争吵。他怎么也没有想到，十岁生日那天他亲手拆开的那份礼物，最终带着他陷入了一场噩梦。

贺昭首先失去了理智，在儿子的生日宴会上，出轨的妻子把情夫送的礼物送给儿子，这是一场赤裸裸的羞辱。而姚倩仪也从一开始的心虚和理亏，变得破罐子破摔，将她生活里遭遇过的所有酸楚与不满都发泄了出来。他们互相指责、互相谩骂，毫无疑问，贺见山也成为了他们互相攻击对方的道具。

贺昭指着贺见山说："他也是你跟别的男人生的吗？"

姚倩仪冷笑道："是呀，你就是给我白养儿子，白养了十年呢！"

在贺昭发疯似的带着贺见山去做亲子鉴定之后，贺见山的爷爷终于看不下去了："你们离婚吧。"

贺昭拒绝了。

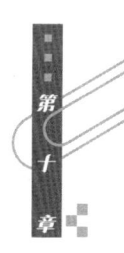

当初为了支持姚倩仪的事业，万筑和姚倩仪捆绑得很紧，代言、推广，甚至有些商业合作都是专门为了姚倩仪而设计的，其中也包括营销他们令人艳羡的爱情。一旦离婚，为了减少对万筑的负面影响，那官方对外宣传只能是和平结束十年的婚姻。可是贺昭受了这么大屈辱，实在无法接受在这种情况下还要保住姚倩仪的脸面。

那索性就别离了，互相折磨吧。

没想到姚倩仪最先受不了了。和贺昭的战争让她的工作完全停摆，别说演出了，她甚至再也没法静下心来好好跳一支舞，对于她来说，这是无法忍受的一件事。

她讨饶了，向贺昭讨饶了，她拼命恳求贺昭，她什么都可以不要，离不离婚都无所谓，她只希望自己的生活能够赶紧回归正常。可是贺昭并不同意，他铁了心要折磨姚倩仪。他甚至随便姚倩仪去做什么，爱找几个男人找几个男人，他只是掐断了姚倩仪所有的演出和工作机会。

他太了解姚倩仪了，她是那么热爱舞蹈，热爱她的事业，让她不能跳舞比让她死还要难受，毕竟当初，他也曾被她跳舞时绽放的光彩所吸引——她为舞蹈而生，却也能为舞蹈所困。

当姚倩仪意识到贺昭不会善罢甘休，她便萌生了想要离开贺家的念头。人的心就是这样，当姚倩仪心里有爱的时候，贺家是温暖的庇护所，而当爱消失，贺家的一切便成了囚笼，甚至连贺见山，都成了她的枷锁。

然而，当她真的狠下心放弃所有的一切，匆匆忙忙和人私奔的时候，却忽然遇上了交通事故——

"她的情人死了，她自己双腿受伤，站不起来了。"

贺见山从床上坐了起来，平静地讲完了这个让林回无法冷静的故事。林回浑身冰凉，一直握着贺见山的手，不知道是想要安慰他，还是想被他温暖。他想起从前在网上看到的那些八卦贺家的帖子，那些人们揣测的、猜度的背后藏着的真相，竟然是这样的令人难堪。

"后来呢？"林回问道。

贺见山迟迟没有说话，过了一会儿，他开口道："在得知自己以后再也无法站起来之后，她……

"她的病房里，有一个鱼缸，养了三条金鱼。"

林回忽然意识到什么，浑身颤抖起来："贺见山……"

贺见山闭上眼睛握紧了林回的手，随后又睁开："她把鱼缸摔碎了……"

"我不想再听了……贺见山……"林回哽咽道，"……对不起……我不问了……不问了……"

林回的眼泪落了下来，温热的液体在贺见山的心里蔓延成了一条河。

姚倩仪用鱼缸的玻璃碎片割腕了。

这个极端自私又极度热爱舞蹈的女人，终究以自己的方式，在贺见山和贺昭的心里，留下了一个浓墨重彩的结局。这件事直接导致贺见山立刻被送去了国外学习和生活，甚至在他爷爷的安排下，他还接受了一段时间的心理干预。

虽然贺见山并不觉得自己有受到很严重的影响，但事实上，很长一段时间里，他和贺昭两个人，始终都无法面对彼此。

贺见山还是会经常想起姚倩仪，想起她笑着让自己打开盒子，嘴角弯起一个漂亮的弧度，想起她说想看一看金鱼，眼神中充满了渴望……很奇怪，在这一切都没有发生之前，在这个家还完好如初的时候，他甚至都没有那么频繁地想到过她。

她总在不经意的时候出现在贺见山的脑海，一遍又一遍蒸腾着他的情绪，似乎想要抽干他所有的快乐，这让贺见山不得不全身心地投入到学业中，只有废寝忘食的忙碌才能够让他忘记。

都说时间能抚平一切，几年后，贺昭娶了姜晴，有了贺见川，一家人其乐融融，而贺见山平安长大成人，更是在回国后顺利接管了万筑，并将它变得更好更强大。可是，谁又能想到，在已经过去那么多年的这样一个快乐、祥和的夜晚，他还是需要一遍遍地提醒贺昭："贺见川不是姚倩仪。"

就像是病愈后患上了后遗症，贺昭对自己小儿子学音乐做乐队这件和艺术深度相关的事，产生了前所未有的焦虑和排斥，而贺见山，尽管"姚倩仪"的一切早就不会对他造成影响，但是，他已经习惯了让自己不要停下来——从前是学习，后来是工作。

只有在工作的时候，他才觉得，自己是安全的。

林回一直在流眼泪，他心里实在太难受了，如果不哭，他不知道要做什么。直到现在他才知道，并不是贺见山想要与这个世界划一道线，而是这个世界一直在拒绝他：明明给了他令所有人羡慕的一切，却偏偏借他的手，拿走了人世间最普通最常见也是最宝贵的一样东西。

他什么都有，却也什么都没有了。

贺见山有些无奈："还好明天不上班，要不然你这眼睛肯定没法见人了。"

他安慰道："都过去了，我不是好好的嘛。说出来你可能不信，发生了这么多事，我其实没有特别痛苦或者难过，甚至连'恨'都没有。他们本来也没给过我很多东西，没得到过，也就无所谓失去。"

只是偶尔他也会想，如果他当时没有着急着拆开那份礼物，又或者如果那天他没

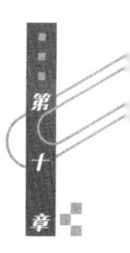

有捧着鱼缸走过去,是不是一切就不一样了?那样的话,即便发生了什么,他们这支离破碎的一家三口,是不是能够稍微走得更远一些?

"我给你。"林回忽然开了口。

"什么?"

"贺见山,你错过的,没能拥有的,随便什么,我都给你。"林回的眼睛还是很红,可是他的语气却是不容置疑,透着令人信服的坚定。

贺见山看着林回,心想,他好像忘记了,在很早之前,在自己还不知道的时候,就已经拥有了很多很多,来自于他的温暖。

但是他并不介意在这一刻,当一个失忆的人。

贺见山忍不住笑了起来,轻声道:"那我们说定了。"

"嗯。"

第十一章 Chapter 11

> 是一个……
> 能让你忙到三天三夜
> 停不下来的梦。
> I have Something to say

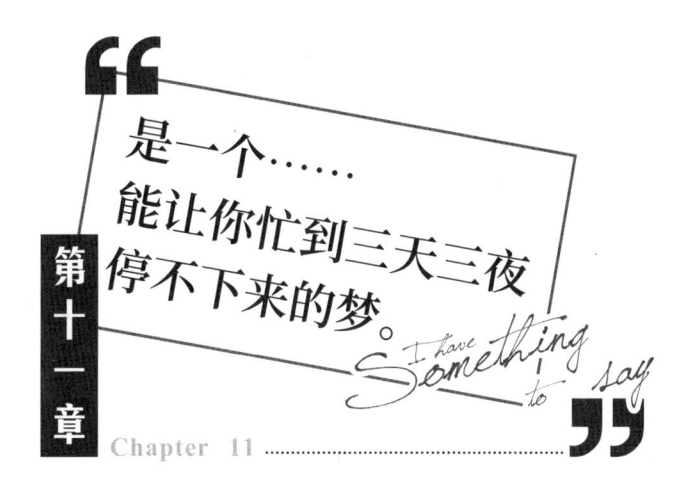

● 01 ●

元旦的三天假期，林回不允许贺见山工作。

"工作不缺这三天。"林回发表重要讲话。

贺见山认真想了一下："我好像从没放过这么长时间的假。"

说这话的时候他正在看书，九点的时候他起床刷牙洗脸，林回点了份早饭，结果吃完后两人又开始无聊了。套间里的窗帘紧紧地拉着，一丝亮光都透不进来，贺见山开了灯靠在床上看书，林回就躺在一旁玩手机，两人有一搭没一搭地聊着，白天过成了晚上。

听到贺见山的话，林回开口道："现在开始放了。"口气颇为专横。

"那我们做什么呢？"

"不知道，想到什么做什么，或者什么都不做，就浪费时间。"

贺见山想了一下，放下书，低头看着林回，认真道："那你跟我说说之前的事好不好？"

林回放下手机，有些好笑："你怎么又要听，是不是心里特开心，特别得意啊？"

贺见山摇摇头："我总觉得自己好像错过了很多东西，所以想找找蛛丝马迹，看看自己到底是什么时候被你打动的。"

"那是因为我成为你的助理时间太久了吧。"林回的目光变得温软，"现在进入第九年啦，贺总。"

贺见山忍不住开口喊道:"林总。"

林回笑了起来:"嗯。"

"林回。"

"哎。"

"林助理。"

"在在在。"

……

两人一直闹到中午,等到肚子都饿得咕咕叫了,贺见山和林回才终于想起来要吃午饭。

林回点开外卖软件看了一圈,觉得点了要等,不点又不想下去吃。他正犹豫着,灵光一闪,对贺见山说道:"你看我来给你变魔术,瞬间变出一堆吃的。"

只见他掏出手机,点开一个名为"万筑茶水间"的聊天群,发了一条消息:今天在公司加班,不想点外卖了,大家有没有泡面?十二楼好像没存货了。

"你想吃泡面?"贺见山好奇道。

林回笑着摇头:"不吃泡面,你等着。"

毕竟是假期,大家都很闲,林回刚发出消息,就有不少人回复了:

薛梨:林助今天还加班呀?前台有两个橙子,就在桌上,林助不介意的话可以拿去吃。

安妮:来我们8楼茶水间找找,冰箱里很多吃的。@ 刘云 十二楼茶水间要记得补充一些速食。

赵晓晓:林助,我办公桌左边抽屉里有很多零食,还有饼干,有个番茄口味的特别好吃!

孟海霞:林助,8楼冰箱里有水饺和挂面,还有个小电炖盅在旁边柜子里。

刘云:@ 安妮 好的。林助,6楼那边应该还有一些泡面,你去找找看。

……

没一会儿,屏幕就被不断跳出的消息刷屏了。贺见山一条一条看下来,顿时有点酸:"林助,你人缘真好。"

"你就说吃不吃?"

贺见山委婉暗示:"中午咱们就吃得简单点,晚上回去我做好吃的给你吃。"

林回笑着穿上衣服,跑到八楼茶水间搜刮了一圈。去的时候两手空空,回来的时候抱了很多东西,大袋小袋,甚至还有一瓶辣椒酱。

"我随便吃吃就行了,你不吃零食,我就拿了一袋水饺,我记得晓晓有个小煮锅。

"等下午我们去超市，买点吃的给咱们 8 楼的美少女们把冰箱给补起来。"

万筑的综合管理部和总经办都在 8 楼，是女孩子最多的一层楼，谁都知道，8 楼茶水间的冰箱永远都没有空的时候。

贺见山笑道："都听你的。"

就这样，新年伊始，万筑的大领导和二领导，靠着自家员工的"接济"，成功地混完了一顿午饭。

到了下午，两人收拾收拾准备回家。当贺见山习惯性地又想带着几份文件回去的时候，林回阻止了他："说好的不工作呢。"

"我忘了。"贺见山放下东西，顺手帮林回卷了一下袖子。林回没有换洗衣服，只好穿了贺见山放在公司的备用衬衫，尺码要偏大一号，卷着卷着突然笑了起来。

"又笑什么？"林回好奇地看了一眼贺见山。这个人现在真的是太爱笑了，昨天年会的时候，他就听见有人嘀咕，说开年会老板这么开心吗，一点也不像平时的样子。

"我不知道——"贺见山竟然还认真思考了一下，"就是莫名想笑。"

林回也笑了："那你多笑笑，好看。"

等到去超市买完东西，两个人顺便还拎回了一盒乐高。贺见山挑了一款复古风格的打字机，看着十分精致漂亮。林回说反正在家没事做，拼好后就放在翡翠云山。之前他就发现了，客厅角落有个立架空着，这东西放那儿正好。贺见山听了，便提议干脆去那边做饭，翡翠云山那里各种调料齐全，而且还有酒。

林回点点头："那你先送我回家拿下衣服，这几天我们就住那儿，别来回跑了。"

贺见山看他一眼："你愿意住那儿吗？"

之前贺见山就想让林回搬过去和他一起住，他跟林回一样，感受到了两个人在一块的那种快乐，便总觉得一个人孤单无聊，但是林回不同意。贺见山没有勉强，反倒是蹭着住进了林回的家，结果现在，林回反而很轻松地就答应了。

林回知道他想说什么，便笑道："我馋了，想感受下豪宅。"

"我们不如一起重新买个房子算了，可以按照你喜欢的样子设计。"

林回被贺见山的突发奇想弄得哭笑不得："翡翠云山挺好的，没必要再买。"

"书房还是不行。新房子我们可以重新设计一下，到时候一起工作，坐面对面。"

林回惊呆了："你确定设计出来面对面一起工作的书房还叫书房吗？那是办公室工位好吗？贺总，你饶了我吧。"

贺见山一下笑得停不下来。

到家之后，林回便开始坐在地毯上拼乐高。本来这乐高是要两人一起合作的，结

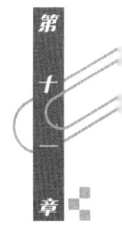

果拼了一会儿，贺见山老是要跟他说东说西，严重影响进度，林回没办法，就把他赶去做晚饭。趁贺见山在厨房开始忙碌，他放下手中的零件，掏出手机给贺见川发了一条消息：你这两天有演出吗？

贺见川很快回复了过来：有啊，明天就有，哥你要来看吗？

林回：你就没想过邀请你亲哥看吗？然后顺便喊上我。

贺见川：？？？啊？

林回：对，就是这样。

贺见川：……我哥肯定不会来的。

林回：你先喊了再说。

贺见川：感觉有点奇怪，而且我有点怕我哥……

林回十分不解：怕什么，你搞音乐不都是他护着你？请他听个现场也很合理吧。而且你不认识我都能喊我去派出所捞你，那会儿你怎么不觉得奇怪？

贺见川想想也是：噢，那好吧。

林回想起什么，又补充了一句：到时候给我们安排一个隐秘性好一点的位置。

贺见川：知道了，哥。

林回放下手机，又开始继续手中的乐高。过了一会儿，他听见贺见山喊道："林回，吃晚饭了。"

"来了来了。"他放下零件，快步走到了餐桌前。

贺见山今天做了牛排，摆盘十分讲究，还开了一瓶红酒。林回看了看，把客厅的灯关掉，只留下餐桌上方的吊灯，颇有些烛光晚餐的味道。

两人坐定，林回喝了一口酒，认真道："托你的福，我感觉我现在能喝出红酒的价格了。"

贺见山示意他现场表演一下。

"分两个档，贵，很贵。第一次来你家喝的那个应该是很贵，今天这个是贵。"林回回味了一下，琢磨出不对了，"贺见山，档次怎么还掉下去了？"

贺见山笑道："主要是今天的牛排不太行，配不上很贵的酒。"

林回慢慢切开了牛排："最好是你说的这样。"

"别光说我了，你乐高拼得怎么样？"

"没有你干扰我，进度很快。"

贺见山试图辩解："我认为那不是干扰，是鼓励。"

"三个小零件拼了十分钟，这个鼓励实在有点太耗时间了。"

两人边说边笑，贺见山的手机亮了一下，他低头扫了一眼，神色忽然变得微妙起来。

林回看在眼里，开口问道："怎么了？"

"贺见川邀请我和你明天去看他的演出，说是感谢我们邀请他在年会上表演。"

林回装作什么都不知道的样子："那你想去吗？"

贺见山没说话。

"他的表演不是在熟悉的酒吧，人应该比较杂，要不不去了？"

"他说给我们安排了比较隐私的位置。"

林回切了一块牛排送进嘴里："你想去。"他用的是肯定的语气。

贺见山看了林回一眼："是你跟他说的吗？"

"我要是想去，为什么不直接跟你说，需要搞这么复杂吗？"

贺见山的手指轻轻叩着桌面，这是他的习惯性动作，代表他在考虑。林回看了看他的手，又切了一块牛排，还没送入口中，就听见贺见山说道："那就去看看吧。"

林回笑了起来。

假期的第一天，从蓝色外卖袋子里的豆浆、油条开始，最后在牛排和红酒中落幕。晚上贺见山和林回坐在沙发上看电影，看着看着，林回便开始犯困。明明上班的时候，连续工作那么长时间也不觉得困，结果一放假，整个人就变懒了。

贺见山把毛毯往上拉了拉，喊道："林助理，林助理？"

"嗯……"林回迷迷糊糊试了几次，眼睛还是睁不开，"……都说了别喊了……"他抱怨道。

"再喊最后一次——"

林回眉头皱了皱，没有吭声，好像已经睡着了。

贺见山歪过头看着林回，过了一会儿，他轻声说道："我很高兴，林助理。"

■ 02 ■

第二天晚上，贺见山和林回来到了这家叫作"花里"的音乐酒吧，贺见川今天就是在这里演出。他早早地帮他们订好了二楼的包厢，吃的喝的都安排得妥妥的，两人来了就往包厢一坐，看着楼下的贺见川开始唱歌。

贺见山觉得有些新鲜。

年会那天，贺见山没怎么看他的表演，只有在听到贺见川唱《答案》的时候回头看了一下。他曾经在电话里和林回共同听过这首歌，再次听到，心里只有说不出的柔软，哪里还顾得上唱歌的人。这会儿静下心来近距离看贺见川表演，确实感觉跟平时有些不一样。

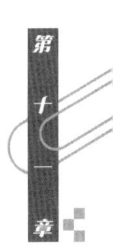

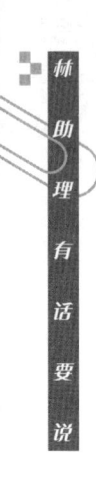

他就这么静静地看着，林回也不说话，陪着他一起听歌。过了一会儿，贺见山开口道："我其实还记得他小时候的样子。"

林回哭笑不得："你说这话，感觉像七老八十了一样。"

贺见山笑着摇摇头，目光又转向台下的贺见川。

酒吧的灯光有些迷离，落在贺见川的身上，像是镀了一层光怪陆离的滤镜。贺见山便随着这令人迷乱的灯光，陷入了遥远的记忆之中——

当年他去了国外之后，他爷爷下定决心要完全去除掉姚倩仪对他的负面影响，便让他专心学习和生活，不要想其他事情，于是他便很少回到京华。以致于那几年贺昭的事情他都是断断续续从他爷爷那里得知，包括要和姜晴结婚的消息。

他还记得当时他爷爷小心翼翼地问他想不想回去看下，贺见山沉默了。他其实无所谓，心里也没有太多的想法，但是他觉得老人应该是希望他去的，便同意了。

贺昭和姜晴没有大张旗鼓地举办婚礼，只邀请了朋友和家人简单地吃了饭。当时他看着贺昭和姜晴满脸笑容地满场敬酒，心情十分怪异。他忍不住想，当年贺昭和姚倩仪结婚的时候，是不是也是这样，两个人像是蝴蝶一样，快乐地飞来飞去。

贺见山忽然就有点后悔，或许，他不应该回来。他就像一个多余的人，与这里所有的一切格格不入。

等到两人敬完了酒，重新回到座位上，姜晴却又给自己倒满了一杯酒，她举起了酒杯，说道："来，我们一家人碰一下杯。"

贺见山和贺昭看向了彼此。

这真是一个难以言喻的时刻，即便那时候的贺见山不过十四五岁，却也感觉到了尴尬。姜晴却仿佛毫无所觉，站起身来分别和贺见山、贺昭碰了一下杯，在清脆的玻璃声中，她干脆地喝光了酒。

后来再次回来时，又多了贺见川，那会儿他已经三岁了。那天贺见山回到熟悉又陌生的房子里，便是贺见川第一个发现了他。

当时的贺见川歪着脑袋，认真地看了他一会儿，然后喊了一声："哥哥。"

三岁小孩的发音已经很清楚了，贺见山一下子愣在了那里。

而闻声过来的姜晴，在看见贺见山的时候笑了一下："是小山回来了。"

贺见川又拉长了声音娇气地喊了一遍："哥哥——"

贺见山一动不动地看着他。

姜晴似乎看出他的疑惑，便解释道："家里有一本你的相册，他老是爱翻着看，我们就告诉他，那是你的哥哥，然后他就学会喊'哥哥'了。"

她担心贺见川烦到他，赶紧拍拍手，呼唤道："小川，到妈妈这边来。"

可是贺见川好像因为第一次见到会动的哥哥，对贺见山十分感兴趣，一直笑嘻嘻地"哥哥、哥哥"，绕着他转圈圈，喊个不停，甚至还兴冲冲地硬要带着他去电子琴那边，把所有的键来回按了两遍。

贺见山想，他实在是太吵了，原来这么大的房子里，也可以这么吵。

一晃十几年过去了，当年吵闹的贺见川，现在依然吵闹，甚至加上乐器的缘故，还变本加厉了——对于贺见山来说，他唱的一些歌，是真的有些吵。

贺见山回过神，听见林回开口说："你觉得这个乐队要是进娱乐圈，能混出名堂吗？"

贺见山面无表情："取决于贺家愿意掏多少钱。"

林回笑道："你就这么不看好啊？"

"你错了，恰恰是看好，这世上多的是花了钱也出不来的明星。"

林回看了他一眼："不愧是跟娱乐圈超厉害的美女 CEO 约过会的人，说起来头头是道。"

贺见山知道他在故意开玩笑，却还是忍不住认真解释道："一场全程心不在焉的约会。"

两人都笑了起来，随后发现楼下的音乐没有了，反而多了一些吵闹的声音。

林回透过玻璃看过去，忍不住皱起眉头："怎么回事？"

楼下，"草垛诗人"乐队刚结束一轮表演，稍事休息准备过会儿再继续唱。乐队四个人在台上小声地沟通着歌曲和乐谱，多年的合作让他们培养了很好的默契，他们一边说笑，一边调整乐器，看上去十分放松。

过了一会儿，酒吧的经理来到了舞台边上，身旁还站着一名服务生，手上端着托盘，里面放着一杯酒和一叠钱。

只见他招呼贺见川道："川子，C3 卡座的刘总很喜欢你们乐队，尤其是咱们敲架子鼓的姑娘，说要请她喝酒。"

贺见川顺着经理手指的方向看过去，一位年纪不算轻、手腕上套着黑色手串的男人举了一下酒杯，示意了一番，他旁边的几个朋友发出怪叫，起哄地鼓起了掌。

两人的目光对视了一下，贺见川回过头看着经理笑道："我们待会儿还有表演，孙灵是出了名的一滴就醉，喝了酒，她就没法敲架子鼓了。"

老实说，在酒吧表演少不了这些事。孙灵是乐队唯一一个女孩子，看着斯斯文文的长相，却是敲架子鼓的，天然带了一种矛盾的魅力，总能引得人移不开目光，所以每次演出，都少不了献殷勤的人。不过他们合作的比较固定的几个酒吧，都知道孙灵是不喝酒的，每当有人要请喝酒，酒吧的人都会从中斡旋帮忙推掉，实在不行，他们

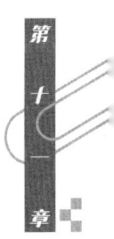

几个男的代喝也可以。

今天在"花里"的这场演出是临时帮朋友忙来救场的,之前没有合作过,"草垛诗人"跟酒吧彼此之间不太熟悉,有些事情也没来得及交代清楚,所以贺见川说得比较委婉。酒吧经理劝说了一番,见乐队确实不喝,便只能又带着酒和钱回到了原地。

卡座上顿时爆发出一阵夸张的"嘘"声:

"老刘,你这不行啊?人家美女看不上你。"

"我们刘总现在不吃香了,小姑娘不喜欢你这种。"

"你们不懂,这是要加码,不信的话老刘你把你那手表摘下来放上去!"

……

送酒的"刘总"有些不快活了,脸上泛起一层油红,也不知道是酒上头了还是怎么着,冲着站在一旁的酒吧经理撒起了火:"孟子,我也不是第一天来你这里玩了,本来今天看到没见过的乐队唱得还不错,挺开心的,咱们请人喝个酒,表达一下喜欢,不过分吧?这点面子都不给?"

经理连连赔笑:"做乐队的就是这样,个性轴,不识趣我们也不用搭理,咱们还是喝酒,喝酒,我待会儿让人再给您送一扎啤酒。"

"刘总"脸色沉了下来:"什么意思啊?看不起人是吧?我买不起酒吗?"

他"唰"地站起身,端着刚刚送回来的酒重新回到舞台上,抢走了贺见川手中的麦克风,大声说道:

"今天,大家的酒,我请了!"没等酒吧的客人爆发出欢呼声,"刘总"又摇摇手,指了指后面的孙灵,说道,"只要咱们美女,把我手中的这杯酒喝了!"

大厅里安静了几秒,随后断断续续响起了"喝酒""喝酒"的起哄声。

眼看声音越来越大,台上贺见川他们几个的脸色已经有些难看了,"刘总"笑嘻嘻地把酒杯往孙灵面前递了递:"美女,今晚大家能不能喝好,就看你了。"

台下的起哄声眼看刹不住了,孙灵白着一张脸不说话,贺见川却是忍不住了:"刘总,我们不喝酒。"

"刘总"瞟了他一眼:"问你了吗?"

贺见川的火气有些上来了:"这个乐队是我的,我说不喝就不喝。"

"刘总"转过身来,紧紧地盯着贺见川,刚要发作,却听见身后响起了一道清澈的声音:

"既然大家这么开心,不如我也来加码助兴吧。"

说话的人正是林回。

他今天穿了一件简简单单的白色衬衫,脸上带着一点温和的笑意。明明是凛冽的冬天，转到他这里，仿佛春暖花开，看上去和酒吧的氛围有些不太相符，却又奇妙地让人觉得这里所有的灯光都是为他而准备的。

林回在所有人的注视下走到了贺见川和"刘总"的中间。

"刘总"面色不善："你谁啊？"

林回并没有理睬他，反而看向了站在场边一脸凝重的酒吧经理，他可能是怕起冲突，已经把门口的保安给喊过来了。

林回开口问道："你们酒吧最贵的酒是什么？"

经理愣了一下，说了一个名字。

"给每桌的客人都送一份，喝到大家尽兴为止，三号包厢结账。"林回学着"刘总"的口吻，补充了一句，"只要大家喊着乐队的名字，请他们继续唱歌就好。"

老实说，酒吧全场买单的行为不算少见，但是如此豪爽地请全场喝最贵的酒，还能喝到尽兴是真的没有见过。

酒吧里的人兴奋地叫了起来，他们一遍遍地齐声喊着"草垛诗人"四个字，为了即将到来的美酒欢呼雀跃。

贺见川被震耳欲聋的呼喊声搞得心脏怦怦直跳，完全呆掉了，直愣愣地看着林回："哥……"

林回笑着眨眨眼睛，小声说道："你哥付钱。"

酒吧喝酒，喝的就是个气势，气势输了，接下来便不可能再讨着好。

"刘总"也不是个没有眼力见的，他看面前的人年纪虽轻，但谈吐不俗，而且一出手就是大手笔，稳稳压他一头，便也知道碰上了个不好惹的。眼看这杯酒注定是喝不成了，他撇了撇嘴，把酒随手放在一旁，摊了摊手："既然这样，大家就——开心喝呗。"然后便面色不虞地回到自己的卡座上去了。

林回冲着贺见川点点头，带走了"刘总"留下的那杯酒，整个扔进了垃圾桶里。一旁的酒吧经理则紧紧地跟着他，小心试探道："关于您点的那个，我们现场的库存可能没有那么的……"

林回转头看了他一眼，笑了："孟经理，今天能赚多少钱，就看你们能拿出多少东西了。"

酒吧经理深吸一口气，转头看向一旁的服务生："快快快，赶紧打电话，调酒！"

林回回到了包厢。

贺见山正在低头看手机，听见开门声，头也不抬地问道："怎么样，好玩吗？"

林回喝了口水，发表了感想："挺刺激的，别说那些喝了酒的人了，我这没喝酒的，

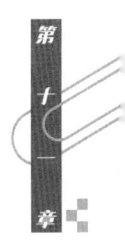

第十一章

189

都觉得肾上腺素直飙。"

"下次还玩吗？"

"那还是算了，一次就够了，太多了我怕上瘾。"

贺见山笑着抬起头："怕什么，三号包厢给你撑腰。"

过了一会儿，贺见川的演出结束了。他下了舞台跟队友说了一声，就赶紧来到贺见山和林回的包厢。进门的时候两人正坐在一起看着手机上的什么东西，那氛围让贺见川觉得自己十分多余。

看见他进来，林回笑道："结束了？"

贺见川看向贺见山，紧张地搓了下手："哥，林回哥，你们怎么没喝酒啊？"

贺见川提前给他们点好了酒，结果两人一瓶没开，倒是把矿泉水都喝光了。

"今天主要来听你唱歌的，不喝了。"

贺见川想起之前发生的小插曲，看着贺见山开口道："哥，不好意思，今天让你破费了。那个，孙灵让我谢谢你们。"

贺见山看了他一眼："这里环境还是差了点。"

他顿了顿，又说道："你们想去'续'唱吗？"

贺见川一下激动起来，两眼放光："我们可以吗？"

作为京华最出名最火的酒吧之一，"续"对驻唱乐队的要求十分高，甚至可以说得上是挑剔。能在"续"唱歌的乐队都是有两把刷子的，连现在电视上正红的那个"红桃皇后"乐队，当初也在'续'唱过歌。贺见山这么说，是代表他们有这样的实力了吗？

贺见山奇怪地看他一眼："可以，我是股东。"

贺见川："……噢。"

"哦，对了。"贺见川又想起什么，赶紧说道，"今天林回哥在下面帮我的时候，我看见有人拿手机在拍来着，要不要紧啊？"

林回一愣："应该没事吧，我就一个普通的消费者而已。"

林回这话说得还是有些早了，临走的时候，还真有人认出他来了。

他和贺见山回去的时候，一边说着话一边往门外走，快要到门口的时候，林回被人拍了一下肩膀——

"嗨，好巧，是你！"

对方穿了一件精致的灰色大衣，林回停下来仔细看了看，发现自己并不认识："你是？"

"我们在'续'见过，你还记得吗？"

"'续'？你是薛老板的朋友吗？"

对方笑了笑算是默认："我姓李。"

本来贺见山以为林回遇见朋友，站在一旁安静地等他聊完。结果听到这个人自我介绍的时候，一下子看了过来：

姓李，那个一直在酒吧蹲守林回的海归。

假期的缘故，酒吧的人比平时要多。贺见山本身就比较惹眼，存在感强烈，林回看见已经有不少路人举起手机对着他们的方向在拍，心中有些不安，赶紧说道："抱歉，我现在要走了，下次再说。"说着，两人便快步走出了门口。

"哎——"那人赶紧追了过去，却看见林回已经向着停车场的方向走去。他边走边冲着身边高大的男人说了什么，脸上露出灿烂的笑容。

等到两人回到家，林回问道："今天玩得开心吗，贺总？"

林回最近特别爱在私下喊贺见山"贺总"，本来是喊了好几年的普通称呼，渐渐地也带上了一些温暖的意味。

"走的时候喊住你的那个人我认识。"贺见山没回答他的问题，反倒是说起了别的。

林回不明白他为什么提这个："你认识？什么人啊？不是薛老板的朋友吗？"

贺见山笑了起来："海归精英，薛沛跟我八卦说这人一直想认识你，在'续'等了你好久。"

林回赶紧摆摆手："算了，我对这可不感兴趣。再说了，等好久又算什么，我以前还天天梦见你呢。"

贺见山提起了兴趣："梦见什么？"

林回警觉了起来，狐疑地看了一眼贺见山，可是贺见山却是认真地看着他，似乎是真的很想知道梦中的林回和贺见山的故事。

林回支支吾吾："就……一些工作上的事情……"

贺见山面露不解："什么事？"

林回露出不堪回忆的神色："这样说吧，如果把梦里做的事情写成小说发在写文的网站，估计会被读者吐槽没人想看这种社畜日常，就是这样的梦。"

贺见山表情平静："噢。"

林回不动声色地看着他，看他要装到什么时候。

过了一会儿，贺见山转头晃了一下手机："一天打几十个电话也找不到人这样的梦吗？"

林回已经忍不住要嘴角弯起，摇摇头不说话。

贺见山笑了起来，又点开手机里的一份文件，问道："那就是开会开到半夜，这样的梦？"

林回的笑容越来越大。

"真的有点好奇，林助理不带我见识一下吗？"

眼看贺见山已经热切地发出了邀请，林回也终于笑出了声：

"是一个……能让你忙到三天三夜停不下来的梦。"

· 03 ·

假期的第三天，林回和贺见山终于想起来一件十分重要的事情——薛沛。

"还是要请薛沛吃顿饭的，得感谢他。"

说这话的时候贺见山正在给花修枝。昨天回来的时候路过一家花店，林回说家里的花瓶空着，想买一束养在客厅。结果停下车去店里挑的时候，发现品种不多，品相也不是很好，店家表示明天一早有鲜切花送来，她可以搭配好了送货上门，于是一大早，贺见山便收到了林回订的花。

林回又在继续他还没有完工的打字机，他一边找零件一边问道："为什么？"

"因为，"贺见山停了下来看向林回，笑道，"最早的时候，就是他极力劝我招一个助理的。"

林回停了下来，似乎有些惊讶："真的吗？"

贺见山将一支洋牡丹插入花瓶中，点点头："总助这个职位比较特殊，要我和一个陌生人建立一些相对紧密的联系，哪怕是工作，我也还是会觉得不习惯。说真的，我本来以为我会一直是一个人的。"

"那真是不请吃饭说不过去了。我这就联系薛老板，看他今天有没有时间，我们去哪儿吃？"

"小南轩吧，好久没去那边了。"

林回给薛沛发了消息，薛沛很快回复表示有时间，午饭就这么定下了。

小南轩靠着公司附近，离翡翠云山不算近也不算远。林回看时间还早，便又继续拼起了乐高："我其实挺好奇的，你跟薛老板怎么会成为朋友，你不是十岁以后就出国了吗？"

"小学一年级认识他的，他是我同桌，带着我上课偷吃零食，然后我俩被老师罚站到门外去了。我家里人倒是没说什么，他被他妈揍了一顿。"

林回哈哈大笑："你竟然还有这样的过去。"

"如果不是你问，我也快不记得了。"贺见山想起来也觉得有些好笑，"去国外的时候也没好好跟他告别，结果他不知道从哪里知道了我的邮箱号码，好像是我在什么书上写过，试着给我发了电子邮件，才又联系上了。"

"真好。你一定是他特别重要的朋友，所以他才会那么认真地找你。"

贺见山将手上玫瑰的根剪短了些："你记不记得我跟你说过'蜜糖罐计划'名字的由来？'蜜糖罐'三个字来源于和小伙伴小时候聊天的记忆，那个小伙伴就是他。那个时候我特别喜欢听他讲去外公外婆、爷爷奶奶家玩了什么，现在想想，可能是我从来没有过，所以特别羡慕别人所拥有的。"

林回放下了手中的小方块，看向贺见山道："我能问问，当初你为什么要设立这个基金吗？"

贺见山的动作停了下来，语气平淡："我在接管万筑以后，姚倩仪那个在车祸中死去的情人的妈妈和弟弟找上门了。他们想要钱，我不给，他们就把事情卖给杂志。后来我才知道，我爷爷当初给过他们一笔钱，只不过现在换了新的当家人，还想再讹一次。

"当初万筑一直说姚倩仪是车祸死亡，出轨的事也遮掩了下来，在普通人眼里他们的爱情依旧是一段佳话。这事情一曝光，对我、对万筑都不好，舆论反应很大，我便设了这个基金，做了一次公关。"

直到现在，贺见山也很难说得清当初在设立这个基金时，他内心最真实的想法。他和姚倩仪是这个世界上血缘关系最深的人，却也是关系最扭曲的人。他亲手揭开了她出轨的幕布，也亲手送上了令她死亡的利刃，就是这样一个畸形的关系，他还要对所有人演一出"她爱我""我爱她"的戏码。

他虚构了一份母爱，赚了所有人的感动，然后去温暖真正失去母亲的人。

这听起来实在太可笑了。

而整个基金方案的设计，也巧妙地掩盖着他微妙的心思。申请蜜糖罐基金的人有两种选择，一种是一次性领取固定金额的礼物金，另外一种是选择由万筑集团提供的礼物包。每个月，万筑会有专人给申请人送来一份礼物。十二个月，十二份礼物，其中十份礼物是由公司女性员工提议选定，最后两份，则由贺见山亲自指定。连对林回也无法说出口的是，他指定的礼物里，藏着一份他自己也不愿意承认的"恶意"。

然而这些年来，申请基金的人都是直接选择礼物金，基本没人选择礼物包。不过贺见山觉得这也不失为一件好事，就让那些无法言说的东西，永远地埋葬着吧。

林回已经完全放下积木，站起了身。贺见山回过神："是不是时间差不多了？我来收拾下。"

林回就这么看了他一会儿，然后伸手抱了一下他。

贺见山不得不放下手中的花，笑道："林助理，我不得不提醒，你已经三十岁了。"

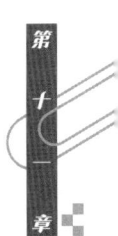

"那请问三十五岁的你，吃不吃这一套？"

贺见山摊牌了："嗯，被安慰的感觉真心不错。"

两人到达小南轩的时候，薛沛也正好到了，三人一起在门口碰上。到了包厢坐定，听见贺见山和林回两人说完这顿饭的来意之后，薛沛忍不住给自己满上酒，举杯笑道："来，老贺，碰个杯，恭喜你老了以后终于有人给你推轮椅了。"

从前薛沛就吐槽过贺见山，说他这一心只有工作无欲无求的样子，老了都没人推轮椅。

贺见山点点头："谢谢，你也不用提着奶粉去疗养院看我了。"

林回哭笑不得："你们每次在酒吧喝着那么贵的酒就是聊这些东西？"

三人又聊了一会儿，贺见山想起贺见川的事，开口道："贺见川有个乐队，唱得还行，你看你安排下，让他去'续'唱唱。"

"贺见川不是你那个弟弟？他还有个乐队？"

林回从手机里调出一段贺见川表演的视频，递给薛沛："我觉得唱得挺好的。"

薛沛看看林回，又看看贺见山，然后低下头点开视频取笑道："你知道你俩现在特别像什么吗？就是那种为了孩子工作操心，然后托人找关系的父母。"

贺见山不理会他的调笑："酒吧参差不齐，有的氛围不是很好，如果真的要唱，最好还是要待在好点的地方。"

薛沛看了一会儿，惊讶地叫起来："原来这是你弟弟！"

"你知道他？"

"你们不知道吗？'草垛诗人'很早之前就在京华的本地论坛上挺有存在感的，然后就是前两天吧，他的一个唱歌视频忽然火了，好像是某家公司年会请的他们表演，好多人打听他，然后就陆陆续续一直有他在酒吧唱歌的视频流出来。"

薛沛掏出手机，搜了一个贺见川的视频，点击量确实很高。

林回随便翻了一下评论，基本都在夸他长得帅，唱歌好听之类的，但是也有很多人对他的现实身份很感兴趣，怀疑是不是经纪公司在炒作，还真有认识的人把贺见川的事情说得明明白白：

"星空中的答案：我的宝藏乐队草垛诗人终于火了吗？给大家解答一下，小哥哥不是什么明星，他真名 HJC，富二代，家里巨有钱，JH 市的懂的都懂哈，其他不多说，听歌，听歌。"

"Cecilie_072：H 是什么姓？何、黄、华、贺？不过上面说是 JH 的，不会是贺吧？"

"XXX_ 卡琳娜：就，他跟他哥好像一点都不像……"

"用户0233650：本来就是同父异母，不像也正常。"

……

林回皱起了眉头，看向贺见山："这真的没问题吗？"

薛沛看出他想说什么，宽慰道："你又不是不知道，老贺家的事情在网上都被说烂了，翻不出什么新鲜的，你就当作是提前习惯家里出了个明星吧。"

但是林回还是有些不安："如果知道他的关注度那么高，我昨天就不出那个风头了，应该私下解决的。"

"出什么风头？"

林回叹了口气："昨天有个男的非要请贺见川乐队的鼓手喝酒，我就狐假虎威，上去摆了个谱，总不能看着人家女孩子被欺负。"

他倒不是担心自己被拍会怎么样，而是怕牵连贺见山。四年前他就领教过网络舆论的厉害，当他们真心想要挑你的刺，那么就连呼吸都是一种错误。

薛沛滑动了一下手机，依次点开视频，最后在其中一个视频停下，手机里立刻传出林回的声音："……你们酒吧最贵的酒是什么……"

林回立刻看了过来。

薛沛看了一下评论，说："别担心，翻了半天也就这一个视频，就十几秒，评论也不多。"

"但愿如此。"

一直没怎么说话的贺见山开口道："舆情监测的钱我不是白掏的，就算出现什么问题，公关也会好好处理的。"

"那等吃完饭，我们提前跟公关部沟通一下。"

贺见山笑了一下："本来说不许工作的是你，现在假期还没结束，你倒要开始加班了。"

"后悔了，早知道还是应该跟你一起工作。"

林回忍不住想，最近放松过头，有些得意忘形了，只希望这缤纷多彩的假期让泡在网上的人不要注意到这点微不足道的小事情。

下午回到家，贺见山就跟公关总监打了个电话。虽然事情不见得有多大，但是提前沟通不是坏事。当他以一种十分冷静的语气大致说完整个事情之后，电话那头沉默了。

本来假期突然接到老板电话就不是一件多令人愉快的事情，但是吧……公关总监沉默了好一会儿，最后纠结表示："关于您和林总去酒吧看您弟弟演出，顺便……高额消费了一下这件事，公司的确没有做过预案，不过我认为问题不是很大，毕竟这只是私人行为，合理合规合法。但是由于万筑的宣传上，您的形象一向是比较低调的，

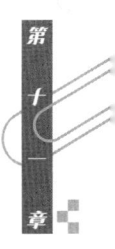

所以我建议之后再有类似行为可以适当在小范围内进行，我也会通知部门人员注意，请您放心。"

林回皱着眉头听了半天，明白了他的意思：装阔不违法，下次炫富最好找个私人场合。

贺见山挂掉电话，看到林回的表情，忍不住笑起来："现在可以稍微放心点了吗？"

"备过案了好点，要不然总觉得不踏实。"

林回说着走进厨房，将刚买回来的鱼放入水槽。两个人回来的时候又去了趟超市，拎回来一条鱼，打算晚上喝鱼片粥。林回看这会儿闲着也是闲着，想着干脆先片好鱼，稍微腌一下，等到晚上就可以直接下锅了。

"我来弄。"贺见山卷起袖子，走了过来。

林回听了摇摇头："不用，鱼太腥了，你这人对味道敏感，先去帮我拼乐高。"

贺见山停了下来，开口问道："你是怎么发现的？"

"发现什么？发现你不喜欢闻各种味道吗？"林回无奈极了，"每次跟你出差，一进酒店你眉毛就皱了起来，是受不了酒店大堂的那种香味吧。"

一开始他还以为贺见山对什么地方不满意，后来留意了几次便发现他可能是不喜欢各种浓烈的气味，甚至连普通的洗护用品的香味也不喜欢。

"现在适应良好了，你可以闻闻看我身上是不是有香味？"

趁还没开始动手杀鱼，林回转过身，看着贺见山笑道："什么香味，不就是沐浴乳和洗发水的味道吗？"

"不是，你再猜猜。"

林回凑近闻了下："唔，还有小南轩的香料味道。"

贺见山被他逗笑了："认真点猜。"

"好吧好吧，"林回认真嗅了嗅，"嗯——好像有点甜，还有点薄荷的味道，还有鱼腥味……"

林回嘀咕了半天，最后还是认输了："真的不知道。"

"你闻闻你自己身上有什么味道？"

"有薄荷，还有橘子的甜味，中午在饭店吃的，还有鱼……"

林回忽然抬起了头，愣愣地看着面前的人。

贺见山笑了起来："林助理，我们身上的味道是一样的，统称——

"家的味道。"

第十二章 不，你不知道。

• 01 •

三天的假期稍纵即逝，转眼又要继续上班。

林回晚上准备早点睡觉，而贺见山显然还有些意犹未尽，竟然又开始规划起过年的安排："过年你想去哪里度假？"

林回已经犯困了，躺在沙发里迷迷糊糊说道："……过年啊，过年我要回去一趟……"

自从奶奶去世后，林回每年年前都会回一趟老家，把房子上的对联和"福"字换一换，然后再回到京华。早几年的时候，他也会去其他城市玩一玩，放松一下，但是春节期间一个人旅游，总能在旅途中收到来自陌生人的额外关心，这让他感到不自在——就好像有个声音一直在提醒，他是一个人了。后来干脆哪里也不去，就窝在房子里待上一周，打打游戏，看看电视，买足够多的吃的就可以了。

所以每年春节假期值班，他都跟行政说尽量安排他值班，让其他同事好好过年。公司的人都说林助人好，只有他自己心里清楚，他可能是全公司唯一一个渴望假期赶紧过去的人。

贺见山听到林回的答复愣了一下才反应过来，也是，过年都是要回家的。随后，他又开始期待着跟林回一起回去。

他很想看看林回长大的地方：桃树、小河、还有家门口的石子路，那些林回讲过

的东西，他都想亲自去看一看。这样想着，他便将林回喊醒赶回房间，随后自己也去睡觉了。

谁也不知道，就在两人陷入梦乡的时候，假期那个小小的意外，已经悄悄地开始发酵了。起因便是一条博文——

"大胃王默默V：你们无法想象我昨天去酒吧玩，经历了怎样一出爽文剧情大戏！容我慢慢讲！

"元旦放假，跟闺蜜约好了去酒吧玩。闺蜜最近喜欢上我们本地的一个乐队，就追着乐队赶场，然后我们就去了这个酒吧，这是前提。

"先说乐队，这个乐队感觉很年轻，主唱是个小哥哥，声音很好听，不是酒吧特产烟嗓，人挺帅；有个敲架子鼓的是个妹子，长发飘飘，巨飒！本来我和我闺蜜都挺开心地在听歌、喝酒，然后一个中年油腻男要请鼓手妹子喝酒，我亲眼看见服务生捧着托盘，里面放着酒和钱，从我身边走了过去。结果妹子拒绝了，不喝！

"油腻男就不干了，拿着酒走了上去，你们知道这个油腻男说了一句什么吗？说请酒吧所有人喝酒，前提是妹子要把酒喝掉！然后很多人就在那里起哄，一直喊妹子喝酒，真气死我了！有钱了不起吗？请不起就不要装阔好吗？

"鼓手妹子站在台上感觉都快哭了，主唱小哥哥就说我们不喝，态度很强硬，但是油腻男就一直叽叽歪歪，然后，重点来了！！！

"一个穿着白衬衫的小哥哥忽然走了上去，说既然大家这么开心，不如他也来加码助兴吧。我跟我闺蜜都看傻了，小哥哥气质好得不行，就是那种'养尊处优'的范儿，你们懂吧！油腻男说你谁啊，小哥哥看都没看他，直接问店长你们这儿最贵的酒是什么。店长也蒙了，还看了看旁边的保安（好像是怕打起来，把保安给拉了过来），怀疑自己听错了，笑死我了，然后就报了个酒的名字，然后！小哥哥就说，给每个桌上上一瓶，喝到大家尽兴！

"我发誓我在打这几个字的时候还在激动！！！

"最爽的是，小哥哥还学那个油腻男说——只要大家喊乐队的名字，请他们继续唱歌！

"整个酒吧都炸了，一直在喊乐队的名字！啊啊啊啊啊！我耳朵都要聋了！！！

"装阔反被打脸！太爽了！！！结局就是油腻男灰溜溜下去了，小哥哥也功成身退了呜呜呜！啊，我感觉我文笔好烂，很激动的一件事被我讲得特别无聊！不多说，你们自己看我闺蜜抖着手拍下的视频，一起欣赏小哥哥的打脸大戏！（所有人的脸都做了模糊处理，顺便请务必无视我的尖叫。）"

可能是假期里大家实在太闲，加上这个博主也是个小有名气的美食博主，这条博文很快就扩散了出去，甚至很多营销号也纷纷下水，配上一些故意吸引眼球的标题，开始重复推送。

而随着热度不断攀升，最开始那条博文的评论都在讨论的"爽文剧情"，慢慢地也转到了"白衬衫小哥哥"身上——

"再也不熬夜了：虽然 PO 主打了码，但还是想看看小哥哥啥样。"

"白鸟 X 紫：默默！竟然跟你泡了同一个吧！话说你漏了那句'三号包厢结账'，说真的，这情节我一度怀疑我在看爽文小说！"

"愤怒的老青年：装阔装得很爽，但感觉像是摆拍，最好不要是炒作。"

"Echo1996：……是这个小哥哥吗？走的时候在门口拍的，看衣服好像一样。【照片 .jpg】"

"猪猪不干了 回复 Echo1996：好帅！"

"赵阿花 回复 Echo1996：气质确实不错，但是放别人照片不太合适吧……"

"CICI_PIPI 回复 Echo1996：他旁边那个也好帅，是他朋友吗？"

"小斋松海 回复 Echo1996：怎么看着有点眼熟？"

……

贴照片的人可能也意识到有些不妥，很快就删掉了，但是林回和贺见山在酒吧的照片还是流了出去。照片上的他正在跟人讲话，露出了整个侧脸，他的左手则微微抬起，像是要抓住身边人的胳膊，而一旁的贺见山只是低着头看手机，即便图片模糊到看不清楚正脸，却也有着让人无法忽视的气场。

林回看到照片的时候，万筑公关部已经先一步向网络平台出函要求将所有涉及贺见山和林回正脸的私人照片进行删除。不过说实话，还是晚了一步，网上已经聊完一轮了。

贺见川的身份首先被曝光了出来。

本来贺家的豪门狗血八卦一直是网上长盛不衰的话题，而且早年姚倩仪走的是娱乐圈女明星的路线，深耕多年，加上专业水平确实很强，也吸引了一批对她念念不忘的人。贺见川作为贺昭和第二任妻子姜晴的儿子，被八卦也是避免不了的。大家对着贺见川评头论足的同时，连带着贺见山这个更具有话题度的人，一起走上了风口浪尖。

很快，有眼尖的人将贺见山和白衬衫小哥哥身旁的人比对了一番，发现就是同一个人。那么问题来了，贺见川在酒吧演出，贺见山去酒吧看自己弟弟演出，那那个为了乐队挺身而出又跟在贺见山身边的白衬衫小哥哥是谁？

热心网友总是对网络上各种各样的人或者事有着旺盛的好奇心，他们从万筑的官方报道中一张图一张图挖掘，终于找出了真人——基本上每一张有贺见山的照片，旁

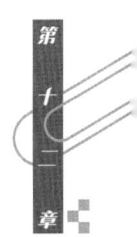

边都会有他的身影——大部分的时候，他都站在离贺见山一步之遥的地方，默默地看着他，应该是万筑集团的员工、贺见山的下属没错了。

所有的事情都很清晰了，哪儿有什么天降帅哥英雄救美，真相竟然是社畜挺身而出为老板弟弟解围，还不知道算不算加班费。

如果说所有的事情都截止到这一步，那么姑且还算得上在万筑公关的可控范围内——贺家的八卦嚼不出什么新鲜的，白衬衫小哥哥的爽文剧情也不过是领导授意的工作，网络世界每天的信息量如沙粒一般数不胜数，唱歌再好听，长得再好看，隔着屏幕的陌生人终究只是没什么意义的符号，不会让人一直提起兴趣。

偏偏，就在所有的事情都快平息的时候，国内最大的综合论坛时事版块有个帖子引起了很多人的注意——

"【八卦闲聊】互联网真的没有记忆吗？谁还记得万筑四年前死过一个人？好像就跟这两天炒得火热的白衬衫小哥哥有关。"

"0L：死的是万筑的一个老员工，上班的时候猝死，本来以为就是普普通通的意外，结果他老婆在论坛爆料，说她老公长期遭到万筑L姓高管职场霸凌，无故降职降薪，过度压榨导致了她老公最后死在工位上。她老公是万筑老人了，十年以上工龄，而且还是优秀员工，这个高管就是你们口中的白衬衫小哥哥，如果没记错应该叫林回，我记得聊天截图都放出来了，你们搜搜应该还有不少帖子，但是后来这事的最终结果是他老婆删帖道歉，报道这件事的很多媒体和营销号被告，反正最后不了了之，据说是给了一大笔钱封口了。"

"1L：？？？真的假的？"

"2L：好像听说过，但是我记得后来万筑都胜诉了吧，他们还发过公告来着，而且那个人的老婆后来道歉了，说是有误会。"

"3L：我搜了下，的确很多帖子，这个帖子回复多，翻了好几十页——【链接：有谁看到那篇《三问万筑》了，惊呆了，万筑是什么铁血资本家公司？】"

"4L：确定L姓高管=LH=白衬衫帅哥吗？我混乱了，LH不是有人爆料是秘书吗？这也叫高管？"

"5L回复4L：应该是的，我搜了下帖子，好像对得上【截图】【截图】。"

"6L：想起来一件事，之前我朋友在万筑，跟我聊过，说四年前那个事出来后，HJS一开始在国外，后来匆忙赶回来的，然后事情就被压下去了。"

"7L：而且很神奇的是，当时网上喷的人很多，通常出现这种事情，就算是谣言误会，公司一般也会先让对方停下工作，但是当时LH没有哦，或者说，一直没有，万筑死保他。"

"8L：我看不是万筑死保，是 HJS 死保吧，我记得当初有人爆料说万筑内部也很有意见。"

"9L：爆个料，LH 今年刚升了集团副总。"

"10L：四年前他才多大，那会儿就能这么拽？狗仗人势？"

"11L：我来整理一下爆料，确定的是 LH 是 HJS 的秘书/助理，一毕业就跟着他，今年升了副总，他今年多大？27？28？这 30 岁不到的大集团副总，是不是有点夸张了？"

"12L：好家伙，我就说这两天炒得这么厉害怪怪的，竟然还是法制咖。"

"13L：忽然有点恶心，万筑可以说是我梦中情司了，它很厉害没错，但不是他 HJS 一个人的功劳，是所有员工的功劳。现在给我感觉是只要当好舔狗，舔好老板就能当高管，滤镜碎了一地。"

"14L：不是，你们为什么都笃定 LH 害死了人，人家家属都道歉了，你们还在这造谣不怕被告吗？"

"15L：社畜怒了，一想到他在酒吧装阔的时候笑得那么开心我火就上来了。"

"16L 回复 14L：他老婆放的聊天记录里就差指名道姓了，最后官方解释也有疑点吧，一看就是用钱封口了呗。"

"17L：HJS 自己也不是什么好人，他妈怎么死的，他敢出来说吗？"

"18L：不是长得好看点就能给肮脏的行为洗地的！"

"19L：我们论坛不是有很多万筑员工吗？平时讨论福利的时候一个个进来晒，吹万筑企业文化怎么怎么好，现在怎么都这么安静了？"

"20L：就没人好奇吗，一毕业就跟着贺见山，这么年轻当上大集团副总，他做了什么？我在万筑那些报道采访上没见过他名字啊，万筑自己的官网上他都很少出现？"

"21L 回复 20L：我就是万筑的，LH 的业务能力全万筑都知道，你问问万筑哪个部门没请他帮过忙？他前几年差不多就是副总待遇了，今年只不过正式确认而已，万筑上下都认同的，谢谢。"

"22L 回复 21L：惊现万筑员工自曝，心腹前几年就是副总待遇了，哈哈哈哈哈，这是什么级别的公司孝子，人家一个小秘书拿的工资都是副总级的，轮得到你一个扫地的为他出头？"

"23L 回复 21L：本半个圈内人倒是要问问，他有什么业务能力？万筑出名的几个项目有他什么事情吗？"

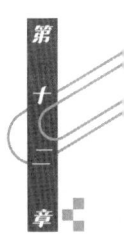

"24L 回复 21L：同事之间协调处理工作不是应该的吗？什么叫帮忙啊，这么感恩戴德，你们是真的被 PUA 还不自知了吧？"

"25L 回复 21L：隔着屏幕都心疼你，这么洗地 HJS 给你涨工资吗？"

"26L 回复 21L：发现好几个帖的万筑水军话术出奇一致，都在吹这个 LH 的业务能力，恕我直言，一个助理做了这么长时间，这真的谈不上什么能力吧。"

"27L：就没人看 17 楼吗？想看爆料！"

"28L：忽然想起来，以前有帖子扒过说 HJS 妈妈根本不是车祸死亡，再联系四年前员工猝死，贺家，万筑，天哪，总感觉有很大的瓜。"

……

一时间，无数营销号闻风而动，像是闻到血腥味的鲨鱼，全部扑了过来。旧闻新谈，这一场巨大的风暴，将刚刚平息的浪花一下子卷起，网络大众开始变得兴奋起来，就像是一条线，从四年前的那场风波开始，所有的事情都串联了起来——

万筑集团董事长贺见山，在很早之前就安排了大学刚毕业的林回进万筑，成为自己的贴身助理。这位林助理工作能力平平，为人却嚣张跋扈，甚至在四年前逼死过万筑老员工，贺见山不惜为他花重金封口。而如今，林助理终于熬出头，山鸡变凤凰靠着吹捧贺见山一跃成为万筑的集团副总。然而他太过得意忘形，在酒吧攀比炫富，最终导致这段令人不齿的事实曝光。

逻辑完美闭环。

网络开始陷入了一场巨大的狂欢：豪门、PUA、压榨、猝死、包庇、资本……一个个关键词仿佛是一个巨大的黑洞，吸引着所有人去一探究竟，再佐以各种真的假的同事的邻居的爆料，林回、贺见山，乃至整个万筑，都蒙上一层骇人的色彩，大家津津有味地品尝着。

丑闻，是互联网世界的兴奋剂。

凌晨五点，万筑集团会议室。

一会议室的人面面相觑，白炽灯明晃晃地照在所有人的脸上，泛着让人心慌的白。贺见山站在窗前看着原本暗沉的天色慢慢变浅变淡，不知道在想些什么。

没有人敢开口。公关看着法务，法务盯着公关，最后实在没办法了，公关总监顶着所有人的期待，开了口：

"咳，贺总，是这样的，因为一些流程方面的原因，我们在讨论具体措施之前，可能还是要跟您做一个最基础的确认——"公关总监缩了一下喉咙，看着打印出来的各大论坛的截图，一鼓作气道，"目前舆论对林总的讨论较为集中，我们是否需要按照普通员工的方向去处理……"

公关总监的声音越说越小，坐在这里的所有人都知道林回并不是普通的万筑员工，但是所有人都希望，处于舆论中心的那只是一个微不足道的小人物。

或者，他可以是一个小人物。

每个人都在屏息等待贺见山的答案。

"他不是什么普通员工。"贺见山转过了身，他停了一下，认真看着会议室里的所有人，"他是万筑集团的总经理助理兼副总经理，是我最重要的伙伴——

"林回。"

• 02 •

林回急匆匆赶到公司的时候，已经七点半了。

凌晨两三点的时候，贺见山接了个电话，随后便跟他说国外的项目有急事，他要去公司那边开个会。林回本来想跟他一起去，但是贺见山又把他劝住了："再睡一会儿。"

等到林回再次醒来，正好就到了平时起床的时间。当他习惯性地一边刷牙，一边点开手机滑动着想要看看新闻——

于是，整个人都定住了。

林回用最快的速度赶到了万筑。一到办公室他便看见平时压着点上班的赵晓晓已经坐在了工位上，她皱着眉头专心地看手机，林回敲了下桌子，喊了一句："晓晓。"

赵晓晓手一哆嗦，慌忙把手机藏到身后。可能觉得这样实在太过欲盖弥彰，又涨红了脸，把手机从背后拿了出来："林……林助——"

"贺总在哪个会议室？"贺见山不在办公室，这个时候他肯定在和公关、法务开会。

"贺总在二号会议室。"

没等赵晓晓叫住林回，他已经向着电梯跑了过去。

二号会议室在八楼，林回到达门口时，果然看见门紧紧地关着，隐隐约约能听到里面传出说话的声音。他刚要推门进去，忽然被人叫住了——

"林助！"是安妮。

安妮眉头轻蹙，挡在了会议室门口。

"安妮？"

安妮沉默了一下，低声道："林助，贺总说，让你在办公室等他。"

林回愣了一下，久久没有说话。他将目光转向面前那道沉重的门，长长地呼出了一口气。

过了一会儿，他慢慢平静下来，开口道："好，我知道了。"

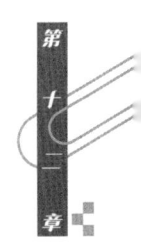

他刚要转身离开，安妮却像是有些不忍，又喊住了他："林助——"

"还有事吗？"

安妮嘴巴动了动，犹豫了半天，最后说道："……你吃过早饭了吗？"

林回忍不住笑了一下。

安妮和他同一天进入万筑，八年的时间，他们除了是工作上配合默契的同事，也是彼此互相关心的朋友。他知道安妮想说什么，便点点头："吃过了。"

随后他顿了顿，又补充了一句："没事的。"

林回回到贺见山的办公室，等待他开完会出来。门外，赵晓晓又在忍不住看手机，一边看一边飞速打字，看上去极为气愤。林回靠在门边看了一会儿，忍不住笑道："行了，别在网上跟人对骂了。"

"看我不喷死……"赵晓晓一抬头看见林回，把脱口而出的话咽了下去。

林回忍不住又笑了。

赵晓晓小声道："林助你怎么还笑啊……"

林回神色轻松："那怎么办，发动全万筑的人去网上发帖骂人吗？"

赵晓晓不吭声了。过了一会儿，她说："林助，他们根本连见都没见过你，他们不知道的。"

她的眼睛有点红，林回却像是忽然感到好奇，开口问道："那你知道什么？"

赵晓晓认真地说："我知道，贺总一定会解决所有事情的，你不要担心，林助。"

林回沉默了一会儿，最后轻声道："如果一个人能解决所有的事情，那他肯定要承受别人无法想象的压力。"

赵晓晓愣住了，而林回却忽然站直了身体，温柔地看向了前方——

几步之遥，贺见山站在那里，静静地注视着他。

办公室墙上时钟里的短针已经指向了8，早晨的阳光从落地窗中照射进来，又是晴好的一天。

"我没有帮你带早饭。"说这话的时候林回轻松地倚靠在办公桌上，看上去没有一点心虚。

贺见山笑了起来："还好，我已经吃过了。"

林回停了一下，开口道："公关怎么说？"

贺见山解开衬衫袖口的纽扣，言简意赅道："一开始，他们想淡化处理。"

所有的危机公关主要目的都是为了平息事态，降低关注度，那么通常最简单直接的办法就是回避——将所有的矛盾模糊并减少存在感。看上去是消极处理，绕开或者转移核心矛盾并没有真正解决问题，但是，新闻是有时效的，而网络更是极大地缩短了这种时效，时间久了，自然也就过去了，哪怕日后再提起，也不会再掀起大风浪。

林回点点头："常规思路。"

"我没有同意。"

林回看向贺见山。

贺见山看向林回："我说，林回是对我很重要的人，不能就这么简单翻过去。"

林回一愣，随后无奈地笑了："范雨估计都愁死了。"

贺见山也笑了。

范雨就是万筑的公关总监。事实上，当贺见山在会议室说出"林回"两个字的时候，整个房间都陷入了死一般的沉寂——这是最棘手的一个答案。

贺见山当着所有人的面确立了林回的身份，那就意味着在处理这件"丑闻"的时候，林回和贺见山是放在同等重要的位置。他们现在唯一庆幸的是，那个人是林回。

真是不幸也幸。

林回又想起什么："爆料的事报警了吧？这跟前几天偶然流出来的照片不一样，一看就是故意的。"

"连同营销号和恶意造谣的，一个也跑不了。"

林回犹豫了一下，问道："会是……冯俊涛那边吗？"

他们从来没有单独聊过冯英的事情，但是以林回对贺见山的了解，必定不会轻易放过他，而且恐怕还不是从法律层面解决。不知道会不会因此引起对方的报复？

"不好说。万筑这些年树大招风，明里暗里想踩一脚的不在少数，区区酒吧监控，也不是什么多费心神的事情。"说完他便看向了林回。

"怎么了？"

"真的不需要安慰吗？"贺见山真诚建议。

林回忍俊不禁："还好吧。"

其实连林回自己也没意识到，面对比四年前更甚的恶意，他竟然会如此平静。

一开始发现出事的时候，他确实有些着急，但是在等待贺见山的时间里，他并不感到气愤或者难过，想得更多的是如何快速有效地处理这件事。可能是网上编的那些东西太离谱，和自己差别太大，他真的连气也气不到，只觉得过于好笑。

不过，他唯一不能忍受的是，他似乎成为了贺见山的"污点"。很多人骂他、嘲讽他，不是因为他身上的那些谣言，而是想借着他来贬低贺见山，好像林回越是肮脏，贺见山就越是不堪。

他们得意扬扬地用林回来验证贺见山这些年的沽名钓誉，最后意犹未尽地盖章这

是一场意料之内的"翻车"。

在别人的口中、笔下、键盘里，他成了一支箭，一支射向贺见山的箭。

"范雨希望我开通个人账号，逐步放出一些万筑内部的工作日常，营造专业、勤勉的形象，淡化负面印象。"

林回听着有些好笑："我们还需要营造这个？"

"不需要。"贺见山认真地看着林回，"它是我心里最珍贵的东西，不是被别人评头论足的商品。"

人的恶意并不会因为坦诚而消弭，相反，它只会为狂欢者提供一轮又一轮的新素材。他绝对不可能让一群乌合之众来窥视甚至审判他们。

林回收起了笑容，过了许久，他低声道："你在给范雨出难题。"

"对不起。"贺见山突然开口道。如果不是他的不谨慎，不会让林回陷入如此糟糕的局面，只要想到这点，他便难以释怀。

林回摇摇头："你不是说过吗，总经理也是会犯错的，何况这也不是你的错。"

"我安排人去联系魏璇了，到时候会公布周东辉去世的详细情况。"

"她会同意吗？而且都过去这么久了，再去打扰会不会不合适？"

"她会同意的，毕竟我很有钱。"

林回忍不住笑了一下。

"之后，万筑集团会进行辟谣，以及公布这些年你为万筑做出的贡献，比如参与过的所有项目等，可能还会有部分你的视频资料，仅此而已，可以吗？"

林回闭上眼睛："我没有拒绝的理由。但是，你可能需要对股东有个交代。"

贺见山的所有安排都是从林回的角度考虑，公开四年前的真相是为了让他不再背负逼死员工的恶名；由集团官方宣布是为了明确立场；罗列他所有的贡献和成绩是告诉所有人他的优秀……可是，在股东眼里，这是否是在用万筑的名誉为他贺见山的小助理背书？仅仅是为了他，是否真的有这个必要？

公器私用，这是大忌。

贺见山不可能不知道。他肯定清楚这样做必然会遭到强烈反对，但是他还是拒绝了公关淡化或者柔性处理的提议，反而强硬地要求即刻为林回肃清负面舆论。

他是无法忍受林回受到伤害的。

"不要担心这个，我来处理。比起这点琐事，不如帮我想想宁海的项目。"

宁海的项目林回和贺见山陆陆续续跟当地政府推磨了两年，方案反复修改沟通，连对接的领导都换了一轮，现在终于要签约了。偏偏在这个节骨眼上，原定的项目负责人离职了，眼看年后项目就要启动，又临近过年，就算万筑再财大气粗，人也不太好找。

　　林回低头想了一下："……宁海……最晚什么时候要定下来……"

　　"三月宁海有一场一年一度的'春绿宁海'经贸招商会，我们这个项目会作为重点项目在会上举行签约仪式。"

　　"……三月。"林回笑了一下，"三月好，春暖花开的季节。"

　　就像贺见山跟林回说的那样，万筑的动作十分迅速。公司先是齐刷刷地告了一批造谣生事的，连同各大平台一起告，逼着平台封了一批又一批的号，随后又公布了四年前周东辉去世的详细细节，包括一部分当初贺见山和魏璇的沟通视频。

　　当年出于人道主义考虑，万筑虽然最后也公布了调查情况，但是证据并未全部放出，然后让魏璇删博道歉了结了事情。这次在对方同意的情况下，算是彻底摊开来说清楚这件事，而魏璇也正式向林回作出道歉。

　　随后，曝出视频的人也找到了，不出意外，是酒吧的工作人员，说是有人给了他一笔钱，让他仔细翻查有贺见山和林回的监控，结果还真让他找到让人大吃一惊的东西。尽管还没有那么快查出幕后的人，但是根据现有的线索来看，应该不是冯英那边做的。

　　贺见山倒是不意外："冯英虽然愚蠢，冯俊涛却是个聪明人。"

　　当初他让那两个跟班打得冯英奄奄一息，冯俊涛知道后敢怒不敢言，只恨自己儿子不争气，快三十岁的人了还是只知道沉迷酒色，硬生生地断了瑞涛和万筑之间的往来，这其中的损失，足以让他恨不得亲自打儿子一顿才好。

　　这两件事情一公布，再配合适当的舆论造势，网络上的氛围总算是和缓了一些。但是就像林回一直担心的，贺见山真正的战场从来不是互联网上的这些纷纷扰扰，而是来自现实——他开始频繁地应对股东的追问。

　　说老实话，到了万筑这种体量，股东更多的是代表其背后的关系与利益。万筑是贺家的没错，但是万筑的成长和壮大，也离不开缭乱的关系网和强大的资源注入。而随之而来的权力倾轧，也是哪一家公司都逃不掉的。

　　贺见山行事素来强硬独断，网络上的声音对于他来说根本不算什么，这次盛怒难消是因为触到了他的红线。四年前贺见山就为了这道红线大动干戈，现在又是一次。

　　事实上，股东们一点都不关心贺见山喜欢用什么样的人，甚至他要聘请个外星人来公司都无所谓，但是，林回似乎有些不同。贺见山为了他做出了很多不像是他会做的选择，这像是警铃也像是信号，使得林回在他们眼里变得微妙起来。

　　尤其，贺见山还要举集团之力为一个助理消除负面影响——这几乎是在罔顾所有股东的利益。撇去私人交情，林回这个副总经理是否值得万筑如此全力相护？而仅贺

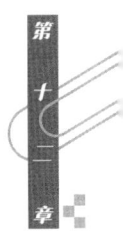

第十二章

见山一人，又是否真能强大到挽回之后可能造成的所有损失？

所有人都在等待着。

• 03 •

十一点三十分。

办公室里，贺见山背对着林回，压抑着不太平静的情绪，林回则淡定地看着他的背影。过了好一会儿，贺见山转过身，看向林回："我们需要聊一聊。"

在刚刚结束的内部会议上，大家讨论宁海项目新负责人是否有合适人选，是直接招聘挖人，还是从内部指派，讨论了很久也没个结果出来。

这个项目有点特殊，需要的不仅仅是行业经验，最好是能对整个项目背景、产业环境，甚至政府关系都要十分熟悉才好，交给一般人还真不太放心，但是集团内部也确实抽不出人手。

临近会议结束，全程没有发表意见的林回忽然开口道："我有一个最适合这个项目的人选。"

所有人的目光都转向林回，而林回则认真地看着贺见山："我。"

"告诉我你是怎么想的。"当林回在会议上说出"我"那个字的时候，贺见山整个人都蒙了，在此之前，林回从来没有跟他提过任何关于这个项目的一丝想法。

林回垂下眼睑，轻声道："你知道的，这是最好的方案。"

贺见山软声道："我不是不同意你去项目上，但不是现在，再等一等。"

"我全程跟了两年，没有人比我更熟悉它，我就是最适合的人选。"

"你听我说，林回，再等等，你等我把人给你选出来，我会把这个项目给你，然后……"

"你已经帮我挑了一个赵晓晓。"林回打断了他，"她是贺昭总安排进来的，但是你在她爸爸面前，把所有的功劳都放在了我的头上，然后又安排她做我的直属下属。他爸爸是体制内退下来的，关系还在，如果有可能，说不定也用得上……"

林回停了一下，继续说道："等过两年，你安排我去项目上，成绩一出来，你会直接调我回集团，我手上有项目，再往上升，公司内部也不会有意见……"

贺见山沉默片刻："你明明都知道……"

"是，我知道，所以我才要去。"

"现在不行。"

"现在才是最好的时机。"林回的声音变得坚定，"而且，我不但要去，还必须离职再去。"

贺见山猛地看向他。

"我要告诉所有人我离职了，这样股东便不会因为我来干涉你，你可以做你想做的事情——宁海项目就是我的退路。"

"绝对不行！"贺见山瞬间明白他在想些什么。但是，他之所以急着动用公司的关系消除影响，就是不希望事情再扩大，如果这时候他宣布离职，那么舆论势必要反扑，林回会再次面对各种莫名其妙的恶意——他不可能容忍林回在自己默许的情况下受到伤害，即便那是暂时的。

林回定定地看了他一会儿，问了一个不相干的问题："贺见山，这么多年，你在意过网上的舆论吗？无论好的坏的，真实的或者臆测的。"

贺见山没有说话。

因为姚倩仪的关系，他可以说是从小就活在很多人的目光中，早就习惯了。网络上贺家的八卦无论多夸张多离谱都影响不到他，而这次他会这么在意，完全是因为——

"因为我，所以你必须要卷到这个漩涡里来。我相信一开始只是普通网友无意识的行为引来的一些关注，但是后来从论坛爆料后所引发的一系列风波，要说其中没有人推波助澜我是不信的。

"贺见山，我成为了你的把柄，这导致你必须要花费更多的心力，才能摆脱事情所带来的负面影响——你可以不在意网络，却不得不因此受制于一些现实问题。"

贺见山的手紧紧地握了起来，呼吸开始变得急促："我没有办法接受你再次受到伤害，你懂吗？"

他当然知道宁海的项目最适合的人选是林回，甚至当他得知宁海缺个项目负责人，他第一反应就是这个职位适合林回。可是，从"丑闻"被曝光开始，这个可能性便被他否决了。

就像林回说的，股东的确坚持认为他所有的公关行为是出于私心，并非是出于林回本身的价值，如果贺见山一意孤行，就必须承担起此次事件的负面影响所导致的所有损失。他的确有一点被动，但并不是不能解决——比起看到林回受到伤害，他宁愿选择自己一个人解决所有事情。

林回摇摇头："这已经不是四年前了，网络上的舆论早就不会对我造成什么伤害，而且你也不是一个人了。

"你知道的，就算现在所有的舆论都平息了，那么明天，后天，大后天，随便哪一天，只要它存在，就会被有心人翻出来。"林回放缓了声音，"而我，不能一直站在你的身后。"

从事情发生以来，林回一直在想，他这些年拼命努力到底是为了什么？如果是为了追赶贺见山，那么现在他已经如愿站在他的身边，为什么自己还是不满意？

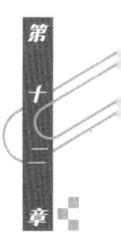

是的，他不满意，因为比起电脑另一端虚无缥缈的恶意，他更在意的是，自己忽然成为了一枚棋子——万筑部分股东用来拿捏贺见山的棋子，这是林回无论如何无法忍受的。

所有人都可以通过他来刺向贺见山，而他却只能将一切都交给贺见山，这和四年前又有什么区别呢？

"离开只是暂时的。离职以后，我可以通过宁海项目重新回到集团中来，届时股东也没有办法说什么。

"这跟你为我打算的是一样的，现在，我们只是将这段进程稍微加快一点，因此而产生的一点微小的副作用，都可以忽略不计。

"当内部的问题解决之后，外面的那些流言蜚语也会不攻自破。

"我相信你，贺见山。"

林回停了一下，开口问了一个问题："那天你为什么让安妮拦住我，不让我进去？"

贺见山看向林回，久久没有说话。

那天他紧急召集团队开会，跟安妮交代的第一件事就是如果林回过来，一定不要让他进会议室。因为他比任何人都清楚，无论公关提出多离谱的建议，只要是对他和万筑有利，林回肯定会照单全收。

"我们的心情是一样的。"林回坚定地看着贺见山，"没有人可以利用我来伤害你。"

哪怕贺见山并不会因此受到一点影响，那也不行，林回无法接受自己成为贺见山的弱点。网上的人编段子嘲讽贺见山，说他是万筑昏聩的王，说林回是蛊惑君心的佞臣，既然是臣子，他选择当将军——早在很久之前，贺见山就已经为他穿上了盔甲。

贺见山的喉结滑动了一下，他动了动嘴唇，似乎想说什么，但最后落到嘴边，却只有四个字："我不同意。"

"贺见山，你说过的，交给我掌控。"

贺见山闭上了眼睛又睁开："不行，我……"

"我不要你因为我为难，贺见山。"

"我知道，但是……"

"不，你不知道。"林回红了眼睛，"你不知道我每次站在你的身后看着你，是什么感觉；你不知道我每个深夜想着要努力追上你想到痛苦得睡不着觉，是什么感觉；你也不知道无数次我因为你恨不得立刻离开这座大楼，却还是因为你又留了下来——"

在那些难眠的日子里，林回想过无数次：为什么自己如此痛苦却又甘之如饴？为什么自己变得无比脆弱，又瞬间充满了力量？直到现在林回也不知道答案。或许有些问题，本身也并不需要答案。

"'我们必须不断地武装自己，才能有足够的底气，去拒绝所有的恶意。'"

贺见山怔怔地看着林回。

"你无法忍受我受到伤害，我也同样无法忍受你因为我受到股东掣肘。你知道的，对于我们来说，现实的隐患才是最重要的，我们一定要解决这个问题。

"这是你教我的，贺见山，是你给的我勇气。"

贺见山沉默了许久，开口道："现在十二点了，就算我现在撤回也来不——"

贺见山顿住了，他忽然意识到什么，不敢相信地看向面前的人："林回！"

林回终于笑了起来。

一天前，公关总监办公室。

范雨看着面前一脸平静的林回，脑海只有两个字，疯了。

他深吸一口气，严词拒绝："不行！肯定不行！"

"可以的。"

"你疯了，林助，老板会杀了我的！"

林回十分冷静："不会的，杀人犯法。"

"光流程上就过不去！"

"流程是合理的。我是万筑的副总经理，用印申请的最后一道审批在我这里。"林回紧紧地看着范雨，"这份说明，是副总经理亲自批复确认，亲自盖的公章。"

"我明天要是把这个发出去，一分钟后贺总就能让我离开公司。"

"我保证不会，我会跟他亲自解释，我不会让你承担责任。"

"林助，你听我说，所有的通稿都准备好了，明天中午，只要我手上这条公告发出去，舆论肯定能控制的，林助，没必要，真的没必要。"

"只要万筑有什么风吹草动，这件事就会被一次次提起。我不能成为贺见山的把柄，说老实话，我一点不关心什么舆论，但是我要给股东一个交代，你懂吗？"

"我不懂，林助，祖宗，不行，真的不行，我求你了。"范雨也崩溃了，连"祖宗"两个字都喊出来了。

"所有操作都让我来，你可以拍视频为证。实在不行，你说我绑架你也可以。"

"一切交给贺总不好吗？"见林回还有心思开玩笑，范雨抓狂了，他不理解，明明贺见山会解决好一切的，林回又何必这么做。

林回沉默了一下："四年前我就站在他的身后，我不能永远站在他的后面。"

"这是违规的。"范雨垂死挣扎。

"违规的只有我，是我私自拿了官方的账号和密码。"

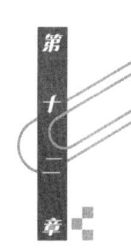

"我现在是不是该把简历更新一下了？"

"你只要当不知道这件事就行了，相信我，我肯定不会连累你的。"

"我上有老下有小，有家要养的，林总！"

林回笑了起来，轻声道："我也有家要养啊。"

范雨生气地盯着林回，最后还是痛苦地闭上眼睛，妥协了。

林回认真地看着面前的贺见山，他从来没有这么清醒过，眼神中闪动着坚定又热烈的光芒。贺见山还没有从震惊中回过神来，他动了动嘴唇，想要说些什么，林回却抢在他前面开了口：

"你记得你跟我说过什么吗？你说如果有一天我要离开万筑，一定要直接说出来，不要写离职申请。"林回深吸了一口气，"那么，贺总——

"我向你正式提出辞职。"

十一点四十五分。

万筑集团官方发了一则加盖公章声明。声明完整复盘了关于贺见山和林回的网络舆论事件，针对诸多谣言进行了梳理、辟谣和证据罗列，公开了后续处理的相关事宜，官方表示不会再对贺、林两人的私事进行回应。

这份内容详细到连九宫格都塞不下的声明，其中有一句话是：

"为了彼此更好的发展，公司已批准万筑集团副总经理林回的离职申请。"

• 04 •

林回离职的当天下午，贺见山把财务总监王凯春和安妮叫到了办公室。

"所有股东和股东公司的关联公司，包括关系户公司，凡是有业务往来需要付款或者合同签订的，全部推迟，对方问到就说是公司高层内部决定。"

王凯春和安妮对视了一眼："贺总，还有一个月不到就要过年了……"

贺见山一边签字一边头也不抬地说道："你说得对，所以你要好好提醒他们，他们如果想要年前拿到款或者敲定合同，让他们盯紧了他们的大领导。

"所有股东和股东公司的关联公司、关联人员的账目往来，好好进行审查，查漏补缺。"

"什么叫……查漏补缺？"王凯春怀疑自己听错了。

贺见山抬起了头："挑刺会不会？"

王凯春大气也不敢出，但还是忍不住开口道："这会直接影响到集团整体……"

"你说得对,所以接下来集团年度收支预算重新调一稿,利润和预算支出全部下调,尤其是和股东联系紧密的部门,预算全部削减,我签字确认过后抄送给所有股东。先这样。"

"……好的贺总,那我出去了。"王凯春头疼地看了一眼安妮,赶紧逃离了办公室。

"安妮,所有需要林回处理的工作全部转到我这儿。"

"是,贺总。还有一件事,"安妮想起来之前行政跟她提起的,"林助的人事资料是否需要即刻进行调整?人力资源部说通知上只说副总经理林回离职,事实上林助还有一个职位,是——总经理助理。"

贺见山停下了手中的笔。

他停了好一会儿,低声说:"先放着吧。"

安妮犹犹豫豫,忍不住开口:"贺总,林助他……真的离职了啊?"

贺见山抬起头看向安妮:"我记得你是和林回一起来公司的?"

安妮不明白贺见山为什么忽然问起这个:"是的,贺总,我和林助同一天入职。"

贺见山像是想起什么,笑了起来:"那你千万不要离开万筑。"

"啊?"

"要不然,你就看不到林回当总经理了。"

安妮离开后,贺见山又把范雨叫到了办公室。

范雨头皮发麻,心里嘀咕着"这叫什么事",一进门就率先承认错误:"我错了,贺总。"

贺见山的表情有些难看,但还算平静:"约一家公信力高一点的媒体,我要做一个独家专访,头版头条,全网推送,但是专访内容由我说了算。"

范雨立刻变了表情,轻声道:"林总已经和万筑切割清楚了,这个节骨眼上您不能……"

"他和万筑切割,不是和我切割,我心里有数。"

贺见山决定的事很难更改,范雨只好问道:"那您什么时间有空?"

"三天后吧。"贺见山想了一下,"这三天里,应该还会有一场股东会议要开。

"还有就是提前准备好通稿,等到专访出来后发布,具体的内容导向我待会儿发给你。"

"是,贺总。"

临近过年,大街上开始有了喜气洋洋欢乐祥和的气氛,只有万筑大楼,这两天安静得不像话——贺见山心情不好,加上没有林回从中协调……噢,差点忘了,林回就是贺见山心情变差的源头,中高层领导各个如履薄冰,知道的是快要放假了,不知道

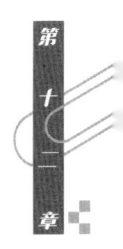

的还以为被炒鱿鱼了。

　　普通员工也很暴躁，高效顺畅的工作模式忽然间像堵了车，一下子积在一起，卡在那儿推进不了，部门的每个人都在催或者被催，但是每个人都得不到结果。

　　只有贺见山十分平静，一件一件处理工作，自己的，还有林回的。像他预料的那样，就在他交代完事情的第二天下午，股东便联合要求开视频会议。

　　安妮跟贺见山汇报这件事的时候，他正在看手机。

　　林回发消息说快过年了，先去花鸟市场挑挑花。他一边逛一边拍了很多五颜六色的花发给贺见山，争奇斗艳，没一会儿就占满了手机屏幕，贺见山每一张都点开来欣赏了一下。

　　林回：这盆好看吗？【照片.JPG】

　　贺见山：1。

　　林回这两天回家住了。他楼上的邻居出差好长时间没回来，忘了把厨房窗户关好，结果天气太冷直接把管道冻裂了，水一直流到林回家里，他不得已赶紧回来处理。这一回来，就懒得回翡翠云山了，正好先避避风头，贺见山气还没消，林回怕被他折腾，于是跟贺见山说了一声就住回去了。

　　贺见山正好这两天有些忙，也就随他去了。不过他心里还是有些生气，没去见林回，但是又舍不得不理人，所以每次林回发消息过来，就回复个"1"，代表自己看到了。

　　林回明白他的想法，心里笑得不行，但是自己理亏在先，于是装作什么都不知道，热情得好像冬天里的一把火。

　　贺见山一边看着手机，一边说道："拖着，就说我现在没有空。"

　　在联系总经办之前，很多人就已经给他发了消息，只不过他一条没回，电话也没接。

　　"那您看拖到什么时候？"

　　"等他们第三次来找你的时候，你来找我。"

　　"好的，贺总。"

　　第三天下午，贺见山和所有股东以及股东公司代表开了视频会议。

　　老实说，在场的都是有一定身份地位的人，大家心里都不傻。贺见山的刀忽然砍向了自家人，为的是什么所有人都心知肚明，但是面上还是要公事公办。

　　贺见山听完所有的事情，开口道："我能理解大家的难处，但是林回离职导致所有的工作节点断开，所以接下来的一个阶段，万筑的整体运营会产生波动，这是我们需要共同面对的。"

　　其中一名股东代表听笑了："贺总，不至于，偌大一个万筑，离了林回就转不了了？"

　　"如果我说是的，你们可能觉得我在夸张。但是整个万筑，也只有一个林回对集团所有部门的情况都了如指掌，包括项目上的所有工作都会汇总到他那里，由他进行初步处理。正是因为他帮我完成了大部分工作，这些年我才能有时间去好好谋划，才有了万筑的飞速发展。你们以为为什么几年前他就能拿到副总级别的薪资待遇？

"是因为他承担了大量超出他职位的工作——他并不是一个助理，事实上，他是万筑的半个总经理。"

仿佛网络卡了一样，所有股东的脸在视频框里定格了。

"我在之前就跟你们强调过很多次他的重要性，你们坚持认为我是因为私人原因，让万筑强行为他背书，损害了集团整体利益。你们知道他离职的消息一出来，有多少人给我打电话问这件事吗？你们知道他的手上经过多少万筑的项目吗？他是我一手培养起来的，你们又知道有多少企业抢着要他吗？

"不过算了，反正他现在也走了。那么也希望大家积极举荐人才，尽快挑选出能补上这个空缺的、经验丰富、能在我手下做事可以承受住压力的人。我也不是万能的，没人帮我，我什么都干不了。"

说完他像是想起什么，又补充了一句："其实现在年底了，影响也不是很大，等过完年，很多项目都等着对接，那时候才是真正的考验。"

会议顿时陷入了僵局。

不是说股东们不想塞人，而是谁也找不出这样的人，符合贺见山的要求得多难啊。过了一会儿，其中一名代表开口道："贺总，咱们毕竟和林总关系不一样，这不是还有你嘛，不行就再……"

这话近乎无耻了，这基本就是明着说反正你俩关系好到像一家人，再把林回喊回来不就行了。

贺见山转动着手中的笔，看着屏幕里的那张脸，沉声道："费总，谈利益，就不能讲交情；谈交情，那就不能在乎眼前的利益——亲兄弟还要明算账，不管我跟他的关系如何，咱们也不能什么理都占尽了吧。"

这基本就是在明着骂了：当初一群人认为他公器私用损害集团利益，现在反倒是主动说起交情了。

一时间，所有人的脸色都很难看。

贺见山喝了一口水，慢条斯理道："据我所知，他离职的消息出来后，已经有七家公司给他发出了邀请，给的薪资待遇也比万筑要高，其中不乏我们的竞争对手，当然啦，有竞业协议在，他去其他公司也不会那么快的。"

有人开始打圆场："主要还是因为万筑有贺总你在吧……其实几年前就有人想挖

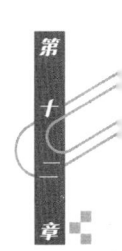

他。老实说林回能在万筑待这么些年,说明还是对公司有感情的……"

"对对对……"

"我记得他大学一毕业就来了吧……"

贺见山忍不住想:那是因为我,因为我他放弃了很多唾手可得的东西,那么现在,他要帮林回都拿回来。

贺见山停了一下:"老实说这么多年了,我一直很感激诸位对万筑的发展所做出的巨大贡献,万筑能有今天,跟所有股东的投入和帮助都是分不开的,大家合作多年,彼此都有默契,说句玩笑话,真要是少了谁我还真有点不习惯。"

一室的安静。

"万筑是一个巨大的利益共同体,不管是公司的运营管理、项目拓展,又或者是人才的培养,我都花费了巨大心力。所以也希望大家不要那么累,轻松一点,我相信年底报表的数字,会让大家满意的。"

贺见山这一番软硬兼施的话下来,大家都听明白了——别指手画脚,等着年底分红就行了,实在不行就滚。事实上,谁也舍不得"滚",纵然万筑已经如此成功,但是它还在稳定上升,谁也不可能放弃这么大的摇钱树。

"那既然现在已经这样了,贺总你说怎么办?"

贺见山似乎有些无奈:"现在大家都知道林回离职了,肯定不能就这么让他回来,不然显得我们万筑像是草台班子一样。"

"这不是又绕回到原点了吗?其实工作嘛,来来去去都是很正常的,不需要那么死板。我们都知道,林总可能是顾忌到贺总你的事业才离开的,这个问题也不是不能解决嘛。"

贺见山表情淡定,开口道:"也不一定非要他回来吧?"

有股东急了:"不是你说的吗,这么多年也就只有林回能做到这种程度。很显然,万筑需要他!"

"而且他身上这么多万筑的商业机密,去其他地方感觉也不太好……"

"对啊对啊。"

贺见山终于笑了起来。

"既然大家的意见都高度统一,那我觉得万筑,或者说我,作为万筑的董事长兼总经理,也该把事情做得体面一点。"贺见山看了一圈参加会议所有的人,"副总经理的那点薪资确实不能体现价值,我觉得唯一能表达我们万筑诚意的是——

"股权分红。"

贺见山和股东开会的时候，回集团汇报工作的李风海正坐在安妮的办公室剪指甲。

安妮嫌弃死了："别掉我地毯上，拾起来扔垃圾桶。"

"知道了知道了，老板的会还没结束啊？"

"没呢，也不知道要开多久。"

李风海嗤笑："这群人，平时不参与实际运营管理，就知道塞关系户捞钱，根本不知道林回的重要性。我要是他们，知道林回和老板关系这么铁，得天天作法求他们不要分开，这群家伙倒好，把人给气走了。现在傻眼了吧，你等着，老板肯定要'将军'了。"

"我还是不懂，按照你说的，林助为什么不和老板商量好，假装离职就行了，没必要兜一大圈弄这么夸张吧？"

李风海抬起了头："你要记住，假的真不了，真的假不了。虽然直接公布离职很突然，但是你又怎么知道他们没商量过这事呢？"

"当然啦，股东也不傻，未必不知道这是一场没有排练的戏，双方都给彼此一个台阶，各退一步，工作才能做下去嘛。"

林回就是看到贺见山一直处在被动的位置，所以才狠下了心，连贺见山都没说，就公开离职了。他一动，贺见山就明白是什么意思了。连李风海都不得不感慨，这两人的默契真是绝了。

李风海把指甲刀收好："股东里好些都是老贺总那会儿的关系了，买卖不成情意在，关系盘根错节，贺总就算想动，也不是一时半会儿的事。"

安妮翻了个白眼："可是网上又在乱说，说林助心虚离职什么的，看了就来气。"

"这你就别操心了，范雨说贺总明天有个专访，你什么时候见过贺总愿意接受专访了？"

"希望林助早点回来，我已经快烦死了，现在听到电话响就头大，都要过年了，我本来想躺平好好放松放松的。"

"他回来他也不一定待在集团。"

原本李风海是不打算回来的，项目汇报电话或者视频都可以，但是贺见山让他回来一下，李风海猜应该是有事要当面跟他说。

两人正聊着，有人过来喊李风海，说贺总已经回办公室了，李风海赶紧走了过去。

一到办公室，贺见山就开口道："年后林回会去宁海的项目。"

原来如此。李风海了然道："林助的确是最适合的人选。"

"你多帮帮他。"

李风海有些受宠若惊："您这有点夸张了，他背后是您，还需要我吗？"

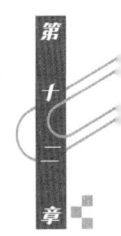

"还是不一样的。有些方面，我经验也不如你。"说着他想起什么，笑道，"你给他挑的房子不错。"

李凤海轻咳一声："买房是大事，林助也帮我好多忙呢，我当然要上心。那他什么时候回来？"

贺见山想起手机里那些花的照片，眼睛里浮起一层笑意："先给他放个假吧。"

周四一大早，范雨安排了"深度"新闻的专访。"深度"现在是国内首屈一指的综合性媒体平台，正像它的名字一样，"深度"的采访都颇具深度，权威性和含金量都非常高。

他们一听说贺见山主动要求专访，激动得不行。谁都知道，贺见山真的非常低调，基本不接受采访，何况这次还不是简单的文字采访，要出镜的！

不过，当经验丰富的主持人看到采访稿的最后一个问题时还是惊呆了，连问了两遍范雨："确定吗？真的要问这个问题吗？贺总真的会回答吗？"

范雨满脸笑容："当然。关于这个专访，我们唯一的要求就是咱们的宣传一定要——铺天盖地。"

上午刚接受完采访，下午"深度"就把片子剪了出来，可能连见多识广的"深度"新闻也觉得这个专访实在极具爆点，急着发出来。

在给万筑确认过之后，贺见山的独家专访便开始了全网推送。于是仅在万筑官方发出声明的五天后，所有人都看到了漩涡中心的贺见山首次出镜。他面对镜头侃侃而谈，展现着作为商业领袖的独特魅力。而在专访的最后五分钟，向来专业的主持人却忽然问了一个十分"不合时宜"的问题：

"最近网上一直有些纷扰，主要是关于您，还有刚刚离职的万筑集团副总经理林回，不知道在采访的最后，您方不方便回应一下呢？比如大家很关心的感情？还有林回忽然离职的原因？"

"这是两个问题。感情的话，咳，我确实不太方便回应……"贺见山忍不住嘴角弯起，目光顿时变得柔和，这是他今天第一次笑。

随后他的右手摸上左手的无名指处，像是习惯性地在指跟处转动了一下，说道："至于林回离职的问题——

"这其实涉及万筑内部的结构调整。随着万筑的发展，林回确实不适合担任万筑的集团副总，所以辞去了副总经理一职。万筑深感这些年他的付出，所以在全体股东认可的情况下，邀请他，以他专业的经验和才能，深度参与到万筑未来的建设，我相信，随着林回的加入，万筑一定能走上新的台阶。"

贺见山的专访一出，网络又掀起一阵狂欢。鉴于许多网民的整体知识储备有限，有一些人对这个专访还是发出了疑问：

"【八卦闲聊】邀请他，以他专业的经验和才能，深度参与到万筑未来的建设——HJS 这句话什么意思啊？"

"0L：那谁到底走了还是没走，我怎么看不懂？"

"1L：意思是——你们口中的能力平平、靠贺见山上位然后又心虚离职的 LH，厉害到技术入股万筑，成为万筑的新股东啦哈哈哈哈哈！"

■ 05 ■

"【八卦闲聊】万筑这件事是不是可以盖棺定论了？我看舆论都好起来了。"

"0L：这危机公关你们打几分？"

"1L：LH 既然能入股，说明就不是公关了，这是早就定好的安排。"

"2L 回复 1L：疯了吧？LH 何德何能？"

"3L 回复 2L：还何德何能？能入股万筑，你说他有什么能力？他甚至才 30 岁！"

"4L：不会吧不会吧，不会现在还有人不知道新增股东是要股东会决议通过的吧，不会还有人觉得是 HJS 给他开后门吧？"

"5L：实不相瞒，我现在在思考 LH 现在能有多少钱。"

"6L 回复 5L：我也……"

"7L 回复 5L：我现在甚至觉得 HJS 为了把 LH 留在万筑，开了什么了不得的条件。"

"8L：老实说，本来我不信爆料的，但是看了很多个，虽然细节有差别，但是有一点没有变过，就是当初 HJS 亲自邀请 LH 来的万筑，好神奇啊，那时候 LH 不过才大学毕业，HJS 就看出他的能力了吗？"

"9L：@万筑员工 我们论坛不是有万筑的人吗，快进来爆料啊，我现在真的好好奇啊！"

"10L 回复 9L：我是，而且近距离接触 BOSS 和林助，想知道什么？哎呀，我觉得你们想知道的我可能都知道，但是我不会告诉你们，略略略。"

"11L：看你版被打脸真爽，之前我就说了，HJS 风评一直很好，不至于这么是非不分，被你版神经病疯狂艾特骂，说我洗地哈哈哈。"

"12L：10 楼的同事对个暗号？美少女们的冰箱在几楼？忘了说，我就是曾经在某楼说林助很厉害的，然后被人说我自曝给 LH 洗地，我今天再爆个料吧，我司法务已经拉单子了，我已经把帖子里回复我的全部截图发过去了哈哈哈。"

"13L：太心疼了，当有些人在阴阳怪气的时候，LH 已经数钱数到睡着了。"

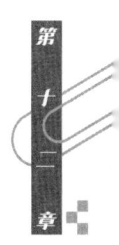

"14L：我还是不懂啊，既然这样直接说就好了，为啥万筑还要提一下辞职，分明在误导我们。"

"15L 回复 14L：就是为了钓你们啊！爽文看过吗？没有讨人厌的反派衬托，哪里来的打脸的爽，最悲哀的是你们连反派都算不上，只是别人故事里连名字都没有的小丑！"

"16L 回复 14L：应该早就定下来了，只不过顺手公布而已，只能说赶巧了，他都是股东了，这个副总经理做不做无所谓了吧，还不如让给别人。"

"17L 回复 16L：说不定接替他职位的人还是他指定的呢。"

"18L：现在可以说了吗，以 HJS 和 LH 的能力水平，就算两人真做什么，也不会让广大'正义'网友看出来的。"

……

林回翻看着论坛上的帖子，从上滑到下，满脸问号。他拿起手机，打了个电话给贺见山："能解释下吗？为什么一夜之间都在说你亲自邀请我来万筑工作，甚至把名下房产送我就是为了打动我，房子还就在你家楼上？"

太离谱了，网友说看到他们晚上在饭店聊了一夜，天亮了就去做过户登记，甚至还有背影照！

现在连最烂的电视剧也不会这么演了吧！

贺见山那边不知道在干什么，传来轻微的说话声，随后又安静了下来，应该是走到了没人的地方："那这个你喜欢吗——'贺见山在装满红玫瑰的私人游艇上，对林回说，只要你来万筑，这些都是你的，当时贺见川在旁边弹着吉他唱了一首《答案》，因为这是林回很喜欢的歌？"

林回："……怎么还有贺见川的事？而且我不喜欢红玫瑰。"

"那你喜欢什么？"

"我喜欢白玫瑰。"

"噢——"贺见山恍然大悟，"忽然想起来有个人好像问过我婚礼上喜欢什么花。"

林回装傻："什么人啊，谁问的呀？"

"好像是一个'拒绝了贺见山三次休假提议，然后贺见山气到逼他辞职好好休息'的男人。"

贺见山话音刚落，两人一起在电话里笑了起来。呼吸和笑声通过电波一起传递到彼此的耳中，带来了微妙的战栗。

"我想见你。"过了一会儿，贺见山轻声说道。

林回算算时间，大概有一个礼拜没见到贺见山了："那你不回家？我天天给你发消息，你就回个1，我要是今天不主动打给你，你也不打给我是吧？"

贺见山没有辩解："家里都弄好了吗？"

"弄好了，楼上挺客气的，专门找了师傅来处理过。这两天在家里没事做，我还顺便做了个大扫除，快过年了嘛。"反正他房子小，打扫起来也不算累，权当放松了。

"花也买过了吗？"

林回看着堆在家里的花，点头道："买了买了，我这边少放点，顺便把翡翠云山的也买了。"

"那你猜猜我还有多久到家？"

林回感觉出他在走路，忍不住笑了起来："三分钟？"

三秒钟后，敲门声响起。

林回打开了门，一束花出现在面前。

一周没见了，再次看见贺见山，林回眼眶竟然有些热。贺见山放下花，轻声说道："怎么了？"

林回小声喊了一句："贺见山。"

"嗯。"

"我错了，我以后再也不瞒着你任何事了。"

那天他看见听到自己说出"辞职"之后贺见山震惊的样子，心里又疼又难受。在贺见山身边这么多年，林回从来没有见到他这么慌张过。那一瞬间他有些后悔，他想，他再也不想看到贺见山这个样子了。

贺见山："声明上写着'副总经理林回辞职'，你不是还有一个职位吗，怎么没写，你不应该出这种纰漏啊？"

"我舍不得。"

贺见山笑了："我知道，我都知道的。"

林回想的一切他都知道。宁海项目是契机，辞职是他给股东的态度，贺见山抓住机会化被动为主动，忍着这么多天没去找他，也是希望抓紧一切时间，把该处理的问题都赶紧处理掉。

被这些乱七八糟的事占着他们两个人的时间，实在是太过浪费了。

"好了，这位万筑的新股东，虽然全部流程估计要到年后才能走完，但是你现在也是躺着拿钱的人了，晚上不请我吃顿好的？"

林回有些犹豫："我今天没买菜，我以为你不来。要不我们出去吃？"

"别麻烦了，我让小南轩送过来，上次和薛沛吃饭的时候，你不是说有个豆角很好吃嘛。"

"行,省得麻烦了。"

林回拿过白玫瑰,准备先去醒下花。结果发现玫瑰旁边还放着一个不大不小的木盒子。他拿起来看了下,上面什么 LOGO 也没有,但是东西看着很有质感。

"这是什么?"

贺见山看了一眼:"快递,先别管了,来看看你还想吃些什么?"

"来了。"林回放下盒子走了过去。

两人点完菜,便坐在沙发上一边闲聊一边等着晚饭到来。林回点开手机里和贺见川聊天的消息,递给贺见山说道:"你看看你弟弟。"

贺见山看了一下,从上到下翻了好久满屏幕都是"啊啊啊",看得出来受到的刺激确实不小。

后来林回和他聊到"续"酒吧驻唱的事,贺见川立马变得十分上道:谢谢股东哥哥。

林回:……别,你还是叫林哥吧,好听点。

贺见川:好的,股东哥哥。

贺见山笑着直摇头,然后想起从公司回来前,方明淮过来跟他说的事情,便开口道:"今天方律师过来了,说是花钱买通酒吧员工让他翻监控的人已经抓到了,你猜猜是什么人?"

林回好奇道:"谁呀?咱们的对头公司?"

贺见山摇摇头:"做自媒体的平台,炒作整件事的就是这家公司的。"

林回想了下,他的确知道论坛上的营销号背后都是有公司的,不过他们跟这些公司没什么瓜葛吧:"我们万筑得罪过这家公司?"

"没有,毫无关系。"

只能说做这行的嗅觉确实灵敏,只花了点小钱,还真拿到大新闻了。

"包括后面对很多舆论进行引导,甚至左右互搏的营销号也是这家。"

林回听明白了,这是拿他和贺见山赚流量钱呢。他笑了一声:"现在怎么处理?"

贺见山的目光沉了下来:"方明淮问需不需要他们发声明道歉,我拒绝了,道歉毫无意义,还能减赔偿,怎么还有这种好事?我会告得他们倾家荡产,告得他们看见电脑就发抖,包括那些在网上恶意评论和造谣的,一个都跑不了。"

林回已经开始算赔偿款了:"那赔的钱捐出去?可以捐给残疾人,身体健康的人不说人话,不做人事,倒不如用来帮助需要帮助的人。"

贺见山笑了起来:"那你就错了。这种钱也不配用来做慈善,应该用来花,比如买车或者买表……"贺见山顿了一下,"可能不太够。"

林回财大气粗地拍拍胸口："本股东给你补上。"

等到两人吃完晚饭，白玫瑰已经醒了。林回找了一个花瓶，把它们放入瓶中，然后细心地整理着枝叶。贺见山盯着他看了一会，然后拿来了一直放在玄关处的盒子。

贺见山把盒子推到了林回的面前："打开看看。"

林回手中的动作停了下来，灯光落在他的脸上，落下一片柔和的阴影。

过了一会儿，林回慢慢地打开了盒子——

里面并排放着三个长形圆筒状的东西，整体是金属质地的外壳，其中一端多出一截管套。

林回随手拿起了一个，有些沉手。他左右看看又晃了晃，里面发出清脆细碎的撞击声："是万花筒？"

贺见山点点头。

"你送了我……三个万花筒？"林回十分怀疑自己到底在贺见山眼里是什么形象，给了他错觉，"真把我当小孩子啦？"

贺见山依然不说话，示意他拿起一个看看。

林回狐疑地举起手中的万花筒，放在眼前眯起眼睛，一边旋转着，一边笑道："我上一次玩这个还是……"

林回忽然停住了，只剩下手在慢慢转动着，一句话也不说了。

等了一会儿，贺见山问道："里面是什么？"

林回放下万花筒，愣愣地看向贺见山："星星，里面是星星。"

林回很难描绘出他眼中看到的是什么——那些被切割打磨过的，可能是钻石或者是其他宝石之类的东西，伴随着他的动作，分合，碰撞，不断变幻着，折射出美丽又耀眼的光彩。

他的第一反应是星星。

很奇妙，这跟他想象的万花筒不太一样。明明没有出现星星的模样，却还是模拟出了夜晚抬头仰望星空的那种感觉，就像是小时候看到的那样，宁静深邃的夏夜里，繁星闪烁。

贺见山终于笑了起来："是童年的星光。"

林回完全呆住了，他指着另外两个万花筒，忍不住结巴起来："那……这……这两个？"

"这个，是这些年我们一起看过的月光。还有这个——"贺见山拿起最边上的那个万花筒，"是你拍下的落日。我一直觉得，那一天，是有些不同的。"

贺见山停了一下，有些不好意思地问道："喜欢吗？就当是庆祝……嗯……你给

家里挑好过年用的花。"

童年的星光，一起看过的月光，还有那个与众不同的黄昏，贺见山把这三样东西装进了万花筒。

这是他送给林回的礼物，为了庆祝他们即将一起度过的第一个春节。

林回几乎说不出话："我……"

贺见山一直在笑："给人准备惊喜真是太快乐了。"

林回紧紧握着万花筒，花了好久才慢慢平复下来心情："这些万花筒里面装的是什么，而且我感觉跟我以前看的不一样？"

"的确是做了一些调整和设计，具体我也不太清楚。设计师是我以前在国外的同学，很喜欢弄这些东西，他按照我提的要求做出了这个。

"星光筒主要用的是钻石，有一些蓝钻，还有深的浅的各种蓝宝石。

"月光筒用了很多珍珠、母贝，黑夜应该也是用深色的蓝宝石模拟的。

"日光就比较多了，有粉钻、红钻、红宝石、黄宝石，等等，还有很多金珠？还是金箔？我记不太清楚了。"

他唯一的要求是最大限度地模拟出这三种光芒的感觉，其他的不是很在意。他之前就在计划这件事，还好老同学比较闲，接了他这个单子，加班加点给他做出来了。

随后贺见山又想起了自己藏的彩蛋："星光和月光里有我袖扣上的蓝宝石，日光用的红钻是我托人在瑞士拍的，它的名字我很喜欢，叫——

"琥珀心。"

他曾经想和林回交换一颗坦诚的心，结果那天林回逃走了。

可是现在他想，已经不需要了，所有美好的时光在他心里已经凝结成最珍贵的宝物，这就可以了。

林回迟迟没有再开口，他低头看着那三个万花筒，不知道在想些什么。

贺见山等了一会儿，也不见他有反应，终于忍不住问道："怎么了，是不喜欢吗？如果你不……"

"你最好别说话了。"林回抬起头，打断了他。

林回的语气十分严肃，贺见山一愣，随后大笑起来。

"林助理？"

"嗯……"

"喜欢这个礼物吗？"

"你别问了……"

"那喜欢还是不喜欢啊？"

"求你别说话……"

……

离过年还有十五天。

宁静的冬天的夜晚,房间里的温度渐渐上升,只留下了客厅里柔软的白色玫瑰,以及万花筒里五彩缤纷的宝石,折射着家的颜色。

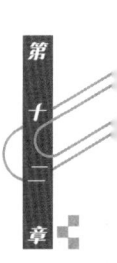

第十三章 贺见山，我们要一起过年了。

• 01 •

离过年越来越近，忙了一整年的万筑总算开始有点放假的意思了。大楼里的员工上班时正大光明地偷着懒，脸上还挂着轻松的笑意；茶水间里也不讨论明星八卦了，都在说过年的事情。

林回原来还准备回去再上几天班，和大家一起放假，结果贺见山把他拦住了："就这几天了，别来回折腾了，有什么事在家处理。"

话是这么说，其实林回在家也没闲着。明年三月他就要去宁海，需要准备和学习的事情还有很多。他自己还好，贺见山罕见地有些操心："赵晓晓那边怎么说，愿意跟你去吗？不行把安妮派过去帮你。"

"安妮肯定要留在万筑。我去宁海后，一部分工作要交给她，要不然你这边怎么办？而且晓晓愿意的，你别担心。"林回想起什么，忍不住笑道，"她昨天还跟我说呢，她妈让她相亲，一礼拜加了三个男的了，烦得恨不得立刻出发去宁海。"

贺见山点点头："老赵跟着你一起去。"

贺见山的司机赵建华在他回国后就跟着他了，不是一般的司机，算得上半个保镖，有他跟着林回，贺见山也放心点。

"知道了，都听你的。"

"房子我跟启开的周总说了下，到时候留两套小的给赵晓晓和老赵住，一套大的给你，都在一个小区，这样也方便。"贺见山又想到了什么，眉头皱起，"还是得给你配个阿姨，打扫做饭都是事情。"

林回无奈地放下手中的书，认真地看着贺见山："过完年我三十一啦，贺总，过去那么些年我都是一个人，没那么娇生惯养。"

贺见山一愣，随后笑了："现在不一样。"

林回看了他一会儿，说道："你是不是舍不得我走？"

贺见山没说话。

林回走到他的身边，低声道："还早着呢。而且我是万筑的总经理助理，好多事都在我手上，我还要天天跟你汇报工作呢。"

贺见山看着他："我不喜欢家里只有一个人。"

林回想，曾经他被贺见山的孤独吸引，可是现在的贺见山，说他不喜欢一个人。

这世上，没有什么比这更美好的事情了。

林回认真承诺道："我到宁海的第一件事就是装一个最好的会议室。都什么年代了，没必要老待在集团总部，你也该到项目上多看看。"

贺见山笑了起来，又想起什么："回老家的机票订的什么时间？"

林回准备年前回趟老家，把家里的对联换一换贴一贴，这是他的惯例了。不过前几年都赶在除夕前回去，今年有时间了，早点走早点回来。

"下周小年那天回去，回来的时间还没定，过个两三天吧，老家那边有朋友喊我聚聚。"

贺见山算算日期，心里有些遗憾，这几天他都有事情，没法跟林回一起回去。

林回像是看出他的想法，说道："等清明的时候我们再一起回去一趟，让你见见我奶奶。"

贺见山失笑，点点头。

林回原本以为在春节之前，每天就这样悠闲地度过了，结果没想到的是，才隔了一天，他忽然就接到了一个让他十分意外的电话。

咖啡厅里，妆容精致的闵佳优雅地喝着咖啡，林回则坐在她的对面笑道："闵总，好久不见。"

闵佳笑着眨眨眼睛："我前段时间经常见你哦。"

林回知道她说的什么，有些不好意思："让闵总见笑了。"

闵佳放下咖啡，开口道："不浪费你的时间，林总，我约你出来，其实是有个事情想请你帮忙。"

林回本来就意外闵佳约她喝咖啡,这会儿更是好奇了:"帮忙?我吗?"

闵佳点点头。

"帮忙不敢,闵总有事请说。"

"其实跟你开这个口,我也有些不好意思,但是我确实想不到合适的人了。"闵佳无奈地叹口气,"前段时间我认识了一个朋友,聊到一个项目,想拉着我一起做。老实说,挺心动的,但是这项目跟我的圈子不搭边,我完全不了解,所以想找个专业的人给我看看。"

"恕我直言,闵总,您可以直接找专业机构进行评估吧。"

"林总,跟你说实话,可能是在娱乐圈待久了,我这人疑心重,不太信任陌生人。主要是这个项目跟你们万筑的业务沾边,我觉得你会比较懂。"

林回皱起了眉头,很是不解:"那您找贺总也比找我靠谱吧?"

闵佳笑了起来:"一来呢,这其实是件小事,找贺总没什么必要;二来,欠贺总人情和欠你人情,是两个概念。"

林回哭笑不得:"闵总你也太直接了吧。"

"就是吃顿饭,我就说你是我朋友,你帮我参谋下这个项目到底行不行,可以吗?"

林回想了下,不是什么大事。闵佳是个靠谱的人,以后遇上什么,说不定还要请她帮忙,卖个人情也无妨,于是这事就这么敲定了。

晚上贺见山回家,林回跟他说了这事,贺见山一边脱着外套,一边笑道:"她倒是精明。"

随后贺见山像是想到什么,认真地看向林回:"你有没有发现,大家都很喜欢你?"

"有吗?"

"贺见川、闵佳、赵晓晓……一开始跟你相处也不多,但就是很喜欢你。"

林回笑了:"还好吧,可能我比较有亲和力?"

贺见山看了他一会儿:"你想不想知道,我第一次见你的时候,是什么感觉?"

林回来了兴趣:"是什么感觉?"

"不告诉你。"

"哎哎哎,不行,我现在就要知道!"

贺见山笑道:"这是秘密。"

"太过分了吧,我都对你坦白了。"林回对他进行谴责。

"说是可以说,但是……"

只见贺见山在林回耳边小声说了一句什么,林回的脸色顿时一变:"救命啊,我真不想早起晨跑！"

转眼到了和闵佳约好的那一天。

俗话说得好，做戏要做全套。林回早早来到闵佳的公司准备和她一起过去，结果闵佳一见到他，就皱起了眉头。

林回看看自己，问道："怎么了？"

闵佳盯着他前后左右看了一下，摇摇头："不行，你虽然穿得休闲，但气质太突出，让人不注意都不行。而且前段时间刚出了新闻，万一有人认出来也不合适。"刚刚走过来的时候她就发现了，林回站在那里，挺拔的背影乍一看还有几分像贺见山。

"那怎么办？"

闵佳转头看向她的助理黄露："露露，你去喊下 Peter，让他带个化妆师过来。"

随后她把林回按在椅子上，说道："我让人给你稍微调整一下。"

Peter 是艺嘉的形象总监，不少艺人颇受好评的红毯造型都是出自他手，这一身的水平用在林回身上，可以说是绰绰有余了。没过一会儿工夫，林回的新造型出炉了——

成熟专业的精英感消失殆尽，一下就变成了气质青涩的阳光大男孩。

林回自己看了下，感觉挺神奇的，妆其实没怎么化，好像就微调了一下眉毛，头发也只是简单地抓了下，喷了点什么东西，但是给人的感觉确实不太一样了。

闵佳看了半天，觉得还是有点惹眼，又找来一副平光眼镜给他戴上，压一下眉眼，果然，整个人立刻显得乖巧了许多。

林回看着镜子里的自己，左看右看，犹豫道："能行吗？"

闵佳拍着胸口保证："就是贺总来了也不敢认。"

就这样，林回和闵佳一行人出发去了明珠饭店。

闵佳约的客人很快就到了。客人叫作马如芳，是一位大约四十出头的中年女士，看着很富态。她一见到闵佳就朗声笑道："哎呀哎呀，妹妹，我可太想你了。"

闵佳与她一边拥抱，一边笑道："谁让马姐你生意做得大，没空来我这儿。"

两人寒暄完，马如芳好奇地看向闵佳身旁的林回："这位是？"

闵佳刚要说是朋友，林回笑道："您好马总，我是闵总的秘书，您叫我小林就可以了。"

马如芳仔细盯着林回看了看，眉头皱起："你怎么长得有点像……"

林回和闵佳对视了一眼。

马如芳一拍大腿："大明星顾嘉然！"

林回："……"

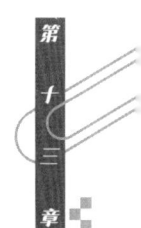

马如芳挽住闵佳胳膊，挤挤眼睛："《门》那个电影里的造型，你看像不像？！"

闵佳笑而不语。

几人在包厢坐定，便开始闲聊起来，基本都是闵佳和马如芳在说，林回在旁边听了一会儿，也总算明白闵佳为什么这么多心了。

马如芳这人个性比较直接豪爽，动不动就是"闵佳你什么时候去我那儿，姐带你吃遍北康玩遍北康，不是吹，你直接报我名字挂我账"，要么就是"你喜欢银杏叶造型？巧了不是，我那有个银杏果金吊坠，明天让人给你送来，姐从来不玩虚的"，听着总让人觉得怪怪的。不过提到她们想要一起合作的项目，说的东西倒是都很实在，从林回初步判断来看，还是靠谱的。

林回给闵佳发了个"OK"的消息，闵佳放下心来，脸上的笑容顿时真诚了许多。

两人开了红酒，开始推杯换盏，一顿饭下来，她和马如芳已经成为了异父异母的姐妹了。林回原本打算吃完饭就回家，结果闵佳喝了酒后有点上头，一定要拉着马如芳去嘉天会所唱歌。

林回一看，一桌子就他一个男的，桌上仅剩没有喝酒的两个人就是他和黄露，两人一时间面面相觑。让一个年纪不大的小姑娘带一群喝得七七八八看着有头有脸的人去会所玩，感觉不太合适，林回便好人做到底，跟着她们一起过去了。

嘉天会所是京华的高端私人会所，隐私和服务都不错，林回来过两次，不过都是来谈事的。林回帮她们点好了酒水和吃的，回包厢就看见闵佳和马如芳已经开始唱歌了，歌声说是鬼哭狼嚎也不为过。算上马如芳带来的人，总共就五个女的，硬生生折腾出了群魔乱舞的气势。

这边马如芳刚唱完一首情歌，可能情绪上来了，一把拉过闵佳，开始聊天——

"看见姐姐嘴边这个疤了吗，我前夫打的，磕到桌角了。"

"天哪，那后来呢？"

"我把他牙打掉下来了。"

闵佳鼓掌："好！"

"咱们不要男的，真的，男的不行。"马如芳伸出拇指和食指捻了捻，眼神精亮，"咱们，搞钱。"

闵佳举起酒杯和她碰了一下："搞钱！"

林回："……"

另外一边，贺见山刚处理完工作，打开手机想看看林回回去没有，结果看见林回给他发了一条消息：快结束了，吃完就回去。

贺见山笑了一下，刷着朋友圈准备放松休息一下，结果手指碰到了最上面跳出来的闵佳发的视频——

"艺嘉闵佳：我马姐真的太可爱了！【嘴唇】【爱心】【啤酒】"

视频里是一个中年女士在唱歌，镜头随着她的歌声轻轻摇晃着，其中一个镜头一闪而过，拍到了一个坐在沙发上看手机的男性侧脸。

虽然可能连半秒钟都没有，但贺见山还是捕捉到了。

他点开视频又看了几遍，确定坐在那里的人是林回没错。贺见山将手机切到和林回的聊天页面，看见那条"快结束了，吃完就回去"的发送时间是一个小时前。

贺见山陷入了沉默。

・02・

嘉天会所里，闵佳和马如芳两个人已经玩 High 了，林回点开手机看了下对话框，贺见山一直没给他回，估计是还在忙。他看看时间，感觉也差不多了，林回站起身，准备招呼一声离开，结果还没开口，包厢的音乐不知道怎么，忽然断掉了。

嘈杂的世界瞬间安静了。

闵佳和马如芳停了下来，你看看我，我看看你，不知所措。闵佳的助理黄露连忙站起身："闵姐，我去找服务生问问什么情况。"

她快速走到门口，刚拉开门，却又忽然后退了几步，然后惊讶地转头看向林回："林总……"

林回看过去，一个熟悉的身影走了进来，后面还跟着会所的经理。

闵佳打了个喷嚏，酒一下子醒了。

马如芳见房间忽然安静了，也看向了门口。她盯着贺见山想了半天，最后犹豫地看向闵佳："妹，这人是不是贺……呜呜……"

闵佳果断地捂住了她的嘴巴

一室安静，气氛有些诡异。

林回不动声色，他发现贺见山从进门开始就没看过他。

贺见山主动开口，打破了沉默："闵总，好巧，不介绍一下吗？"

闵佳看看林回，又看看贺见山，不知道这两人在玩什么。但林回毕竟是自己叫来的，她只得硬着头皮说道："我身边的这位姐姐是马总，这……这位……"

马如芳看闵佳醉得都结巴了，贴心地帮她补完："他是小林，闵总的助理，林助理，哈哈！"

闵佳睁大了眼睛："……"

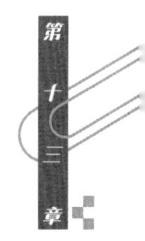

贺见山挑了挑眉，轻声喊道："林助理？"似乎是疑惑，又像是调侃。

林回忍不住嘴角弯起，但他没有吭声，也不急着走了，甚至还坐下了。

闵佳已经完全清醒了，她使了个眼神，让黄露带着其他人先出去，包厢里瞬间只剩下了四个人。

"相逢不如偶遇，不如我也来陪大家喝两杯。"

贺见山在林回的面前坐下，随手拿了一个杯子，准备开始倒酒。马如芳还在状况外，大声说道："小林不喝酒啊！"

贺见山的手顿住了："林助理不喝酒吗？"

林回的手轻轻搭在贺见山抓着酒瓶的右手背上，往下压了压："如果贺总想喝，也不是不可以。"

贺见山抬眸看了他一眼，倒满了酒："那我们……玩玩牌？"

闵佳已经看明白了：这两人戏瘾大发在这儿玩起来了！亏她还担心今天请林回帮忙是不是惹得贺见山误会了，想着帮忙解释下，行了，她这个外人很有思想觉悟，自行退场吧。

这样想着她就拉着马如芳准备离开，结果马如芳还挺感兴趣："玩牌呢，先看看！"

闵佳几乎是咬牙切齿地说道："姐，别看了，我带你做 SPA 去！"

林回听到她们的对话，一下笑了："那就留下看看嘛。"

03

两人这一场演来演去最后以林回率先求饶告终。当时贺见山几乎是以最快的速度拉着他出了会所，林回在车上一直笑个不停：贺见山这个人有时候比较正经，很少在外面跟他瞎玩，今天难得见到他这一面。林回一想到这个就觉得好笑，便一本正经地开口道："贺总，您是不是在京华电影学院进修过啊？"

贺见山默不作声。

林回又说："贺总，您要是出道，那些明星就没饭吃了。"

贺见山还是不说话。

林回不依不饶，继续说道："贺总，其实……万筑也可以考虑进军文娱产业……"

贺见山头一次生出了头痛的感觉。他看了一眼林回，车外的路灯将他目光中的深意映照得一览无余："林助理，还有五分钟我们就要到家了，希望你到时候还这么能说。"

事实证明，贺见山是对的，能说会道的林助理确实也有说不出话的时候。当天晚上，在贺见山的全方位压迫之下，林回只能茫然地坐在电脑前，做一份万筑游戏产业拓展可行性报告，这大概也算是另一种意义上的寓教于乐了。

林回第二天一直睡到中午才起床。贺见山做好午饭后就去喊他，林回蔫蔫地对他进行控诉："你知道所有游戏在开始前都有个'健康游戏忠告'吗？"

贺见山表示愿闻其详："哦？"

林回恨恨地说："最后一句话是——合理安排时间，享受健康生活。"

贺见山一下就笑了："我今天不上班，算合理安排时间吗？你很快乐，算享受健康生活吗？"

林回哑口无言，心想，别管这游戏是谁开的局，当务之急，要先防沉迷了。

不过说归说，等林回起床冲完澡之后，又变得精神十足。他坐在沙发上，忽然想到什么，跟贺见山提议道："我们下午去超市吧。"

"你要买什么？"

林回转头抓着他的手关掉了吹风机："贺见山，过年了，我们要去买年货。"

对于成年人来说，"年"早就褪去了幼时的期待和快乐，尤其贺见山，从小到大对各种节日都没有多大的感受。但是林回的眼睛在发亮，像小孩子一样，似乎对过年充满了向往，这让贺见山的心中也漾起无限的期待。

其实不管是他还是林回，并不像普通家庭那样，过年需要大张旗鼓地准备很多东西，而且对于贺见山来说，一般只要一个电话，他需要的所有物品都可以直接送上门。从前贺见山觉得这样方便快捷，很省事，但是现在他觉得很没有意思。

他真的太喜欢和林回一起逛超市了。

他们总是一边逛一边想着家里到底缺什么，挑选着这个家需要或者不需要的东西。运气好的话，他还可以看到一向果决的万筑第一助理在面对一排洗发水时皱着眉头犹豫到底买什么味道。毫无计划地逛超市，结果就是老是漏东西，他们经常买完到家盘点才发现这个没买，那个买多了，然后又要抽时间跑一趟——明明是很麻烦的事情，他们却乐此不疲。

两人吃完午饭便开车去了超市。林回推着购物车跟贺见山一边看东西，一边闲聊："你看我明天就要回去，最快也要二十六号回来。那几天超市人就太多了，挤得慌，今天人不多，早早买了正好。"

"要回去三天吗？"

林回明白他的意思："第一天赶飞机，到了也做不了事情，第二天把对联贴一下，家里稍微收拾一下，第三天就回来了。"

"阳城冷，你回去多穿点。明天我送你去机场。"

"知道了。我来看看，我们今天要买什么，糖果、云片糕还有零食，水果可以等

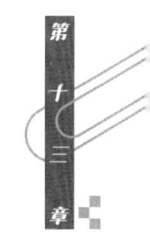

过两天再买，酒和饮料家里都有，还有……"

林回认真思考着，贺见山便说道："要买一下家里贴的对联和'福'字。"

"对对对，差点忘记！"林回忽然想到什么，笑了起来，"哎，你知不知道，我六年级的时候拿过我们市小学生毛笔字比赛第一名，然后每年过年，我奶奶就让我写'福'。"

"那今年你要试试吗？超市旁边就是书店，里面应该可以买到材料。"

林回想了一下："可以，不过咱们最好还是要买一些现成的。"他都多少年没练过字了，也不知道还写不写得出来。

"好。"两人走到了调料区，贺见山开始思考年夜饭，"你过年想吃什么？我们出去吃还是在家吃？自己做还是让饭店送过来？"

"自己做，准备年夜饭也是过年的重要环节。"

林回忽然就停下了脚步。

贺见山正在挑选椒盐，他想着林回挺喜欢吃虾，到时候可以做个椒盐虾。结果身后迟迟没有回应，他转过头来，看见林回愣愣地看着自己，便笑道："怎么了？"

临近过年了，虽然林回嘴上说超市人不多，但实际上人来人往，每个人的购物车里都堆满了东西。林回想，难怪各类作品中，大家总爱用逛超市来体现生活的烟火气息——在这一方空间里，不管有钱还是没钱，一个人还是一群人，每个人都在为心中那个最温暖的存在忙碌和奔走。

林回笑了起来："我想吃各种凉拌菜，我要吃鱼吃虾，要吃海鲜。"

"那你晚上列一下所有想吃的，等除夕我让人把食材都送过来。"

林回轻声说道："贺见山，我们要一起过年了。"

贺见山笑着将一个椒盐瓶子放进了购物车："是，因为我们是一家人。"

第二天一早，贺见山把林回送去了机场。临走的时候他把车上的围巾递给了林回："到了告诉我，先去酒店好好休息。晚上我有个酒会，你别给我发消息，估计我没时间回复。"

"知道了。"林回跟贺见山挥了挥手，"我先走了，回来你要是没空就让赵师傅来接我。"

贺见山看他过了安检，才离开机场。结果还没出门口，就收到了林回的消息：我会早点回来的。

贺见山转头看了看，机场人来人往川流不息，已经看不到一丁点林回的影子了，他盯着手机上的这几个字看了半天，最后回了一条消息：

嗯。

贺见山晚上的酒会在一个名为阅风山庄的私人会所。

这也算每年的惯例了，参与酒会的都是同行业上下游相关的企业，来的也都是有头有脸的商圈大腕。原本他是不耐烦参加这些的，不过酒会氛围还可以，喝喝酒、聊聊天，讨论下行业发展现状和前景，说是应酬，也算是放松了。

前几年贺见山带着林回参加过一次，林回挺开心的，全程躲在角落吃东西，留贺见山在不远处和人从头聊到尾。走的时候贺见山说道："还好没指望你帮我挡酒。"

林回振振有词："我一个小助理站在旁边算什么事，指不定还要介绍，太尴尬了。再说了，谁敢让您喝酒。"

贺见山无情揭穿真相："我还以为是那个白色的小蛋糕太好吃了。"

林回笑了："确实好吃。"

贺见山想起这事，忍不住笑了一下。他仔细看了一下，今年竟然还有那种白色的小蛋糕，他倒要尝尝，到底有多好吃。

不过，小蛋糕注定是吃不成的。贺见山刚一露面，就有不少人围了过来。万筑是行业佼佼者，一直引领整个行业的发展，贺见山受到的关注度自然也是非常高的。

"贺总，好久不见！"

"恭喜贺总，听说宁海的项目要签了啊，万筑新年开门红啊！"

"贺总，今天跟我们聊聊行业的新机遇吧？"

……

等到身边的人走了一波又一波，贺见山刚停下来，就听见身后又传来一道声音："贺总！"

贺见山转过头，有些惊讶。来者不是别人，竟然是上一任的万筑人力资源部部长徐怀清。他在几年前就退休了，听说去国外和儿子团聚，享天伦之乐去了，没想到今天会在这个场合见到他。

"刚刚老远就看见您了，人多，没好意思打扰，现在可算找到机会了。"

和贺见山记忆里的模样相比，徐怀清似乎没怎么变，红光满面，精神十足，看着身体很不错。贺见山举杯和他碰了一下，问道："你怎么会在这里，不是去国外了？"

徐怀清连忙摇头："刚回来，国外待不惯，还是家里自在。这山庄的老板是我朋友，今天喊我过来帮下忙，安排安排。"

贺见山笑了起来："原来如此。"

徐怀清见状愣了一下，随后也笑了："贺总，您好像跟以前有点不太一样了。"

或许是早就退休了，徐怀清说起话来也很放松："刚远远就发现了，您好像心情

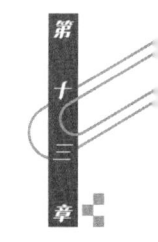

很好，今天晚上一直在笑。"

贺见山不置可否："有吗？"

"您看我都不问万筑的情况，一看您这样子，就知道万筑发展得是越来越好了。"

这话说得两人一起笑了起来。

贺见山想到什么，说了一句："这也有你的一份功劳，你在万筑的时候帮我招了不少能干的人才，现在都成长为骨干了。"

这话说得徐怀清都不好意思了："没有没有，都是公司培养得好。对了，林回现在还跟着您吧？"

他刚从国外回来，虽然贺见山和林回先前在网上有一些风波，但是万筑直接卡死了线下和大网站的门户新闻，像徐怀清这种对网络不太关心的老年人，还真不太了解这两人现在是什么情况。

贺见山看着酒杯中的红色液体，掩下眼眸中的温柔："在的，一直在。说起来，我其实有些好奇，林回是园艺专业，跟万筑毫不相干，当初面试的时候，你竟然没把他刷掉？"

徐怀清听他这么一说，有些意外："贺总，您不知道吗？"

贺见山看向徐怀清："知道什么？"

"我当初推荐林回进第三轮面试的原因啊？"

徐怀清这话说得没头没尾，贺见山愣住了："是……什么原因？"

酒会上的灯光有些明亮，照得所有人的脸上都洋溢着轻松愉快的气氛。就在到达酒会之前，贺见山在车上收到了林回的消息——那是一个定位，小小的标记落在阳城平江区枫沟镇一个叫作林庄的地方。

他说：先给你认认门。

而此刻，面前的徐怀清笑着回答道：

"林回，是蜜糖罐基金的受益者。"

贺见山没有等到酒会结束，便匆忙赶回了万筑。赵建华的车开得很快，车窗外快速掠过的一栋栋高楼将贺见山的思绪切割成碎片，连同酒会上徐怀清的声音，像是霓虹灯一样，不断在他脑海里闪现：

"当年进入第二轮面试的，只有两个人，一个是安妮，一个是林回，我要在中间选一个，让贺总您进行三面。说老实话，当时我比较倾向安妮，林回虽然优秀，但就像您说的，他毕竟是园艺专业毕业，不说和万筑毫无关系，跟助理工作也不搭边，以后跟着您可能会非常吃力。"

"但是，林回真的很优秀，他的想法、谈吐、临场反应等都非常符合我招人的需求。我心里也觉得可惜，就想说是不是再给他一个机会，我就问了他一个问题，我说，你还有其他能体现你能力的优点吗？

"他想了半天，便说：'我是蜜糖罐基金的受益者。'

"我其实挺意外的，因为面试全程他没有说过这事。说老实话，这也算不上什么优势，我就随口开玩笑说，那你是来报恩的吗？

"我还记得当时林回很不好意思地笑了，说'万筑送了我一件很贵重的礼物，我很好奇，就来了。'

"我当时觉得，或许他想当面跟您道谢，我便给了他这个机会，将安妮和林回的简历一起递给了您。但是……"

但是，贺见山没有进行第三轮面试，他甚至连两个人的简历都没看，直接点了其中一个人作为他的助理——这是他这辈子做过的最随意的一件事。

贺见山来到了十二楼，他打开了林回的办公室，亮白的灯光下，窗明几净。林回"离职"后，他除了带走了那束积木花，其他所有的东西都原样未动。保洁每天都把这间办公室打扫得干干净净，随时等待主人回来。

贺见山忽然有些紧张。

蜜糖罐基金的材料就在林回办公桌背后的书柜里，从林回担任他的助理后，他就接手了这部分工作。

因为种种原因，贺见山对这个基金一直心存反感，基金成立后到底运作得如何，他不感兴趣，也很少过问。对于他来说，这个基金最大的存在感在于每年林回报告里的那几行字。

他从未想过，林回竟然是因为这个基金，来到了他的身边。

其实他也曾疑惑过，林回的童年记忆里，似乎只有他奶奶的存在，从来没有出现过爸爸妈妈。两人关系更亲近后，他听林回提过一次父母都去世了，语气很平静。他以为林回和自己一样，亲缘淡薄，或许也发生过一些不愉快的事情，便不再提起。

至于那支钢笔，他明确问过，但是林回回避了这个问题，所以他也不想继续追问下去。

如果再往前想一下，林回第一次到他家吃饭聊天时，就明显对蜜糖罐基金表现出了很大的兴趣，甚至在自己说它是维护利益的产物时，林回还表示了强烈的不赞同。

他那时候就该想到的，可是那个夜晚有太多美好的记忆，他分心很严重，竟然完全忽略了这件事。

贺见山打开柜门，抽出了一份贴着《"蜜糖罐计划"基金申请者资料》标签的文件。

第十三章

当初成立蜜糖罐基金，按照他的意思，公司提供了两种选择：一是固定礼物金4950元，一次性领取；二是一份周期长达一年的礼物包，除了十份由公司女性员工选出的礼物外，还有两份是贺见山要求的，一个生日蛋糕和一支AS的经典款钢笔。

生日于他而言，不是祝福，而是缠绕他许久的噩梦的开端，而钢笔价值49500元，那是姚倩仪留给他最后的东西，是贺见山记忆里母爱的价格。

就是这样的两件东西，他很难解释清楚自己把它们放进代表母爱的礼物包里究竟是出于什么考虑。"蜜糖罐"这个名字实在太有欺骗性了，它让人联想到一切柔软、温暖和甜蜜的事物，可谁又能想到，它是一个为了掩盖谎言而诞生的谎言。

当心底的恶意裹上蜜糖送到申请人的手上时，仿佛完成了一场巨大的行为艺术：他们永远都不会知道，这份代表母爱的礼物的背后，是一场骇人的谋杀——

他们一家三口，或主动或被动，谋杀掉了对彼此的爱。

这是一出真实又荒诞的黑色喜剧。贺见山想，他真是一个骗子。

他并不像那个夜晚向林回坦白的那样什么都不在意，不在意得到，也不在意失去。至少很多年前的他，也曾崩溃于自己所遭受的一切，以至于他也会将心中那份说不清道不明的愤怒和憎恨迁怒给无辜的人。可是万万没有想到，兜兜转转，最后是他最在乎的人替他承担了一切。

大楼的空调已经都关闭了，或许是冬天的夜晚实在有些寒冷，贺见山抖着手抽出了里面的文件。

一摞厚厚的申请表格，包含了历年蜜糖罐基金受益者的所有信息，贺见山从上往下一张张翻看着，在看到其中一张时，他停住了——

林回。

表格上贴着林回的蓝底证件照，照片上的他比起现在要青涩稚嫩许多，唯一没有变化的是他的笑容。这个笑容贺见山十分熟悉，在今天早上的家中，在万筑的办公大楼内，在这过去的八年的任意一天里，他见过一模一样的。

贺见山盯着那张薄薄的A4纸，忍不住笑了起来，随后慢慢的，眼眶泛起了红。

这个世界有时候真是太不讲逻辑了。

贺见山闭上眼睛，过了好久才又睁开，他掏出手机拨通了电话——

"喂，贺总。"

"安妮，帮我订一张最快去阳城的机票。"

• 04 •

阳城，平江区枫沟镇林庄。

一大早，林回就带着早就买好的对联和"福"字，从酒店出发，来到了家里。出租车在村口的马路边停下，再往里是一条很窄的村道。林回站在路口，披着一层雾气，开始向家的方向走去。

这条路，他从牙牙学语的孩童一直走到大学毕业。

小时候这条路是土路，一下大雨，他就要穿上胶鞋，跟奶奶两个人深一脚浅一脚地走着；初中的时候，这条路变成了石子路，村子附近开了个厂，厂老板为了自己行走方便，出钱拖了好几车石子，把路铺平整了；之后几年陆续有人接力铺石子，有的人是为了家里子女结婚，方便婚车，有的人是家里老人办大寿，为了场面好看；到如今，它已经变成了水泥路，甚至还有了名字，叫秀英路。

王秀英，这是林回奶奶的名字，这条路是林回出钱修的。当时村里的干部感谢他的捐赠，问他有什么要求，他就说，用他奶奶的名字命名就可以了。

冬天的农村，田里什么都没有，路上也都是暗淡的杂草，横七竖八地长着，看上去有些寂寥。林回却觉得亲切极了，他一路走一路喊：

"三大妈早啊。"

"啊呀，是小回呀，今年这么早回来啦？"

"辉哥，好久不见，你瘦了！"

"林回？什么时候回来的，也不说一声，中午到我家吃饭。"

"二爷，你慢点走，这边有个坑！"

"好好，我看得到，哎，是小回！"

……

秀英路的尽头就是林回的家，村子里的第一户。房子已经很老旧了，林回站在门口，看着从前觉得十分高大的门廊，去年贴的红色"福"字已经褪成了粉白色。他从口袋里掏出一把钥匙，插进了已经有些生锈的门锁，打开了门。

林回一刻也没有耽误。他麻利地找出了盆，去院子里打来了井水，然后用抹布将对联反复擦了好几遍，他要先将这些旧年的痕迹充分浸泡，用刮刀刮干净，才能贴上新的。等待的时候，他和隔壁的二大妈聊起了天：

"小回，今年怎么回来这么早啊？"

林回摸了摸脖子上的围巾："今年放假得早，而且回京华还要过年呢。"

二大妈毕竟是过来人，一看林回这腼腆劲就懂了："哎哟哎哟，有对象了？"

林回哭笑不得，也懒得解释。

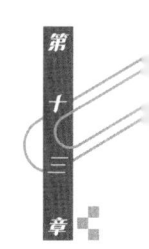

没想到二大妈却一下子来精神了，追着问个不停："哪里人啊？什么样的？工作呢？什么时候带回来给二大妈看看啊？"

眼看话题扯得越来越远，林回应了几句后，赶紧站了起来。他摸出手机，发现昨天给贺见山发的消息到现在都没回，不知道是不是又忙起来了。

林回举起手机拍了一张面前的景色——淡淡的雾气覆盖着的高矮错落的房屋和冒着一层薄绿的农田。他把照片发给了贺见山，说道：准备干活了。

二大妈眼睛尖，见他开始看手机连忙说道："别拍田，田里什么没有，拍拍二大妈种的菜，等你走的时候摘点青菜给你。"

林回笑着应了一声，转头拍了一小块绿油油的菜地，又给贺见山发了过去，随后便锁上了手机。

过了一会儿，林回看时间差不多了，便开始忙碌了。

枫沟镇的老家，他一年最多回来两趟，一次清明，一次过年。房屋长期空置，回来也没法在家住，都是住酒店。但是即便如此，每到过年，他还是会先将屋内的桌椅板凳上的浮灰都擦干净，然后才会开始贴对联，就像小时候奶奶做的那样。

这不是简简单单一两个小时能完成的。放在前几年，林回也不赶时间，指不定还要在村上吃上一顿饭再走。现在他心里记挂着回京华，动作也不自觉地加快，想要速战速决，最好能早一点回去。

他心里琢磨着，手上便忙得停不下来，别说和贺见山说好的直播贴对联忘得一干二净，连手机都顾不上看了。

所以他也不知道，在半个小时前，贺见山给他发了一个阳城机场的定位，而机场离这座小镇，一共是十五分钟的车程。

贺见山顺着定位找过来的时候，雾气已经完全散干净了，阳光透过云层温和地笼罩着农田和屋舍。这是一个完全陌生的地方，可是因为林回，贺见山踩在这片土地上的时候，又觉得有一丝亲切。

他又看了一遍定位，确定林回的家就在路的尽头。贺见山看了一眼路口的蓝色标牌，深吸了一口气，踏上了这条秀英路，向着林回口中反复提及的，比世界上任何事物都要美好的存在走了过去。

等到站在了门口，贺见山抬起头。

它有些小，也有些老了；

大门上两个鲜艳的红色"福"字，仿佛还带着林回手指的温度；

屋内方方正正的红色八仙桌缺了一个角，听说那是梯子倒了砸到的；

长条茶几的玻璃下面垫着的白色勾花桌垫也发黄发黑了；

跨过后门的门槛便到了院子里，院子里有一口井，旁边有盆，地上有水，应该是林回刚刚用过；

　　而院子中央，不是贺见山心心念念的桃树，而是一株茂盛的腊梅。

　　贺见山忍不住走到了它的面前。腊梅树有些高大，一粒一粒的黄色花苞乖巧地团在树枝上，透着隐隐约约的香气。

　　不知道从哪里传来了清晰的说话声：

　　"小回啊，这都贴到院门啦？"

　　"是的，快好了。"

　　"中午就在二大妈家吃饭？"

　　"不了二大妈，弄完就走了，我急着回去呢。"

　　"行，随便你。对了，刚看见有人进你屋里，你看看是不是村上有人找你？"

　　"啊？我吗？不可能吧——"

　　林回的声音由远及近，开始慢慢变大，伴随着脚步声一下一下踩在贺见山紧绷的神经上。他站在腊梅树的后面，盯着说话声传来的方向，直到熟悉的面容出现在眼前。

　　"我来看……"

　　林回愣住了。

　　贺见山静静地站在那里。

　　风一吹，满院子的香气浮动起来，腊梅花悄然盛放。

第十三章

第十四章 早啊，贺总。

Chapter 14 — I have Something to say

• 01 •

"不是桃树。"

在见到林回的那一刻，贺见山没有解释自己为什么忽然来到这里，反倒是说了一句不相干的话。

林回笑了起来，转头看向腊梅，眼中涌起无限怀念："高一那年，桃树死掉了，奶奶在集市上买了一株腊梅种下去，一直长到现在了。"

树会死，鸟会飞走，天有阴晴雨雪，人有悲欢离合。他也曾想永远抓住生命中最美好最快乐的时光，可是，不行的。

"腊梅刚种下的那一年，我问奶奶，为什么不继续种桃树。奶奶说，缘分到了，种了桃树也不会变成以前的那棵，不如让别的花来陪我们。腊梅花很普通，这个村子很多人家都有，可是只有我们家的最大最茂盛，一开花就特别香，天越冷，它越是要开。"

说到这里，林回顽皮地冲着贺见山旁边的腊梅花扇了扇，又带起一股扑鼻的冷香，贺见山感到了眩晕。

林回看到贺见山一直看着他，却不说话，便笑道："到底是怎么了，我们才分开一天你就过来了……"

"你没有告诉我。"贺见山的喉咙滑动了一下，打断了他。

"什么?"

"你申请过蜜糖罐基金。"

林回愣了一下,随后反应过来:"原来是这件事……"

林回不是没想过向贺见山揭晓他们之间小小的缘分,但是以前根本没有合适的机会说,后来他发现贺见山这对个基金态度微妙,再加上他知道了背后的故事,林回便更不想说了。

还是顺其自然吧,毕竟对贺见山而言,蜜糖罐里装的可能并不是蜜糖,而是毒药。就算贺见山不在意了,他也不想再提起那些本就不该被记住的东西。

"那支钢笔……"说出这几个字的时候,贺见山的表情罕见的有些脆弱。他不知道该怎么解释那支钢笔的存在,尤其,林回已经知道那并不代表什么美好的祝福。

林回瞬间明白了他的意思,他脸上的笑容淡去,认真地看着面前的人,说道:"贺见山,不要对自己这么苛刻,蜜糖罐基金自成立以来,选择礼物包的到目前为止只有一个人,是我。你没有伤害任何人,包括我。"

贺见山沉默了一下,摇摇头:"不能因为阴错阳差带来了好的结果,便当什么都不存在。"

在知道林回是蜜糖罐基金的受益者的十几个小时里,贺见山的心情一直很复杂。徐怀清说林回因为对礼物感到好奇,所以来到了万筑,可是如今,他应该早就知道了,这份礼物里除了他卑劣的心思,什么都没有。

"我在收到它的时候,发现它和其他礼物很不一样,所以我就一直很好奇,为什么代表母亲送的礼物里会有这么一支昂贵的笔。"林回看着贺见山,轻声道,"后来我知道了。但是,我和你,我们对它的想法,是不一样的。"

在林回听到姚倩仪故事的那个夜晚,他忽然醒悟过来大学时收到的那支钢笔到底是什么。那是贺见山的求助——成年的贺见山为了十岁的贺见山发出的求助。

那段记忆到底是多刻骨,才会逼得贺见山这样的人,在十多年后,仍然控制不住地划下一道如此深的痕迹?林回感到不可思议,随即心口便被漫涌而上的巨大悲伤淹没了。

他一直在想,那场噩梦是不是真的如贺见山所说的那样,早就随着时间慢慢消解?还是和贺昭一样,心底有一根刺,在某个不经意的时刻,忽然牵动他的神经,也许不会疼痛,但它始终存在。

"你在意这个基金和这支笔背后承载的负面意义,那你要不要看一看,我眼中的这两样东西到底是什么模样?"

贺见山看向林回,眼中覆着晦暗不明的伤感,像一层满是裂纹的壳,摇摇欲坠。

像是想到什么，林回忽然笑了一下："关于这个，贺见山，其实我很想俗气地说一句'这是命运的安排'，但是——

"我不信命运，我只信我自己。"

林回是在 310 宿舍填写完那张蜜糖罐基金的申请表格的。

那是大三下学期刚过完年开学，一个星期六的早上，他接到了辅导员的电话，然后冒着冷风去办公室拿回了申请表。

一回宿舍，舍友洛庭、张笑磊、周晨宇就一起围了上来。洛庭看着那张 A4 纸，好奇道："这就是孙副班说的那个……哎，你轻点别撕坏了。"

林回点点头："对，蜜糖罐基金。"

"好像是哪个公司设立的来着？说他们董事长因为很小的时候就失去了母亲，心里一直很遗憾，所以才成立这个基金纪念他的母亲，挺感人的。"张笑磊补充道。

周晨宇想了一下："万筑，是万筑吧。他们董事长叫贺什么的，很年轻，厉害呀，也就比我们大几岁吧，生下来就是大公司的继承人了。"

洛庭拍拍林回肩膀："挺好的，你上次不是说想给家里换个冰箱嘛，这不送钱来了。"

林回笑了起来："钱早就攒到了，指望这个不行的。"

三人回到自己的床上，林回给自己倒了一杯水，然后坐在位置上开始填表。在写到"类型选择"这一项时，他陷入了困惑："这个基金好像有两种选择。"

"说来听听。"

"一个是礼物金，一次性领取；一个是礼物包，说是每个月送一份礼物，周期是一年，你们觉得应该选哪个？"

"礼物金多少钱啊？"

"没说，倒是礼物包有个备注，说是一些文具、书籍之类的东西。"

张笑磊从床铺上探出身体："选礼物金。"

洛庭连连点头："听磊哥的没错，这些大公司也精呢，什么一个月一份礼物，说得好听，价格肯定不会超过礼物金，甚至极大可能远远低于礼物金。"

"先等会儿，我记得上一届有个师姐也申请了这个来着，之前听我老乡讲的，我给你问问什么情况，你先别填。"

周晨宇说着摸出手机打了个电话，几分钟后他挂了电话："师姐当时选的礼物金，一共 4950 元，说是审核通过后立刻就到账了，很快。"

洛庭嘀咕道："钱是不少，不过数字怎么还有零有整的？"

"我跟你们说，我感觉礼物包的水分肯定很大。按道理礼物包的价值应该差不多是4950元，但是礼物肯定统一采购，采购的人想要弄点花样捞捞油水可太容易了。回，就选礼物金，钱最实在，有钱你想买啥买啥，什么文具书籍，你根本用不着！"

"对对对！"

"老大说得对！"

林回想想也是，刚要勾选"礼物金"一栏，忽然又看到旁边礼物包备注里那句"代表母亲赠送礼物"。

林回的爸爸妈妈很早就去世了，他从来不知道，一个母亲，会送给自己的孩子什么样的礼物。

他停下了笔。

林回不好意思跟室友说，他其实很想要礼物包。虽然他都这么大了，但是如果有机会，他也想收到来自"妈妈"的礼物。可就像舍友说的，一笔数字不小的钱的确要更适合他。

林回自小跟奶奶两个人相依为命，随着他逐渐长大，这些年他们的生活越来越好。但要说不缺钱，好像有点假，毕竟林回一直努力攒钱想给家里添置家具和电器。不过这个蜜糖罐基金，对于他来说，也是意外的收获。他本身确实不缺这笔钱急用，虽然这是个很有诱惑力的数字。

林回犹豫了很久，最后和奶奶通了电话。老人家一向淳朴，她不懂什么基金，只觉得平白无故地收人这么多钱不合适，以后肯定还要还。还是选礼物吧，礼物收着踏实，文具书本都很实用，就算林回用不上，也能送人，也算传递善心了。

林回最终还是选择了礼物包。材料交上去之后，他便把它抛在了脑后，这个申请就像一滴水珠，悄无声息地融入他繁忙的大学生活，惊不起一丝涟漪。那个时候的他，无论如何也想不到他的第一份来自"妈妈"的礼物，会是伴随着奶奶去世的消息一起过来的。

大三下学期结束的那个暑假，林回没有回家，他留校参与了专业课罗明宪老师的一个项目。这个项目即将参加一个很重要的比赛，整个团队就他一个本科生，这证明了罗老师对他的认可和偏爱。林回意识到这一点，自己也是干劲十足，他已经跟奶奶说好了，比赛一结束就回家陪她。

然而就是那个暑假，那个烈潮翻涌的夏日，一个普普通通的下午，林回先后接到了两个电话——

第一个电话是林回奶奶生命垂危的消息。两天前，老人家去地里弄菜，不知道是刚下过雨地上湿滑的原因，还是蹲久了头太晕，她不小心摔了一跤，当场就不省人事了。年纪大的人最怕摔跤，村里的人立刻把老人家送到医院，拖了两天，还是不行。

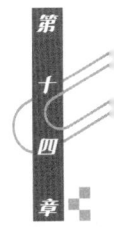

当电话那头问林回要不要立刻回来，或许还能赶得上见最后一面的时候，林回甚至都没反应过来。突如其来的噩耗打得林回措手不及，他整个人都蒙了。

等他意识到发生了什么，便开始陷入了"我现在要立刻回去"和"我不能回去"的巨大漩涡中。

罗老师的项目，每个人都负责其中一个环节，大家各司其职，配合完美，如果他现在离开，那么其中一环必然断开，这意味着整个团队几乎放弃了比赛。他做不到因为自己的私人原因，浪费老师和师兄师姐这么长时间的心血，可是……

这可能是林回这辈子都无法忘记的时刻。炎热的七月，他坐在操场边上，只觉得身上又空又冷。他仿佛站在了湍急的河流之中，四周的水已经漫过了他的身体，可是他动也不能动，喊也喊不出来，整个人如一尊木偶，不能说话，无法思考。

也不知道到底过了多久，林回接到了一个陌生电话。电话那头礼貌地询问他是否在学校，此刻在什么位置，林回机械地回答了所有问题。半个小时后，一名身着正装的陌生女性来到了他的面前。

"请问是林回先生吗？"

过了好一会儿，林回才意识到她在跟自己说话，点点头。

对方没有介意林回的冷淡，而是递给了他一个盒子，轻声道："这是来自蜜糖罐基金给您的第一份礼物，请您收好。"说完她便离开了。

林回低下头，呆呆地看着盒子，米白色的纸壳上，印满了红色的爱心。

林回慢慢解开了缎带，看到了"母亲"送给他的第一份礼物：一个生日蛋糕。

林回忽然就崩溃了。

他的眼泪仿佛午后突如其来的大雨，先是一滴一滴，随后像是断了线一样全部落在了蛋糕上，眼前的一切都变得混乱和模糊，就像他此刻的心情。

林回坐在操场边整整哭了一个下午。炎热的天气使得手上的冰淇淋蛋糕开始融化，奶油糊成了一团，也流到了林回的衣服上，他却仿佛毫无所觉。也不知道过了多久之后，他拿出勺子挖着吃了一口——

很甜。

他想：真好，生日蛋糕永远都是甜的。

他又想：怎么办呢，我种的菜，奶奶还没有吃到呢。

第二天罗老师知道了这件事，他紧急联系了一位同学过来接替林回。林回花了一天的时间，把所有的工作都交接清楚，然后立刻回了阳城。可惜还是晚了一步，奶奶已经去世了。

林回在村里人的帮助下，完成了整个丧葬仪式。按照老人家的要求，她最后葬在了林回家的后面。她生前就是个很想得开的人，早早就跟村里的干部和老长辈交代过了，万一哪天走了，就在家后面修个坟，地方都看好了，就在那棵很高的水杉下面，她说林回以后肯定是要去别的城市的，她离家近点，林回回来就能看到了，不让他到处找。

村干部笑她，说秀英奶奶你身体那么好，不要瞎操心。林回奶奶就连忙摇手："我才不操心，我都老了，我操不起来心，我就想着，万一有那一天了，请大家帮衬下我家小回，他是读书人，以后要去大城市的，不懂农村这些规矩。"

村里人跟林回讲起这件事的时候，林回正站在坟前发呆。他忽然想起小的时候他问奶奶，"林"是什么意思，奶奶就说："林就是树，我们小回就是一棵小树，奶奶给小树浇浇水，很快就长大啦。"

如今他已经长大了，可是浇水的人，却永远地不在了。

▪ 02 ▪

就这样，大学的时间，一溜烟到了尾声。在林回所剩不多的大学生活里，记忆最深刻的便是每月按时到来的来自蜜糖罐基金的礼物。

林回陆续收到了文具、植物图鉴、乐高积木、地球仪，等等，每次都是那位女士亲自送到他的手上。有一次林回时间不方便，让她转交给他同学，那人也不同意，表示可以等到他方便的时候再过来，但是一定要当面接收。

林回有时候也想，可能大公司做事就是这样的，比较严谨。

临近毕业，罗老师向他发出了邀请，希望林回能跟着他继续学习，当他的研究生。不知道为什么，明明是很开心的消息，林回的心里却感到茫然。

他想：我真的还能学好这个专业吗？

他记得小的时候，有一次奶奶种的菜不知道什么原因，都坏在了地里。奶奶嘴上说不要紧，其实心疼得好几个晚上都没有睡好，半夜起来坐在家里发呆。林回对这件事记忆深刻，一直想着等长大一定要帮奶奶种菜。于是等到高中毕业上大学，他毫不犹豫就选择了园艺专业。

别人选择某个专业，或是为了前途，或是为了梦想，也有很多为了父母，只有林回，单纯的一心想让奶奶不要再那么辛苦，可以吃上自己培育的瓜果蔬菜。

可是，自从奶奶去世后，他仿佛变成了一艘在大海中随波逐流的船。他不知道自己要去哪里，没有目的，也找不到方向，一直在原地打转。或许在老师和同学眼中，他还是一样的优秀，没有什么变化，但是他心里知道，有什么东西已经在改变，甚至

消失了。

离毕业还有三个月的时候，林回收到了来自蜜糖罐基金的第九份礼物。

依然是一个很精美的盒子。蜜糖罐基金送来的礼物，无论是一开始的蛋糕，还是后来的文具、书籍，都会精心包装好送过来。

洛庭曾经在宿舍吐槽说："这仪式感，就差一双白手套了。"

而对于林回来说，每个月收到一份礼物，从一开始的平静，到后来成为习惯，甚至现在逐渐开始期待，他总是忍不住猜测盒子里到底装的是什么。即便他收到的都是一些自己已经不需要的东西，但是在看到那些礼物时，他总是忍不住想：这是开学送的吗？这是生日礼物吗？这是为了表扬孩子学习进步吗？

原来，妈妈们会送这些东西。

而这次的礼物，林回掂了一下，感觉有些分量，不知道又是什么。他带着东西回到了宿舍，等到拆开的时候，他发现第九份礼物是一支钢笔。

舍友也都看到了钢笔。老实说，这支笔光看盒子包装的质感就让人感觉很不一样，而当张笑磊看到笔尖有微小的"AS"两个字母的时候，忍不住惊讶地叫出了声："不会吧……"

"怎么了？"

张笑磊看着表情茫然的三个人，掏出了手机搜索了一会儿，然后睁大了眼睛，把屏幕亮给他们看——

和林回手中钢笔一模一样的图片，显示着这是知名品牌 AS 的经典款——"缪斯"，售价 49500 元。据说创始人为了纪念他心中永远的爱，连价格都是恒定的，不管网上还是专柜，从来没有涨价降价，它永远都是 49500 元。

一个宿舍都惊呆了。

大家你看看我，我看看你，又同时低头看向那支钢笔——的确挺好看也挺有质感的，但是，真没想到它会那么贵啊。按照以往蜜糖罐送的东西价值来看，林回简直怀疑是不是不小心多打了两个 0，但他反复对比了购物网站的页面，确定是一模一样的。

林回赶紧联系了每次给他送东西的那位女士，电话一接通，他就立刻问道："您好，我是林回，请问你们是不是送错东西了？今天收到的这个礼物它很贵！"

电话那边认真回复道："林回先生，没有弄错，这个月的礼物是一支钢笔，请您收好。"

四个人都沉默了。

周晨宇皱着眉头说道："这次是个有钱人的妈妈，既然有钱，送给自家孩子 5 万块钱的钢笔，也很正常吧？"

"我记得礼物金是 4950 元，这几个数字有什么特殊吗？万筑的大老板很喜欢这几个数字吗？"洛庭想了想，下了结论，"你永远都不知道有钱人有什么怪癖。"

"回啊，你也不要有压力，他送了你就收着，又不是坑蒙拐骗来的，都是走的正常流程。"

"是呀，本来还觉得大林犯傻亏死了，现在挺好，还赚到了。"

"哈哈哈哈。"

钢笔最后还是留了下来。

但是林回躺在宿舍床上的时候，总是会忍不住把它拿在手上仔细地看。黑色的笔身，笔帽的那一圈碎钻，笔夹尾部的红……这支笔的每一个部位他都看了好多遍。他一直想，为什么？为什么会有这么一份礼物？这份礼物跟之前的礼物画风太不一样了，突兀得好像凭空从天上掉下来的，它到底有什么特别？

他查了关于这支笔的故事，看着完全是情人之间表达爱意的，官网上的购物评价也都是什么送女朋友、送老公之类的，跟母爱、亲情完全无关，蜜糖罐基金为什么会把这么一份昂贵、奢侈又不符合主题的礼物放进去？总不能是挑不出东西，非要拿一支五万块的钢笔凑数吧？

无数个夜晚，林回就这样心怀着疑惑，手握着钢笔沉沉地睡去。

林回开始在闲暇的时候搜索蜜糖罐基金的新闻，但是通稿千篇一律，除了知道它的背后是大名鼎鼎的万筑集团以及设立的原因和意义，并没有更多的信息。而万筑官网上的公司概况和主营业务介绍，林回也仔细看过几遍，跟他们搞农业的可以说是毫不沾边。但就是因为这样一支笔，他开始对这个公司产生了好奇，这种好奇，每一天都在一点一点地增加。

离毕业越来越近了，林回最终还是拒绝了学校的保研名额，罗老师得知后急得打电话给了 310 宿舍的另外三个人，拜托他们再劝劝林回。

宿舍三人作为林回的朋友，也十分不理解。按理说，喜爱的大学，老师的偏爱，熟悉又友好的师兄师姐，无论哪一条，都足以令人乐颠颠地贴上去了，为什么还要拒绝？而且从现实意义来说，林回这样的家庭情况，继续读书也是最好的选择。当洛庭在宿舍问出这个问题的时候，林回平静地说："我没有动力学了。"

宿舍里一片安静。

过了一会儿，张笑磊开口劝道："回，我说句不中听的话，我们三人，毕业如果找不到工作，回老家也是一条退路，但是你不一样。罗老师有资源有人脉，以后你就算不走研究的路子，随便把你介绍到什么公司，也足够你一辈子不愁吃穿了。咱们园艺专业本来就业就很难，你这么聪明，又有这么好的资质，没有任何背景，出去工作真的不如跟着罗老师继续深造。"

林回沉默了一下："其实，我投了万筑的简历。"

三人大吃一惊："万筑？什么职位？"

"呃……总经理助理。"

洛庭听了要昏过去了："你疯了吗？你是我们03班最优秀的班长，去应聘一个助理？而且咱们的专业跟那公司八竿子打不着吧？"

周晨宇也有些崩溃："回啊，你冷静一点，我们知道那个基金帮你渡过了很难熬的一段时间，有机会我们可以登门拜谢，但你不要冲动地去献身啊！"

林回一下就笑了："什么献身，太夸张了。我也不是只投了万筑，但是我确实不太想继续学下去了。"

他停了一下，轻声道："做研究是需要热情和动力的，自从我奶奶去世后，我对专业的热情一直在慢慢消退，我不想浪费这个名额。"

他不希望自己曾经尽心付出过的学业，最后变成一项令自己倍感煎熬的任务，那该是多悲哀的一件事。

"你们也说了，我很优秀，即便跨专业，我相信我也可以通过后天学习补上来。"说完林回又得意起来，"我别的本事没有，学习本领可是很强的。"

三人不约而同叹了一口气，知道是劝不动了。

林回总是这样，看着好脾气，好说话，无论跟什么人都是笑呵呵的，但是在很多事情上，他又有着出乎意料的固执和坚持。或者这样说，他总是坚定地相信着自己的选择，相信自己。

人这一辈子，终其一生都在做选择。谁又敢打包票说，人生中的每一个岔路口，从来没有犹豫过，人生中的每一个阶段，又从来没有后悔过？

只有林回，一直坚定不移地向前走着，一步一步，永远不会回头。

拍完毕业照的那个下午，林回收到了万筑的面试邀请。虽然他同时也收到了来自其他公司的邀约，但是宿舍的人都看得出来，只有万筑的回音，让林回真正感到了高兴。

说老实话，他们其实并不看好，林回跨专业跨得太远了，能收到邀请就挺不可思议的，而万筑这样的公司，即便是助理，要求也是相当挑剔的。但是，作为大学四年的朋友，就像每次专业课实验开始前互相打气一样，他们站在热烈的阳光下，对林回即将到来的面试表达了最诚挚的祝福：

"兄弟，祝你好运！"

在很久之后，每当林回想起在宿舍填写表格的那个上午，一切都好像历历在目。舍友说话的表情动作，桌面上冒着热气的马克杯，还有那张被他不小心撕了个口子的

A4纸……所有的一切都定格在他的海马体里，变成了一份独一无二的珍贵纪念。

"你已经把它送给我了，这是事实，送给我就是我的了，这也是事实。"

在他最茫然空虚的时候，这份礼物吸引了他的全部目光。他并非偏执到一定要获得答案才来到万筑，或许，他只是想知道，当他选择了这条路，沿途究竟会遇见怎样的风景。

林回紧紧地看着贺见山："我知道你所有纠结的点，但是，它已经不是你送出去的样子了。它不再是一把刀，它是用来写字的笔。"

贺见山的眼眶泛起了红，他张了张嘴，却什么也说不出口。

林回却仿佛不想给他缓冲的时间，又继续说道："那支钢笔，我只用过一次，你知道我用在哪里了吗？"

贺见山不知所措地看着他。

林回折了一枝腊梅，插进了贺见山的衣服口袋里，淡黄色的花蕾从边缝露出脑袋，看上去有些可爱。他抬起头看向面前的人，忍不住笑了起来：

"七月份，我用它签了万筑的劳动合同。"

· 03 ·

院门的最后一个"福"字，是贺见山帮着林回一起贴好的。林回一边哈着手，一边绕着屋子转了一圈，确认该贴的都贴好了。原来拖拖拉拉一天完成的活，在他的努力下，半天就全部搞完了。

这会儿已经到了中午，林回看看贺见山，问道："饿不饿，我带你蹭饭去？"

从某种意义上来说，林回也是吃百家饭长大的。林庄小，村里的人都心疼林回奶奶不容易，能帮就帮。老人家忙起来的时候，林回能连续半个月从村头吃到村尾，甚至连这房子，也是多亏了村里出人出力，帮忙盖起来的。

这也是为什么林回在奶奶去世后，还一直坚持每年回来走一趟的原因。村里的人越来越少了，年轻人都去城市里安家落户了，而那些看着他长大的长辈，也一天比一天老了。也许有一天，他们也会像自家奶奶一样，忽然就离开了，那么在这一天到来之前，多看一眼是一眼吧。

贺见山看着林回笑道："那今天就要沾一下你的光了。"

林回带着贺见山直奔隔壁二大妈家，二大妈虽然不明白也就一会儿工夫怎么忽然多了个"同事小山"出来，但还是热情地给他们盛好了饭菜。

"小山，你们公司放假这么早啊？来，多吃点，我家这个青菜好吃呢。"二大妈一边热情地夹菜,一边好奇地打量着林回的同事,他看着比林回长几岁,不说话的时候怪严肃的,像领导。

"是的,正好来这边出差。"贺见山顿了一下,似乎有些不太习惯这么亲热的寒暄,不过他很快入乡随俗,笑道,"谢谢二大妈。"

吃完饭,林回说带贺见山看看村子,两人便沿着田埂间的小路开始转悠。

林庄里有很多农田,一眼看过去,视野十分开阔。当然,也是因为毫无遮挡,这里也远比城市要冷得多。午后起了点风,贺见山身上穿的是在京华常穿的衣服,轻薄好看,但是不抗风,林回看了一眼,便把围巾解开给他围上了。

两人随便地走着看着,林回指着不远处的一座小桥,说道:"小时候这桥就是两人宽的长石板,一下雨就特别滑,有一次我滑了一下,掉进河里,还好河水浅,所以我很冷静地喊'救命',路过的邻居把我拉了上来。

"我奶奶特别生气,去村里讨说法,就说这桥太危险了,就算今天我不掉下去,明天别人也会掉下去,不能老这样。后来村里就跟上面申请了费用,重新修了桥。

"桥下面的那条河就是我钓龙虾的河,一直流到我家后面,穿过了整个村子。初中的时候,上游那边建了水闸,慢慢地,活水河就没那么活了,不过来钓鱼的人还是挺多的。

"还有那边,原来不是菜地,是晒场。

"夏天的时候,麦子割完,村上的大人就会在晒场上堆好多草堆,一块地方一个大草堆。我最喜欢的就是在晒场跟小伙伴玩捉迷藏,然后爬到草堆上躲起来。"

贺见山看向林回,他从来不知道原来端方如林回也有这么调皮的时候:"我以为你小时候是那种特别乖的小孩,就是大人做事,你搬个小凳子坐那看书的那种。"

林回乐得不行:"你对我有点误解。"

林回在早已种满蔬菜的晒场前停了下来,他静静地看了一会儿,忍不住闭上眼睛——太阳融化了,风是暖的,空气是热的,他汗流浃背,在晒场上快乐地欢呼奔跑,头顶上,鸟儿"咻"地飞了过去,留下一道看不见的弧线。

"你说得对,贺见山。"林回睁开眼睛,开口道,"我喜欢夏天。"

贺见山愣了一下,想起这是林回第一次来他家的时候,他在阳台上问了他一句:"你很喜欢夏天吗?"

"我喜欢夏天,喜欢晚上,喜欢白玫瑰,喜欢汤泡饭,"林回转过头,笑了起来,"我还特别特别喜欢万筑。

"这个世界上竟然有这么多我喜欢的东西。"

贺见山看着林回,几乎移不开眼。

贺见山静静地站着，然后开了口："其实我在来的路上，一直在想该怎么跟你解释钢笔的事情。我知道你不在乎，但是在我知道这件事的时候，我心里真的很在意。"

不应该是林回。

不应该是林回去承受这份阴暗，不管它来自哪里，不管是有意还是无心，不管他有没有受到伤害……贺见山的心被内疚和慌乱占据着，他那么急切地想要见到林回，想解释，想剖白，想告诉他心底所有最真实的想法。而当林回真的出现在面前，他却发现他说不出口。

即便是他贺见山，也会有胆怯的一天。

可是他们之间实在太了解彼此了，他甚至什么都不用说，林回就明白了一切。他抢在贺见山前面，问他想不想看一看他眼中的这两样东西，然后讲了那个他希望知道又害怕知道的故事。

故事里有林回的朋友和家人，有林回的童年和大学，有贺见山从未触摸过的伤痛和茫然，也有他从未拥有过的快乐与恣意，然后，他看见林回一步步走到了自己面前。

就是在那个时候，贺见山忽然明白过来，也只能是林回。

贺见山从来没有想过，当林回站在那里，将那把从泥淖中捡起的刀慢慢摊开给自己看的时候，它已经变成了玫瑰的模样。他就像这个世界上最顶尖的魔术师，完成了一场没有人能够拒绝的演出。

他把玫瑰送给了他。

这一份丰厚的回礼，只能是林回赠予他的。

如果说长久以来，钢笔的存在让贺见山如鲠在喉，那么就在今天，林回已经亲手将这最后一根长在骨肉中的刺，拔了出来。

"但是，这些都不重要了。现在我只觉得自己运气实在太好了。"贺见山看向林回，"这个世界有那么多人，而那么多人里……"

那么多人里，只有一个林回，来到了他的身边。

他想，林回说的是对的。"缪斯"只是一支笔，这支笔在他和林回之间画了一条线。

"等回到京华，我们把蜜糖罐基金礼物包里的蛋糕和钢笔换掉吧。"

林回夸张地叫了一声："哇——"

贺见山笑了起来："它们是你的，只能是你的。"

"那是谁一开始恨不得赶紧把笔拿回来？"

贺见山老实承认："是我。"

"那现在又是谁忽然动了小心思，觉得这是纪念品？"

"还是我。"

第十四章

林回笑了起来："它们是我的，都是我的。"

贺见山认真地点点头："是，都属于你。"

片刻后，贺见山说："你带我去看一下奶奶吧。"

林回点了点头。

两人回了家，林回翻出一把剪刀，递给贺见山："我们去院子里剪一束腊梅。"

林回在腊梅树上挑挑拣拣，贺见山按照他指的方向剪下一枝又一枝的腊梅花，没一会儿，林回的手里已经捧了一堆了。

他带着贺见山穿过院门来到屋后，那里有一棵很高的树，下面是一座坟。坟前有一些零碎没烧干净的纸钱，应该是林回早上来祭拜过了。贺见山拿过腊梅花放在了坟前，轻声说道："奶奶，我是贺见山。"

林回等了半天，也没等到贺见山的下一句。他忍不住笑了一下，开口道："不行，你话太少了，我奶奶不喜欢话少的人，你看我来说——

"奶奶，这就是我跟你说过的那个人，我带他来见见你。

"我没说错吧，长得很帅的。

"他做饭也好吃，你看我都胖了。

"这腊梅花香吗？我选的，他剪的。

"我跟你讲，我们在京华挺好的，你别担心我。

"我以后可以不用一个人出去旅游啦。

"奶奶，我有点想你了……"

风把林回的声音吹散了，它们披着腊梅的香气跌入冬天冰冷的空气中，随后又融化进泥土里。

"奶奶……我……又有家了……"

贺见山看向了林回。

过了好一会儿，林回喃喃地说："也不知道奶奶听到没有。"

"会听到的。"贺见山抬起了头，"等到春天的时候，风会告诉她的。"

■ 04 ■

从林庄回来后，林回和贺见山基本就是数着日子过年了。

年前他们抽了点时间去了一趟秋山苑，这是林回和贺见山在回来的飞机上说好的，不管怎么样，他现在也算贺见山的半个家人，还是应该去拜访一下。可能是林回对这事表现得过于淡定，贺见山问了他一个问题："去的话，你会觉得不自在吗？比如尴尬、紧张之类的。"

对于这点，林回很有自信："我，林回，社交达人。"

说归说，等真正到那儿的时候，林回还是不可避免地产生了紧张的感觉。他坐在车内，不断调整着呼吸，贺见山感觉到了，轻声道："我，林回，社交达人。"

林回看了他一眼："……可把你能坏了。"

贺见山忍不住笑了起来："林助理，你忘了我说过什么吗？"

他靠近了林回，认真道："所有人都喜欢你。"

林回一动不动地看着他，贺见山肯定地点点头："所有人。"

他们到达秋山苑的时间卡得很准，正好是开饭的点。不出所料，开门的是贺见川。估计是贺见山就在身后站着的缘故，林回觉得他是极力克制才没有喊出"股东哥哥"四个字，反倒是低眉顺眼地喊了一声"林哥"。

两人一进去就被招呼着直接上桌吃饭了。本来出门前贺见山说去早了还要聊天，最好迟点出发，林回还想着聊聊天也没什么吧，现在觉得这个决定真是太英明了。他看得出来，除了他和贺见山以外，这座房子里连红姐在内的四个人，虽然每个人看上去都是一副见过大世面的冷静模样，但内心一定波涛汹涌，具体表现在——

"呃，林回，你喝喝看，这个酒……还不错，你……不开车吧？"这是贺昭，二十个字不到的一句话，分成了七段。

"不要喊我阿姨，你叫我姜……不是，不要叫我姜总，喊我阿姨就行了，小山平时就这么喊。"姜晴卡了一下壳，出现了逻辑错误。

"哥，林哥，吃这个，好吃！"只有贺见川稳定发挥。

而红姐，她虽然没有说什么，但是她把每一道带辣椒的菜都放在了他的面前。

林回忍不住笑了一下。

他不知道贺见山现在对贺昭和贺家是什么样的想法，但是显然，他为了自己跟这一大家子好好沟通过了。

想到这里，林回忽然就平静了下来。这桌上的每个人都比他紧张，他又有什么好害怕的。

整个午饭气氛还是挺好的。林回调整好心态之后，拿出了十二分的专业精神，让所有人都如遇春风，聊得满脸笑容。而且贺见山从进门后并没有专门说什么，但是显然，大家都心知肚明，也知道这顿饭是为什么准备的。林回觉得这样很好，太刻意会让彼此都尴尬。

吃完午饭，姜晴悄悄示意了一下林回，带着他来到了书房。一进门，姜晴便开口道："小回，谢谢你。我知道小川的事情一直是你在帮他，上次年会之后，也没来得

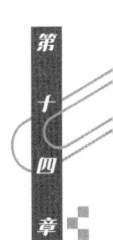

及跟你说一声。"

林回连忙摇头："都是小事，他确实唱得好。"

"他跟他爸聊过了，他说他想了好久，还是想去试一试把音乐当事业，想看看自己能做到什么程度，他爸也同意了。"

林回有些意外，随后笑了起来："好事呀，恭喜他。"

姜晴叹了口气："他爸爸一直知道他不是待公司上班的料，想把小川送进万筑，也是希望能有个人陪陪小山，毕竟是亲兄弟。他自己做不到的，就老想着用孩子去弥补。

"为了这事我跟他吵过很多次。他这人犟了一辈子，哪里知道亲情这种东西，也是会过期的。"

林回一时也不知道该说什么好。

姜晴迟疑了一下，又开口道："关于小山妈妈的事……"

林回连忙点点头："我知道，我都知道的。"

姜晴长长地舒了一口气："那就好，那就好。本来有些事情，由我来说也不太适合，但是你可能不知道，我们知道你和小山的事情时，其实是松了一口气的。"

林回愣了一下。

"小山……我第一次见到他就是在我的婚礼上，当时他坐在那里，整场宴会都没有笑过一次。"

姜晴那个时候是有些忐忑的，她知道自己作为后妈身份很尴尬，但是宴会上的其他孩子，不管大的小的，都玩得很开心。只有他，明明才十几岁，却孤独地坐在那里，淡得像一道随时会消失的影子。

等到他们敬完酒回到主桌上，姜晴想也没想，强行以一家人的口吻，跟贺见山碰了一次杯。

她看到贺见山的眼睛亮了一下。

姜晴仰头喝完了杯中的酒。她想，没有人生来是孤独的。

"其实如果是别人，我们可能还会不放心。"姜晴笑了起来，"但是是你，林回，是你，真的太好了。"

林回垂下眼眸，温声道："嗯，是我。"

"我不耽误你们的时间。"姜晴回过神，从书桌抽屉里拿出两个红包，"压岁钱，给你和小山的。"

林回刚要拒绝，姜晴像是看出他想说什么，抢先开口道："我知道你们不缺这个，里面钱不多，就是图个吉利。"

她顿了顿，又补充了一句："过年了。"

林回犹豫了一下，最后还是接过了红包："谢谢阿姨。"

姜晴松了口气："如果不介意，以后和小山经常回来吃饭。"

等到送走两人后，贺昭急忙看向姜晴，问道："收了吗？"

"收了。"

贺昭眉头皱起："我就说少了，就是普通人家也不至于给这么点。"

姜晴笑了："钱对于他们俩来说没什么意义的，再多能多得过公司分红吗？而且以林回的性格，真给得多，他就不会要了。"

贺昭便不说话了。

姜晴劝慰道："慢慢来吧。"

回去的路上，林回把红包拿了出来。贺见山看了一眼，问道："这是什么？"

"压岁钱。"

"哦。"

林回看了他一眼，抽出红包里的钱数了数："一千块，两个就是两千块，真不错，今天还吃了顿好的。说起来，我就这么收了你爸和阿姨的红包，不要紧吧？"

贺见山笑了起来："这有什么的，你想拿就拿。真那么喜欢，我还可以在家里藏满红包，你可以找一天。"

林回将手中的红包翻来覆去地看，感叹道："真没想到我这么大了，还能收到压岁钱。我跟你说，阿姨把我喊到书房的时候，我以为要给我什么礼物，就是每个人都有一个的那种，连拒绝的话我都想好了。"

贺见山哭笑不得："……没有这种东西。"

随后他又想起什么："倒是有样别的，看你到时候喜不喜欢了。"

林回好奇了："什么呀？"

"年后再说。"

本来林回的好奇心已经被吊起来了，但是他想了下，反正都到这两天了，年后也快得很，不如先安心过年，他倒要看看，年后贺见山又要送他什么。

除夕一大早，林回起来开始写"福"字。他之前跟贺见山去超市的时候，兴致勃勃地买了写字用的毛笔、金墨和红纸，准备大展身手。贺见山这会儿正在给家里一棵很大的金橘树上挂小灯笼，这是林回要求的，说不挂没气氛。

林回先写了两张小小的"福"试了一下，感觉良好，然后换了大一些的红纸开始认真写起来。写着写着，他皱起了眉头："贺见山，要不我们还是贴现成的吧，我怎么看着怪怪的？"

贺见山走过来看了一眼："我觉得还可以。"

"你这滤镜太厚了，我感觉贴上去把这家里的档次都拉低了。"

贺见山笑了起来："怎么会呢，要不我也来写个，咱们一起拉低档次？"

林回眼睛一亮："你写字也挺好看的，你来试试。"

买半成品红纸的时候，林回把各种尺寸都买了，贺见山随手拿过一张横批大小的，想了一下，写了"山见林回"四个字。

都说字如其人，贺见山的字和他本人却有些不一样——贺见山为人内敛，字却是潇洒恣意。林回左看右看，只觉得心里美滋滋的："真不错，你做什么都是最好的！"

明明只是写了两人的名字，可他莫名喜欢得不行，感觉这横批得好好配个对联才合适。可是一时半会儿，他也想不出该对什么对子才好。

贺见山见状笑道："我们买了那么多春联，你选个喜欢的，然后横批就用它。"

"那会不会看上去不太搭，先不说春联是印刷的，横批是手写的，就是含义也对不上吧。"

"我倒是觉得这个横批和好多春联都特别搭。比如你看这个——"贺见山在旁边翻了翻，挑出一副春联读了起来，"'红梅含苞傲冬雪，绿柳吐絮迎新春，山见林回'。"

"你这么一说还真有点……"

"你快选，选完我们去贴。"

"那我写的那个'福'，你一会儿贴家里花盆上。"

"好的。"

等到两人贴完春联和福字，贺见山开始提前准备晚上的菜。林回一边帮他择菜，一边看手机："哇，贺见川给我发了秋山苑的年夜饭，这么多好吃的，他还问我们晚上回不回去。"

"你想去吗？想去我们可以过去。"

林回好奇道："你以前除夕会过去吃饭吗？"

"去的，每年都去。"

对于贺见山来说，除夕夜的晚饭除了丰盛一点，和平时并没有多大区别。吃完晚饭后，他依然会在一片热烈喜庆的气氛中开车回家。

林回摇摇头："不去了。"

贺见山看向了他。

林回实话实说："我只想跟你两个人过年。"

贺见山夹了一片拌好的藕片送到他碗里："我也是。"

两人通力合作的年夜饭在下午四点便完成了。

林回绕着桌子拍了好多照片，一边拍一边犹豫道："唉，我好纠结，又想发朋友圈，又不想发。"

"为什么？"

"我这人小气，舍不得让别人看到，但是咱们做的菜都太棒了，我觉得没人看到也太可惜了。"

贺见山被他这扭曲纠结的心态搞得笑得不行："那要不我来发？"

林回惊了："你从来没发过朋友圈吧？"

贺见山没有回答，他很快就拍好了照片，然后配上"新年好"三个字，发了他人生中的第一条朋友圈。

"以前不发，是因为没什么好说的。"贺见山笑着冲林回晃了一下手机，"但是现在有话说了。"

年夜饭的红酒是贺见山特地挑的，说是为了配得上除夕这个日子，得选瓶好酒。林回不如贺见山懂行，反正在他眼里都是好酒，也不知道贺见山口中的"好"是怎么个好法。等到醒好酒林回尝了一口，在嘴巴里回味半天，忍不住问道："你老实告诉我，这酒多少钱？"

贺见山说了一个数字。

林回惊呆了："档次一下就窜到'非常贵'了！行吧，也算对得起这一桌子的菜了。"

两人吃了一会儿，贺见山看林回的脸颊上开始慢慢泛起红色，说道："你为什么一喝酒就上脸啊？"

"我一直这样，天生吧，怎么了？"

"没什么，看你这样我老忍不住想拍下来发公司群里。"

林回夹菜的手顿住了，他抬头看了一眼挂在墙上的钟："才六点一刻，美好的除夕就别打扰别人了，贺总。"

贺见山忍不住笑了起来。过了一会儿，他轻声说："林助理，过年真好。"

他们从早上开始贴对联和福字、挂灯笼，擦擦洗洗，择菜做菜，手机不断跳出的消息来不及看，家里所有的植物都浇了水。林回做了红烧鱼，他说年年有余，这是必备菜。贺见山没做成椒盐虾，因为林回改主意了，说想吃葱爆虾。然后就在吃饭前，他们还抓紧时间洗了个澡……

这一天，他们一刻也没有闲过。

就像这个国家、这个城市里的任何一户普普通通的人家，他们这一家，也在认真地过年。

贺见山甚至连晚饭后的时间也想好了，他们会坐在沙发上看电视，是不是真的看

无所谓，但是电视一定要开着。他会一直缠着林回聊天，林回说连续好几年的除夕，都是在零点之前睡的，今年一定要守岁。林回最好不要躺在沙发上，因为躺着躺着他就要开始犯困，贺见山已经想好了，零点会跟林回说"新年快乐"，林回大概率会跟他说一样的话，因为他们总是那么默契……

过年真的太好了。

一切就像贺见山设想的一样，除夕的夜晚宁静而美好。唯一的变数是快要到零点的时候，林回还是躺在沙发上睡着了，而电视里的主持人已经开始倒计时了："十！九！八……"

贺见山笑了起来，到底还是没有舍得将人喊醒。

"……六！五！四……"

他摸了摸林回的头发，然后将毛毯往上拉了一下。

"……三！二……"

贺见山看着电视里一片耀眼的红色，轻声说道："林回，谢谢你。"

"一！过年好！"

谢谢你来到我的身边，我从未像这一刻一样如此热爱这个世界。

林回睁开了眼睛。

他在贺见山微微惊讶的表情中坐了起来，认真询问："不跟我说'新年快乐'吗？"

说完他便笑了："算了，还是我来说吧——

"贺见山，新年快乐。"

• 05 •

如果说这个世界上有什么东西比假期跑得更快，那一定是春节假期。它看上去前奏很长，毕竟商场从元旦就开始预热了，且余韵悠远，在很多人的心目中，不过完正月不算过完年。但是除了孩子和学生，普通人能真正享受到过年乐趣的时间，恐怕也就是短短的七天。

贺见山和林回也不例外。

很难想象，他们几乎是在家里过完了整个春节。明明都认识那么久了，偏偏春节仿佛叠加了游戏 Buff 一样，两人在这短短的几天里又开始尽情玩耍——

不用工作，不想出门，手机都扔在了一旁，这个家里到处都有他们的痕迹：在床上看电视，在沙发上打游戏，在地毯上拼乐高……

和对的人，做快乐的事。

这世上再没有什么能比这样的春节更让人沦陷的了。

正月初七，万筑正式开工。

贺见山一大早就去公司了。万筑有个传统，年后开工第一天，大领导要站在门口给所有来上班的员工发开工红包，寓意工作顺利，万事大吉。

等林回到达万筑的时候，贺见山已经发得差不多了。还没进大楼，他就远远看见贺见山站在那儿，旁边还有安妮、赵晓晓等一堆人。

林回看着那条不长不短的队伍，当即就是一阵后悔，他都忘了贺见山要站在门口发红包的事情了，早知道就绕着走。他正琢磨着是不是要偷偷从货梯那边上去，偏偏赵晓晓眼睛尖，一下就看见了林回，直接跳起来摇着手招呼他："林助，林助，这里，领红包！"

现场的所有人都看向了林回的方向，连贺见山都看了过来。林回和贺见山对视了一眼，还没等他作出反应，排队的人就七嘴八舌地叫道："林助，新年好，快来这边排队！"

林回硬着头皮走过去站在了队尾，一边和熟悉的人闲聊，一边磨蹭着慢腾腾向前走着。轮到他的时候，旁边还围着好些员工，林回微微低头，盯着面前出现的红包，他刚要拿走，贺见山却没松手。林回抬眼，看见贺见山又在红包上放了一块糖。

糖是前台的装饰篮里的，一颗白色的棉花糖，也不知道贺见山什么时候拿的。

一群看热闹不嫌事大的开始起哄："哦——"

连安妮都来劲了："为什么林助有糖，我们没糖啊？！"

人群一下子哄笑起来，饶是林回再厚脸皮，脸也一下子红透。反倒是贺见山嘴角挂着淡淡的微笑，似乎没有出声解救他的打算。

林回也不管了，三下五除二把糖剥了塞进嘴里："你们胆子也太大了，都敢开老板玩笑了，等我三月份去宁海，看谁罩着你们。"

看热闹的人一听，又开始叫起来：

"啊，不要啊，林助——"

"林助你别去！"

"林助，常回家看看——"

伴随着热热闹闹的说笑声，林回一路回到了办公室。这会儿贺见山和赵晓晓都在楼下，十二楼安静得很。林回一开门，首先映入眼帘的便是电脑旁边原来摆积木花的位置，放着一束漂亮的白玫瑰。

它们安静地站在透明的花瓶中，端庄而又温柔。

回到阔别好长时间的办公室，林回觉得舒服自在极了。他刚给自己倒上水，准备开始一天的工作，就听见有人敲了门。林回抬起头，是贺见山。

他看见贺见山迎着光，慢慢走向自己。

林回忍不住笑了起来："早啊，贺总。"

等到贺见山走近了，林回才发现他手上拿着一个盒子。他好奇地盯着盒子看，直到贺见山把它放在了自己面前。

林回了然于心："看来除了红包，我还有惊喜收。这就是年前说的那个礼物吧？"

"也不能说是礼物……林助理，不如来猜猜里面是什么？"

林回看了一眼贺见山的表情，又看看盒子："看这大小……钱包？暗示股东分红会让我钱包鼓起来。"

贺见山挑挑眉："想法不错，下次用。"

"竟然不是吗？"林回犯了难，贺见山送礼物总是有很多想法，实在太难猜，"我不猜了，我要直接看。"

面前的盒子用深蓝色缎带包装得十分精致，林回将解开的缎带随手系在了一旁的玫瑰花杆上，忍不住吐槽道："当初蜜糖罐基金送礼物，每一份都是像这样，各种蝴蝶结标准得好像从书上抠下来的一样，我室友一度怀疑万筑是不是有什么传承各种绳结文化的指标。"

盒子里面还有个小盒子，林回拿出来看了一下，依然找不到 LOGO，他狐疑地看向贺见山："我开了？"

贺见山笑着点点头。

"我跟你说，"林回不理会他的故弄玄虚，轻轻打开了盒子，"要是比不上万花筒，我可要——"

林回顿住了。

是手表。

盒子里有一只手表，深邃的星空色底盘上悬挂着一枚弯弯的月亮，在他的手中熠熠生辉。

林回忍不住抬头看向面前的人，然而贺见山只是温柔地看着他。林回花了好长时间才回过神，他想要把手表拿出来，可是贺见山先他一步合上盒子，把它拿走了。

林回连忙站了起来，刚准备拿回来，却又忽然意识到什么，忍不住缩回了手。他咳嗽一声，小声道："就……什么意思啊？"

他看了一眼贺见山，随后把目光转向电脑旁的白玫瑰——柔软的花瓣在阳光的抚摸下，透出丝绒般的质感，美丽得让人移不开眼。

贺见山静静地欣赏着林回此刻的模样，然后从身侧拿出一叠文件，放在他的面前，轻声道："先签了它们。签了，我就告诉你。"

他的声音仿佛刚刚在楼下吃的那颗棉花糖，柔软地诱惑着林回低下了头。

那是万筑股东变更的一整套资料，该贴身份证的地方贴好了，该填写的地方填好了，该盖章的也盖章了，所有需要签字的地方都用铅笔勾了出来，现在，就等林回来完成剩下的环节了。

林回忽然变得慌乱起来。他就这么手足无措地捏着文件，过了很久才想起要坐下，然后在桌上摸了半天，总算找到了一支笔。

那是一支普普通通的黑色水笔，万筑综合管理部统一采购发放的。这支笔林回已经用了很久，笔管里的油墨只剩下一半，笔套上的白色印花也磨损得看不清了。在这张办公桌上，他用这支笔安排过贺见山的行程，整理过重要的会议材料，也修改过无数的合同文件。

林回抬起了头。

隔着一张办公桌的距离，贺见山正专注地看着他。贺见山的手紧紧地抓住盒子，脸上没有一点笑意，如果是其他人看到，只会觉得贺总实在有些严肃，但是林回知道，他在紧张。

不知道为什么，林回忽然想起了他曾经认真地对贺见山表示工作时间工作场合聊私事谈笑不合适，可是他们的深厚感情，却是在这日日夜夜的工作中诞生的——

大楼里的每一盏灯，电脑里的每一个窗口，打印机内的每一张白纸，不断交错的身影，打开又关闭的门，突然响起的电话铃声，争论不休的会议讨论……这座大楼的一切，都记录下了他所有的仰望与追逐，热烈与痛苦。

他一直不理解，贺见山为什么总是喜欢从记忆里挖掘着所有跟自己有关的片段，然后拆解当时的情绪。就像那个黄昏一样，每当他找到的时候，总是温柔地不厌其烦地一遍遍告诉自己那些迟到的月光。

而现在，他突然也好奇起来，他到底是在什么时候开始在意贺见山的？

哪一天？哪个时间段？哪一秒？

明明他大部分时间的工作内容，都是在重复着琐碎和忙碌，为什么从某个瞬间开始，就变得不一样了呢？

林回的手有些抖。

他深吸一口气，花了好长时间才握紧了笔，他需要在最上面那张 A4 纸的右下角签下自己的名字。

这只是其中的一份，他还有很多份文件要签。

九点整，万筑的一天开始了。

楼下传来了很重的关门声，可能是不小心被风吹得合上了；赵晓晓回到了自己的

工位上，她好像打翻了什么东西，忍不住叫了一声；安妮会在三十分钟后过来核对年后第一周的工作安排，她说给他捎了一杯咖啡；而一向比他晚到的总经理贺见山现在站在他的面前，正在期待地看着他——

林回垂下眼眸，落下了一天中的第一笔。

就像过去的任何一天一样——

作为万筑集团的第一助理，林回的一天，总是从签字开始。

〈正文 完〉

番外一 初见

"I have Something to say"

在过去很长一段时间里,贺见山觉得自己可能永远都会是一个人。

六岁的时候,一个人刷牙洗脸睡觉;

十三岁的时候,一个人在国外吃饭写作业;

二十一岁的时候从国外回来,飞机凌晨三点到达,司机站在机场出口处等他,那个时候他也是一个人走过长长的通道;

甚至接管万筑,他坐在那个令人艳羡的位置上,面对千头万绪的工作和各种钩心斗角的试探,竟也没想过先给自己安排几个亲信。

……

这世上有人喜欢交朋友,喜欢热热闹闹,也有人喜欢独处,喜欢自由自在。贺见山习惯了一个人,他觉得这样挺好的。

但是他的好友薛沛却不这么认为。

"我送你一条狗吧?"某天薛沛在和他闲聊的时候突然说道。

贺见山觉得莫名其妙:"为什么?"

"老贺,你不觉得你太孤独了吗?你就算不交女朋友,也不要老是一个人。"

"我没有老是一个人,公司的人多得我都嫌吵,而且我经常来找你喝酒。"

薛沛叹了口气:"不不不,我的意思是,我觉得你在回避社交。"

贺见山笑了："你在开什么玩笑，你觉得我这位置回避得了社交吗？"

薛沛本就不擅长聊这些东西，他纠结了半天又补充了一下："应该说，你现在在回避建立一些新的亲密关系，我不是说爱情或者什么，就是比普通认识的人更亲近更紧密的关系，比如朋友、工作伙伴、家人，甚至一条狗，你能明白我的意思吗？你别看我，我是你老早就交的朋友，不算在内。"

"那是因为我目前没有这种需要。"

"但人是社会性动物，你不能一直离群索居。"薛沛眉头紧皱，"你的非工作性社交或者活动几乎没有，除了工作就是工作。我觉得这不健康。"

"我的工作和生活并没有受到影响。"

"不，你刚刚不是还说，现在工作密度上来了，还是有点忙不过来的。你不可能不知道规划管理的重要性，就算从公司层面来说，哪怕你再能干，你也不能一个人对接多个部门，至少你要配个专门的、只对你负责的助理，我觉得你们公司应该提过，但是，你拒绝了。"

贺见山沉默了一会儿："对，太麻烦了，我不习惯。"

"所有东西都有个适应的过程。"

贺见山无动于衷："人是要培养的，我没有耐心试错。"

"你们公司招进来的都是顶尖人才，你不会觉得人家连一份助理工作都做不了吧？"

贺见山不说话了。

薛沛说得其实没错，他确实有必要对目前的工作进行一下规划调整，要不然接下来麻烦的还是自己，但是同样的，除了工作以外，他也的确不想投入感情去建立或者开拓一些新的人际关系，更遑论要达到良好的程度。

这个世界上所有的关系都是需要维护的，哪怕是一台机器，也要定期上油保养。对于贺见山来说，生活中有至交，离得近，时不时可以聚会闲谈；事业上公司机构设置分明，人员配备齐全，就已经足够了。他不想再单独配一个人跟着自己，即使是工作，过近的距离也会让他觉得没必要，且麻烦。

像是看出了贺见山的顾虑，薛沛把手机推到他面前："老贺，来吧，给你们人事打个电话，让他尽快给你安排个人。"

贺见山抬眼看他。

"偶尔，你也该做一些脱序的事情。"

大公司真心想要招一个人，效率总是很高的。贺见山的要求十分简单，只说自己要配个助理。半个月后，人力资源部已经筛选了最适合的两个人，这两个人都已经顺利通过第二轮面试，只等贺见山进行最后的确认。

"一个叫安妮，一个叫林回，都是相当优秀的，您看您什么时候有时间安排终面？"人力资源部部长徐怀清在万筑待好些年了，做事向来可靠稳妥。

两个人的简历整齐地放在贺见山面前，只要他的手指稍微动一下，翻开一页，他们从小到大的学习经历便能清清楚楚地展现在他面前。那天薛沛说他偶尔也该做一些脱序的事情，贺见山想，招一个助理，也算脱序吗？

"不用再面试了，就选这个吧。"贺见山拿出一份简历递给对面的人。

徐怀清愣了一下，看向贺见山："您不看一下吗？"

"不看了。"

"您确定吗？那我就通知他准备入职了？"

"可以。"

"那么——"徐怀清看清楚简历上的名字，犹豫地看了贺见山一眼，"以后就由林回，担任总经理助理一职。"

薛沛得知了这件事以后，说为了庆祝，要送他一件礼物。

当然，狗是送不成的，正好贺见山的新居装修完毕，他便送了一组沙发，软得像棉花糖，坐上就要陷进去的那种。

面对房屋主人一脸不想要的表情，薛沛笑道："这是家，家就应该是柔软的，让人放松的，你想想看，以后你跟你喜欢的人窝在这么软的沙发里看电视吃东西，说些悄悄话，多么美好。"

沙发最后还是留了下来，可惜享受到它的柔软的，始终只有贺见山一个人。

新助理入职的前一天，贺见山出差了，直到一周后他才回来。

那天下着大雨，整个城市笼罩在沉沉的雨幕中，贺见山心里记挂着工作，一回来就匆匆走向自己办公室。他的办公室在最里面，旁边带了一间玻璃隔断的接待室，他老远就看见接待室里灯火通明。

贺见山有些奇怪，按道理如果他不在，一般不会有人过来。直到他走近，才发现原本的接待室已经变成了一间办公室，里面坐了一个人。

贺见山愣了一下。

周围有些安静，他透过玻璃，看见白色的灯光照在那人的头顶，投下一小片阴影。他慢慢走到门口，听到里面的人一边写着什么东西，一边口中念念有词："……20%……2851万……"

贺见山一听便知道他说的是前年一份合同上的数据，但是他说错了。

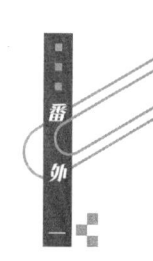

"是2857万,前年和嘉荣的合同,后面还有一份补充协议。"贺见山忍不住纠正了他的错误。

那人抬起了头。

那是一张俊秀却又略带青涩的脸,在这个大雨滂沱的日子里,仿佛早春的第一朵花,衬得灰暗的天地都亮了许多。

林回,贺见山的脑海里忽然钻出了这两个字。

贺见山想,他就是林回。

他们简单地打了招呼,随后贺见山便回到了自己的办公室。过了一会儿,林回敲门走了进来,贺见山微微扫了他一眼,继续低头写合同的修改意见。

"贺总,我的内线电话是822,您有事情交代可以直接打电话喊我过来。另外以后您的所有行程安排由我来进行确认,有做得不好的地方,请您指正,包括如果您现在有什么要求,都可以告诉我。"

贺见山停下了笔。

面前这个人说话的声音清正平稳,然而一说完却绷直了唇线。明明很紧张,偏偏又坚定不移地看着自己——

他很认真。

徐怀清说林回是应届毕业生,看得出来,他在很认真地对待他的第一份工作。

贺见山忽然觉得有点棘手。

不出意外的话,接下来他们的工作会很大程度地交织,这意味着今后大部分时间他们都要在一起。对于贺见山来说这是一件急需适应的事情,即使对方已经走马上任一周,但自己并没有认真思考过接下来该怎么做,包括工作的磨合,人员的培养,或者日常的相处。

但是,贺见山想,这是我选择的人,他值得一个同样认真的回应。

他放下笔站了起来,在林回惊讶的眼神中,伸出右手:

"你好,林回。"

薛沛说得对,这的确是一件脱序的事。

番外二 一个有趣的梦

I have Something to say

• 01 •

贺见山醒过来的时候，正好是下午三点。

他睁开眼睛，觉得头有些昏沉，等到看清楚周围的环境，心头顿时涌上一种怪异的感觉——面前是他的办公桌，上面放着电脑、记事本、文件资料，还有惯用的水杯，等等，一切都很熟悉，没错，他正在自己的办公室。

但有个问题是，这间办公室只存在万筑的老办公大楼——先不说在他的记忆里，万筑早在五年前就搬去了新大楼，光是看这些室内陈设，像是他才接手万筑的那几年用的，实在有些久远了。

贺见山开始觉得有些荒谬。他努力回忆了一下，就在醒来之前，他才和林回一起吃了午饭，然后他在客厅处理工作，林回则一边给家里的绿植修枝，一边跟他闲聊，之后他好像有点犯困，就躺在沙发上休息了一下。

再一睁眼，便是现在这个情况了。

贺见山随手翻了一下桌上的文件，发现日期是在十二年前的三月份。

十二年前他二十五岁，接手万筑没几年，但是已经将公司稳定了下来。不过这些都不重要，重要的是，如果他现在真的在十二年前，那么林回是不是也在这里？

十二年前的林回是二十岁，不出意外，这个时间段他应该是在上大学。贺见山忽

然想到什么，开始在桌上找起来。果然，他找到了一份名为《"蜜糖罐计划"公益基金申请汇总记录》的文件，他打开翻了一下，看到了熟悉的申请表，表格上填写的所有信息和他之前看到的那份一模一样。

贺见山忍不住松了一口气。

现在基本可以确定了，林回这会儿是京华农业大学园艺专业的大三学生，半个月前，他在宿舍填完了这份蜜糖罐基金的申请表。

贺见山看着证件照上林回的笑脸，心里慢慢平静了下来。他不知道现在是在做梦，还是更离谱一点的像书上写的那种平行时空或者灵魂出窍之类，先姑且当作是在做梦吧，总之，他能够深刻地感觉到自己跟这个世界好像有些割裂，但因为梦中的景象都过于熟悉，又奇异地觉得十分自在。

当然，他不太明白为什么这个梦能让他保留如此清醒的意识，但是，他发现自己或许能够像游戏一样开启一个新的人生存档，便忍不住期待起来。

想到这里，贺见山按下了办公桌上的电话："钟莉，来一下我办公室。"

十二年前，万筑的总经办负责人是钟莉，她做事认真负责，后来因为个人原因离职去了别的城市。贺见山记得蜜糖罐基金每个月赠送给林回的礼物，就是由她亲自去送的。

钟莉很快走进了办公室："贺总，您找我？"

"联系京华农业大学，就说我要捐赠……"贺见山想了半天，也不知道园艺专业需要什么，"捐赠一笔专项研发费用，给园艺专业。"

钟莉面露疑惑，怀疑自己听错了："什么？"

她在总经办已经做了三年，算是个老人了，虽然贺总为人比较严肃，要求也很高，但一直是个非常有条理的人，怎么今天他说的话她一点听不懂呢？而且不知道为什么，今天的贺总好像跟平时不太一样，明明是在很平和地说话，却给人无法忽略的压迫感。

贺见山很有耐心地重复了一遍，随后又补充了一句："你跟对方说一下，我对国内的大学一直充满向往，如果可以，希望能有个机会和学校的老师，还有……"

贺见山顿了一下："还有学生代表，好好交流。"

钟莉花了几分钟才明白过来贺见山交代的新任务——一个普普通通的下午，贺见山忽然要给农业大学的园艺专业送钱，甚至还暗示要学校安排一个座谈。

他们万筑跟农业有一毛钱关系吗？

她欲言又止，憋了好半天，最后实在忍不住还是问出了口："您……我能问一下为什么吗？"

贺见山看向面前的人，除了特殊情况，万筑对办公着装没有过多要求，但钟莉为人谨慎，总是习惯身着深色正装，而后来接替她位置的安妮，则要轻快活泼许多。

　　这是一个荒诞又奇妙的梦境，尽管这一切是如此的真实和清晰，但办公室里的所有，都在提醒他这不是实际发生的。贺见山并没有因此感到紧张或者担心，他甚至隐隐地希望这个梦境不要太快结束。

　　因为林回，这个梦境里有林回，一个他从未认识和了解的林回。

　　他们还没有相遇。

　　贺见山的嘴角弯起一个柔和的弧度。过了好久，他轻声道：

　　"因为我在找一个答案。"

　　钟莉的办事效率很高，第二天，万筑便收到了京华农业大学的反馈。学校对贺见山的捐赠表达了强烈的谢意，领导对这件事高度重视，想举行一个隆重的捐赠仪式，但是万筑拒绝了。

　　贺见山希望一切从简，安排座谈就够了，甚至学校领导不参加都没关系，只要有园艺专业的学生代表就行。

　　如此慷慨大方却又几乎没有任何要求，只是单纯希望和学生聊聊大学生活，学校领导是真的信了这位年纪轻轻的董事长确实对国内大学有很多向往。他们都猜测贺见山特地点名捐赠给园艺专业，恐怕也是因为这位贺总跟这个专业有些渊源，也算是他们农大占了便宜了，像座谈这样的小事，肯定全力配合。

　　学校很快便安排好了座谈，时间就定在两天后。最重要的学生代表安排了三个人，都是园艺专业最好的学生：一个是刚上大一的袁晓茹，她以高考总分全省第一的成绩进入农大选择了园艺专业；还有一个是研二的刘凯，虽然研究生还没毕业，但是手上已经出了不少成绩；最后一个是大三的林回，他除了全方位的优秀之外，也刚刚申请了万筑的蜜糖罐基金，也算是缘分了。

　　座谈在下午三点开始。

　　两点五十分的时候，贺见山的车驶入京华农业大学。进入校园后，车速降了下来，贺见山忍不住向着窗外看过去。

　　今天是阴天，主干道上的梧桐有些暗淡，再加上修剪的缘故，一棵一棵光秃秃的灰色树干看上去十分寂寥。不过虽然天气还没有完全暖和起来，但是很多地方已经冒出了隐隐约约的绿意，京华的春天就要来了。

　　贺见山看着眼前这条路，心里有说不出的亲切感。之前他跟林回提过自己没见过他大学时候的样子，觉得很遗憾，林回就抽空带着他回了一趟学校。当时他们就是从这条路开始，慢慢散步，逛遍了学校的每一个角落。

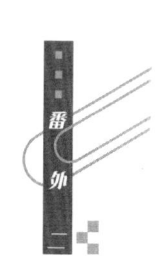

贺见山从未在农大上过一天学,可是学校有什么样的建筑,长着什么样的树,开什么样的花,他都十分清楚。想到这里,贺见山忍不住笑了起来。

两点五十五分,车子在行政大楼门口停下,校领导已经站在门口了。

贺见山在车里扫了一眼,没有看到林回。他下了车,钟莉紧跟其后,学校领导握着贺见山的手,笑容满面地招呼道:"欢迎贺总,感谢贺总,咱们直接去楼上?学生们都在等了。"

贺见山笑着点了点头,他随着学校领导一起向三楼的会议室走去。接待他的李校长十分热情健谈,一直说这笔钱来得及时,帮了这帮学园艺的孩子一个大忙,听得贺见山频频点头。他其实不关心钱到底用在了什么地方,他只知道,隔着一道门,林回就在里面。

李校长站在门口,笑容满面:"贺总,请。"

贺见山深吸一口气,大步走了进去。

说是小型座谈,但学校给足了贺见山面子,不大的会议室里安排了很多人。贺见山匆匆扫了一眼,心跳不自觉得开始变快。他忍耐着没有抬头刻意寻找林回的身影,只是在校长的引荐下挨个跟人招呼握手,一个接着一个,直到——

"贺总,给你介绍下我们园艺专业的优秀学生代表,大一的袁晓茹同学。"

"您好,贺总。"

"你好。"

这是一个扎着马尾个子高高的女孩子。

"这是刘凯同学,他现在是研究生二年级。"

"您好,贺总。"

"你好。"

这是一个身材壮实看着挺阳光的男孩。

"最后这位同学我要单独说说,有点巧,他就在上个月,刚刚申请了贺总公司的蜜糖罐基金,他是——"

一个熟悉的身影出现在贺见山的面前。

"林回同学。"

贺见山就这么站在了那里。

二十岁的林回和他最初见到的林回,样貌上并没有多大区别。如果非要说有什么不一样,那就是此刻的林回,还没有遭遇家庭变故,没有经历过那些难以忍受的痛苦和茫然,整个人看上去更加的明亮和张扬。

是的,就是这样,是他想象中的大学生林回的模样——宛如盛夏的阳光,热烈又肆意。

贺见山开始确信这一切确实只是梦。

因为只有梦境，才能让这样的林回，清晰而又完整地站在他的面前。

贺见山迟迟没有动作，而对面的林回没有应对过这种情况，开始怀疑是不是自己哪里做得不对，变得困惑起来，一时间也不敢乱动。直到站在他旁边的刘凯轻轻推了他一下，林回才回过神来。

会议室里过于安静了，但面前这个人仿佛毫无所觉，还是一动不动地看着自己。他想了一下，主动伸出了手，看着贺见山的眼眸，认真道：

"您好，贺总，我是林回。"

■ 02 ■

座谈结束后，贺见山依次存下三个学生代表的手机号码。

"我可能会打电话跟你们请教学校的事情。"

贺见山十分有礼貌。今天这场座谈，明明他是主角，却全程不怎么说话，反而一直专注地听老师和学生说学校的事情。尤其是当听到林回说起他们上课遇到的事情的时候，贺见山脸上的笑容就一直没断过，感觉十分开心。这会儿又看贺见山这样温和地同他们解释，还用上"请教"这个词，袁晓茹和刘凯更是受宠若惊，只觉得这位赫赫有名的贺总实在是过于平易近人，连忙点头道："欢迎！"

只有林回皱起了眉头。

他总觉得贺见山有点奇怪，不像是对大学生活向往，倒像是来搞调研的，别的不说，光"打电话跟你们请教学校的事情"这一条，他还以为对方要取材写论文呢。

而且座谈的时候，他好像一直在看自己，可是当他看过去的时候，对方的目光又落在了别处，搞到最后，林回也怀疑是不是自己产生了错觉。但是不可否认，贺见山这个人很有魅力，当他讲话的时候，所有人都忍不住看向他，林回能感觉得出来，在场的每一个人都在被他吸引。

包括自己。

贺见山讲的事情是他们这些学生没有体验过也接触不到的，比如一些商务合作和商务谈判案例，聊的内容也不是那种很夸张很戏剧化的，相当实在，深入浅出，一点不枯燥，每一个人都听得津津有味。

林回想，原来这就是商业大腕吗？明明比他们也大不了几岁，但举手投足间满满都是让人移不开眼的风采与自信。转而他又想到自己申请的蜜糖罐基金也是眼前这位

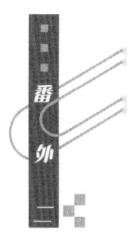

贺总设立的，听说那是为了纪念他的母亲。林回忽然醒悟过来，贺见山会对国内大学这么关注，恐怕也是跟他的母亲有关。

原来即便一个人成功到拥有了全世界，也还是会想妈妈的。

"林回？"

贺见山已经存好了袁晓茹和刘凯的电话，这会儿来到了他的面前。林回赶紧将号码给了他，他看着贺见山认真地存下号码，忍不住开玩笑道："您真的会打电话吗？"

他还是无法想象贺见山这样的人抽时间给他们打电话，说不定电话内容就只是为了讨论食堂哪个菜好吃。

贺见山的手顿了顿，抬起头看着面前的人，认真问道："可以吗？"

林回愣了一下。

他想说这有什么可不可以的，但是贺见山的表情很郑重，这使得林回也不由自主地认真起来。过了一会儿，他回答道："我很期待。"

贺见山的电话在座谈结束的第三天响起。

那会儿已经是下午了，当陌生电话响起来的时候，林回正在宿舍和舍友闲聊，讨论晚上吃什么。他看了一眼屏幕上的一串数字，然后拿上手机走到了阳台上。等到接通，电话那头传来一个的低沉的嗓音："林回。"

无须确认电话那头的人，那个声音极为平静地喊出他的名字，熟稔得就好像曾经喊过无数遍。

林回握着手机，眼睛从阳台飘向了楼外。

京华的男生宿舍楼外有一个小池塘，旁边有一棵歪脖子杨柳。一个冬天过去，柳条上冒出了一茬青绿色，风一吹，摇摇晃晃，看得林回心里也跟着晃荡起来。

"贺总。"林回也像他一样，自然地喊了一声，语气平平淡淡，就好像这只是一件习以为常的事情。

但事实上，他们只是见过一面的陌生人。

"我好像在你们学校迷路了。"贺见山的声音透着无奈，"我本来只是想随意地逛一下学校，但是导航不知道把我带哪里去了。"

林回忍不住笑了："您看看周围有什么标志性建筑。"

"有一栋白色的小楼，好像有些旧，还有一片小树林。"

林回从阳台回到宿舍，拿出了鞋子："我知道在哪儿了，老图书馆后边，您站在那里等会儿，我去接您。"随后他便挂了电话。

洛庭看他换鞋要出门，连忙叫道："回，你去哪儿啊？晚上去不去食堂啦？"

"你们自己吃吧,我有点事。"

林回很快到了目的地。

贺见山所在的地方是老图书馆,一栋历史悠久的三层小楼,后来学校建了新图书馆,这里便空了下来。小楼位置在学校西北角,挺偏僻的,去那总是要七拐八拐的,而且树多,乍一看都长得很像,不熟悉的人绕来绕去绕不出去也正常。

林回到的时候,贺见山正站在树下发呆。这会儿已经是黄昏近晚,难得的好天气,一整片的橘红全部晕开,染红了半边天空,像一幅刚刚完工的油画,而贺见山站在那里,便成了画里的人。

贺见山看到他出现的时候,忍不住笑了起来。

林回走到他的面前,也笑了:"您的司机呢?"

"送我到学校就离开了。"说完他又补充了一句,"正好过来找你们校长聊点事。"

林回一哂:"校长也太抠了,都不留您吃个晚饭啊?"

"可能卡上的钱不够了。"

两人一起笑了起来,夕阳的余晖落在彼此的身上,为即将到来的夜晚,点上一盏灯。

贺见山看着面前的人,眼睛舍不得离开。他忍不住想,林回,这是林回。二十岁的林回,二十一岁的林回,再到后来三十岁的林回,他从来都没有变过。

"喊我贺见山,也不要再叫'您'。"贺见山开口道。

林回一愣:"这不合适吧。"

贺见山看他一眼:"我以为我们是朋友了?"

"这算不算碰瓷啊?"林回嘀咕道。

说老实话,比起座谈那天的贺见山,他觉得此刻的贺见山是真的有点有趣,而且好像更真实。他从来没想过贺见山私下会是这样,虽然和他聊天不多,但出乎意料地舒服。

林回试探地问道:"那我真的喊了?"

贺见山点点头。

"行吧——"林回转过头看向身侧的人,笑了起来,"贺见山。"

贺见山愣愣地看着他,目光有些奇异:"原来这么容易喊得出口吗?"

林回哭笑不得:"这有什么喊不出口的。"

贺见山垂下眼眸,过了好一会儿,也笑了:"嗯。"

既然新交了朋友,时间也快到饭点了,林回当仁不让决定包了贺见山的晚饭。

"你想吃什么?"

贺见山好像确实饿了,认真思考起来:"汤汤水水的吧,最好吃完身上就能热起来。

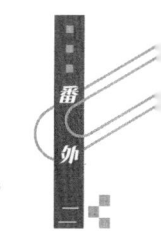

虽然今天天气不错，但是这会儿太阳下山了，还是有点冷的。"

林回想了一下："汤汤水水啊……"他眼睛一亮，"我带你去吃二食堂的鸡汤捞饭吧！"

贺见山故作惊讶："鸡汤捞饭？什么样的？"

"鸡汤打底的汤泡饭，然后再加个鸡蛋，特别适合冬天吃，每天都有好多人排队。"

"看来是明星菜，那一定要尝尝了。"

两人说着便向二食堂走去。

一路上，林回像是打开了话匣子，跟贺见山极力推销道："你不是对我们大学生活特别感兴趣嘛，等吃完捞饭，我再请你喝二食堂的明星饮料花生奶。"

"二食堂这么多好吃的，是不是每天爆满啊？"

"也不是，二食堂离宿舍有点远，我们一般也不过去。"林回笑了起来，"今天正好来接你，我们从这里过去近一点。"

两人说说笑笑，来到了二食堂的捞饭窗口。可能是来得早，别说没多少人排队，连吃饭的人都很少。轮到林回的时候，他熟门熟路开始点单："阿姨，两份鸡汤捞饭，加两个鸡蛋。"

"今天送货的人没来，鸡蛋就剩下一个了。"窗口阿姨敲着汤勺说道。

"没事，一个就一个吧。"

林回转头看向贺见山："有鸡蛋的那个给你吃，我反正随时都能吃到。"

贺见山点点头，一点没客气："好的。"

捞饭很快就做好了，两人各自端了一份走到桌边坐下。林回筷子伸下去，才发现鸡蛋在他的那份里。他看了一下贺见山的碗，又看看自己的，开口道："阿姨好像搞混了。"

他说着拿起汤匙，将鸡蛋拨入匙中，然后送到贺见山碗里："给你吃。"

见贺见山好像愣住了，林回又连忙解释道："我没吃呢，一筷子没动，是干净的。"

"我不是这个意思……"贺见山忍不住笑了起来，他停了一下，开口道，"其实，你可以直接把碗换一下的。"

林回整个人呆住："对哦，我忽然忘了。"

贺见山手虚握着抵住嘴唇，一时间笑得停不下来。林回轻咳一声，耳朵爬上了一层红，他感觉自己像个傻子，干脆不说话了，开始闷声吃饭。

贺见山静静地看了他一会儿，然后咬了一口鸡蛋，是流心的，蛋液像夕阳一样散入碗中。他开始一口一口吃起捞饭，就像林回曾经说过的那样——顶着寒风走到食堂，来上一碗烧得热热的捞饭，确实是人间美味。

"林回。"

"嗯？"

"很好吃。"

"你看，我说得对吧。"

• 03 •

贺见山开始时常来学校找林回。

他约林回的时间总是很巧，有时候是下课，有时候是快要到饭点，还有的时候是林回正好从自习教室出来，反正没有一次是林回忙碌的时候。就这样，从冬天约到春天，学校的绿色一层叠一层，转眼，就到了春天的尾巴。

林回也不知道为什么贺见山作为一个大公司的老总看上去有点闲，每次过来也没什么正经事，都是喊他一起逛逛学校聊聊天，或者两个人什么都不做，就去图书馆看书——是真的看书，他们两个人坐对面，各自挑一本书看着。

林回觉得很奇妙。

他从来没有拒绝过贺见山，可能是因为他挑选的时间都很合适，他没有理由拒绝，也有可能是贺见山让他感到舒服，和他相处很愉快。当然更多的是因为，他从心底，根本不想拒绝。

他开始感到好奇。这种好奇伴随着贺见山一次次的出现，与日俱增，关于贺见山的一切都让他想要去探究。

于是一个春日的下午，当贺见山再一次来图书馆等他的时候，林回忍不住问道："我可以问下吗？你当初会捐钱给我们园艺专业，是因为你的家人是园艺毕业的吗？"

贺见山今天过来时给他带了一个面包，特别好吃。林回一边啃着面包，一边后知后觉地发现他的口味和自己十分相近，基本上他给自己带的吃的喝的，自己都特别喜欢。林回走神地想，老这样也不合适，我是不是也应该回送个什么礼物？

贺见山没想到他会问这个，便承认了："是的。"

林回回过神，露出了然的表情："我果然猜得没错。哪一届的啊？"

贺见山想了一下："很遥远了，不过他现在没有从事园艺相关的工作。"

"为什么？"

贺见山停下了脚步。

春天的风实在是有些暖了，吹在身上，膨胀着令人酥软的暖意。他看向林回，发现他的头发乱成一团，看上去毛茸茸的。

他的手指微微动了一下，但始终没有开口。

林回眉尖轻轻蹙起，又问了一遍："为什么？"

贺见山张了张嘴："他……他……在现在的领域也做得十分出色，他非常非常非常优秀。"

贺见山连用了三个"非常"去回避了这个问题，林回便善解人意地没有再追问下去。

两人慢慢走到了学校的人工湖附近。湖边围了一圈柳树，林回每天上课都会路过这里，他眼看着那些枝条从干枯的细木头慢慢抽芽变成翠绿的柳条，每一天，它的绿色都会变得更明亮一些，于是大家就知道，春天来了。

林回看着湖边随风飘动的柳枝，忽然想起了什么，说道："对了，我今年暑假会迟一点回去。我们专业课的罗老师邀请我去他的项目上帮忙。你记得座谈会上见到的研二的师兄刘凯吗，他就是跟着罗老师的，特别好玩的一个人。"

贺见山看向林回："暑假？"

林回点点头："是的，暑假。"

他想了一下，然后笑了起来，看着贺见山认真说道：

"贺见山，夏天要到了，我特别特别喜欢夏天。"

或许是因为这一个学期贺见山总是出现在林回的身边，再加上来学校的次数实在太过频繁，有些惹眼，临近学期末的时候，林回的三个室友对他进行了一场拷问。

"回，这不正常。"洛庭首先开了口。

张笑磊点头附议："真的不正常。"

周晨宇摇摇手指："很不正常。"

林回一大早就被他们拖了起来，哭笑不得："哪里不正常？"

"这位万筑的贺总，殷勤地跟你压马路压了一个学期，你这学期见得最多的人是谁，你以为是我们吗？不，是他。"

"光二食堂的花生奶，你喝的次数比我女朋友都多，都是他排队买的吧？"

林回无法反驳，只能试图解释："他只是比较闲而已。"

周晨宇眉头皱起："这么大一公司的总经理比较闲，已经很能说明问题了吧。"

洛庭连连点头："老大说得对。我跟你讲，那天连隔壁班的孙天天都问我了，说你是不是有什么情况，老有人找你，你说说看，这像话吗？"

"就是朋友啊，他就比我们大五岁，从国外回来也没体验过国内大学，但是很喜欢我们学校的氛围，所以常来找我聊天也正常吧。"

"呸，我们也是你朋友，你怎么不天天跟我们绕着学校兜圈转？"

"你们没提出来啊。"

洛庭见林回冥顽不灵，摊牌了："回，我就实话说吧，我们仨今天合计了一下，觉得这人动机不纯，你最好小心点，别走太近，这世界上有钱的坏人可太多了，要提高警惕。"

　　林回连忙坐了起来："别瞎说，他不是那种人。"

　　怕他们不相信，林回又认真回想了一下："真的就是纯聊天。按照你们说的，他要是对我有特殊想法，总该有点表现，但是没有，而且聊天的时候还总避开我的眼神，我一直怀疑他是社恐，没朋友才经常来找我。"

　　张笑磊一拍大腿："避开你眼神那就坏了！"

　　林回蒙了："啊？"

　　"坦坦荡荡怎么会避开你眼神，那肯定是心里有鬼。"

　　"对啊，正常人聊天会特意避开吗？"

　　"显然不会！"

　　三人说着说着一起看向了林回，张笑磊摇摇头："你要不信我们，你可以稍微试探下，试探下又不要紧，对吧？"

　　"这怎么试探啊？"

　　"聊天呗，比如'你跟我们学校有什么合作吗，怎么经常过来'之类的。"

　　"这能试探出什么啊，还不如直接问呢。"

　　林回嘴上没答应，心里却把三人的话记下了。

　　老实说，他并不傻。他和宿舍的三个人关系很好，因为那是处了三四年的同学和朋友，日积月累出来的感情。但是贺见山不一样，他知道自己和贺见山确实走得比较近，偏偏他们认识的时间又非常短。

　　这并不符合他的日常行为逻辑，林回也对此感到困惑——人真的会这么轻易就对一个连话都没怎么说过的人产生亲近感吗？

　　对于林回来说，贺见山是个陌生人，而他从陌生人到朋友的身份转变几乎是瞬间完成的，可林回却没有感到任何不妥。

　　他对这个人，为什么存在一种不同于其他人的双重标准？

　　怀着这样的疑问，在跟贺见山吃饭的时候，林回便忍不住问出了这个问题："你喜欢和什么样的人相处？"

　　他们见过很多次面，聊过太多的东西，这是第一次，他们聊起了这个有些奇怪的话题。

　　贺见山愣了一下，一时间竟然不知道该如何回答，过了好久,他说："喜欢谈得来的。"

"这个标准好像有点难界定。"

"会吗？"贺见山有些好笑。

"那如果你遇到这么一个人，但是这个人不喜欢跟你待一块儿，你会怎么做？"

没等贺见山回答，林回又自顾自地说了起来："虽然我没什么社会经验，但我觉得如果我要是遇到了这么一个人，一定会憋不住，说不定第一天就要问那个人，要不要跟我做朋友。"

贺见山顿住了："等一等吧，也许那个人会先发出邀请呢？"

"不行啊，万一人家不缺朋友，或者比较迟钝呢？那岂不是等一辈子也等不到。"

贺见山斩钉截铁道："不可能，没有人不喜欢你。"

他的语气十分认真，这让林回想起宿舍的那场聊天。他忽然靠近贺见山，看着他的眼睛，轻声道："那你呢？"林回没有问出口的是：你来找我是为了从我身上得到什么呢？

贺见山想，他在试探他，明目张胆。

过了好一会儿，他低下头开始剥虾，神色淡然："当然喜欢，我以为我表现得够明显了，孤零零一个人的我，是真的很想成为你的朋友。"

虾肉落入了林回的碗中。

林回轻咳一声，退后一步转开了话题："其实我还挺好奇的，你眼中的这种人，会是什么样子？"

贺见山忽然笑了起来："大概是个普通又不普通的样子，偶尔还会梦到他。"

林回眉毛蹙起，表示无法理解："梦？梦到他做什么？"

"做一些有趣的事情？"

林回不知道为什么贺见山笑得停不下来，他还是感到茫然："有趣的事？"

贺见山慢慢收敛了笑容，认真地看向林回，轻声道："又或者，只是想陪陪他。"

· 04 ·

没过多久，夏天悄然而至，学校开始放暑假了。

就像林回说的那样，他留校加入了罗老师的团队，积极参与项目，准备参加比赛。他每天都很忙碌，贺见山只有晚上才会有时间见他一会儿或者就是打打电话。

"蜜糖罐基金申请人林回的第一份礼物，应该是什么时候送？"

贺见山站在办公室的落地窗前，看着窗外灰蒙蒙的一片，低声问道。

他的语气有些严肃，钟莉站在他的身后，感到了不解。毕竟自蜜糖罐基金成立以来，贺见山从来没有关心过这个基金的运作情况，更别说知道申请人的名字。

"按照正常流程来说的话，第一份礼物是下周送出。"

"第一份礼物是生日蛋糕。"

钟莉不明白他为什么提起这个："是的，贺总，这是您定的。"

贺见山转过了身："由我去送。"

钟莉愣了一下："这不合适吧。"

贺见山没有说话。也不知道到底过了多久，他才回答道："不，只能是我。"

随着时间一天一天的逼近，贺见山开始感到焦虑。他一遍遍地说服自己，这只是个梦，不管它会将过去的事情重现，还是会随着心意发生改变，它始终只是一个梦而已。甚至连梦中那个从未见过的林回，也是自己的臆想具象化了而已。

连他自己也不知道，梦中的这一天，到底会以怎样的方式到来。但是，只要一想到这个生日蛋糕很可能会和林回奶奶出事的消息一起到达林回的身边，他的心里就翻涌起一波又一波的苦涩。

这是一场看不见的只针对贺见山的凌迟。

晚上，贺见山和林回坐在操场边上闲聊，说着说着，林回忽然开口问道："蜜糖罐基金的第一份礼物是不是要给我送来了？"

贺见山看向了他。

林回笑了："我收到你们工作人员的电话了，问我最近在不在学校。"

贺见山的心里涌上难以言说的晦涩："你这么期待吗？"

林回抬头看向面前的操场。暑假的缘故，学校里的学生少了很多，只有一些住在学校里的老师，三三两两，绕着跑道一圈一圈地散步。

"小学的时候有一次学校开亲子运动会，每个同学都必须和爸爸或者妈妈报名参加一个游戏，除了我。老师说因为我是班长，那天要帮老师组织活动，所以不能参加，还给了我一个礼物作为补偿，但是我知道，是因为我没有爸爸妈妈。

"从小到大，我奶奶十分疼爱我，别人都说她是奶奶，也是爸爸妈妈。但是有时候，我也会想，同样一件东西，奶奶送，和妈妈送，到底有什么区别？"

林回看着身边的人，问道："怎么样，收到妈妈送的礼物，是不是会加倍开心？"

一直过了好久，久到林回以为贺见山不会回答这个问题的时候，他认真地点点头："是的。"

林回笑了："我也这么想。"

这一天很快便到来了。

晚上六点，贺见山亲自去蛋糕店取蛋糕。

公司订的是一份冰淇淋蛋糕，当服务人员将白底红心的包装盒拿出来的时候，贺见山拒绝了："我不想要这个包装，麻烦你们换一个。"

服务人员抱歉道："这款带保温层，可以保证冰淇淋蛋糕的口感。"

"我的车里有冰箱，麻烦换一款。"

在贺见山的坚持下，服务员为贺见山换成了普通的包装，甚至连包装缎带都舍弃了。

坐在车上的时候，贺见山看着蛋糕，忍不住给林回拨了电话。林回的语气并没有什么不对，他笑着跟他约好七点钟在学校见面。

贺见山看向了窗外。

夏天的夜晚好像总是与其他季节有些不同，春日温煦，秋日凉爽，而一到冬天，大家都恨不得钻进被窝。只有夏天，夏天的夜晚吵闹、明快，又透着一点懒散，所有的人心里都涌动着呼之欲出的热意，似乎需要奔跑、大笑和歌唱才能释放。

可是贺见山却不敢在这样的夏天里停下来。他拎着蛋糕走在学校的时候，每一步都沉重得仿佛手中拎着的不是轻飘飘的盒子，而是绑着计时器的炸药，表盘在飞快地闪动，它已经开始进入倒计时。

短短的一段路，贺见山也不知道自己到底走了多久，然后他看到林回站在篮球场的看台上。林回看到了他，忍不住笑了起来。

他刚准备走过来，却又低头看了一眼手机，然后冲着贺见山挥了挥手机，指着屏幕喊道："等下，我接个电话——"

贺见山停住了脚步。

他听不见林回在和电话那头说了什么，但是他看见林回脸上的笑容慢慢消失了。贺见山呼吸开始变得急促，他慢慢走到了林回的面前，看着他挂断了电话。

两人看着彼此，谁也没有说话。

过了好一会儿，林回开口道："你怎么不说话？"

像是终于按下了"开始"键，贺见山回过神来："是……谁的电话？"

林回看了一眼手机："家里的，说我奶奶摔了一跤，进医院了，不过没什么事，听她声音还行，一直跟我嚷嚷着不想住院观察，要回家弄菜。"

像是听到了什么难以理解的事情，贺见山怔怔地看着林回，眼睛红得惊人。

林回开始感到无措。

他感觉到贺见山今天有些不对劲，从早上开始，几乎每隔两个小时就要给他打一次电话，实验室的师姐一直笑他说女朋友查勤查太猛了吧，他都不知道该怎么解释。而此刻，不知道为什么，贺见山的表情像是难过得要哭出来了。

这不像他认识的贺见山。

他认识的贺见山温柔、随和、风趣，好像无所不知又无所不能。或许他还不够了解，但是他无法想象，贺见山也会有这么脆弱的一面。

林回露出一个笑容，开口道："我看到你手里拎着东西，是给我的吗？"

见贺见山没有回答，他便歪头看了一眼："是蛋糕？怎么忽然带了蛋糕？"

说着，他就伸手去拿贺见山手中的盒子。在碰到他指尖的那一刹那，贺见山像是再也忍不住，拉住林回的胳膊，紧紧地抱住了他。

蛋糕掉在了地上。

林回睁大了眼睛。

"贺……"

夜风、蛙鸣、汗水，还有不住闪烁的路灯组成的这个夜晚，忽然安静了，面前这个人，身上涌动着一股他看不明白的悲伤，这让林回没有办法推开他。

"林回，安慰我一下吧。"贺见山闭上眼睛，轻声道。

林回的手一直停留在半空中，在听到贺见山的话后，他犹豫着，然后垂下眼眸，慢慢回抱住了他。

贺见山想，这是梦。

那段林回在腊梅树下平静讲述的过往，那些他心疼却又无法触摸的伤痛，在这个梦里，变成了夏夜里的风，撞进他的怀里，而后又飞快地散去了。

但是足够了，是梦也足够了，只要一次就好。

"林回。"贺见山抱紧了面前的人。

林回拍拍贺见山的背，安慰道："嗯。"

贺见山慢慢睁开眼睛，看着台阶上那个自己拎了一路的蛋糕，笑了起来：

"生日快乐。"

• 05 •

九月，林回正式进入大四。

还有一年他就要毕业了，其他同学都开始变得忙碌，积极准备各种考试和实习，只有林回好像忽然闲了下来，依旧每天周转在上课、宿舍和见贺见山之间。贺见山问起他对毕业之后有什么想法，林回想了一下，说应该会考研，然后跟着罗老师继续学下去。

贺见山闻言点点头："这样很好。"

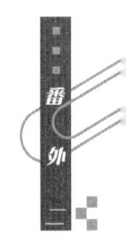

林回却想到什么，开口道："其实我现在对你们这行也挺感兴趣的。你记得上学期跟我们座谈那次吗？我听你讲了很多东西，觉得很有意思。"

　　说话的时候，他刚从图书馆出来，贺见山看见他手上拿了几本书，都是跟万筑的产业有些关联的。

　　林回像是来了兴致，开口问道："如果我这样的专业去应聘你们公司，你们会录用我吗？"

　　贺见山笑了："跨专业了，有点悬，但是你这么优秀，面试的人可能会网开一面，实在不行只能我给你开后门了。"

　　"哇，这么严格吗？"林回认真思考了一下，"不过说老实话，我还真不知道进你们公司我能做什么。"

　　"既然是我开后门放进来的，只能放在我身边了。"

　　"你身边有什么职位适合我？"

　　"很多啊，比如秘书，或者……"

　　林回一下子就想到了："助理！"

　　他越想越觉得合适："给你打打杂还是可以的吧。"

　　贺见山笑得不行："那会不会太委屈你这个园艺高才生？"

　　"没办法啊，谁让我是走关系进去的呢，只能努力工作争取早点升职。"

　　贺见山抬起头，看着远处的天空，温声说道："很棒嘛，林助理。"

　　林回顿了一下，回过头："你喊我什么？"

　　"林助理。"

　　"嘿，还挺顺耳。"

　　贺见山决定充分满足一下他："林助理，林助理，林助理。"

　　"早，贺总。好的，贺总。我知道了，贺总。"看样子，林回对这个工作已经准备就绪了。

　　图书馆前的路上，种了一排茂盛的行道树，这个季节，树上结了一层厚实的花果。

　　花果是椭圆形的，薄薄的粉色网状面纹覆盖在三道棱上，完整地包裹住里面的种子，看上去就像一个小灯笼，风一吹，便时不时地掉落下来，偶尔砸在路过的人的身上，惊得人吓了一跳，在看到是什么后又忍不住哈哈大笑起来。他们俩走在树下，贺见山便随手从地上捡起了一个。

　　林回看了一眼："你知道这是什么树吗？这是……"

　　"栾树，学名叫全缘叶栾树，还有一种是复羽叶栾树，主要是叶子有区别，分布地区也有点区别。"贺见山笑了起来，"我手上的是它的果实，对吗？"

林回一怔:"分毫不差。"

贺见山想,因为你很喜欢这种树,特地跟我讲过。

京华有一条老街的行道树就是用的这种栾树,有一次他们路过的时候,林回就兴致勃勃地去树下捡了一个果实,跟他讲道:

"全缘叶栾树,我们学校图书馆前面也有。十分常见的行道树,但这种树跟其他树反着来,冬天是绿色叶子,春天叶子颜色变深发红,夏天开一种黄色的花,然后到了秋天——"林回指着手上的像灯笼一样的东西,"秋天,就是现在这个时间,它们会结粉红色的果实,就是我手上的这个。然后树多的时候,就像这条街,一眼看过去,就是连成片的粉色,深深浅浅,特别好看。

"怎么样,是不是很好玩?"

如果一定要给季节涂上颜色,秋天用得最多的恐怕就是黄色和红色。每个一年级的小朋友都会背诵"秋天到了,叶子黄了",但同时,它也与丰收、果实紧密相连,给人沉甸甸的满足感。

偏偏到了栾树这里,秋天却变成了粉色的。

的确很有趣。

他一边这么想着,一边开着车,穿过了层层叠叠的粉色烟云。

贺见山回过神来,看见林回一直盯着自己手上那个粉色小灯笼看,便将它小心地装进了林回的衣服兜帽里:"来,带回去吧。"

"啊?"林回忍不住想要伸手去摸它。

"别动,这是定金。"

林回笑道:"什么定金啊?"

"给即将上任的林助理的定金。"贺见山笑了起来,"说好了,我在万筑等你。"

"这是强买强卖吧!"

"可是你已经收了定金。"

……

秋天过去,很快又到了冬天。

京华下雪的那天,林回趴在咖啡馆的桌上睡着了。前一天晚上,他通宵熬夜赶了一份作业,本来贺见山让他今天不要出来,就在宿舍睡觉,可是下午的时候,林回却又忽然给他打电话,说想喝点热的东西。

两人坐在沙发里聊着天,说着说着,窗外便开始飘雪了。咖啡馆里很暖和,除了他们还有其他人在小声地说着话,林回趴在桌子上看着外面,然后便睡着了。

贺见山放下手中的杯子，看了一会儿林回黑色的发顶，然后转头看向了外面。

他感觉到了，梦境里的时间流速变得越来越快。贺见山在心里算了一下，从三月份到现在，已经快要一年了，他有一种强烈的预感，或许这个梦快要醒了。

贺见山忍不住笑了一下，说不定他还能在梦里，陪林回过一个年。

除夕那天，贺见山再度来到了林庄。

晚上十点钟，当他告诉林回他在村口的时候，林回整个人都蒙了。

"奶奶已经睡觉了，我正在看电视，你冷不冷，我现在就来接你。"

贺见山没有回答他，只是问道："你想不想看烟花？"

"什么？"

"你快出来，到以前的晒场这边来。"

林回没有问他为什么会知道晒场，但还是赶紧穿好衣服，来到了贺见山说的地方。

远远的，他便看见贺见山站在那里，脖子上围着一条围巾，笑得实在过分好看了。他的前面整整齐齐放了好多的烟花，林回看呆了。

贺见山什么都没有解释，只是摇了一下手中的打火机："你往后面站站，我要开始放了。"

林回什么话也说不出来，只能听他的吩咐，往后站了站。

啪——嘭——

美丽的花火开始在夜空中绽放，林回仰起头，忍不住笑了起来。

或许是放烟花的动静实在太大，村上很多年轻人也被吸引着出来了。明明是除夕夜，晒场却开始热闹起来，尤其当大家发现放烟花的人是林回，便嚷嚷着要加入一起玩。贺见山笑着将打火机扔给了他们，然后和林回一起躲在后面看起了烟花。

一时间两人谁也没有说话。

过了好久，林回开口道："你为什么会过来？"

为什么要在这样一个特殊的夜晚来到他的身边？

贺见山问了他一个不相干的问题："你想认识一下我生命中最重要的朋友吗？"

林回愣住了，看向他："你身边有这样的人？"

贺见山认真地看着林回："当然。"

林回忽然想起很久之前他问过的那个问题，当时贺见山说喜欢谈得来的。那么，现在他口中的那个人，就是那个"谈得来"的吗？

"他是什么样的？"

贺见山忍不住抬起头，他想起在望海楼吃饭的时候，林回让他不要错过烟火。

"他……十分优秀，不管是自己擅长的，还是不擅长的，他都能做得很好。"

从进入万筑开始，即便面对着完全陌生的领域，他也从来没有过胆怯和害怕。"优秀"这个词实在太浅薄了，它根本无法形容林回是多么的聪明、能干和无可取代。

"他也喜欢吃汤泡饭。"

他总是在吃午饭的时候，拼命吃喜欢的菜，吃到不想吃饭了，又开始通过泡汤快速完成任务。贺见山纠正了他无数次，但是每次都被他糊弄过去。

"有时候会比较懒。"

早上喊他起床一起跑步肯定是不行的，总是会被他以各种理由赖掉。

"他总能发现很多有趣的东西，当然，他自己也很有趣。"

有一次他不知道从哪里买了一个可以亲手挖宝石的玩具，结果实在太难挖了，最后还是贺见山帮忙才挖出了一堆五颜六色的石头，他们认真地讨论了哪一块最好看，哪一块最特别，最后把它们洗干净放在了家里的鱼缸里。

"他看到我的时候，总是会笑起来。"

其实贺见山也总是忍不住看着他笑，就算现在只是想到他，都会忍不住笑起来。

"我没有办法拒绝他。"

无论是什么身份的林回，他总是没有办法拒绝他。

烟花还在燃放，一个接一个，和冬天冰冷的空气，以及村子里的年轻人、小朋友热烈的欢呼声混在了一起。彩色的光点渐次映照在贺见山的脸上，留下了稍纵即逝的影子。

林回怔怔地看着他："这世界上……真有这么完美的人吗？"

他更想说，这个世界上，真的有这么热烈澎湃的感情吗？只是短短几句话，他便能感觉到其中所包含的所有温暖与温柔，这让他羡慕和欣赏。

"我说的这些算完美吗？"

"你的语气让人觉得他是完美的。"

贺见山笑了，没有反驳。他静静地看了一会儿面前的人，开口道："你想知道他的名字吗？"

"他叫……"

风吹起了林回的头发，他睁大了眼睛。

"林回。"

贺见山睁开了眼睛。

有那么一瞬间，他怀疑自己是不是还在梦中，可是眼前确实是翡翠云山的家——头顶上是家里的水晶吊灯，而左边的茶几上，还放着他睡前看的文件。他愣了一会儿，

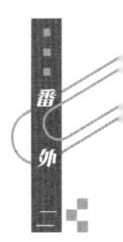

随后从沙发坐了起来，盖在他身上的毛毯顺着他的动作滑落了下来。

贺见山看了下墙上的钟，五点整。

天色开始有些晚了，贺见山看向阳台。黄昏的光是淡淡的，落在林回养的花上，一盆两盆三盆，像是覆上了一层柔软的雾气。

贺见山盯着看了好长时间，然后听到了从厨房那边传来的音乐声。

他起身慢慢走了过去。

他看见林回正在一边听音乐一边切菜，林回抬头看见他，忍不住笑了起来："起来了？"

贺见山点点头。

"你难得睡午觉，就没喊醒你。"林回说着看了下时间，"你这一觉睡的时间够长的。"

贺见山看着林回，轻声道："我好像做了一个很有趣的梦。"

"梦见什么了？"

贺见山认真回想着："梦见了大学时候的你，二十岁吧，你……"

"等一下，你确定要现在说吗？"林回看着砧板上的菜，表示了怀疑。

贺见山忍不住笑出了声。

过了一会儿，他说："已经忘得差不多了。但是我记得梦里的我提前认识了你，奶奶也还在，然后过年的时候，我买了好多烟花去家里放，村上的人都出来跟我们一起放烟花。"

林回停下了手中的动作，抬起了头："你可比我会梦多了。"

这样的梦，也只有贺见山会做。

许多年前贺见山在高尔夫球场握着他的手教他面对这个世界，而如今的贺见山却因为他，变得越来越柔软——

就算是做梦，他也舍不得让自己难过。

"林回？"贺见山认真喊道。

"嗯？"

"真好。"

"嗯。"

"真的很好。"贺见山又强调了一遍。

林回笑了起来："欢迎回到更好的现实中来。"

他一边说着，一边擦干净手，喊了一声："贺见山。"

"嗯。"

林回抬起头看向他，轻声道："谢谢。"

番外三 声音

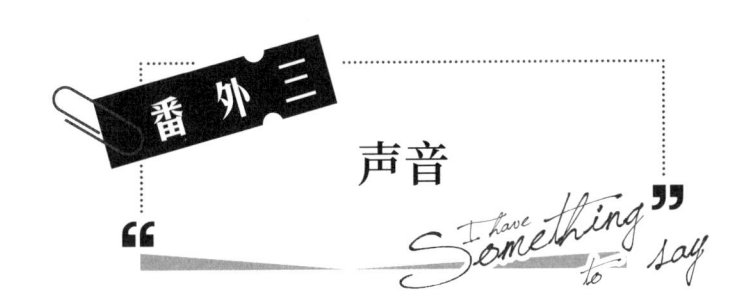

"救命啊,回,我实在没办法了!"

周末一大早,林回还躺在床上睡觉,就接到了洛庭的电话。他迷迷糊糊看了一眼屏幕,确认电话里那个鬼哭狼嚎的声音是洛庭没错,便开口问道:"……怎么了?"

"今天我要开车带我妈去隔壁市的第一人民医院看病,等了半年的专家号了,结果一大早我老婆突然接到电话,让她去参加一个教学调研会议,要一天,怎么推都推不掉,现在豆豆没人带,本来可以放在小区邻居家,结果人家今天有事要出门。我就想说能不能把豆豆放你家待一天,我晚上回来的时候正好顺路接她?"

林回松了口气:"吓了我一大跳。你直接送过来吧,我们今天都在家呢,没什么事,我来陪她玩。"

洛庭松了一口气,忽然想起什么,又说道:"豆豆还是比较听话的,有什么事你直接跟她说就行,但是她幼儿园有作业,你要看着她做完,我俩实在没时间弄了。"

"没问题,你直接把孩子送过来吧。"

就这样,背着书包的小女孩豆豆,在周日的早上八点半,准时来到了翡翠云山贺见山和林回的家里。

小姑娘和林回还是比较熟的,一看见林回便飞奔着给了他一个热情的拥抱:"小叔叔!"

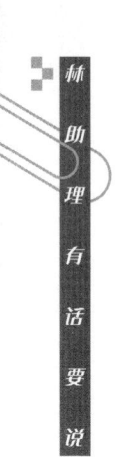

宿舍除洛庭以外的三个人，按照年龄排序，分别是豆豆的大大，二大大，和小叔叔。在她心里，大大和二大大只存在于语音电话里，只有小叔叔经常给她买好吃的东西和玩具，所以跟林回也非常亲。

林回笑着拍拍她："好久没见你了，一下长这么高了，吃过早饭没有？"

"吃过了，我喝了牛奶，还吃了鸡蛋。"

"吃太少了吧，小叔叔还没吃早饭，你要不要陪我一起吃呀？"

"啊？小叔叔你都这么大了还要人陪啊？"豆豆勉为其难地叹了口气，"那好吧。"

贺见山正在准备早饭，听见林回和女孩的对话，忍不住笑出了声。这一出声，豆豆直接看了过来，她握住林回的手，往他身后缩了一下，好奇地盯着贺见山看。

林回牵着她的手走到餐桌前："这个也是叔叔哦，今天的早饭就是他做的，来，尝一尝，看好不好吃。"

今天因为有小客人过来，贺见山的早餐准备得很用心，特地做了小孩子爱吃的土豆饼和南瓜粥，还有一杯鲜榨的果汁，看得人食欲大开。

豆豆忍不住"哇"了一声："叔叔好厉害呀，我爸爸只会煮白粥。"

她闻着香香的土豆饼，看着贺见山说道："叔叔，你是不是去培训班学过啊？"

虽然她小，但是她懂的，凡是做饭好吃的人，都是去电视里那所厨师学校练过的。

贺见山陷入了沉默："……差不多吧。"

林回憋着笑，也不吭声，拿起勺子给豆豆装了一小碗南瓜粥，放到她面前。

豆豆眼睛亮了一下："那你也会用刀把萝卜切成花吗？"

林回哈哈大笑："这个恐怕不行，萝卜雕花太难了。"

小姑娘露出了惋惜的表情，她还真的挺想看呢。

贺见山看了林回一眼："谁告诉你我不会的？"

林回惊了："这位叔叔，胜负欲可以不用那么强的。"

只见贺见山转身回到厨房，从冰箱里拿出了一根胡萝卜。林回一边吃早饭一边看他捣鼓，心里也忍不住开始怀疑：不可能吧，贺见山不可能连这个也会吧？这也太疯狂了。

没一会儿，贺见山拿了个小盘子过来，盘子里放着各种形状的胡萝卜片，有笑脸，星星，爱心，还有花朵和太阳形状的，小姑娘都看呆了。

"复杂的我不会，简单的可以。"贺见山说着将一个花朵状的胡萝卜片放进豆豆的粥碗里，"请美食家豆豆老师给个五星好评。"

林回一下明白他是怎么做到的了。

之前他们有次去超市买东西，因为达到一定金额了，超市赠送了一套切菜花刀，没想到今天就派上用场了。这下他真的服了:"行吧,我承认,你的确是厨师学校的优秀毕业生。"

等到吃完早饭,贺见山陪着小姑娘在客厅地毯上玩了一会儿,林回走过来说道:"你去看文件,我来陪她。"

贺见山手上有几份项目方案要批复和修改,其中一份周一就要返到政府那边过会,时间还是比较紧的。听见林回这么说,贺见山有点犹豫:"你不是也有事情要忙?"

宁海的项目步入正轨了,各种琐碎的事情也变得多起来,林回比以前忙不少。但是只要有时间,要么就是贺见山飞宁海,要么就是林回飞京华,说来有些好笑,林回在宁海的第一个礼拜,每一天都失眠,没错,他都这么大了,还认床。

这事他自己都觉得不好意思:三十一岁了,想工作想到睡不着就算了,现在居然会因为换了个不太熟悉的环境而失眠,自己什么时候变得这么娇气了?

不过今时不同往日,现在他睡不着,就开着手机跟贺见山打电话,聊做了什么、吃了什么、看到了什么、买了什么,事无巨细地告诉彼此。安静的夜里,贺见山的声音温柔低缓,就这么通过电波安抚着他所有的焦躁。

"我不急的,去工作,早点结束过来替换我。"林回说着将他推向书房的方向,"快点。"

趴在茶几上玩拼图的豆豆听到了,疑惑地看了一眼林回:"小叔叔你怎么做什么事都要人帮忙啊,连我做事都是一个人呢。"

林回和贺见山对视了一眼,哭笑不得道:"小叔叔没你能干行不行?"

就这样,贺见山在书房对着电脑批复文件,林回在客厅陪着豆豆玩耍。家里安静了下来,贺见山敞着书房的门,本来他还开了音乐,可是后来听到客厅两人的声音,有叽里咕噜的闲聊,有拼积木的声音,也有小小的击掌声,他便把音乐关掉了。

不知道为什么,他觉得那比音乐要更动听一点。

客厅里,豆豆玩了一会儿,便开始做幼儿园布置的作业——画画。她自带了画笔画本,但是才画了一会儿就开始玩起了橡皮,看上去有些无聊。林回注意到了便问道:"怎么不画了?"

小姑娘有些沮丧:"我不会画,小叔叔。"

"老师要求画什么?"

"声音,老师说,让我们画一幅有声音的画。可是画怎么有声音啊?"

林回想了一下:"这个简单——你想想过年的时候,你爷爷奶奶家有没有放鞭炮?"

豆豆连忙点点头:"还放烟花啦!"

"那你就画鞭炮,画烟花,是不是就有声音了?"

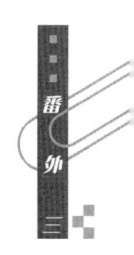

"或者下雨的时候,你画雨水落在树叶上,是不是也感觉有'滴答滴答'的声音?"

"还有你爸,睡觉的时候——"

小姑娘咯咯笑了起来:"爸爸睡觉打呼噜!"

"对,你就画他睡觉,用字母'Z'代表他正睡得香,打呼的声音也有了。"

豆豆露出了崇拜的眼神:"小叔叔你好厉害呀!"

"我陪你一起画,画完我们玩捉迷藏。"

"好呀!那你画什么声音啊?"

"我?我就画个——'家的声音'吧。"

"哇……"

等到两人做完作业,就到了豆豆期待的捉迷藏时间,没有哪个小孩子能拒绝捉迷藏,有时候连大人也不能拒绝。

翡翠云山的房子大,房间也多,倒是真的挺适合玩这个游戏。两人好像也不怕吵到在书房工作的贺见山,玩得肆无忌惮。一时间,笑声、说话声、跑来跑去的脚步声此起彼伏——

"我开始倒数了,十、九、八、七……"

眼看林回就要数到"一"了,豆豆赶紧跑向了书房,直接越过贺见山,藏在了窗帘的后面。

"……二、一!我来找了!

"哎呀,让我看看这个小朋友藏在哪里了?真是难找。"林回故意大声地说着。

贺见山听到了,一边忍不住嘴角弯起笑着,一边圈出了文件上的问题。

"难道是藏在厨房了吗?我来看看。"

窗帘后面传出了偷偷摸摸的笑声。

"厨房没有呀,我去看看是不是在床底下。"

可惜房间里只有林回失望的叹气声。

"好了,我现在要去书房找了。"

林回来到书房门口,一眼就看到窗帘后面鼓起了一个小小的身形。林回笑着问道:"贺见山,你有没有看见豆豆啊?"

贺见山轻咳一声:"没有,你去其他房间看看。"

"好吧,我去其他地方看看。"林回这样说着,偷偷藏在了门口。

过了一会儿,豆豆从窗帘露出一个脑袋,左看看,右看看,用气声悄悄问道:"叔叔,小叔叔走……"

林回"唰"地从门口出现:"抓到啦!"

"啊——救命啊——哈哈哈哈哈！"

"哈哈哈哈哈哈哈！"

一大一小两个人的声音简直要把房顶掀掉，但是贺见山一点不觉得吵闹，他全程嘴角就没有放下来过，只觉得这两个人实在是过于可爱，恨不得把他们都拴住放在眼前玩游戏才好。

快到中午的时候，贺见山听到林回在客厅喊道：

"贺见山，中午我和豆豆吃汉堡，你吃什么？我给你提前点好。"林回了解贺见山，他在吃的方面比较挑剔，肯定不会吃汉堡，林回想着不行就让小南轩送两个菜过来。

"我不饿，等弄好再说，你们自己先吃。"

"好的。"

豆豆好奇问道："小叔叔，叔叔不跟我们一起吃吗？"

"他要工作，过会儿再吃。我们先点，你看你想吃什么，除了薯条，还有其他的吗？"

"你点那个儿童套餐，会送书的，我要书。"小姑娘说完看向书房，小声说道，"我的儿童套餐里有牛奶，留给叔叔喝吧，我妈妈说人不吃饱会没力气的。"

林回笑着摸摸她的头："好的。"

等到贺见山工作完出来，已经是下午一点半了。豆豆看了会儿动画片去床上睡午觉了，林回本来躺在沙发上玩手机，玩着玩着也睡了。贺见山拿了个毯子给他盖上，然后去厨房煮面条吃，结果到了灶台前发现林回已经帮他把面条、鸡蛋和青菜都准备好了，就等着直接下锅了。台面上还放了一盒小小的儿童牛奶，下面压着一张纸，上面写着：

"请叔叔喝牛奶——洛心果。"

洛心果是豆豆的大名，字却是林回的字迹，应该是他代她写的。

贺见山笑了起来，剥开吸管的塑料纸，"噗"的一声戳了进去，喝完了一盒牛奶。

或许是上午玩得比较累，豆豆的午觉一直睡到四点。林回把她喊起来后，小姑娘坐在床上呆愣愣地说做了一个梦，梦见吃冰淇淋，说完还舔了舔嘴唇，好像在回味。

林回笑得不行："走走走，小叔叔带你去吃冰淇淋。"

翡翠云山小区外不远处有个便利店，他跟还在书房的贺见山说了一声，便带着孩子一边散步，一边向便利店出发买吃的去了。

这一段距离不算短，两人到的时候都有些汗意。他们先是挑了一堆零食，然后林回给豆豆买了她想要的巧克力冰淇淋，又给自己买了个草莓味的。豆豆等不及了，刚拿到手就舔了一大口，两人就坐在便利店门口的长凳上吃上了。

豆豆一边吃一边说道："小叔叔，待会儿你抱我回去吧。"

林回咬了一口："为什么啊？"

"我累死了，不想走路了。"

"我也累。"

"那怎么办？"

林回想了一下："我们找外援，让叔叔来抱你回家。"

他说着打开聊天软件，放在豆豆面前："来，给叔叔发语音，就说请他吃冰淇淋，把他骗过来。"

豆豆严肃地点点头，按下键开始说话："叔叔，我……我跟小叔叔请你吃冰淇淋，有草莓的，还有巧克力的，你快过来吧。"

两人等了一会儿，没回复。

豆豆问道："怎么办？"

"继续。"

"叔叔，你快过来接我们吧，小叔叔说他累了，一步都走不动了。"

林回有点尴尬："……怎么成我走不动了？"

豆豆振振有词："你刚刚说你累了。"

"我那是没力气抱你这颗小豆子了。"

贺见山很快回复了过来："好的，知道了，我过来了。"

两人坐在路边的长凳上一口接一口吃着冰淇淋，快吃完的时候，贺见山终于出现了。远远的，林回就看见他走了过来。豆豆顺着林回的目光看过去，赶紧把最后一口蛋筒塞到嘴里，然后飞快地向着贺见山奔了过去。

只见贺见山一把抱起豆豆，两人说了什么，一起看向林回，然后走了过来。

林回冰淇淋也不吃了，坐在长凳上看着他们笑。

等到贺见山走到身边，他笑道："我的呢？"

豆豆开始打小报告："小叔叔说没有你喜欢的味道，不买了。"

林回站起身，拍了拍身上的蛋筒屑，拎着装满零食的袋子跟在他的身后。豆豆搂住贺见山的脖子，转过脸跟林回笑着闹着，三人就这么慢悠悠地披着夕阳的余晖，走回了家。

晚上七点，洛庭过来接豆豆。林回替她收拾好书包，又把买的零食一起给她带回去，吵闹了一天的屋子终于安静了下来。

林回躺在沙发上一动也不动，感慨道："别说，带小孩还真有点累，而且豆豆都这么乖了，算好带的。"

"我看你玩得挺开心的。"贺见山一边收拾客厅一边说道。

"偶尔一次嘛，天天这样我也吃不消，我这么懒，一回家就想躺在沙发上什么也不做。"

贺见山笑了起来，他随手拿起茶几上的杂物，发现桌上还有一张画纸，上面写着"家的声音"，是林回的字迹，然而整张纸一片空白，什么都没有。贺见山哑然失笑，走到林回面前说道："这是你画的画吗？"

林回看了一眼，点点头。

"你也太会糊弄小姑娘了，说好一起画却偷懒什么都没画。"

"我画了。"

贺见山低下头，正反都看了一遍，确认什么都没有："你确定？"

林回笑了："本来的确只有四个字，但是现在这幅画确实画完了。"

贺见山难得愣住了，不明白他在说什么："哪里画完了？"

他把纸举过头顶，对着灯光照了一下："没有啊？真的什么都没有，你就写了四个字，我还听见你跟豆豆说了，什么可以画过年放鞭炮、画雨水落在树叶上，还有……哎……等下——"

林回被贺见山的喋喋不休吵烦了，一把抓住他的手腕，抢过他手中的那幅画。

贺见山眼睛里的惊讶来不及消散，头发乱了，衣服也被弄乱了。林回看着他措手不及的样子，忍不住笑了起来：

"你看，家的声音。"

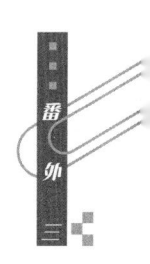

独家番外 月光碎片
"I have Something to say"

新助理入职的第九天,贺见山开始思考他作出"给自己配一名助理"这个决定是否真的正确。

说是第九天,但实际上是两人正式配合工作的第一天。

在林回来万筑前,贺见山就已经出差了,直到昨天下午才回来——糟糕的雨天里,他们两个人打了照面,然后彼此认识了下,仅此而已。而今天,当他早上九点准时到达公司,却发现宛如他另一个家的办公室忽然发生了一点改变。

门已经开了,阳光在热烈地跳跃;离开前翻阅的几本书整齐地待在桌角;茶几上的半杯水已经倒掉,杯子也洗净收好;连墙角的植物都透着鲜活的绿,一看就是已经浇过水了……

自从几年前公司保洁误把一份文件当废纸扔掉之后,贺见山的办公室就一直保持"闲人勿入"的状态,清洁卫生也是严格按照他的吩咐来。在这座二十二层的大楼里,这个房间就像保险箱一样,总是让人感觉严密又谨慎。他从来没想到有一天,保险箱的门就这么轻松地敞开着,欢迎他的到来。

贺见山一时有些愣住,他站在门口犹豫了几秒,然后走了进去。

他猜想这应该是他新上任的助理做的。他感到不习惯,很不习惯。他不知道过去一周人力资源部的员工培训是怎么做的,显然,他们忘记告诉林回,这间办公室并不需要他来负责。

在贺见山抵达办公室二十分钟后，门外响起了敲门声，不出所料，林回走了进来。

他挺着笔直的腰板，打开笔记本认真跟贺见山核对起行程安排和需要跟进的工作事项，自然得就好像他们两个人之前已经进行过无数次这样的对话。贺见山略微有些走神，他昨天就发现了，林回看上去比自己要更快进入状态。

"办公室是你整理的吗？"聊完工作之后，贺见山开了口，打算提醒这位新助理，这些事其实并不属于他的工作内容。

林回闻言眉眼弯起："是的，贺总，京华下了快一周的雨，今天终于放晴，我早上来得早，就把办公室打开通通风，顺便收拾了一下。"

他像是想到什么，又赶紧补充道："部分我认为可能不再需要的文件单独放在旁边了，您抽空看一下，防止我弄错。"

贺见山随手拿过最上面的一份文件翻了下，的确可以塞碎纸机了。他好奇问道："你怎么判定它们是没用的？"

"您手上的这份材料被压在最下面，还撕了个角，上面提到的日期和今天隔了两个月，纸面很干净，没有一点您批注的痕迹，需要签字的地方也没有签，我猜测它是一份已经修改过的文件，其他部门的同事打印出来给您最后过一下眼。"

贺见山垂下眼眸看着手中的 A4 纸。

之前听徐怀清提过，林回今年大学刚毕业，算年龄应该是比自己小五六岁。贺见山在他这个年纪的时候已经接手万筑，他少年老成，好像就没有经历过这样阶段：莽撞、热情、生机勃勃，像极了今天早上他站在门口吹到的那股涌动着的热风。

不知道这样一个人，等到时间久了，会不会也像这个世界上的其他人一样，觉得工作这件事实在是乏味、煎熬，然后慢慢冷却下来。

想到这里，贺见山又开口道："前几年有保洁不小心弄丢了一份文件，之后办公室一般都是等我整理好后再通知阿姨来打扫。"

林回愣了下，随后表情变得严肃起来："以后就交给我吧，我是您的助理，我会负责好您的一切事务。"

贺见山愣住了。他其实不是这个意思，但是林回显然没有接收到他委婉拒绝的意图，甚至因为他说话的语气过于郑重，连贺见山都不禁怀疑地想：一切事务？他也不知道林回从哪里来的自信说出"一切"两个字，但是这种无所畏惧的架势，成功惹得贺见山忍不住弯起了嘴角。

"既然这样，"贺见山抬起头认真看向这位新上任的助理，安排了第一个工作任务，"那就交给你了，林回。"

他不得不承认，他的心里开始涌起了一丝期待。

新助理入职的第七十天，贺见山对这名试用期还没结束就经常加班的新人产生了疑问。

贺见山第一次注意到的时候，以为是因为作为上司的自己没有离开，所以林回也不好意思准时下班，他便主动跟对方说到了时间就可以走了。贺见山心里有数，目前林回没有那么多工作，万筑也不推崇什么加班文化，没必要磋磨人。结果在接下来的几天，林回依然会在下班后准时去楼下吃个晚饭，然后回到办公室，待两到三个小时再离开。

没有应酬的时候，贺见山经常会在公司加班到很晚，有几次下楼吃饭的时间晚了点，抬起头便能看见办公室的上下几层，只有他那里还亮着灯，可是现在又多了一盏灯，紧挨着他。

自从林回来了以后，很多个夜晚，十八楼就只有他们两个人的办公室亮着。

这种感觉很微妙。

晚上六点半，贺见山照例下楼吃晚饭，吃完准备离开的时候，在路边看到了林回——他站在两栋楼中间的过道口，仰着头，不知道在看些什么。贺见山的脚步顿了一下，然后向着他走了过去。

"在这里做什么？"贺见山主动开口道。

"贺总？"林回回过神，犹豫了一下，回答道，"我在吹风。"

贺见山怀疑自己听漏了什么："只是吹风？"

林回有些不好意思："只是吹风。"

贺见山沉默了。

这是一个凉爽的夏天的晚上，他站在林回的身边，感受着扑面而来的风。

一时间两人都没有说话。

林回用余光偷偷看了一下身侧，极快的一眼，随后又赶紧收回目光。

短暂的静默过后，贺见山又开口道："你每天下班后在办公室做什么？是工作遇到什么问题了吗？"

林回闻言先是摇摇头，随后又点点头："工作还好。就是公司很多东西，还有很多专业术语，我不太懂，买了几本书充充电，在家老想着休息，就干脆在公司看完再回去。"

"买的什么书？"

林回一愣，随后手忙脚乱地掏出手机，把已经买好的书点给他看。

贺见山扫了一眼："明天我给你拿几本，这几本不适合你。"

他没有问过林回的大学专业，但是他看得出来，林回大学所学的东西和万筑的业务方向恐怕有些出入。贺见山并没有觉得很失望，因为林回的聪明和认真正在慢慢弥补这份缺失的不专业——在过去的一个多月里，只要有空余时间，他几乎都在看书，只是没想到，原来下班后还是在看书。

林回脸上露出笑容："谢谢贺总！"

或许是贺见山温和的态度感染到了林回，他的话也多了起来："难怪我这几天看得有些吃力，总觉得没看懂。"

贺见山淡淡道："遇到不明白的，你可以来问我。"

"好的，贺总！"

热了一个多月，难得一个凉快的晚上，穿堂风一阵又一阵，陆陆续续落在两个人的身上，十分舒服。天色慢慢暗了，林回觉得自己该上去了，但是他又有些舍不得风。

"您看风这样吹过来，它是不是扁的啊？"林回用手比画了一下两栋楼过道的距离，认真发问。

"……"

没等贺见山说话，林回自己先笑了起来："不好意思贺总，我一个朋友是小学老师，老跟我聊这种奇奇怪怪的东西，我都被他影响了。"

"……"

风还在吹，吹得林回的衣角也轻轻摆动起来。贺见山把目光从林回身上收回来，抬起头寻找十八楼亮着的两盏灯。

他一边看一边想：风也会有形状吗？

生平第一次，他也开始好奇了。

新助理入职的第四百二十天，贺见山感觉到了头疼。

林回最近时常心不在焉，已经到了严重影响工作的地步。在差点毁掉跟政府领导做的汇报之后，贺见山将他叫到办公室，批评了他。

这是贺见山第一次对林回说重话，尽管他是以一个十分平淡的口吻跟他聊了会儿天，他还对林回说会再给他一次机会。

林回很沮丧，贺见山能感觉得出来，可能并不仅仅是因为工作，也有其他什么事情。他猜测他的助理一定是遇上了什么问题，而作为公司的总经理，他有义务倾听员工的困难。所以在说完公事之后，他便自然而然地开口问道："是遇到什么事情了吗？"

"什么？"林回似乎没听明白，眉头微皱，露出困惑的表情。

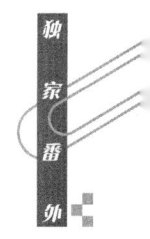

"你需要多少钱？"

想来想去，贺见山觉得能干扰到林回又让他无法开口的事情，很大可能是"钱"。万幸，钱对于他来说，是最不值得一提的东西。

"我可以借给你。"贺见山开口道。

林回哭笑不得："贺总，我不需要钱。"

"那你需要什么？"

林回沉默了。

贺见山不知道他在犹豫什么，便再度承诺道："如果遇到什么事情，可以跟我说，我会帮你。"

林回定定地看着他，目光变得有些奇异。许久，他摇摇头，低声道："不，您帮不了我。"

那天的对话就这样无疾而终，之后，林回又恢复成以前的模样。不，这样说也不对，是他的工作状态恢复成原来的样子，但是整个人却沉默了很多。

很多次，贺见山路过他的办公室，都看见林回站在窗口，就这样静静地看着外面，好像与周边都隔绝开来。

像一只被关在笼子里的鸟。

贺见山想，不知道关住他的那个笼子会是什么。

贺见山不是一个热衷探听别人隐私的人，尤其是上次交谈，话都说到那个分儿上了，林回也依然什么都不肯透露，他便选择多观察林回，多交流，希望能发现一些端倪，最好能帮助到对方。

贺见山跟薛沛聊过一嘴这个事情，薛沛取笑他，说他特别像孩子进入青春期的操心家长，光想些有的没的，倒不如放宽心，成年人有自己解决问题的方法，相信过段时间就能调整好。

话是这么说，但事实上贺见山无法不关注林回——他的助理在过去一年以一种惊人的速度在成长，贺见山比任何一个人都要期待他最后到底能走多远。而在这一天到来之前，他希望这条路上不要出现什么能够影响到林回的东西。

晚上，万筑有个重要的跨国视频会议，贺见山和林回一直在公司加班到十点。结束之后，贺见山提出开车送他回家，林回犹豫了一下。

他住的地方和贺见山的家是两个方向，并不是很顺路。可还没等林回想好，贺见山又说道："走吧，路上还有事情跟你说。"

林回一听，便应下了。

不冷不热的夜晚，贺见山开了一半的窗，风一下子吹了进来，鼓鼓囊囊充满了整个车子。林回懒懒地靠着椅背，闭上眼睛休息。偶尔，贺见山看见有零星的光落在他的脸上，短暂停留后又很快被风吹散，没入安静的夜晚。

贺见山忽然开口道："起风了。"

"嗯。"林回十分清醒。

贺见山把车窗往上升了一点，只留下一条窄窄的缝。

"对了贺总，您要跟我说什么事情？"

"……没什么。"

林回转过头看向贺见山，见他确实没什么要说的，便又闭上眼睛了。

贺见山无法回答这个问题，他本意只是想跟林回聊聊，随便说什么都好，但遗憾的是，应酬时那种侃侃而谈的能力，他却无法在此刻发挥出来。贺见山忽然想起他跟林回单独在一起的时候，一直都是林回说得多，他总是会问很多问题，会和自己讨论很多东西，也会说一些有的没的。贺见山有时候会产生一种错觉：一旦林回停止说话，时间也会变慢。

比如此刻。

车子里只有缓慢的时间，忽隐忽现的光，还有风。

贺见山忍不住想，林回会不会觉得，现在落在他身上的风，也是扁扁的？

新助理入职的第三千零四十天，贺见山想回到认识他的第一天。

他想要重新站在那个门口，等到林回抬起头的时候，他会将之后的每一秒钟都收集起来。

贺见山开始从工作时间中分出一部分放在林回身上，这跟以前观察林回不太一样，在这一段时间里，贺见山摒弃所有闲杂的人或者事物去注视他。他从未像此刻一样，如此认真地感受林回的存在：在这座大楼里，在一扇门的背后，在他的身边。他甚至还注意到手中刚刚签完字的那支笔，是林回几天前落在他办公桌上的。

林回无处不在。

当贺见山意识到这个事实，忍不住笑了起来。这真的是很奇妙的体验，他沉迷于"捕捉"林回，一旦"捉"到，便陷入一种隐秘又无法言说的喜悦，而后又开始觉得惘然。

他想，这是他的错。

他忽略了太多和林回在一起的时刻，就像那些让他感到舒服、自在或者美妙的风，当它们停留在树梢的时候，他从未考虑过停下来吹一吹，而是就这么任由它们离开，好像什么都没有留下。

又或者留下了什么，但是他没有发觉。

正想着关于林回的事情，贺见山忽然抬起头看向门口，他听到了脚步声。即便对

方刻意放慢放轻脚步，他还是一下就听出来了，是林回。

只见办公室的门一点一点地被推开，贺见山静静等待着，等到两人目光对上，当事人似乎有些傻眼，一下露出了心虚的表情。

这次捉住了一个鬼鬼祟祟的林回。

"我怕打扰您工作呢。"林回欲盖弥彰地解释了一下。

贺见山莫名有些想笑，假装低头看着文件，等着看他到底要说些什么。结果正事没听到两句，倒是先享受了他的夸奖。

"您穿白色挺好看的。"

"现在想起来拍老板马屁，是要涨工资吗？"

"我这级别也差不多了，再多也不合适了。"

"那你想要什么？"

说这句话的时候，贺见山的语气很轻松，但是心里却很认真。他想，什么都可以，只要林回说出来，他都可以给他。

在林回来找他之前，他一直在想一个问题：如何挽留一片风？

在林回走进办公室的那一刻，他似乎找到了答案：

如果一棵树不够留住风，那一座山，一个春天，够不够呢？

新助理入职的第三千三百天，贺见山在购物网站上挑选花瓶，还没看几款，他就收到了林回的微信。

林回：受不了了，宁海的夏天真的太热了。

贺见山忍不住往前翻了翻聊天记录。

这是林回去宁海的第一年，春天的时候，这位林助理经常给他发宁海的城市风景，言辞之间都是夸赞城市的干净与漂亮。自从入了夏，林回就开始"变脸"了，炎热的天气逼得他隔几天就要跟贺见山"哭诉"一下。

林回：老板，这样下去可不行啊，影响我工作积极性！

贺见山忍不住笑了起来：请林总指示。

林回：我需要高温精神补贴。

贺见山：什么是精神补贴？

林回：需要一些来自京华的风，来吹散我的燥热。

贺见山：没问题，你就等着吧。

这下轮到林回好奇了。他其实就是闲下来没事做，跟贺见山开开玩笑而已，什么风不风的，也就是随口一说，结果贺见山怎么好像当真了？

不能吧？而且那人还让他等着？怎么等？等什么？

三天后，林回等来了贺见山。

那会儿已经快下班了，当司机告诉他，贺见山的飞机在两个小时前就已经到达宁海的时候，林回还有些不信："不可能吧，他没跟我说要过来啊？"

等到了家，林回先是看到玄关口多了一个花瓶，里面插着一枝细细的白玫瑰，随后他往厨房走去，贺见山果然在做晚饭。林回靠在门边上笑着看他将鱼从锅里端出来，揶揄道："给我送精神补贴来了？"

贺见山放下鱼，从桌上拿了一样东西递送到林回手里，一把圆形塑料扇，花底蓝字印着"苏姐糖水铺"五个字，还有详细的店铺地址与电话号码。

林回认出来了，那是翡翠云山附近一家甜品店开业的赠品扇子，当时他和贺见山散步路过，随手接过一把，便一路扇着带回了家，现在，它被贺见山带来了宁海。在凉爽的空调房内，贺见山一本正经地说："你扇起来，就是来自京华的风。"

林回欲言又止，最后还是忍不住吐槽道："有时候，人也不能这么无聊吧？"

贺见山一下子笑了起来。

吃完晚饭，两个人在小区里散步。宁海夏天的晚上依然很热，路上不断有小孩子奔跑着笑着，给夜晚增添了几分热闹。林回一边扇着扇子，一边和贺见山闲聊，觉得自己好像回到了一个月前，那次他回京华过周末，他们吃过晚饭，也是这样优哉游哉地走了很久。

走着走着，林回停住不动了，他站在一盏路灯下，看看扇子，又看看面前的人，不知道在想些什么。

贺见山转过身问道："怎么了？"

林回没有说话，重新扇起扇子，微弱的气流落在他的脸上，解不了热，可是他却莫名觉得比家里的空调还要让他惬意。他向前走了两步，一直走到贺见山的身旁，就这么看着他，然后忍不住笑了起来："你说得对，的确是——京华的风。"

〈番外 完〉

图书在版编目（CIP）数据

林助理有话要说 / 苹果树树树著.—武汉：长江出版社，
2023.5
ISBN 978-7-5492-8759-8

Ⅰ.①林… Ⅱ.①苹… Ⅲ.①长篇小说－中国－当代
Ⅳ.①I247.5

中国版本图书馆CIP数据核字(2023)第056750号

本书经苹果树树树授权同意，由北京晋江原创网络科技有限公司委托天津漫娱图书有限公司正式授权长江出版社，在中国大陆地区独家出版中文简体版本。未经书面同意，不得以任何形式转载和使用。

林助理有话要说 ／ 苹果树树树 著

出　　版	长江出版社
	（武汉市解放大道1863号　邮政编码：430010）
选题策划	漫娱图书　巴旖
市场发行	长江出版社发行部
网　　址	http://www.cjpress.com.cn
责任编辑	钟一丹
特约编辑	许斐然
总 策 划	重塑工作室
装帧设计	倪争 罗琼
印　　刷	武汉鸿印社科技有限公司
版　　次	2023年5月第1版
印　　次	2023年6月第1次印刷
开　　本	710mm×1000mm　1/16
印　　张	18.5
字　　数	365千字
书　　号	ISBN 978-7-5492-8759-8
定　　价	49.80元

版权所有，翻版必究。如有质量问题，请联系本社退换。
电话：027-82926557(总编室)　027-82926806(市场营销部)